Au premier regard

Ella

QUINN

LES WORTHINGTON – 3

Au premier regard

Traduit de l'anglais (États-Unis)
par Paul Benita

J'AI LU

J'AI LU POUR elle

Si vous souhaitez être informée en avant-première
de nos parutions et tout savoir sur vos auteures préférées,
retrouvez-nous ici :

www.jailu.com

Abonnez-vous à notre newsletter
et rejoignez-nous sur Facebook !

Titre original
IT STARTED WITH A KISS

Éditeur original
Zebra Books, published by
Kensington Publishing Corp., New York

1

Tôt un matin, Hyde Park,
mai 1815

L'aube venait de poindre. Voilé par une brume fantomatique, le soleil était réduit à un petit globe jaune pâle. À une heure aussi matinale, Gideon, duc de Rothwell, était certain d'être le seul cavalier dans le parc. Ayant besoin du calme qu'apportait un bon exercice, il avait lancé son étalon au galop dans la grande allée déserte. Soudain, surgissant de nulle part, un bai sombre émergea du brouillard, troublant sa solitude. Mais ce fut l'énorme chien, quasiment de la taille d'un poney, qui suivait le train effréné du cheval qui attira son attention.

Par tous les diables !

Faisu, son étalon murgese noir, se cabra nerveusement quand Gideon tira sur ses rênes.

— Tout doux, mon garçon. Inutile de chercher des ennuis avec cette bête. Elle pourrait te trancher les tendons d'un coup de crocs.

C'est alors qu'une longue mèche de cheveux sombres s'échappa du chapeau du cavalier, ou plus exactement de la cavalière. Quand elle arriva à son niveau, il ne put que remarquer son excellente assiette et sa délicieuse silhouette moulée dans une amazone bleu marine.

Elle aussi ralentit l'allure au moment de le croiser. Ses joues étaient rosies par l'air frais, et un sourire étirait ses lèvres généreuses. Leurs regards se nouèrent… et soudain, ce fut comme s'ils étaient les deux seuls êtres sur terre. Durant cette infime et très longue seconde, Gideon eut l'impression de se noyer dans le bleu des yeux de la cavalière, un bleu qui rappelait le lapis.

Elle n'est pas réelle.

Il cligna des paupières, et elle disparut. Il aurait pu croire à un rêve si un valet n'avait surgi, essayant visiblement de rattraper sa maîtresse.

Pendant un instant, il fut tenté de faire volte-face pour la suivre lui aussi, mais cela n'apporterait rien de bon. Cette inconnue appartenait visiblement à la bonne société et, même s'il parvenait à lui être présenté et que leur relation évolue de façon satisfaisante, il n'était pas en position de se marier.

Le mariage ? Rien que cela ? À propos d'une jeune fille qu'il n'avait qu'aperçue ? Quelle folie ! Néanmoins, le rêve était plaisant.

Ah, mon père ! Si vous étiez encore vivant, comme j'aimerais vous remettre un peu de plomb dans la cervelle !

Mais le vieux duc était déjà en terre depuis plus de trois semaines quand Gideon était revenu du Canada. Maintenant, tout ce qu'il pouvait faire, c'était essayer de remettre un peu d'ordre dans la situation catastrophique que son père lui avait léguée. Ou, plus exactement, tenter de limiter les dégâts. Chassant le souvenir de ces yeux si bleus, il lança sa monture au trot.

— Allez, rentrons, mon garçon. Nous avons du pain sur la planche.

Il n'aurait jamais dû quitter l'Angleterre. En un sens, il était responsable de ce gâchis. S'il n'était pas parti, rien ne serait arrivé. Et c'était son travail désormais de redonner au duché la prospérité qui était encore la sienne il y avait quelques années à peine, avant qu'il parte pour les Colonies.

Quinze minutes plus tard, alors qu'il approchait des écuries situées derrière son hôtel particulier, il examina le bâtiment, à la recherche du moindre signe de détérioration. À son retour du Canada, son premier choc avait été de découvrir la mort de son père. Une lettre lui avait été envoyée pour lui annoncer le décès, mais elle n'était arrivée qu'après son départ. Le second choc avait été de constater l'état déplorable des domaines. Il était assez sidérant que des propriétés aussi prospères se soient délabrées en un laps de temps si court. Il ignorait ce qui avait pu se passer pour que son père néglige à ce point des biens dont il tirait une telle fierté autrefois. Le plus déconcertant était que personne à Rothwell Abbey, leur domaine à la campagne, n'avait pu lui expliquer ce mystère.

Si seulement il était resté chez lui, là où était sa place, au lieu d'aller vagabonder de l'autre côté de l'Océan ! Voilà qui était une excellente leçon : ne jamais laisser un autre assumer vos responsabilités.

Il aurait vraiment préféré s'épargner cette escapade à Londres, mais son cousin, Edmond Bentley, lui avait écrit, implorant son aide de toute urgence, aussi était-il venu.

— Vot' Grâce, dit Barnes, son maître d'écurie, en venant caresser les naseaux de Faisu avant de prendre les rênes.

— Dans quel état est le toit ? demanda Gideon en sautant à terre.

Depuis son retour, il avait appris à poser ce genre de question, mais personne ne semblait très enclin à lui fournir la moindre information.

— Je veux la vérité, insista-t-il, la voix dure. Il est bien plus facile de réparer une petite fuite que les dégâts qu'elle occasionne.

— Pas de fuite pour l'instant, Vot' Grâce. Mais je surveille. Le vernis se décolle sur le cadre de certaines fenêtres.

S'il ne s'agissait que de cela, Gideon pouvait s'estimer chanceux.

— Faites en sorte que ce soit réparé.

— Bien, Vot' Grâce. Vous restez un moment ? demanda l'homme avec une expression pleine d'espoir sur son visage buriné.

— Une ou deux semaines, tout au plus. Il y a beaucoup à faire à Rothwell, et sur tous les autres domaines.

— Sale affaire que tout ça, dit le vieux maître d'écurie en se tapotant le nez. Je vais m'assurer que la voiture de ville est en bon état. Il ne faudrait pas qu'elle se casse au moment où vous en aurez besoin. Ou qu'elle ait l'air mal entretenue.

— Si c'est bien celle dont je me souviens, elle a sans doute besoin d'être remplacée.

— Oh, elle peut encore rendre service, dit le maître d'écurie en conduisant Faisu vers sa stalle avant d'ajouter : Laissez l'vieux Barnes s'en occuper.

— Merci.

Gideon espérait que son ton exprimait bien la gratitude qu'il éprouvait envers ses plus anciens domestiques. Ils étaient vraiment précieux. Sans leur loyauté et leur patience, sa vie et celle de sa famille auraient été bien plus difficiles.

— Maintenant que vous êtes là, qu'est-ce que vous comptez faire des voitures neuves que feu le duc a commandées chez Hatchett ?

— Des voitures neuves ?

Gideon faillit en rester bouche bée. À quoi diable son père pensait-il donc ? Mais cette nouvelle extravagance s'accordait assez bien avec les autres informations qu'il avait commencé à réunir sur le comportement du vieux duc lors de ses derniers mois. Il n'avait cessé de dépenser sans compter.

— Eh bien, un landau et un phaéton…

— Nom de nom, que comptait-il faire d'un phaéton à soixante-dix ans ?

Barnes rougit.

— Je crois que c'était pour cette p'tite ambitieuse qu'il fréquentait.

Le cœur de Gideon s'arrêta. Ses parents avaient été le couple le plus uni qu'il ait jamais connu. Une maîtresse ? Comment son père avait-il pu changer de façon aussi radicale ? Et pourquoi ne l'avait-on pas prévenu ? Il serait rentré sur-le-champ.

Au comble de la frustration, il se passa la main dans les cheveux. Néanmoins, ce que disait Barnes correspondait plus ou moins aux vagues bruits qu'il avait surpris à propos de son père. C'était sans doute aussi la raison pour laquelle sa mère s'était montrée aussi taciturne. Personne n'avait voulu – osé ? – lui expliquer pourquoi le duc avait à ce point ignoré ses obligations. La situation était si catastrophique que Gideon remerciait le Ciel que la plupart des domaines ne puissent être ni hypothéqués ni vendus, y compris par le duc lui-même.

— Sauriez-vous par hasard qui est cette dame ?

— Sa bonne l'appelle Mme Rosamund Petrie, dit Barnes avec mépris. Comme si elle était de sang royal... Mais, à mon avis, et si vous tenez à le savoir, c'est rien de plus qu'une putain.

Le vieux Barnes avait son caractère, mais il était d'une honnêteté scrupuleuse, Gideon le savait. S'il osait employer ce terme... Soudain, une idée très déplaisante lui vint.

— On m'a dit que mon père était mort à Londres...

Barnes grimaça et hésita un moment avant de répondre :

— Il est mort dans son lit. Avec elle.

Gideon le regarda d'un air sévère.

— Ici ? À Rothwell House ?

Sans lever les yeux vers lui, le vieil homme hocha la tête.

— Bon sang ! Mais à quoi pensait-il donc ?

— Personne ne l'sait, Vot' Grâce, répondit très vite Barnes, comme si on avait pu lui reprocher les indélicatesses du vieux duc. J'ai fait sortir la femme en vitesse sans que personne la voie... à part deux valets et M. Fredericks. Les gens qui travaillent ici savent bien qui met du beurre sur leur tartine. Ils n'iront pas colporter des histoires.

Il dessina une croix sur son cœur.

— Qu'on raye mon nom de la bible de ma mère s'ils le font. Mme Boyle a même changé le matelas. Selon elle, il était habité par le vice.

Gideon ne pensait pas qu'un matelas puisse être contaminé par le péché, mais il était néanmoins ravi de ce changement, et il commençait à soupçonner que sa mère n'ignorait pas où se trouvait son mari au moment de rejoindre son Créateur.

— Je suis sûr que vous avez fait tout ce qui était nécessaire.

— Oui, Vot' Grâce. Et j'vais m'occuper de ces fenêtres, promis. Que fait-on des chevaux et de la voiture de Mme Petrie qu'elle a laissés ici ?

Gideon fixa le vieux bonhomme.

— Je vous serais grandement reconnaissant de tout me dire en une seule fois. De combien de chevaux, voitures et je ne sais quoi encore parlons-nous ? Mon père les possédait-il déjà avant de faire la connaissance de cette femme ? Ayez la bonté de me donner toutes les informations qui pourraient s'avérer utiles.

Le maître d'écurie se frotta le nez avant de répondre.

— Le vieux duc lui a acheté un joli cheval arabe et deux bais sombres pour le phaéton...

S'ensuivit une longue liste des acquisitions que son père avait effectuées au cours des deux dernières années. Gideon calcula que, rien qu'en chevaux, il avait dû dépenser dans les trois mille livres.

— Vendez tout, déclara-t-il quand Barnes eut enfin terminé.

— Et encore, j'ai oublié la sellerie et le reste.

— Gardez les chevaux que j'ai ramenés avec moi et ceux qui, selon vous, conviendraient pour la voiture de ville. Débarrassez-vous du reste.

— Et le cabriolet ? J'en obtiendrai pas grand-chose, et vous pourriez en avoir besoin.

Oui, un attelage de sport lui serait sans doute utile. Cela lui épargnerait des dépenses en fiacres.

— D'accord pour le cabriolet, mais prenez contact avec Tattersalls ou qui vous voulez pour le reste.

Barnes rouvrit la bouche.

— Gardez tout ce dont je pourrais à votre avis avoir l'usage.

— Bien, Vot' Grâce. Merci, Vot' Grâce.

Stanwood House, Mayfair

— La rougeole ? s'exclama lady Louisa Vivers. Tous les trois ?

Toute à son excitation de raconter sa rencontre avec l'inconnu dans le parc, elle avait foncé droit dans le boudoir qu'elle partageait avec son amie et « nouvelle sœur », lady Charlotte Carpenter.

Juste avant que la saison débute réellement, Matt Worthington, le frère de Louisa, avait épousé lady Grace Carpenter, qui avait la garde de ses sept frères et sœurs. En incluant les quatre sœurs de Matt, cette union avait donc porté la fratrie à un total de onze membres, sans compter Grace. À un moment quelconque de l'hiver prochain, ce nombre allait encore augmenter avec l'arrivée du premier-né de Grace et de Matt. Toutes les filles, y compris les très jeunes, étaient folles de joie à l'idée de devenir tantes. Même les garçons semblaient excités.

Mais Louisa n'avait pas eu le temps de parler de sa rencontre : Charlotte lui avait aussitôt annoncé le diagnostic du médecin. Une nouvelle qui, bien sûr, l'emportait sur la sienne.

— Oui, répondit Charlotte. Theo, Mary et Philip. Heureusement, tous les autres dans la maison, y compris Grace et Matt, l'ont déjà eue et n'ont donc rien à craindre.

— Cela va-t-il retarder le départ de Grace et de Matt pour Worthington ?

L'addition de tant de nouveaux membres à la famille impliquait que non seulement leur demeure de Londres, Worthington House, mais aussi leur domaine principal à la campagne, Worthington Hall, devaient subir d'importantes rénovations pour accueillir tout ce monde. Un seul des frères était actuellement absent de Stanwood House, la résidence des Carpenter à Londres : il s'agissait de Charlie, comte de Stanwood, qui faisait ses études à Eton. En outre, dès le retour de leur voyage de noces au domaine du vicomte Wolverton, dans le Kent, même la mère de Louisa, Patience, et son nouveau mari, Richard, séjourneraient à Stanwood House pour le restant de la saison en attendant la fin des travaux à Worthington House. Fort heureusement, les deux maisons se trouvaient l'une face à l'autre de part et d'autre de Berkeley Square.

— Je ne pense pas, dit Charlotte, assise à son bureau, en se tapotant la joue avec une plume. Si nous devons tous y emménager après la saison, il faut superviser les travaux.

Louisa et elle en étaient presque au milieu de leur première saison. Ce nouveau développement compliquait quelque peu les choses.

— Il va falloir renoncer à certaines réceptions que nous avons déjà acceptées et donc envoyer nos excuses. Ah, quelle plaie ! Les enfants auraient pu choisir un autre moment pour tomber malades.

Charlotte éclata de rire.

— C'est exactement ce que Matt a dit.

Louisa sourit.

— Et comment a réagi Grace ?

— Elle est en train de prendre des dispositions pour que nous continuions à être chaperonnées au cas où ils partiraient quand même à la campagne.

Charlotte poussa un soupir.

— Les pauvres petits ! Je me souviens de ma rougeole. Le pire a été quand j'ai commencé à me remettre et que je n'avais toujours pas le droit de quitter ma chambre. J'aurais bien aimé que Charlie soit là pour nous aider à les divertir. Je m'occuperai d'eux, bien sûr.

— Et moi aussi, dit Louisa en récupérant son carnet de notes sur son propre bureau. Nous devrions établir un emploi du temps qui nous permettra d'assister à quelques réceptions tout en veillant sur les enfants.

— Toi et tes emplois du temps ! s'exclama Charlotte en lui envoyant un petit coussin brodé qu'elle esquiva habilement.

— Comment parviendrons-nous à nous trouver un mari, sinon ? Au fait, comment cela se passe-t-il avec Harrington ?

Charlotte fit la moue.

— Pas comme je le souhaiterais. J'ai l'impression qu'il s'imagine avoir franchi tous les obstacles. En conséquence, il est retourné dans son domaine pour une semaine, comme si, pour lui, notre relation était déjà une chose établie, ajouta-t-elle en haussant les sourcils.

— S'il t'ignore maintenant, dit Louisa, imagine comment il se comportera quand vous serez mariés.

— C'est exactement ce que je me dis, acquiesça Charlotte. Je l'aime bien, mais je refuse qu'on me considère comme acquise. Je crois que je dois l'éliminer comme mari potentiel.

— Je ne te le reproche pas, dit Louisa en tâtant la théière, qui avait refroidi. Tu veux bien redemander du thé pendant que je me change ?

Charlotte hocha la tête d'un air distrait.

— Au fait, j'ai enfin décidé ce qu'il fallait faire à propos de lord Bentley, ajouta Louisa en adressant un sourire malicieux à son amie. Tu vas m'aider à lui trouver quelqu'un d'autre.

Edmond, marquis de Bentley, héritier du duc de Covington, avait été un des premiers gentlemen qu'elle avait rencontrés cette saison et son prétendant le plus assidu. Jusqu'à présent, et en dépit de tous les indices qu'elle lui avait donnés, elle n'était pas encore parvenue à le convaincre qu'ils n'étaient pas faits l'un pour l'autre.

Charlotte s'esclaffa.

— Excellente idée ! S'il transfère son affection sur une autre, tu auras réussi à te débarrasser de lui sans le blesser.

— Exactement. Le seul problème, c'est qu'il faut trouver une femme assez intelligente pour être duchesse et assez capable pour aider Bentley à accomplir ses devoirs. Mais, surtout, elle devra faire preuve d'une patience infinie pour supporter ses hésitations. Une vertu que je ne possède pas en abondance, je veux bien l'admettre, ajouta Louisa avec une grimace.

— Toi, impatiente ? se moqua Charlotte. Impossible.

Louisa choisit d'ignorer ce commentaire facétieux.

— Si nous allons toujours au bal ce soir, nous pourrions commencer à chercher cette perle rare.

Elle s'arrêta à la porte.

— Ce ne sera pas facile, mais à nous deux je suis sûre que nous y arriverons.

— Nous allons au bal, lui confirma Charlotte. Tu veux bien me faire une faveur et aller le dire à Matt ? Tu es déjà habillée pour sortir.

Le frère de Louisa continuait à se servir de son bureau à Worthington House, sous prétexte que, même avec les travaux qu'on y faisait, il y était plus au calme qu'à Stanwood House.

— Et je sens l'écurie. Mais d'accord, j'y vais tout de suite. Attends-moi pour le thé.

Quelques secondes plus tard, Louisa traversait Berkeley Square.

2

Après avoir quitté les écuries, Gideon entra dans la maison par la porte du jardin et longea rapidement le couloir jusqu'au hall d'entrée. Une lettre l'attendait sur la lourde table en chêne. Sûrement une missive de Bentley, son cousin. Lui seul savait qu'il était en ville. Gideon aurait sans doute dû le remercier : si son cousin ne lui avait pas demandé son aide pour une urgence encore inconnue, il n'aurait pas découvert les turpitudes de son père.

Enlevant ses gants, il ouvrit la missive.

Rothwell,

Cela fait bizarre de t'appeler ainsi, mais je m'y ferai, je suppose. J'espère que tu recevras ceci très bientôt. Ce que je veux dire, c'est que j'espère que tu es déjà en ville. Il y a un bal ce soir chez lady Sale, et j'ai fait en sorte que tu reçoives une invitation. Non pas, bien sûr, qu'on risque de te refuser l'entrée, mais j'ai pensé que cela valait mieux étant donné les circonstances. Je t'y retrouverai.

Ton cousin,
Bentley

Gideon poussa un soupir agacé. Comment diable allait-il pouvoir aider son cousin si celui-ci ne lui disait pas de quoi il retournait ? Même s'il avait plusieurs années de plus qu'Edmond, il avait toujours été très proche de lui, et il tenait vraiment à lui apporter son aide. À condition de savoir ce qu'on attendait de lui.

Il avait encore toute la journée devant lui, et il ferait bien de mettre ce temps à profit. Depuis son retour en Angleterre, il ne cessait d'entendre parler des nouvelles méthodes de culture agricole. Et, justement, un de ses meilleurs amis en était féru. Il était temps de lui rendre visite.

Moins de trois quarts d'heure plus tard, il frappait à la porte de Worthington House. Un imposant majordome lui ouvrit, et Gideon lui tendit sa carte.

Parfaitement impassible, l'homme s'inclina.

— Si vous voulez bien me suivre, Votre Grâce.

Gideon réprima un sourire. Matt, comte de Worthington, ne cessait de se plaindre de ce que le destin lui avait donné un majordome qui ne laissait jamais paraître la moindre émotion. Pourquoi cela l'ennuyait-il, Gideon n'en avait aucune idée. Les majordomes étaient toujours plus raides que des bouts de bois et plus hautains que tous les ducs de sa connaissance.

Regardant autour de lui, il remarqua que la maison semblait étrangement vide. Même les tapis avaient disparu. Soudain, une série de coups de marteau retentit dans les étages.

Ils arrivaient à la porte du bureau de Worthington.

— Sa Grâce, le duc de Rothwell, annonça le majordome, plus sévère que jamais.

— Merci, Thorton, dit Worthington, qui se leva et contourna sa table de travail. Rothwell, quelle joie de te revoir ! Tu as reçu nos condoléances, j'imagine. Je suis désolé.

Les deux hommes se serrèrent chaleureusement la main.

— Merci, dit Gideon. La mort de père a été un choc, mais l'état de nos domaines en a été un autre, bien pire encore. Dieu merci, la loi me met à l'abri d'une saisie.

— De nos jours, il semble que cette loi et les riches héritières soient tout ce qui puisse sauver de nombreuses familles. Assieds-toi, ajouta Worthington en le conduisant à un fauteuil devant la cheminée. Le thé ne devrait pas tarder, mais j'ai du vin ou du cognac, si tu préfères.

— Merci, un thé sera parfait. Comment arrives-tu à travailler avec un tel vacarme ?

— Crois-moi, l'autre option est pire encore, dit Worthington en casant sa longue silhouette sur un petit canapé face à Gideon. J'ignorais que tu étais en ville.

— Je suis arrivé hier soir. Un membre de ma famille m'a demandé mon aide. Je ne resterai pas longtemps, j'ai trop de choses à faire.

— Est-ce une visite strictement mondaine, ou bien y a-t-il quelque chose que je puisse faire pour toi ?

Le thé arriva, accordant une pause bienvenue à Gideon, qui hésitait à révéler ses problèmes à son ami. Mais Worthington avait toujours été de bon conseil.

— Cette conversation doit rester strictement entre nous. Si l'on apprend ce que je vais te dire, ma situation ne pourra qu'empirer.

Le sourire de Worthington disparut.

— Naturellement, tu peux compter sur ma discrétion.

— Je vais être franc. Je n'ai plus guère de fonds disponibles. Au cours de ces trois dernières années, mon père s'est comporté de façon parfaitement inconsidérée. Fort heureusement, notre régisseur est parvenu à préserver quelques ressources, ce qui nous permet d'avoir encore du grain à semer, mais cela s'est fait au détriment de la maintenance et des diverses réparations nécessaires.

— Ce n'est jamais une bonne idée de les reporter, commenta Worthington.

Gideon acquiesça.

— Je veux aussi changer certaines choses. Mon régisseur est un brave homme, mais il a tendance à s'accrocher aux traditions. J'ai fait quelques recherches et je suis venu te demander ton avis sur les nouvelles méthodes agricoles.

Il sourit.

— Cela mis à part, je suis très curieux de savoir comment tu te fais à ta nouvelle vie d'homme marié.

L'immense sourire de son ami lui dit tout ce qu'il avait besoin de savoir.

— Si j'avais su que ce serait aussi délicieux, je me serais marié des années plus tôt. Tu songes à m'imiter ? demanda Worthington en haussant un sourcil sardonique.

Aussitôt, Gideon pensa à la cavalière du parc avant de secouer la tête.

— Je souhaite en effet me marier. C'est mon désir autant que mon devoir. Malheureusement, tant que mes finances sont dans un état aussi déplorable, je ne puis demander la main d'une dame.

— Tu pourrais épouser une héritière. C'est une façon parfaitement respectable de rétablir sa fortune. D'autant plus que tu n'es pas responsable du problème.

— Et m'enchaîner à une femme dont la seule ambition serait de devenir duchesse ? fit Gideon en grimaçant. Non, merci. Avant de me marier, je veux avoir recouvré ma dignité, et je compte bien économiser autant qu'il m'est possible pour que cela arrive. Heureusement, j'ai encore une année ou deux avant que ma sœur fasse ses débuts dans le monde.

Il se massa la nuque.

— C'est peut-être stupide de ma part, mais je n'aime pas l'idée d'utiliser l'argent de mon épouse pour restaurer mes terres et mes domaines. La part qu'une dame apporte dans un mariage ne doit servir que pour les enfants ou pour son propre bien-être. Ceci est mon problème. À moi de le régler.

Tout cela était bel et bon mais, dans l'immédiat, il n'avait pas à se soucier d'un quelconque mariage. Il y avait peu de chances qu'une femme éveille son intérêt... sauf peut-être une jolie brune dotée d'une excellente assiette, d'une silhouette délicieuse et d'yeux dans lesquels on pouvait se noyer. Mais il ne la reverrait sans doute jamais. Le bal de ce soir serait son unique sortie mondaine cette saison.

Louisa n'avait pas encore gravi les marches qui menaient à Worthington House qu'un valet prévenant lui ouvrit la porte. Dès qu'elle pénétra dans le hall, les échos des coups de marteau aux étages supérieurs lui confirmèrent que les travaux dans la salle d'étude étaient toujours en cours.

— Monsieur se trouve dans son bureau, milady.

— Merci.

Les tapis avaient été retirés pour les rénovations, si bien que les talons de ses bottes claquaient contre le parquet. Arrivée devant la porte du bureau, elle frappa et, comme à son habitude, entra sans attendre de réponse.

— Matt...

Un grand gentleman à la chevelure châtain très clair, presque blonde, et aux plus beaux yeux gris qu'elle ait jamais vus se leva aussitôt. Chose très inhabituelle pour elle, elle resta bouche bée.

C'est lui !

L'homme qu'elle avait vu moins d'une heure plus tôt, et dont les lèvres fort bien dessinées esquissaient un sourire.

— Louisa, dit son frère et, avec un effort, elle réussit à arracher son regard de l'inconnu. Laisse-moi te présenter le duc de Rothwell. Rothwell, ma sœur, lady Louisa Vivers.

Elle s'avança dans la pièce, et il vint à sa rencontre. Quand elle lui tendit la main, il s'inclina.

— C'est un plaisir, madame.

Elle fit une révérence.

— Votre Grâce, le plaisir est partagé.

À l'instant où ses lèvres chaudes touchèrent ses doigts nus, elle sentit ses genoux faiblir.

Bonté divine ! Voilà qui ne lui était encore jamais arrivé. Comme lors de leur première rencontre au parc, elle se perdit dans son regard d'argent fondu.

— J'insiste. Mon plaisir est le plus grand.

Pour la première fois de sa vie ou presque, Louisa en resta sans voix. Fort heureusement, Matt se racla la gorge avant qu'elle se ridiculise complètement. Elle retira sa main, que le duc retint une fraction de seconde dans la sienne.

— Matt…, dit-elle avec peine, le cœur battant.

Elle réussit enfin à regarder son frère.

— Je suis venue te dire que nous irons au bal ce soir.

— Oui, je m'en doutais, répondit-il d'un ton bourru. J'avais espéré que cette rougeole me sauverait du reste de cette saison, mais Grace a un avis différent.

— Quel rapport entre la rougeole et un bal ? s'enquit le duc.

— En épousant ma femme, j'ai aussi eu la joie de récupérer quelques enfants…

Matt expliqua à son ami qu'avant leur mariage, Grace avait la garde de ses frères et sœurs, un devoir qu'il assumait désormais.

— Les trois plus jeunes sont malades, mais pas suffisamment, malheureusement, pour que nous annulions tous nos engagements.

— Votre Grâce, assisterez-vous au bal de lady Sale ? demanda Louisa au duc.

— J'y serai.

Le gris de ses yeux parut changer tandis qu'il la dévisageait.

— Me ferez-vous l'honneur de m'accorder une danse ?

Mentalement, elle feuilleta son carnet de bal. Bentley avait demandé la danse du souper, mais si elle voulait mettre en œuvre son plan de lui trouver une autre jeune fille à courtiser, il serait judicieux de ne pas la lui accorder.

— Ma danse du souper est libre.

— Splendide. Je suis déjà impatient d'y être.

Son frère adressa à Louisa un regard qu'elle ne put déchiffrer.

— Rothwell et moi discutions des moyens d'améliorer les rendements de ses domaines.

Que voulait-il dire ? L'invitait-il à se joindre à leur conversation ou bien lui suggérait-il de partir ? Peu importait, de toute façon. Elle devait vraiment s'occuper des enfants.

— Vous n'auriez pu choisir meilleur interlocuteur, Votre Grâce. Matt connaît toutes les dernières techniques de pointe.

Elle fit une nouvelle révérence avant d'ajouter :

— J'ai été ravie de vous rencontrer. J'attendrai notre danse avec impatience.

— Moi de même.

La chaleur de sa voix lui procura un délicieux frisson. Il lui ouvrit la porte et, dès qu'elle fut refermée, Louisa s'envola littéralement d'abord dans le couloir puis à travers Berkeley Square. Son cœur battait comme jamais. Quand elle avait croisé le duc ce matin, elle avait eu envie de s'arrêter, mais s'en était abstenue. Une telle conduite aurait scandalisé sa mère et sans doute aussi déçu Matt et Grace. Et voilà qu'elle le retrouvait ici, avec Matt.

C'était sûrement un signe !

« Je suis le pire des crétins ! » se dit Gideon quand la porte se referma derrière Louisa. Mais il n'aurait pas pu ignorer lady Louisa, pas plus qu'il n'aurait pu s'arrêter de respirer. Lorsqu'elle lui avait demandé s'il assisterait au bal, il n'avait pu s'empêcher de lui demander une danse. Mais il se limiterait à une, et une seule. Rien de plus. Après cela, il s'occuperait de l'urgence de Bentley, quelle qu'elle soit, et retournerait à Rothwell Abbey.

— Pourquoi ai-je l'impression que tu as déjà rencontré ma sœur ? demanda Worthington, les sourcils froncés.

— Pas rencontré, précisément, mais nous nous sommes croisés au parc ce matin. Elle avait un chien avec elle. Une bête énorme.

Tout en parlant, il ne cessait de penser au moment où il lui avait pris la main. Il aurait voulu que cet instant dure à jamais. Si elle n'avait pas retiré sa main, il aurait encore été en train de la tenir.

Un bruit étrange retentit derrière le bureau, une sorte d'immense bâillement humide, et soudain, le chien qu'il avait vu au parc apparut.

Worthington sourit.

— Tu veux parler de cette bête ?

— Oui. C'est un danois, n'est-ce pas ?

— En effet. Nous en avons deux, mais il est hors de question de laisser Daisy, la plus jeune, accompagner les chevaux pour l'instant.

— Ta sœur est très bonne cavalière.

— Elle l'a toujours été, répondit Matt en le gratifiant d'un étrange regard que Gideon ne put déchiffrer. Bien, revenons à nos moutons. J'ai quelques livres que je pourrais te prêter.

— Oui, bien sûr. Merci.

Pendant que Worthington fouillait dans sa bibliothèque, il se remémora lady Louisa sur son cheval. Ah, son père lui avait joué un bien mauvais tour. S'il n'avait pas dilapidé les ressources du duché, Gideon aurait pu la courtiser. Mais maintenant, c'était impossible. Pas tant qu'il était dans une si mauvaise passe. De toute manière, il ne trahirait jamais Worthington de la sorte.

Mais, Seigneur, qu'elle était belle ! Il était impatient de la revoir ce soir. Et s'ils s'entendaient bien, peut-être accepterait-elle d'attendre qu'il... Non. Il ne pouvait lui demander une chose pareille.

Worthington était en train d'écrire quelques mots sur une carte.

— Voici le nom et l'adresse de mon homme d'affaires. Il devrait pouvoir t'indiquer quelques investissements sûrs.

— Merci. Voilà qui devrait m'aider.

Quoi qu'il en soit, même s'il perdait la tête et demandait la main de lady Louisa, Worthington, qui connaissait l'état de ses finances, ne la lui accorderait pas. Et il ne faisait aucun doute qu'un autre, un homme très chanceux, l'obtiendrait avant la fin de la saison.

Enfer et damnation ! Pourquoi son père n'était-il pas resté à l'écart des femmes légères et des tripots ?

— Que peux-tu me dire à propos d'une certaine Mme Petrie ?

Worthington se laissa aller contre son dossier.

— Rien d'un point de vue personnel. Je sais cependant que ton père a souvent été vu en sa compagnie. D'après ce qu'on m'a dit, elle a des goûts de luxe. De grand luxe, même.

— C'est ce que j'ai cru comprendre aussi.

— Cela concerne-t-il feu le duc ?

Que pouvait-il révéler ? Gideon ne souhaitait pas clamer sur les toits l'inconduite de son père, mais Worthington semblait déjà au courant de cette liaison.

— Malheureusement. L'inventaire a révélé la disparition de certains bijoux de famille. Au début, j'ai cru que ma mère les avait, mais elle m'a dit que père les gardait toujours avec lui. Or ils ne sont ni à Rothwell

Abbey ni ici. Ce matin, j'ai découvert l'existence de cette Mme Petrie. Il est fort possible qu'elle les détienne.

— S'ils sont en sa possession, elle a pu les mettre en gage.

— J'y ai pensé, mais ils sont très reconnaissables, et il faudrait un joaillier expert pour les démonter.

Worthington lui tendit une autre carte.

— Va voir Rundell & Bridge. Ce sont les meilleurs joailliers sur la place de Londres. S'ils ne les ont pas vus, alors T.M. Sutton, qui est prêteur sur gages, devrait pouvoir t'aider. Il est connu pour offrir d'excellents taux de reprise.

— Au fait, si tu cherches de bons chevaux, je vais vendre quelques bêtes dont je n'ai pas l'usage.

— Vas-tu les mettre aux enchères chez Tattersalls ?

— Oui. J'ai besoin d'en tirer le plus possible.

— Fais-moi savoir quand la vente aura lieu, et j'irai jeter un œil.

— Merci pour tout, dit Gideon en se levant et en prenant cartes et livres. Je te laisse à ton travail.

Son ami se leva à son tour.

— Je suis content que tu sois de retour. Il est bien dommage que tu retrouves le duché dans cet état, mais je suis sûr que tu sauras le remettre sur pied.

Ils se serrèrent la main, et Worthington ajouta :

— Si tu as besoin de quoi que ce soit d'autre, je suis là.

— Merci encore.

Worthington ouvrit la porte.

— Je demanderai à Grace, mon épouse, de t'envoyer une invitation à dîner dès que nous serons de retour de Worthington Hall. Nous ne devrions pas y rester longtemps.

— Je ne crois pas l'avoir jamais rencontrée.

Worthington afficha un sourire satisfait.

— Non, je l'ai enlevée avant tout le monde.

Une demi-heure plus tard, Gideon pénétrait dans la cour d'un entrepôt où s'entassaient des douzaines de véhicules en attente d'assemblage ou de réparations. Un homme qui devait avoir à peine quelques années de plus que lui vint à sa rencontre.

— Je suis M. Hatchett. En quoi puis-je vous être utile, monsieur ?

— Ravi de vous rencontrer. Je suis le duc de Rothwell, annonça Gideon, et l'autre s'inclina aussitôt. Feu mon père vous a commandé deux voitures, un landau et un phaéton. Malheureusement, je dois annuler ces commandes.

— Je m'en souviens parfaitement, mais permettez-moi d'abord de vous présenter mes condoléances. Nous avons appris le décès de Sa Grâce. À vrai dire, c'est la raison pour laquelle nous n'avons pas entamé la fabrication du landau. Le phaéton, cependant, est à moitié terminé.

L'homme toussa discrètement.

— La dame qui accompagnait votre père quand il a passé cette commande nous a justement envoyé un message à ce sujet hier.

Un vautour, donc.

— Si vous voulez bien me donner son adresse, je lui expliquerai moi-même la situation.

M. Hatchett eut l'air d'un homme à qui l'on vient de retirer un lourd fardeau.

— Bien sûr, Votre Grâce. J'en serais heureux.

— J'ai aussi un phaéton que je désire vendre. Vous occupez-vous des voitures d'occasion ?

— Oui. Je serais ravi de venir le prendre chez vous, à moins que vous ne préfériez envoyer votre cocher ici.

Gideon voulait se débarrasser de cette chose – et de tout ce qui pouvait avoir un rapport avec la maîtresse de son père – au plus vite.

— Je vous le ferai livrer.

En quittant l'entrepôt, Gideon décida de remettre à plus tard sa visite à Mme Petrie, préférant d'abord se rendre chez Rundell & Bridge.

Avant d'informer cette femme qu'elle ne recevrait plus la moindre largesse de la part des Rothwell, il voulait savoir s'il pouvait retrouver les bijoux disparus. Il ne souhaitait pas non plus qu'elle comprenne qu'il allait enquêter sur son compte, au cas où elle aurait en sa possession des biens qui ne lui appartiendraient pas. À commencer, par exemple, par la maison dans laquelle elle vivait.

Une image de lady Louisa lui traversa l'esprit. Si seulement il pouvait rétablir sa fortune assez vite pour la courtiser...

3

— Charlotte ! s'écria Louisa en se ruant dans le boudoir. Je l'ai rencontré !

Son amie posa sa plume et se retourna sur sa chaise.

— Qui ça ?

— L'homme de ma vie.

Le cœur de Louisa battait si fort qu'elle avait du mal à respirer.

— Enfin, je crois, ajouta-t-elle.

Après l'avoir longuement observée, Charlotte tira le cordon de la sonnette.

— Voilà qui est pour le moins inattendu. Où était-il ?

— Dans le bureau de Matt, en train de discuter avec mon frère d'améliorations à apporter à ses domaines.

Son amie sourit.

— Je suis surprise que tu ne sois pas restée avec eux pour donner ton avis. Je sais à quel point le sujet te passionne.

Louisa se mordilla la lèvre.

— J'aurais aimé, mais cela aurait peut-être été déplacé.

Charlotte se leva pour aller s'installer sur un canapé et lui fit signe de la rejoindre.

— Voilà qui ne te ressemble pas. Je suis tout ouïe. Parle-moi de lui.

Incapable de s'asseoir, Louisa se mit à faire les cent pas.

— Tu vas penser que je suis folle, mais... mais je l'ai vu une première fois ce matin pendant ma promenade à cheval, et nos regards se sont croisés. C'était presque comme si je le connaissais depuis toujours.

Elle regarda son amie, qui hocha la tête pour l'encourager.

— Puis, en le revoyant dans le bureau de Matt, je me suis dit que c'était un signe. Comme si le destin l'avait décidé. Je n'arrivais pas à le quitter des yeux et je crois que c'était pareil pour lui.

Le thé arriva, et Charlotte fit le service. Louisa prit sa tasse d'une main tremblante.

— Oh, mon Dieu ! murmura-t-elle. D'abord mes genoux, et maintenant mes mains.

Charlotte haussa les sourcils.

— Je me conduis comme une dinde. Puisque j'allais juste voir Matt, je n'avais pas mis de gants, et il – Rothwell – a baisé ma main. Et mes genoux se sont mis à trembler.

— Il t'a baisé la main... Attends un peu. Tu as bien dit Rothwell ? Le duc de Rothwell ? fit Charlotte.

— Oui. Tu le connais ?

— Non, mais... il y a quelque chose...

Charlotte réfléchit un instant.

— Ah oui, ma tante a parlé de lui un jour. Son père est mort alors qu'il se trouvait au Canada. Personne ne l'a vu depuis son retour. Elle a aussi ajouté que, durant les deux ou trois dernières années de sa vie, son père s'était conduit bizarrement. C'est tout ce que je sais, conclut-elle en haussant les épaules. Je me demande s'il sera au bal ce soir.

Louisa ne put s'empêcher de sourire.

— Il y sera, et il a réservé ma danse du souper.

— Excellent ! s'exclama Charlotte, ravie. Je dois dire que tout cela semble très prometteur.

— Je suis bien d'accord.

— Mais si tu as trouvé ton futur mari, tu dois absolument caser Bentley.

— Ah, zut. J'avais complètement oublié, dit Louisa avec un soupir de frustration. Il n'y a plus le choix. Je dois mettre mon plan en action.

— Ton plan ?

— Celui qui vise à lui trouver une épouse.

— Ah, ce plan-là, dit Charlotte, une étincelle malicieuse dans les yeux. Et l'affaire devient pressante, n'est-ce pas ? Si seulement nous avions quelqu'un en vue ! Une idée nous viendra peut-être pendant les visites.

— Les visites ?

— Oui. Tu te rappelles ? Il nous arrive de rendre quelques visites mondaines, disons à peu près tous les jours, sauf qu'aujourd'hui c'est Grace qui reçoit. Cela fait une semaine qu'elle nous a prévenues. J'ai l'impression que tu n'as plus toute ta tête.

— Non, non, j'avais juste oublié. Si seulement une nouvelle dame se présentait ! Une qui serait parfaite pour Bentley...

En raison du conseil de Worthington et du nombre assez sidérant de factures en provenance de Rundell & Bridge, une des bijouteries les plus chères de Londres, qui débordaient des tiroirs de son père, Gideon avait donc fait du joaillier sa deuxième visite.

Une cloche au-dessus de la porte tinta quand il entra dans la boutique.

Aussitôt, un employé se précipita pour l'accueillir.

— Puis-je vous aider, monsieur ?

— Je le crois, dit Gideon avant de déposer les factures représentant des milliers de livres sur le comptoir. Je suis le duc de Rothwell. Avez-vous connaissance de ceci ?

L'employé considéra la pile de papier comme si celle-ci allait le mordre.

— Je crois que vous souhaiterez parler à M. Rundell.

Quelques instants plus tard, on introduisit Gideon dans un bureau petit mais élégant. Des cadres en fer forgé présentant des œuvres d'art décoraient les murs peints. Tout le mobilier était en cerisier.

Dès que Gideon fut annoncé, l'homme âgé assis derrière le bureau se leva et vint à sa rencontre.

— Bonjour, Votre Grâce. M. Rundell, pour vous servir, dit-il en s'inclinant. Je présume que vous êtes ici en raison des achats du précédent duc ?

Gideon hocha la tête.

— En effet. Beaucoup ont été réalisés juste avant la mort de mon père, et certains ont eu lieu après son enterrement.

— Je vous en prie, asseyez-vous. Malheureusement, nous n'avons pas été mis au courant de la date du décès du duc. J'ai reçu ceci de la dame, ajouta-t-il, prononçant ce mot avec un dégoût ostensible. Une *carte blanche**[1].

Gideon se sentit pâlir. C'était pire que tout ce qu'il avait imaginé. Il contempla le document que tenait le joaillier.

— Puis-je voir cela ?

— Certainement, Votre Grâce.

Gideon consulta ce qui n'était guère plus qu'un mot adressé au joaillier offrant à Mme Petrie la capacité de réaliser tous les achats qu'elle désirait. Son père n'avait quand même pas pu trahir ses responsabilités à ce point ! Se forçant à réprimer un élan de panique, il étudia la signature. Elle lui parut étrange. Mais peut-être ne voyait-il que ce qu'il désirait voir.

— Inutile de dire que ceci est révoqué. De plus, j'ai un doute sur la signature. Je voudrais que mon secrétaire y jette un œil. Il est plus familier que moi de l'écriture de mon père.

---

1. Tous les mots en italique suivis d'un astérisque sont en français dans le texte. (*N.d.T.*)

— Naturellement, Votre Grâce, Rundell & Bridge ne souhaitent en aucune manière être associés à la moindre malversation. Je vous en prie, prenez ce document et faites-moi savoir ce que vous découvrirez.

— Merci.

Gideon allait prendre congé lorsqu'il se rappela les bijoux disparus.

— Je suis aussi à la recherche de certaines pièces, une parure notamment. Un ensemble assez ancien, datant du XVIe siècle. Les pierres sont des rubis et des opales.

— Je la connais, mais la dernière fois que je l'ai vue, c'était il y a environ un an, quand elle nous a été apportée pour nettoyage et réparation de quelques sertissages. Je vous préviendrai sur-le-champ si nous la revoyons. Si vous le désirez, je peux aussi vous fournir une liste de toutes les pièces obtenues grâce à cette *carte blanche**.

— Encore une fois, merci.

Allerton, le secrétaire de Gideon, avait déjà dressé une liste de tous les bijoux pour lesquels ils avaient reçu une facture, mais une confirmation de la part du joaillier ne ferait pas de mal.

— Puis-je compter sur vous pour ne rien répéter de cette conversation ?

— Bien sûr, Votre Grâce. Notre discrétion fait notre fierté.

Dès qu'il eut quitté la bijouterie, Gideon se dirigea vers Victoria Street, où était située l'enseigne de T.M. Sutton, prêteur sur gages.

Il fut surpris de trouver une boutique étonnamment propre et ordonnée.

— Vous cherchez quelque chose en particulier ? demanda un jeune homme derrière le comptoir.

Gideon lui tendit sa carte.

— Je souhaite parler à M. Sutton.

— Je vais le chercher, Votre Grâce.

Il disparut derrière un rideau et revint très vite en compagnie d'un gentleman d'une quarantaine d'années.

— Votre Grâce, voici mon père, M. Sutton.

Comme attendu, le plus âgé des deux commerçants s'inclina, tout en observant Gideon avec curiosité.

— En quoi puis-je vous aider ?

— Je suis à la recherche de toute information sur des objets qu'une Mme Petrie aurait pu vous vendre.

— Votre Grâce, vous devez comprendre que je ne puis divulguer ce genre d'informations.

— Vraiment ? fit Gideon, sarcastique. On m'a pourtant assuré que vous étiez honnête, et il se trouve que ces pièces ont été volées.

Ce n'était sans doute pas tout à fait la vérité, mais cela s'en approchait assez pour qu'il n'éprouve pas la moindre culpabilité.

— Voici une liste, ajouta-t-il.

M. Sutton prit la feuille de papier. À mesure qu'il la consultait, ses lèvres se plissaient.

— Je reconnais certains de ces objets.

Le total de la liste équivalait à une petite fortune. Suffisante, si Gideon parvenait à prouver que la *carte blanche** était un faux, pour redresser ses finances de manière significative. La question maintenant était de savoir comment le prêteur sur gages allait réagir.

— Je demanderai à mon avocat de prendre contact avec vous afin de voir comment nous pouvons résoudre cette affaire.

— Très bien, dit M. Sutton d'une voix sombre.

Nul doute que cela représenterait un lourd manque à gagner pour le prêteur sur gages, mais Gideon lui-même souffrait de pertes bien plus considérables.

— Nous tenons une affaire respectable, Votre Grâce, reprit M. Sutton. Je serais heureux de vous aider à régler ce problème. Je présume que vous aimeriez être prévenu au cas où d'autres objets me seraient apportés ?

— Je vous en serais reconnaissant, en effet.

Cette entrevue se déroulait bien mieux qu'il ne l'avait craint. Il n'y avait plus qu'à espérer que cette signature était effectivement un faux.

Une demi-heure plus tard, il était de retour à Rothwell House. Il se rendit tout droit dans le bureau de son secrétaire.

— Allerton ?

Celui-ci leva les yeux.

— Votre Grâce.

Gideon lui tendit la *carte blanche**.

— Est-ce bien la signature de mon père ? Cela y ressemble, mais quelque chose me paraît bizarre.

L'homme prit le document, le lut puis se frotta le front avant de sortir une loupe d'un tiroir pour examiner le paraphe. Au bout d'un moment, il releva la tête.

— Non, Dieu merci, ce n'est pas sa signature. Mais elle est fort bien imitée.

— Rundell & Bridge disent que ceci portait son sceau.

— Étant donné les circonstances, c'était assez facile à faire. Voyez-vous, la raison pour laquelle j'ai étudié cette signature de façon aussi scrupuleuse, c'est que cette femme a eu le culot d'apporter ici cette lettre, ou une semblable, en demandant que Sa Grâce la signe. Au lieu de cela, il a envoyé un message au joaillier lui disant de lui offrir un bijou de son choix.

— Elle, ou un complice, a donc imité sa signature, dit Gideon en s'asseyant face au bureau d'Allerton. Que puis-je faire, maintenant ? Piller sa maison ?

Son secrétaire esquissa un mince sourire.

— Je suggère que vous préveniez votre avocat.

— Je le ferai dès que j'aurai reçu la liste que M. Rundell m'a promise.

— Voilà qui serait sage, en effet, Votre Grâce.

— J'aurais aimé qu'on m'avertisse plus tôt de l'existence de Mme Petrie.

Son secrétaire parut extrêmement gêné.

— Madame votre mère ne voulait pas qu'on vous en parle.

La voix d'Allerton était lasse, comme s'il avait le poids du monde sur ses épaules.

— Elle souhaitait, je crois, reprit-il, que vous vous souveniez du duc tel que vous l'aviez toujours connu.

— Néanmoins, étant donné que des fonds étaient encore versés à cette femme, répondit Gideon d'une voix calme mais ferme, il aurait été judicieux que quelqu'un me prévienne.

— J'aurais dû le faire, Votre Grâce. Voulez-vous que je dresse une liste des autres objets que votre père a achetés pour elle ?

— Oui. De cette façon, je pourrai établir ce qu'elle s'est procuré par ses propres moyens.

Allerton sortit une nouvelle liasse de factures.

— Comme vous le savez, certains de ces achats ont été effectués récemment.

— Je présume qu'après le succès rencontré chez Rundell & Bridge, elle ne s'est pas privée de recommencer ailleurs.

Gideon examina brièvement les factures avant de les reposer sur le bureau.

— Triez-les par catégorie et par date afin que je sache si les objets ont été achetés avant ou après la mort de mon père. J'irai personnellement rendre visite à tous ces magasins demain matin.

Allerton parut soulagé.

— Combien tout cela représente-t-il, selon vous ? s'enquit Gideon.

— J'estime le tout à près de vingt mille livres, Votre Grâce, plus ou moins quelques pence.

Gideon poussa un long sifflement – heureusement, sa mère n'était pas là pour l'entendre. Elle n'aurait pas toléré une telle vulgarité.

— Voilà qui nous remettrait sur nos pieds.

— Ce serait un grand soulagement, en effet, Votre Grâce.

Mieux que cela, ce serait une somme suffisante pour qu'il demande à Worthington la permission de courtiser lady Louisa. Même si, en l'état actuel des choses, un mariage restait hors de question.

D'un pas plus léger, il quitta le bureau pour gagner sa chambre.

— Hobson.

— Votre Grâce.

Son valet, qui le servait depuis qu'il avait quitté Oxford, était ravi d'être de retour dans cette bonne vieille Angleterre. Les rudes usages en vigueur au Canada offensaient son sens de la dignité. Dès leur arrivée à Londres, il avait insisté pour que la première visite de Gideon soit pour Weston, afin que son maître se fournisse en vêtements neufs.

— Je vais au bal de lady Sale ce soir.

— Excellent, Votre Grâce. Je veillerai à ce que tout soit en ordre.

Maintenant, se dit Gideon, il ne lui restait plus qu'à remplir les heures qui le séparaient du moment où il reverrait lady Louisa.

4

Louisa et Charlotte, assises dans le grand salon où Grace présidait aux visites, ne pouvaient que se rendre à l'évidence : il n'y avait aucune nouvelle dame en ville, jeune ou pas.

Louisa aurait sans doute dû prendre en considération le fait qu'elle connaissait déjà toutes celles qui étaient venues les voir aujourd'hui.

Contemplant les aiguilles de l'horloge qui tournaient inexorablement, elle commençait à perdre espoir quand le majordome annonça :

— La duchesse de Stillwell et Mlle Blackacre.

Naturellement, elle avait entendu parler de la duchesse, mais qui était donc Mlle Blackacre ?

Lady Stillwell était une femme de petite taille d'un âge indéterminé. Ses cheveux dorés étaient parsemés de quelques mèches grises, et sa peau restait remarquablement épargnée par les rides. Louisa jeta un coup d'œil vers Charlotte, qui s'était un peu redressée sur sa chaise. La ressemblance entre la duchesse, Grace et elle était assez frappante. Étaient-elles parentes ?

La duchesse traversa la pièce, entraînant Mlle Blackacre dans son sillage.

— Grace, quelle chance que vous receviez aujourd'hui !

Elle offrit sa joue à Grace pour qu'elle l'embrasse.

— Je ne crois pas que vous ayez déjà rencontré votre cousine, Oriana Blackacre.

— Non, en effet, dit Grace en souriant à la jeune femme. Quel plaisir de vous revoir, tante Dianna.

— Un plaisir partagé, ma chère, mais permettez-moi de finir les présentations, ou je risque de les oublier. Oriana, voici Grace, la nouvelle comtesse de Worthington.

La duchesse regarda autour d'elle jusqu'à ce qu'elle découvre Charlotte, et son sourire s'élargit.

— Et voici une autre de vos cousines, lady Charlotte Carpenter.

Charlotte, qui s'était levée, fit une révérence.

— Tante Dianna, je suis ravie de vous revoir.

— Très charmante, approuva sa tante.

Grace la prit par le bras.

— Asseyez-vous, s'il vous plaît. J'ignorais que vous étiez en ville.

Lady Stillwell s'installa avec élégance sur une causeuse aux côtés de son hôtesse.

— Vous avez peut-être appris que mon gendre, le père d'Oriana, est mort l'an dernier. Naturellement, Oriana n'avait guère envie de venir en ville pour la saison, toutefois nous avons réussi à la convaincre que cela valait mieux que de se morfondre dans son coin. Ma pauvre fille ne pouvait venir, bien sûr, mais je suis plus qu'heureuse de chaperonner Oriana.

La duchesse fit signe à sa petite-fille de prendre place auprès de Charlotte.

— Puis je me suis souvenue que vous vous occupiez de Charlotte et de la sœur de Worthington. Je présume que c'est là lady Louisa ? ajouta-t-elle en haussant les sourcils.

— Oui, Votre Grâce, répondit l'intéressée, qui fit une révérence avant de reprendre sa place sur le canapé.

— Parfait. J'espère que Charlotte et vous saurez expliquer à Oriana comment se comporter. Pourquoi n'iriez-vous pas quelque part, mesdemoiselles, pour faire mieux connaissance ?

La duchesse se tourna vers Grace.

— Si vous n'y voyez pas d'objection, ma chère ?

Même si cela était exprimé comme une question, il était évident que la duchesse ne s'attendait pas qu'on lui réponde non.

— Absolument aucune objection, répondit Grace avec un sourire un peu forcé. Charlotte, emmenez donc Oriana prendre le thé sur la terrasse, Louisa et toi.

— La terrasse, oui, parfait, fit la duchesse avec un geste de la main comme pour les balayer de la pièce.

— Je suis si heureuse de faire enfin votre connaissance, dit Charlotte à Oriana dès qu'elles furent dans le couloir. Mon grand-père, Timothy, nous parlait souvent de votre côté de la famille.

— Il me parlait aussi de vous, répondit Mlle Blackacre d'une voix plaisante au timbre musical. J'aurais aimé que nous nous rencontrions plus tôt, mais je sais que vous avez traversé des moments difficiles récemment. Tout comme nous.

« Quelle douceur dans ses manières ! » se dit Louisa avec espoir. Et son empathie semblait sincère... Pourrait-elle être celle qu'il fallait à Bentley ?

— Je vous présente toutes mes condoléances.

Les yeux de Mlle Blackacre brillèrent, et elle fit un effort visible pour refouler ses larmes.

— Papa me manque terriblement, mais je suis soulagée qu'il ne souffre plus.

Elle esquissa un faible sourire.

— C'était le meilleur père du monde. Je prie pour avoir la chance d'épouser un gentleman qui lui ressemble.

Louisa ne se souvenait guère de son propre père, qui, de son vivant, se contentait d'apparaître de temps à autre dans l'existence de ses filles. Elle n'avait aucune envie d'épouser un homme comme lui.

— Désirez-vous réellement faire vos débuts cette saison ? s'enquit Charlotte.

— Oui. Grand-maman a raison. Il vaut beaucoup mieux que je m'occupe l'esprit ici, en ville, plutôt que de broyer du noir à la campagne.

Ne serait-il pas malvenu de tenter de jouer les marieuses alors que Mlle Blackacre venait de perdre un père tendrement aimé ? se demanda Louisa. Mais, après tout, ce serait peut-être pour elle une diversion bienvenue.

— De quelle partie du pays venez-vous ?

— Des West Midlands. Tout près de Wolverhampton.

C'était assez loin du domaine de la famille de Bentley. Il y avait donc assez peu de chances que Mlle Blackacre le connaisse déjà, ce qui était une bonne chose. Dès qu'elles s'installèrent sur la terrasse, une théière arriva, accompagnée de biscuits, de gâteaux et de tartes aux fruits. Charlotte se chargea du service.

Tandis que Mlle Blackacre portait sa tasse à ses lèvres, Louisa croisa le regard de Charlotte et haussa un sourcil interrogateur. Son amie se contenta de hocher vaguement la tête. Oui, elles devaient en apprendre davantage à propos de Mlle Blackacre avant de pouvoir décider si Bentley et elle s'entendraient.

— Aimeriez-vous nous accompagner pour une promenade dans le parc tout à l'heure ? demanda Louisa.

— Oh, c'est très gentil à vous. Si cela ne vous dérange pas trop, j'en serais ravie. Mais, je vous en prie, ne vous sentez pas obligées de m'inviter à cause de grand-maman. Elle a beaucoup de… caractère.

Louisa et Charlotte s'esclaffèrent.

— Croyez-moi, répondit Louisa, nous en connaissons d'autres comme elle et, je vous en prie, appelez-moi Louisa. Charlotte et moi sommes sœurs à présent, en quelque sorte, ce qui fait donc de vous ma cousine.

Un beau sourire illumina le visage de Mlle Blackacre.

— Merci beaucoup. Vous devez donc m'appeler Oriana. En arrivant si tard dans la saison, je ne m'attendais pas à trouver des amies, encore moins des parentes. Je suis vraiment heureuse de vous rencontrer.

— Je suis d'accord avec Louisa. Appelons-nous par nos prénoms. Et puisque nous sommes amies et parentes, pourquoi ne pas nous tutoyer ?

— Très bien, fit Oriana, visiblement touchée.

C'est alors que la porte-fenêtre du petit salon s'ouvrit brusquement. Madeline et les jumelles jaillirent sur la terrasse.

— Qui es-tu ? demanda Madeline, la sœur de Louisa.

— Voilà qui est très impoli, dit sévèrement celle-ci.

— Mais on veut savoir, fit Alice d'un ton enjôleur.

À ses côtés, sa jumelle, Eleanor, acquiesça.

— Oui, on ne nous dit jamais rien.

— Très bien, fit Louisa. Voici Mlle Blackacre. C'est une de nos cousines du côté des Carpenter.

— Nous aimons les nouvelles cousines, déclarèrent les trois filles à l'unisson.

— Et tu es jolie, affirma Madeline en se plantant devant Oriana. Tes yeux sont de la même couleur que nos pensées bleues.

Évidemment, cette remarque conduisit les jumelles à mieux examiner leur nouvelle cousine.

— Non, je crois qu'ils sont plutôt comme les violettes, affirma Eleanor.

— Peut-être, fit Alice en scrutant les iris d'Oriana. En tout cas, c'est la même couleur que ta robe, Louisa.

Charlotte émit un petit rire.

— Peu importe, non ? Nous pourrions toutes nous mettre d'accord sur le fait que les yeux d'Oriana sont très beaux et en rester là, vous ne croyez pas ?

Dieu merci, les trois filles opinèrent l'une après l'autre.

— Bien, reprit Charlotte. Allez jouer, maintenant, avant qu'on vous rappelle pour vos leçons.

Oriana riait de bon cœur.

— Elles sont toujours ainsi ?

— Tu n'imagines pas à quel point elles peuvent être embarrassantes parfois, dit Louisa. J'espère bien que je serai mariée depuis longtemps et que je vivrai très loin d'ici quand elles feront leurs débuts dans le monde.

— Si je comprends bien, deux d'entre elles sont jumelles et la troisième est ta sœur ?

— Oui, et elles ont toutes les trois douze ans. Au lieu de jumelles, nous avons des triplées.

— Grand-maman m'a parlé du mariage de Grace, déclara Oriana. Vous avez de la chance que tout le monde s'entende si bien.

— C'est vrai, acquiesça Charlotte. Le seul problème, c'est que j'aurai quatre sœurs de plus à regretter quand je me marierai.

Louisa avait eu exactement la même idée.

— Iras-tu au bal des Sale ce soir ? demanda-t-elle à Oriana.

— J'en doute. Nous sommes arrivées à peine hier soir, et grand-maman ne m'en a pas parlé.

— Tu dois sans doute te constituer tout ton trousseau, remarqua Charlotte.

— Pas tant que cela, fit Oriana en fronçant les sourcils, ce qui semblait une habitude chez elle. Mes mesures ont été envoyées à la modiste de ma grand-mère ainsi que des instructions. Plusieurs robes doivent être livrées cet après-midi.

— Elles auront quand même besoin de retouches, dit Charlotte en se tournant vers Louisa. Vous faites à peu près la même taille et vous avez le même teint. Je ne crois pas que Grace y trouvera à redire si tu prêtes une de tes robes à Oriana pour qu'elle puisse nous accompagner ce soir.

— Excellente idée, dit Louisa avec un sourire approbateur. Après le thé, nous irons demander à Grace et à ta tante.

Les trois jeunes filles continuèrent à bavarder de leurs familles et des différences entre les us et coutumes de la campagne et ceux de la ville.

— À quoi ressemble ta maison ? demanda Louisa à Oriana.

— Notre domaine familial est, à vrai dire, assez petit. Un manoir, une ferme et quelques métayers.

Elle soupira.

— Je vous ai déjà dit que papa était un trésor ?

Charlotte et Louisa acquiescèrent.

— Il venait d'une famille nombreuse. Il aimait tout le monde, et tout le monde l'aimait. En conséquence, chaque fois qu'un de ses oncles ou tantes mouraient célibataires ou sans enfants, ils lui léguaient leurs terres.

Oriana fit une petite moue avant de poursuivre :

— Mais il y avait un problème : il était extrêmement distrait et avait du mal à prendre la moindre décision. Heureusement, ma mère était son opposée sur ce plan-là, et nous avions un excellent régisseur. Bref, pour résumer, nous avons tous appris à gérer les domaines. En vérité, c'est moi qui m'en suis occupée ces dernières années, mes deux grands frères étant à l'université et ma mère ayant assez à faire avec la santé déclinante de mon père. John, mon frère aîné, est revenu à la maison juste avant la mort de papa. C'est donc lui qui a repris les rênes, si bien que je me retrouve un peu oisive.

Elle esquissa un timide sourire.

— Je suis désolée de vous ennuyer ainsi avec mon histoire.

— Non, non. Pas du tout, assura Louisa. J'aurais adoré avoir l'occasion d'apprendre à gérer un domaine quand j'étais plus jeune. Depuis quelques semaines, Grace se charge de mon éducation sur ce plan-là et j'ai lu quelques livres, mais rien ne vaut, je pense, une expérience pratique.

— Je suis contente de posséder moi aussi un peu de cette expérience, ajouta Charlotte. Louisa, je suis certaine que tu t'en tireras merveilleusement.

Daisy, leur chienne, surgit alors sur la terrasse. Oriana éclata de rire quand l'animal approcha son énorme tête de sa main. Elle la caressa.

— Tu es une grande et belle fille, dis donc. Quel âge a-t-elle ? demanda-t-elle à Charlotte.

— Deux ans le mois prochain, mais nous continuons à dire qu'elle n'a qu'un an.

— Je sens une histoire derrière cela.

— C'est pour dissuader les enfants de compter leurs mois et leurs années, dit Charlotte, espiègle. Philip, notre plus jeune frère, commençait à dire partout qu'il avait sept ans et deux mois, puis sept ans et trois mois, comme s'il voulait qu'on lui fête son anniversaire tous les mois. Pour ne pas être en reste, les jumelles se sont mises à compter les jours.

— Oh, je vous plains, fit Oriana en masquant son rire derrière une serviette de table.

— Et il y a de quoi, répliqua Charlotte en baissant la voix, car les fillettes revenaient.

— Mesdames, lady Blackacre, fit Royston, le majordome de Stanwood House, en s'inclinant. Madame souhaiterait vous parler.

Les trois jeunes filles le suivirent dans le grand salon, où les attendaient Grace et Matt. Apparemment, la duchesse était partie.

— Tante Dianna voulait que vous passiez un peu de temps avec Charlotte et Louisa pendant qu'elle fait quelques courses. J'ai pour instruction de vous envoyer chez Madame Lisette, mais je préfère vous accompagner. Louisa et Charlotte ne peuvent le faire car, malheureusement, nos trois plus jeunes enfants sont malades et ont demandé à ce qu'elles viennent les voir.

Après une hésitation, Grace demanda :

— Savez-vous si vous avez déjà eu la rougeole ?

— Oui, je l'ai eue. Mes frères ne m'ont jamais permis d'oublier que j'étais couverte de boutons.

— Tu es donc immunisée, dit Charlotte. C'est ce dont souffrent les enfants. Nous allons devoir remettre notre promenade au parc. Grace, nous aimerions qu'Oriana vienne avec nous ce soir.

— J'en ai déjà parlé à tante Dianna. Elle estime qu'une sortie demain soir serait plus judicieuse. Les robes d'Oriana doivent encore être retouchées, ce qui explique cette visite chez Madame Lisette. Demain, nous dînerons chez les Stillwell avant d'assister au bal.

— Quelle merveilleuse idée ! s'exclama Oriana, ravie, avant de se tourner vers ses deux nouvelles amies. Je suis désolée de ne pouvoir vous accompagner ce soir, mais je suis impatiente d'être à demain. Merci de m'avoir accueillie aussi chaleureusement.

Quittant Oriana, Charlotte et Louisa montèrent l'escalier ensemble.

— Elle est de très bonne naissance, chuchota cette dernière.

— Oui. Elle est petite-fille de duc aussi bien du côté maternel que paternel, approuva Charlotte. Sa dot doit être plus que respectable. Par ailleurs, il est évident qu'elle est extrêmement patiente et qu'elle sait gérer un domaine.

— Et Bentley doit beaucoup ressembler à son père. Bref, elle serait parfaite pour lui.

— À condition qu'il lui plaise, lui rappela gentiment Charlotte.

— Et qu'elle lui plaise.

Mais Louisa refusait d'envisager la possibilité que ce ne soit pas le cas.

— Comment allons-nous nous y prendre ? Devons-nous d'abord en parler à Oriana ? demanda-t-elle.

— Ce serait gênant. Il vaut mieux les présenter l'un à l'autre, dit Charlotte, l'air pensif. Ensuite, j'essaierai de savoir ce qu'elle pense de lui. Après tout, il est possible qu'elle ait déjà donné son cœur à un autre gentleman.

— Cela fait peu de temps qu'elle est en ville, et je n'ai pas l'impression qu'elle sorte beaucoup. Ah, si seulement nous en savions davantage !

— Eh bien, commençons par cela, déclara Charlotte en pénétrant dans leur boudoir et en s'installant à son bureau. Je vais écrire à Oriana pour lui proposer une promenade demain après-midi. Cela nous donnera l'occasion de discuter avec elle.

— Excellente idée. Pourquoi n'y ai-je pas pensé ?

— Parce que ta méthode préférée pour t'occuper d'un problème quelconque, c'est de dire aux autres ce qu'ils doivent faire.

Louisa soupira. Elle l'admettait, elle pouvait parfois se montrer un peu directe, pour ne pas dire directive. Mais c'était toujours avec les meilleures intentions, et pour le bien d'autrui. Avec un peu de chance, Rothwell apprécierait cette manière d'être.

Jusqu'à présent, il ne lui était pas venu à l'esprit qu'il pourrait préférer une partenaire au caractère plus souple.

5

Une heure après sa conversation avec Allerton, Gideon était attablé au Brook's, son club, devant un excellent steak quand un gentleman plus âgé et fort distingué vint le saluer.

— Rothwell, j'ai appris votre retour. Ravi de vous revoir.

À ses côtés, lord Marcus Finley sourit. Gideon et lui avaient fréquenté la même école avant de se croiser à plusieurs reprises au Canada.

— Bienvenue au pays. Je te présente mes condoléances.

— Merci, Marcus, dit Gideon en se levant pour lui serrer la main. Il paraît que tu t'es marié.

— En effet. Malheureusement, j'ai moi aussi subi un deuil. Mon frère. Me voilà donc comte d'Evesham. Je te présente mon oncle par alliance, lord St. Eth.

— Accepte mes condoléances les plus sincères, dit Gideon avant de se tourner vers le plus âgé des deux hommes. Je ne vous avais pas reconnu au premier abord, monsieur. Je vous en prie, asseyez-vous.

Evesham et le marquis de St. Eth prirent place de part et d'autre de lui. Un serveur apporta une bouteille de bordeaux.

— Je crois comprendre que vous avez reçu votre nomination, et j'ai pris sur moi de faciliter votre entrée à la Chambre des lords, déclara St. Eth après avoir bu une gorgée de vin. J'espère que vous resterez en ville assez longtemps pour vous y présenter.

Trop distrait par les déboires de son père – et par lady Louisa –, Gideon avait complètement oublié le siège qui l'attendait désormais à la Chambre des lords.

— Merci, monsieur. J'apprécie votre aide.

Après avoir eux aussi commandé des steaks, les deux hommes savourèrent la succulente viande.

— Assisterez-vous au bal de lady Sale ce soir ? s'enquit Gideon.

— Non, nous allons au théâtre, répondit Marcus. Si ma femme est encore en ville, c'est uniquement pour voir Kean jouer ce soir. Après cela, je la séquestre à la campagne pour qu'elle attende tranquillement la naissance de notre premier enfant.

Décidément, la vie changeait, et vite. Bientôt, tous ses amis seraient pères de famille.

— Félicitations. Je suis heureux pour toi. À la santé de la mère et de l'enfant, dit Gideon en levant son verre.

— À la santé de la mère et de l'enfant ! reprirent les deux autres à l'unisson.

— Si tu daignes aller à un bal, remarqua Marcus avec un sourire, j'en déduis que tu es à la recherche d'une épouse ?

Gideon réfléchit un moment.

— Il y a bien une jeune fille qui m'intéresse. Malheureusement, j'ai quelques affaires à régler avant de pouvoir être en mesure de la courtiser.

Les deux hommes lui adressèrent un regard entendu, mais sans faire le moindre commentaire. À l'évidence, ils connaissaient sa situation, ce qui signifiait qu'en plus du reste, son père n'avait guère fait preuve de discrétion. Que la belle société soit au courant de ses turpitudes n'enchantait pas Gideon… et c'était un euphémisme. Toutefois, le cas de son père n'avait rien de rare. De nombreuses familles de l'aristocratie vivaient pendant des générations perchées au bord de l'abîme de la banqueroute. Les pairs du royaume ne pouvant être emprisonnés pour dettes, les moins intègres d'entre eux, ou les plus frivoles, n'avaient aucune raison de changer leurs habitudes. Jusqu'à présent, les ducs de Rothwell n'avaient jamais appartenu à ces catégories.

On changea de sujet, les deux gentlemen lui donnant des nouvelles de quelques vieux amis et d'autres membres de leur cercle.

Au bout d'un moment, Gideon consulta sa montre.

— Messieurs, si vous voulez bien m'excuser, je dois me préparer pour le bal.

St. Eth et Marcus se levèrent.

— Et nous, nous devons aller chercher nos femmes, dit ce dernier avec un sourire.

Comme Gideon quittait le club, lord Masters, une vieille connaissance de son père, l'accosta sur le trottoir.

— Un mot, s'il vous plaît, Votre Grâce.

Gideon n'avait jamais apprécié le bonhomme. Aujourd'hui, il sentait l'alcool, et une tache de gras souillait sa cravate.

— Monsieur ?

Masters sortit plusieurs feuilles de papier d'une poche.

— J'ai appris que vous étiez en ville et j'espérais bien vous voir, pour régler ce petit problème des dettes que votre père a laissées.

Il se pencha vers lui pour ajouter dans un murmure assez sonore :

— Des dettes d'honneur, voyez-vous.

On les disait « d'honneur » simplement parce qu'il était impossible de porter le différend devant un tribunal. Allerton en avait mentionné de semblables, qui étaient en réalité des dettes de jeu, mais sans jamais en donner le montant à Gideon. Qu'elles existent était en soi étrange : le duc jouait rarement et, quand il le faisait, il ne perdait jamais. Quoi qu'il en soit, Gideon était dans l'incapacité de couvrir ces dettes que son père n'avait pas remboursées avant sa mort. Un problème qui s'ajoutait à tous ceux auxquels sa famille et lui devaient déjà faire face et qui décuplait sa colère.

— Je ne trouve rien d'honorable à venir mendier auprès d'un homme en deuil. Soyez assuré que je ne répondrai pas à une telle démarche.

— Mais, Votre Grâce, geignit l'homme, votre père avait donné sa parole !

— Dans ce cas, je vous suggère de régler cela avec lui la prochaine fois que vous le verrez.

Le visage déjà rougeaud de Masters devint écarlate.

— Vous regretterez cette décision, fulmina-t-il.

Se demandant quel nouveau désastre allait s'abattre sur lui, Gideon regarda l'homme s'éloigner. Pour ne rien arranger, Marcus et St. Eth se trouvaient toujours à ses côtés.

— Vous avez entendu, bien sûr.

— Ce genre de conversation risque de se reproduire, répondit St. Eth, l'air soucieux. Par ailleurs, il était évident que votre père n'était plus lui-même. Un homme d'honneur ne joue pas avec des mineurs ou des égarés.

Gideon le dévisagea.

— « Égarés » ? Que voulez-vous dire par là ?

— Il était clair, pour moi au moins, dit St. Eth d'une voix sèche, que votre père souffrait de démence. Les rares fois où je l'ai vu ces dernières années, il s'adressait à moi en me donnant mon ancien titre, celui qui était le mien du temps de ma jeunesse. Je n'ai pas dû être le seul.

St. Eth regarda Gideon droit dans les yeux.

— Jeune homme, votre père était un joueur exécrable. Au point que ses pertes ont fini par excéder ses subsides. Votre grand-père y a mis le holà. J'ignore comment il s'y est pris, mais par la suite, non seulement

Rothwell faisait preuve d'une extrême modération, mais son habileté avait progressé de façon stupéfiante, au point que rares étaient ceux qui acceptaient de jouer contre lui.

Si St. Eth avait compris que son père n'était plus lui-même, combien d'autres s'en étaient rendu compte et avaient cherché à tirer profit de la situation ? se demanda Gideon avec une pointe de soulagement. Un homme qui avait perdu l'esprit n'était pas responsable de ses actes. Dès lors, comme St. Eth l'avait laissé entendre, on ne pouvait blâmer Gideon de refuser d'honorer ses dettes.

— Merci de me dire tout cela.

Marcus lui donna une tape sur l'épaule.

— Bonne chance, mon ami. Et si tu as besoin de quoi que ce soit, sache que je suis là.

— Merci, répéta Gideon.

Cependant, malgré cette offre généreuse, c'était là un problème qu'il comptait bien régler seul.

Les deux hommes le quittèrent. La voiture de Gideon l'attendait. Barnes avait fait un excellent travail : le vieux véhicule semblait flambant neuf. Même le blason brillait. Au moins Gideon avait-il l'air prospère, à défaut de l'être. Il attendit qu'un valet en livrée ouvre la porte et baisse le marchepied.

Même s'il avait su toute sa vie que ce jour arriverait, il devait à présent s'habituer au cérémonial qui accompagnait un duc. Cela aurait sans doute été plus facile s'il n'avait pas passé les trois dernières années au Canada, où un tel formalisme n'avait pas cours. Et s'il était resté chez lui, au lieu d'aller jouer au sauvage sur un autre continent, il aurait sans doute pu tempérer les excès de son père. Par exemple, en portant l'affaire devant la justice et en demandant à être nommé tuteur légal d'un homme qui n'avait plus sa raison.

À présent, il devait payer le prix de ses caprices. Le duché, sa famille et tous ceux qui travaillaient sur ses domaines dépendaient de lui, et il était hors de question de ne pas assumer ses devoirs envers eux, même si cela impliquait de renoncer à ce qu'il désirait.

Après être passé chez lui se changer, il reprit sa voiture et songea à la soirée qui l'attendait. Elle allait être agréable – en tout cas, la danse avec lady Louisa le serait, ainsi que le souper qui suivrait. Mais, se promit-il, ce serait la dernière fois qu'il la verrait jusqu'à ce qu'il ait remis ses affaires en ordre.

Quelques minutes plus tard, la voiture s'immobilisa devant un vaste hôtel particulier qui bruissait de musique et de voix. Tout le rez-de-chaussée était illuminé. Montant les marches, Gideon salua son hôtesse et son hôte.

Lady Sale sourit en effectuant une impressionnante révérence.

— Votre Grâce, je suis ravie que vous ayez pu vous joindre à nous ce soir.

— C'était un honneur de recevoir votre invitation, répondit Gideon en s'inclinant poliment.

Se tournant vers lord Sale, il lui tendit la main.

— Milord.

— Votre Grâce. Bon retour au pays.

— Cela fait du bien d'être ici.

Quand le couple l'accompagna dans la salle de bal, il comprit qu'ils l'avaient probablement attendu, comme s'il avait été leur invité d'honneur.

— Mon cousin, lord Bentley, est-il arrivé ?

— Il nous a prévenus qu'il ne pourrait malheureusement pas être là, fit lady Sale avec une moue.

— Voilà qui est fort dommage.

De la part de tout autre gentleman, Gideon aurait trouvé cette attitude étrange. Mais il était surpris que Bentley ait même pensé à se décommander. Il allait encore devoir attendre pour connaître la raison pour laquelle son cousin lui avait demandé de venir en ville de toute urgence.

Il offrit son bras à lady Sale.

— Madame, si vous permettez ?

Elle inclina poliment la tête.

— Merci, Votre Grâce. Laissez-moi vous présenter certaines jeunes dames. Même si je crains que vous ne soyez pas arrivé assez tôt pour réclamer beaucoup de danses.

Cela avait été exactement son intention, ce qu'il se garda d'avouer à son hôtesse. Il prit l'air navré qui convenait. Son nom se trouvait déjà sur le carnet de bal de la seule jeune fille avec qui il souhaitait danser.

— Je présume que vous êtes à la recherche d'une épouse, enchaîna lady Sale.

— Non. Pas cette saison. Je ne puis rester très longtemps en ville.

— Ah, je comprends. Après avoir été absent si longtemps, vous avez beaucoup à faire avec le duché. Eh bien, il ne faudrait pas que cela vous empêcher de conclure un mariage convenable.

Il songea aux paroles de Worthington : « Tu pourrais épouser une héritière. C'est une façon parfaitement respectable de rétablir sa fortune. »

Une autre bonne raison de ne pas ébruiter ses problèmes financiers. Il n'avait aucune envie qu'on lui présente des tas de jeunes dames désireuses de devenir duchesses.

— J'essaierai de garder cela en tête, madame.

C'est alors qu'il aperçut lady Louisa, resplendissante dans une robe de bal blanche ourlée de satin rose qui scintillait à chacun de ses gestes. Il n'avait encore jamais vu personne danser avec une telle grâce.

Comme si elle sentait qu'elle était observée, elle tourna la tête et leurs regards se croisèrent... à peine une seconde, mais ce fut suffisant. Il eut de nouveau cette impression que le monde disparaissait autour d'eux, comme si l'univers tout entier se limitait à eux deux. Il cligna des paupières, et elle se retourna vers son cavalier.

À ses côtés, lady Sale émit un murmure d'approbation.

— Puis-je vous escorter auprès de lord et de lady Worthington ?

— S'il vous plaît.

Il n'avait aucune envie que cette femme l'escorte où que ce soit, mais, sans son aide, il n'était pas certain de pouvoir retrouver son ami dans cette foule. Il avait oublié à quel point ces bals étaient bondés.

Lady Sale dut remarquer son air égaré, car elle déclara :

— Je doute qu'on trouve dans les Colonies quoi que ce soit qui ressemble à ce que nous avons ici.

Son ton dédaigneux était typique de ceux qui considéraient les terres lointaines du glorieux Empire britannique comme des territoires sauvages et incultes.

Gideon suivit néanmoins son hôtesse, qui avait entrepris de fendre cette marée humaine, saluant de nombreux invités et quelques matrones visiblement très désireuses de présenter leurs filles au nouveau duc. Au bout d'un temps qui lui parut extrêmement long, il repéra enfin Worthington... à l'autre extrémité de la salle.

— Merci de m'avoir accompagné, madame. Je crois que je saurai trouver mon chemin maintenant.

— Ce fut avec un immense plaisir, Votre Grâce, assura lady Sale avec une révérence. Si vous désirez être présenté à qui que ce soit, je serai ravie de vous assister.

La danse venait de s'achever. Avec un peu de chance, il allait enfin pouvoir retrouver Worthington et, il l'espérait, lady Louisa. Hélas, il ne tarda pas à déchanter.

— Rothwell, c'est bien toi ?

Devant lui se tenait un vieux camarade d'école.

— Featherington, comment vas-tu ?

— Très bien. J'ai été navré d'apprendre le décès de ton père.

Ils se serrèrent la main.

Gideon réussit à le quitter... pour se faire aussitôt arrêter par une vieille amie de sa mère.

— Vous transmettrez mes amitiés à lady Rothwell, Votre Grâce. Quel dommage qu'elle ne puisse venir à Londres cette saison ! s'exclama-t-elle, avant d'enchaîner, désignant une jeune dame qui les avait rejoints : Vous vous souvenez de ma fille, lady Jane ? Elle était très jeune la dernière fois que vous l'avez vue.

Il s'inclina devant la jeune fille, incapable de la reconnaître parmi tous les enfants qui avaient défilé à Rothwell Abbey au cours des années.

— Vous avez beaucoup changé, lady Jane.

Voilà au moins une affirmation qui ne lui faisait courir aucun risque.

Papillonnant des cils, elle lui adressa un sourire aguicheur.

Il ne perdit pas une seconde pour répondre à sa mère.

— Je transmettrai vos amitiés à ma mère, madame.

Et il reprit son périple. Traverser une salle de bal bondée se révélait une entreprise d'une stupéfiante difficulté. De longues minutes plus tard, il poussa enfin un soupir de soulagement.

— J'ai bien cru que je n'arriverais jamais jusqu'à toi. J'avais moins de mal à traquer un ours dans les bois.

— Bon retour dans le grand monde, fit Worthington, hilare. Nous suivions tes progrès avec un certain intérêt. La prochaine fois, contourne le gros du public et passe par les côtés de la salle.

La dame aux cheveux d'or à ses côtés rit doucement. Au regard que Worthington lui adressa et à sa façon de serrer sa main sur son bras, il n'y avait aucun doute possible sur son identité.

— Mon amour, permets-moi de te présenter le duc de Rothwell. Rothwell, Grace, ma femme.

Gideon s'inclina sur la main de lady Worthington pendant qu'elle faisait sa révérence.

— C'est un plaisir, madame. Je savais qu'il faudrait une femme rare pour gagner le cœur de Worthington, et je constate que je ne m'étais pas trompé.

Un joli rose teinta les joues de Grace.

— Je suis ravie de vous rencontrer enfin, Votre Grâce. Mon mari m'a parlé de vos voyages. Comment se passe votre retour ?

— Disons que j'aurais préféré rentrer dans des circonstances différentes.

— Oui, fit-elle avec compassion. Perdre un parent n'est jamais facile, mais rentrer et découvrir le décès de votre père a dû être absolument terrible. Je vous présente mes plus sincères condoléances.

Elle était la première personne qui lui témoignait spontanément une telle sympathie, et un nœud douloureux lui serra soudain la gorge.

— Oui... cela n'a pas été facile.

— Je suis sûre qu'il s'agit là d'un euphémisme. Comment votre mère réagit-elle ?

— Aussi bien que possible dans de telles circonstances.

À vrai dire, cette perte avait dû être un soulagement pour elle. Durant leur très long mariage, le duc ne l'avait jamais trompée. Même si elle savait qu'il n'était plus lui-même, elle n'avait pas moins dû en souffrir.

— Je vais lui écrire. On reçoit souvent des lettres de condoléances juste après un décès, mais ensuite les gens vous oublient. Je sais qu'après la mort de mon père, ma mère en a souffert.

— Merci de votre gentillesse.

Worthington avait eu beaucoup de chance de tomber sur une femme aussi remarquable.

— Mon mari dit que vous ne comptez pas rester en ville très longtemps. Nous dînons rarement de façon formelle, ajouta-t-elle avec un délicieux sourire, mais vous êtes le bienvenu à notre table.

Où il reverrait lady Louisa… Pouvait-il accepter tout en sachant qu'il lui était impossible de la courtiser ?

— C'est très aimable à vous, madame.

— Envoyez un mot quand vous en aurez envie, et j'ajouterai un couvert.

Il s'inclina de nouveau, sans répondre. Il venait d'apercevoir lady Louisa qui se dirigeait vers eux.

6

Louisa faillit rater son pas de danse au moment où elle aperçut le duc de Rothwell. On eût dit que, de l'autre bout de la salle, il l'avait forcée à se tourner vers lui avant de l'ensorceler de son regard d'argent fondu.

Malgré la chaleur qui régnait dans la salle de bal, elle frissonna.

Bonté divine ! Si elle réagissait ainsi maintenant, que se passerait-il quand elle serait dans ses bras pendant la valse ? C'était sûrement lui, le seul, le bon. Aucun autre homme ne lui avait jamais fait un tel effet, et elle lui avait à peine adressé dix mots. Bon, vingt peut-être.

— Avez-vous froid, lady Louisa ? s'enquit lord Babcock, son cavalier, la tirant de ses pensées.

— Pas du tout.

Pourtant, ses bras étaient couverts de chair de poule... Là-bas, très, très loin, lady Sale entraînait Rothwell à travers la salle, lui présentant des invités.

Il devait s'agir de sa première soirée depuis son retour des Colonies, un honneur qu'il accordait à leur hôtesse et qui, à n'en pas douter, ravissait celle-ci au plus haut point.

Depuis le jour où Louisa avait fait ses débuts, elle avait attiré plus que sa part d'attention, mais ce n'était rien comparé aux regards que ces dames lançaient à Rothwell. Bon sang, on aurait pu jurer qu'elles salivaient. Le pauvre ! Il devait avoir l'impression d'être un spécimen de la Ménagerie royale.

Quand elle le perdit de vue, elle se concentra de nouveau sur la danse, qui lui parut interminable. Lorsqu'elle s'acheva enfin, son cavalier la ramena auprès de Grace et de Matt. Rothwell était avec eux.

Elle se força à adopter un sourire modeste et contenu en faisant sa révérence. Mieux valait ne pas montrer son intérêt pour lui.

— Votre Grâce.

— Madame.

Prenant sa main gantée, il déposa un baiser sur ses doigts, et ce contact lui fit l'effet d'une brûlure. Une brûlure étrangement délicieuse.

Oh, Seigneur ! C'est encore pire que ce matin !

Il la regardait, et même s'il restait impassible, une lueur dansait dans ses yeux gris. Elle en eut le souffle coupé et, pendant un instant, crut qu'elle n'allait plus pouvoir respirer.

Puis Grace dit quelque chose, Matt répondit par un petit rire, et Rothwell lâcha lentement sa main… sans que son regard la quitte.

— Louisa…, dit Grace comme pour la prévenir. Je crois que lord Babcock revient avec une citronnade.

— Ah… ah oui, bien sûr.

Son cavalier semblait persuadé que toutes les dames devaient boire des litres de limonade entre deux danses.

Quand il arriva, elle sentit Rothwell se raidir.

— Pour vous, madame, dit lord Babcock en lui offrant le verre dans un geste cérémonieux.

— Merci, monsieur.

Matt fit les présentations entre les deux hommes. Comparé au duc et au frère de Louisa, lord Babcock semblait plus jeune que d'ordinaire, presque immature.

La conversation se porta très vite sur la guerre avec Napoléon.

— J'envisage de visiter le Continent dès que ce bandit corse en aura été chassé, annonça lord Babcock. Partir sur les traces de mon grand-père qui a voyagé dans toute l'Europe. Ses récits m'ont toujours fasciné.

— Je ne pense pas que Napoléon sera vaincu si facilement, commenta Louisa. Il a réussi à s'échapper de l'île d'Elbe, et il semble avoir rencontré un immense soutien lors de sa marche sur Paris.

— Laissez-moi vous dire, lady Louisa, que ce malotru a déjà reçu une bonne leçon, fit Babcock avec un sourire indulgent, comme s'il s'adressait à une enfant. Nous allons lui en donner une autre.

— Je partage l'avis de lady Louisa, intervint Rothwell. Le roi Louis a réussi à indisposer non seulement ceux qui ne l'aimaient pas, mais aussi ceux qui le soutenaient. Comme l'a dit lady Louisa, depuis son évasion, la capacité de Napoléon à lever des troupes a été impressionnante. Ajoutez à cela que les forces les plus expérimentées de Wellington viennent d'être défaites en Amérique, et vous avez les prémices d'une situation très délicate. Je suis impressionné que vous soyez aussi bien informée, madame, ajouta-t-il en se tournant vers Louisa.

Elle lui adressa son plus beau sourire.

— Il serait difficile de rester ignorante dans une famille comme la mienne, Votre Grâce. Vous devez connaître notre passion pour la politique.

Babcock s'empressa d'approuver.

— Oui, oui. Si seulement toutes les jeunes dames étaient aussi perspicaces !

Elle se retint de lever les yeux au ciel. Il était évident que lord Babcock, à l'instar de beaucoup de jeunes aristocrates qui n'avaient que dédain pour la chose politique, ne suivait pas les affaires du monde.

Fort heureusement, on annonça à cet instant la danse du souper, et Rothwell lui offrit son bras.

— Madame ?

Elle posa la main au creux de son coude, se préparant à la décharge électrique que ce contact allait entraîner. Malgré cela, elle fut encore une fois surprise par la chaleur qui déferla soudain en elle, l'emplissant tout entière.

— Votre Grâce.

Ils prirent position pour la valse, et à l'instant où sa main se referma sur la sienne, où sa paume se posa sur ses reins, elle sut qu'elle était perdue. Son cœur s'emballa, son souffle s'accéléra. L'attirance qu'elle éprouvait pour lui ressemblait à celle qu'on lisait dans les romans. Était-il possible qu'elle soit déjà en train de tomber amoureuse ? Elle leva les yeux vers lui, et l'intensité qu'elle vit dans son regard lui donna envie de se rapprocher de lui, bien plus que la décence ne le permettait.

Les doigts sur son dos se firent plus pressants.

— Seigneur, souffla-t-elle.

Gideon se força à ne pas l'attirer plus près.

— Précisément.

Sa voix était rauque, comme s'il ne s'en était pas servi depuis des mois.

— Sentez-vous...

— Oui, dit-il d'un ton brusque avant de répéter avec plus de douceur : Oui...

Se trouver auprès de lady Louisa sans pouvoir la toucher avait déjà été difficile, mais la tenir dans ses bras était atroce. Il devait lui dire quelque chose... mais pas qu'il mourait d'envie de l'embrasser. Jamais encore une femme ne lui avait fait un tel effet.

— Babcock est un idiot.

Pas précisément le meilleur début pour une conversation, mais, pour quelque raison obscure, il avait eu envie de le dire. Peut-être pour jauger la réaction de lady Louisa.

— Je suis d'accord, dit-elle de la voix de quelqu'un qui vient de courir sur une très longue distance.

Cependant, pour être juste, pas plus que beaucoup d'autres gentlemen.

Il n'avait pas envie d'être juste. Babcock s'était pratiquement moqué d'elle avant de faire machine arrière dès qu'il avait compris qu'elle ne partageait pas son avis.

— Un gentleman doit faire preuve de constance dans ses principes et ses opinions.

— Si vous croyez cela, c'est que vous n'avez pas fréquenté la bonne société depuis très, très longtemps.

Sa voix était sèche, mais les commissures de ses lèvres pulpeuses frémissaient.

Pouvait-il la faire sourire de nouveau ? Il n'avait soudain plus qu'une envie : voir ces belles lèvres s'étirer et cette étincelle dans le bleu de ses yeux.

— Madame, vous êtes une cynique. Votre frère est ferme dans ses croyances.

— Il l'est, oui, et beaucoup de ses amis sont des hommes raisonnables et ouverts d'esprit. Est-ce votre cas ? demanda-t-elle tandis qu'il la faisait tournoyer.

Elle ne tournait pas autour du pot, et cela lui plut infiniment.

— Suis-je sensé et progressiste ? J'aime le croire. Je suis, par exemple, partisan d'un meilleur partage des responsabilités avec ce sexe que je n'ai jamais cru faible. Au Canada, dans certaines tribus indiennes, les femmes disposent d'un pouvoir égal à celui des hommes. Ce sont elles qui possèdent les biens.

— J'aimerais en apprendre davantage sur les Indiens et le Canada.

Sans s'en rendre compte, ils s'étaient rapprochés. Trop, peut-être. Créer un scandale ne les aiderait ni l'un ni l'autre.

Il tenta de tendre les bras, mais en fut incapable.

— Il faudrait que vous les découvriez par vous-même, répondit-il.

Une expression mélancolique passa sur le beau visage de lady Louisa.

— Voilà qui serait merveilleux. Mais j'aurai déjà beaucoup de chance si je visite l'Europe. Matt a carrément refusé de nous emmener à Bruxelles où une partie du beau monde a décampé. Même la duchesse de Richmond s'y trouve. Cela étant, je le comprends.

Depuis maintenant près de deux décennies que la bonne société londonienne avait dû renoncer à ses séjours à Paris en raison des troubles provoqués par la Révolution et le règne de Napoléon qui lui avait succédé, elle s'était rabattue sur Bruxelles, nouvelle – et beaucoup plus modeste – capitale de la mode. Gideon n'avait aucun mal à comprendre pourquoi Worthington répugnait à emmener deux jeunes filles en âge de se marier, sa femme enceinte et une ribambelle d'enfants dans un pays où il était probable qu'une bataille décisive allait bientôt avoir lieu. L'idée de lady Louisa courant un danger lui glaça le sang.

— Je pense que Wellington gagnera, reprit-elle, mais je crains que le coût de la victoire ne soit très élevé.

— Pour quelle raison ? demanda-t-il, curieux.

Jusqu'à présent, Wellington et Napoléon ne s'étaient encore jamais croisés sur le champ de bataille.

— J'ai récemment rencontré un officier qui devait être envoyé au Canada mais a subitement été affecté en Belgique. Il a exprimé les mêmes craintes que vous tout à l'heure, à savoir que beaucoup des soldats les plus aguerris de Wellington ont été tués lors de la bataille de La Nouvelle-Orléans en janvier en Amérique, ainsi que nombre de ses officiers les plus expérimentés.

Gideon eut soudain la vision de lady Louisa présidant un banquet politique. Elle y serait brillante, il en était certain. Et elle ferait aussi une duchesse idéale. *Ma duchesse idéale.*

— Il ne nous reste qu'à prier pour que Wellington soit aussi bon stratège qu'on le dit.

— J'aimerais pouvoir contribuer à l'effort de guerre d'une manière quelconque. Mais je crains qu'il n'y ait pas grand-chose que je puisse faire.

— Oui, convint-il, nous devrons nous contenter – et ce sera frustrant – d'attendre le résultat final.

— Exactement, lui répondit-elle avec un large sourire. On me dit souvent de ne pas m'en soucier, mais j'aimerais avoir quelqu'un avec qui partager mes inquiétudes.

— Vous m'avez, moi.

Les mots étaient sortis de sa bouche avant même qu'il s'en rende compte.

Une lueur ardente brilla dans les yeux couleur lapis de sa cavalière.

— Si vous êtes sérieux, c'est une offre que j'accepte avec joie.

— Je suis on ne peut plus sérieux.

Si cela n'avait tenu qu'à lui, il aurait passé le restant de sa vie à l'écouter.

La danse s'acheva et ils s'immobilisèrent, mais il ne put se résoudre à la lâcher.

Elle ne pouvait peut-être pas aider le duc de Wellington en Belgique, mais il y avait un autre duc qui commençait à penser qu'elle était exactement ce dont il avait besoin.

Une fois encore, Louisa dut se forcer à détourner son regard des yeux si gris de Rothwell. Bonté divine, était-ce cela que Grace et son frère avaient éprouvé quand ils s'étaient rencontrés ?

La danse terminée, elle fit sa révérence et sentit son souffle lui caresser l'oreille.

— Je suis plus que ravi de souper en votre compagnie.

— Et je suis ravie que vous le soyez. Néanmoins, sachez que vous devrez vous joindre à notre famille. Matt ne nous permettrait jamais, à Charlotte et à moi, de dîner seules avec un gentleman.

— Je n'en attends pas moins de lui.

Il la raccompagna auprès des siens et resta à ses côtés quand le groupe gagna la salle à manger.

— Monterez-vous demain matin ?

Était-ce seulement ce matin qu'ils s'étaient croisés pour la première fois ? Louisa sourit intérieurement. Elle s'était toujours dit que, quand elle rencontrerait l'homme de sa vie, elle le saurait tout de suite.

— Oui. Je me lève invariablement avant le reste de la famille.

— 7 heures ? Si ce n'est pas trop tôt.

— C'est parfait. Nous ne resterons pas longtemps après le souper. Il est très vite devenu évident qu'il nous fallait de bonnes nuits de sommeil si nous voulions nous occuper des enfants.

Les lèvres de Rothwell s'étirèrent en un lent sourire.

— Je n'imagine même pas vivre dans une maison aussi peuplée.

— Nous avons beaucoup de chance. Dès le premier jour, nous nous sommes tous très bien entendus et nous sommes devenus de vrais frères et sœurs.

Ils rejoignirent Matt, Grace, Charlotte et le comte d'Endicott, le cavalier de cette dernière, à la table.

— Si vous me dites ce que vous aimez, chuchota Rothwell à l'oreille de Louisa, la faisant de nouveau frissonner, je courrai vous le chercher.

Elle avait conscience de sa main posée sur sa taille ; ses joues étaient brûlantes… tout son corps était brûlant.

— J'ai un faible pour les pâtés au crabe et les glaces.

— Vos désirs sont des ordres, madame.

Elle le regarda partir avec son frère et le comte.

— Louisa.

La voix de Grace la ramena à l'instant présent.

— Oui ?

— Ne le fixe pas.

Louisa se retourna aussitôt. À quoi pensait-elle ?

— Je suis désolée. Je ne voulais pas...

— Je comprends, coupa Grace en lui tapotant la main. J'ai entendu dire beaucoup de bonnes choses à propos de Rothwell, et il est extrêmement séduisant.

— Oui, mais plus important encore, il m'écoute et il est capable de tenir une conversation intelligente.

Elle remarqua que Charlotte la considérait d'un regard... moqueur ? Sceptique ?

— Oui, j'ai remarqué qu'il semblait intéressé par ce que tu avais à dire.

Grace leva les yeux au-delà de l'épaule de Louisa.

— Ils reviennent.

Louisa pressa les doigts de Grace.

— J'aimerais te parler demain, si tu as le temps, murmura-t-elle très vite.

— Viens dans mon bureau après le petit déjeuner.

— Merci.

De retour à la table, Rothwell plaça devant Louisa une assiette sur laquelle trônait une pile impressionnante de pâtés au crabe.

— Mon Dieu, je ne pourrai jamais manger tout cela !

— Je serais ravi de vous aider, fit-il en souriant.

Un valet apporta ensuite plusieurs sortes de glaces et du champagne.

Matt fronçait les sourcils.

— Heureusement que Rothwell est à notre table. Sinon, Louisa serait la seule à goûter aux pâtés au crabe.

— Oh, mon pauvre, dit Grace en se couvrant la bouche avec une serviette. Tu veux dire qu'il a été plus rapide que toi ?

— Il a exécuté une manœuvre surprise, nous prenant par le flanc pour nous devancer. Il a dû apprendre cela dans les Colonies. Quelle que soit la dame qui acceptera de le supporter, poursuivit Matt, parfaitement impassible, elle devra le reciviliser.

Une fois encore, les joues de Louisa s'échauffèrent. Rothwell était un ami de son frère. S'ils décidaient qu'ils se plaisaient, Matt accepterait-il leur union ? Quand elle verrait Grace le lendemain matin, elle pourrait lui poser la question… mais pas avant de l'avoir interrogée sur ces étranges sensations qui l'envahissaient dès qu'elle était en présence du duc.

7

Le lendemain matin, peu avant 7 heures, Gideon arriva à Stanwood House et trouva lady Louisa en train de monter en selle. Voilà qui était étrange. La dernière fois qu'il était à Londres, les dames attendaient généralement les gentlemen à l'intérieur de la maison.

— Bonjour. Je croyais être en avance, mais j'ai dû me tromper.

Elle parut surprise.

— Vous n'aviez pas dit que vous passiez me prendre. Je pensais que nous devions nous retrouver au parc.

— Je vois qu'à l'avenir il me faudra être plus précis.

Il ne pouvait croire qu'elle avait pour habitude de retrouver des messieurs au parc. Son frère et sa belle-sœur ne toléraient sûrement pas une telle attitude.

— Worthington sait-il que nous montons ensemble ce matin ? reprit-il.

Une fine ride apparut sur le front de Louisa.

— Matt et Grace ne sont pas encore arrivés. Ils dorment en face, à Worthington House. J'ai prévenu ma femme de chambre et le majordome.

Elle se tourna vers un valet.

— Je n'aurai pas besoin de vous, finalement. Nous y allons, Votre Grâce ?

Lady Louisa ne semblait pas s'être esquivée en douce, et ses questions ne l'avaient pas mise mal à l'aise. De plus, un valet s'était tenu prêt à l'accompagner. Alors pourquoi diable était-il si troublé de la retrouver dehors ?

— Oui. Profitons du parc tant qu'il est encore désert.

Le rire léger de lady Louisa flotta dans l'air tandis qu'ils partaient au trot en direction de Carlos Place. Si la plupart des membres de la bonne société dormaient encore, les autres Londoniens s'activaient déjà depuis des heures. Des chariots livrant le lait et d'autres victuailles s'arrêtaient ici et là, ralentissant leur allure, si bien qu'ils durent garder leurs montures au pas jusqu'au parc.

En temps normal, Gideon se serait lancé dans un long galop à peine le portail franchi, mais lady Louisa le fascinait, et il voulait en savoir davantage à son sujet. Elle était différente de toutes les autres femmes qu'il avait connues, mais il n'arrivait pas à saisir ce qui la rendait si attirante.

Elle avait du caractère. La veille au soir, par exemple, elle n'avait pas hésité à formuler ses opinions. De plus, elle avait l'esprit vif et une profondeur de pensées inhabituelle. Au contraire de la plupart des dames de la haute société, elle prenait la peine de s'informer de l'état du monde. En revanche, elle semblait dépourvue de toute expérience en matière de séduction. Elle ne l'avait pas gratifié de battements de cils ni d'aucun de ces sourires aguicheurs que lui avait prodigués lady Jane, par exemple. Il était évident qu'aucun gentleman ne l'avait touchée. Ce qui, avec Worthington pour frère, n'était pas étonnant : il aurait étripé quiconque aurait tenté de badiner avec sa sœur.

— Qu'allez-vous faire aujourd'hui ? lui demanda-t-elle quand ils pénétrèrent dans le parc.

M'entretenir avec mon avocat et fouiller la maison d'une femme de petite vertu pour y chercher des bijoux.

— Régler quelques affaires. Je suis venu à Londres pour répondre à la requête d'un membre de ma famille, mais d'autres problèmes concernant mes biens ont surgi.

Elle parut hésiter, et Gideon se demanda si son frère lui avait parlé de ses embarras financiers. Il espérait que Worthington n'avait pas trahi sa confiance.

Si lady Louisa ne les évoquait pas, décida-t-il, il ne le ferait pas non plus. Il lança un appât :

— Votre frère m'a donné le nom de son homme d'affaires. Je pense faire appel à ses services.

— Votre famille n'en a-t-elle pas déjà un ?

Lorsque Gideon, peu après son retour, avait vu Hitchens, leur ancien homme d'affaires, ce dernier avait passé l'essentiel de l'entretien à se tordre les mains. Quand Gideon avait suggéré d'investir dans certaines innovations qu'il avait découvertes au Canada, le bonhomme avait été sidéré.

— C'est un homme de la vieille école, très ancré dans ses croyances. Je souhaite développer de nouvelles méthodes.

— Ah, je comprends, dit-elle. C'est difficile quand un vieil employé ne parvient pas à accepter la nouveauté. Matt a dû convaincre notre ancien régisseur de prendre sa retraite.

Dieu merci, elle ne savait donc rien. Gideon respira plus librement.

— Les temps changent, et nous devons changer avec eux.

— Absolument.

Elle éclata de rire.

Jamais il n'avait entendu plus belle musique.

Ils s'engouffrèrent sous un bouquet d'arbres qui les cachaient à la vue des autres promeneurs, et il immobilisa sa monture.

— Pardonnez-moi si cela vous paraît un peu précipité, mais je sens avec vous un lien que je n'ai jamais ressenti avec aucune autre dame.

Lady Louisa, qui regardait droit devant elle, se tourna subitement vers lui, le front plissé. Il eut envie de gémir. Il était allé trop vite et s'était exprimé comme un gamin sans expérience. Elle devait sans doute se dire qu'il n'allait pas tarder à déclamer un poème. Restant aussi immobile qu'il en était capable, il soutint son regard.

Finalement, les coins de ses lèvres se soulevèrent.

— J'éprouve la même sensation, mais j'avoue que cela me laisse perplexe. Nous ne nous sommes rencontrés qu'hier, et pourtant j'ai l'impression de vous connaître depuis toujours.

Son hésitation à se jeter dans l'aventure était exactement ce dont il avait besoin.

— Nous devrions prendre notre temps.

Le temps qu'il lui faudrait pour rétablir ses finances.

Elle hocha la tête.

— Naturellement, nous ne devons rien précipiter. Après tout, il n'y a aucune raison.

Aucune raison, sinon qu'il la voulait dans sa vie et qu'il avait envie de la prendre dans ses bras, là, tout de suite, de l'embrasser comme un fou et... Il vit les yeux de lady Louisa s'écarquiller comme si elle avait deviné ses pensées.

— Nous ne voudrions pas donner prise aux ragots, murmura-t-elle après un silence.

— Absolument.

Elle se lécha les lèvres tandis que sa jument se rapprochait de son étalon. Par tous les diables, avait-elle la moindre idée de l'effet qu'elle avait sur lui ? Son sexe dur comme de l'acier menaçait de faire éclater son pantalon. Il se pencha sur sa selle pour prendre le visage de sa compagne dans sa paume et s'émerveilla de la douceur de sa peau. Au moment où il allait l'embrasser, leurs satanées montures s'écartèrent l'une de l'autre.

Tirant sur ses rênes, elle émit un petit rire nerveux.

— Je crois que nous ferions mieux de rentrer.

— Oui.

Avant qu'il perde la raison et tente de nouveau de l'embrasser. Et dans le parc, au nom du Ciel ! Worthington lui couperait la tête – et sans doute aussi une autre partie de son anatomie – s'il l'apprenait.

Ils prirent leur temps pour revenir à Stanwood House, comme si aucun des deux ne voulait être privé de la compagnie de l'autre.

Ils arrivaient près de chez elle quand elle déclara :

— S'il y a quoi que ce soit que je puisse faire pour vous aider à moderniser vos domaines, parlez-m'en, je vous en prie. J'ai un peu étudié ces sujets, même si je l'avoue, je n'ai aucune expérience pratique.

L'offre était charmante, mais c'était à lui de gérer ses domaines.

— Merci. J'imagine que votre frère a veillé à ce que vous vous teniez au courant des dernières techniques.

Une étincelle brilla dans les yeux lapis de Louisa.

— En fait, c'est Grace. Elle s'occupe des propriétés des Stanwood depuis des années maintenant.

— Worthington a bien de la chance d'être entouré de femmes aussi capables. Je suis impatient de discuter avec vous de ce que vous avez appris. Ce sera bien plus amusant que de lire un livre assez aride.

Il eut soudain une vision d'elle, nue dans un lit, ses longues tresses sombres étalées autour d'elle, ses lèvres gonflées par leurs baisers, entourée d'ouvrages sur l'agriculture.

Il essaya de chasser ces idées salaces, mais elle écarquilla les yeux et demanda :

— À quoi pensez-vous ?

— Je... euh...

La porte de la maison s'ouvrit, et deux grands danois se ruèrent sur les marches du perron, suivis tant bien que mal par deux valets qui essayaient de les tenir à l'écart des chevaux. Dieu, que cette pagaille était la bienvenue.

— Duke, au pied, ordonna Louisa.

Le plus gros des chiens se figea.

L'un des valets avait réussi à rattraper l'autre, qu'il caressait assez frénétiquement.

— Mademoiselle Daisy, un peu de tenue, s'il vous plaît.

Gideon sauta de selle pour venir soulever Louisa de la sienne.

— Je ferais mieux d'y aller.

Elle soutint son regard.

— Allez-vous me répondre ?

Une femme tenace.

Il secoua la tête.

— Cela nous embarrasserait tous les deux.

Il déposa un rapide baiser sur sa main, ce qui incita les deux chiens à venir le flairer.

— La valse du souper ce soir ?

— Savez-vous à quelle réception nous allons ?

Il sourit.

— Non. J'espérais que vous me le diriez.

Elle plissa les paupières, mais un sourire délicieux flotta sur ses lèvres.

— Le bal de lady Pickering.

Elle commença de monter les marches vers la porte avant de lancer par-dessus son épaule :

— Je vous réserve cette valse.

Il hocha la tête, ravi. Il avait conscience de sourire comme un idiot, mais c'était plus fort que lui.

— À ce soir.

Dès que la porte fut refermée, il remonta en selle en se disant qu'il avait vraiment perdu la tête. Lui qui n'avait pas le droit de s'engager ! La seule chose sensée à faire aurait été de quitter la ville, mais il ne pouvait s'y résoudre. Et puis, il devait encore aider son cousin et récupérer les biens que cette Rosamund Petrie s'était appropriés.

Quand il arriva chez lui, une lettre l'attendait sur son bureau. Reconnaissant l'écriture de sa mère, il l'ouvrit aussitôt, redoutant une mauvaise nouvelle.

Mon très cher Gideon,

Je regrette d'avoir été incapable de te parler de ton père quand tu étais là. Cependant, je me rends compte à présent que tu dois connaître la cause de ses turpitudes. Quelques mois après ton départ pour les Colonies, il s'est mis à oublier de petites choses. Au début, cela ne paraissait pas si grave. Il avait plus de soixante-dix ans, et nous l'aidions à retrouver ce qu'il avait égaré ou oublié.

Malheureusement, son état a vite empiré. Un an après ton départ, il ne me reconnaissait plus, pas plus qu'aucune des personnes qui n'habitait pas la maison pendant son enfance.

Quand j'ai appris qu'il avait une liaison, cela m'a brisé le cœur. Pourtant, comme il n'avait aucun souvenir de moi, je me suis résignée à être heureuse pour lui. Si je m'étais doutée du mal qu'il faisait au duché, je t'aurais demandé de rentrer.

J'aurais sans doute dû entreprendre une action en justice afin de le mettre sous tutelle, mais cela m'était impossible. Pour moi, il était encore l'homme fort et capable que j'avais épousé. Je ne pouvais me résoudre à voir Rothwell réduit à l'état d'infirme.

Pardonne-moi. Il semble que tes deux parents se soient montrés incompétents et te laissent seul réparer les dégâts qu'ils ont commis.

Je t'en prie, sois assuré que je vais prendre des mesures pour réduire mon train de vie ainsi que celui de la maison. Par ailleurs, tu ne dois pas t'inquiéter pour moi.

Mon contrat de mariage me laisse la propriété des Roses, ce petit domaine dont tu te souviens sûrement, à une heure environ de Rothwell Abbey. Quant aux dots de tes sœurs, elles sont en sécurité, placées dans un fonds géré par mon frère.

Avec tout mon amour,

Maman

Gideon laissa la lettre tomber sur le bureau. La démence. St. Eth avait vu juste. Maintenant qu'il se trouvait face à la vérité, il comprenait que l'état de son père avait dû être très grave. St. Eth avait eu raison à propos du jeu et des paris. Aucun gentleman digne de ce nom ne jouait avec un enfant ou un infirme. Nul ne pourrait reprocher à Gideon de refuser de payer les dettes de jeu de son père, dont l'état - la maladie ! - avait dû être évident.

Il se passa la main sur le visage. Bon sang ! Il comprenait que sa mère n'ait pas réagi. Lui-même aurait eu du mal à dépouiller son père du peu de dignité qu'il lui restait. Il aurait aimé croire qu'il aurait pu avoir une influence bénéfique sur lui, mais comment ? Dans son état, le duc avait probablement oublié qu'il avait un fils. Oui, son devoir aurait été de le faire déclarer irresponsable, mais il ne servait à rien désormais de s'appesantir sur le passé.

Une carafe de cognac était posée sur la desserte. La tentation était grande de tout oublier pendant quelques heures, mais il avait beaucoup à faire aujourd'hui, et l'alcool ne l'aiderait en rien.

Il commença par écrire une lettre à l'homme d'affaires de Worthington pour lui demander de passer le voir dès que cela lui serait possible.

On frappa à la porte, et Fredericks entra.

— Votre Grâce, vous avez demandé du thé, je crois, mais avez-vous seulement déjeuné ?

Comme pour lui répondre, l'estomac de Gideon se mit à gronder.

— Apparemment non.

Il montra la lettre qu'il venait de rédiger.

— Faites porter ceci au plus vite.

Son majordome s'inclina.

— Oui, Votre Grâce.

— Et envoyez-moi Allerton. Je mangerai après lui avoir parlé.

— Bien, Votre Grâce.

Quelques instants plus tard, c'était son secrétaire qui se présentait.

— Votre Grâce ?

— Je viens de recevoir une lettre de ma mère m'informant que le duc souffrait de démence.

L'homme voulut parler, mais Gideon leva la main.

— Je ne vous reproche pas, ni à vous ni à aucun autre membre du personnel, de ne pas m'en avoir parlé. Ce n'était pas à vous de le faire. Je sais que vous ne cherchiez qu'à le protéger.

Allerton hocha la tête.

— J'imagine que vous avez dressé la liste des boutiques qui demandent des paiements ?

Son secrétaire acquiesça.

— Je compte leur rendre visite aujourd'hui.

Au bout d'un moment, Allerton s'éclaircit la voix.

— Si je peux me permettre une suggestion, Votre Grâce, une lettre de votre avocat serait peut-être plus judicieuse qu'une visite de votre part.

Ah… voilà qui n'était pas faux. Gideon n'avait pas songé aux répercussions s'il se rendait lui-même dans chacune de ces boutiques. Tout Londres serait au courant avant même qu'il soit rentré chez lui.

— Vous avez raison. Envoyez un message à Templeton pour lui demander de passer me voir, s'il vous plaît.

— Je m'en occupe tout de suite.

Là-dessus, Gideon se rendit enfin dans la salle à manger. Il avait bien besoin de prendre quelques forces avant de s'occuper de cette courtisane cupide.

8

Moins d'une heure après être rentrée de sa promenade matinale, Louisa plongeait un linge dans un bol d'eau glacée pour l'étaler sur le front de sa jeune sœur, Theo. Charlotte faisait de même avec Mary pendant que Grace s'occupait de Philip.

Louisa avait eu le cœur brisé en voyant les enfants malades. Eux qui, habituellement, débordaient de vie et de santé semblaient à présent faibles et fragiles. Dès qu'elle avait entendu Theo l'appeler, elle avait abandonné son petit déjeuner pour se précipiter auprès d'elle. Fort heureusement, s'étant déjà occupée de ses deux autres sœurs quand celles-ci avaient eu la rougeole, elle n'était pas prise au dépourvu. La priorité était de faire baisser leur température.

Tout le monde dans la maison avait pris son tour auprès des malades. Matt avait une façon très particulière de s'occuper d'eux qui faisait que les enfants se sentaient toujours mieux, et Charlie, qui étudiait à Eton, écrivait tous les jours. Ses lettres étaient remplies d'anecdotes amusantes et de souvenirs à propos de Charlotte et de lui quand ils avaient été dans le même état.

— Je n'aime pas être malade, dit Theo d'une voix plus irritée que plaintive.

— Charlie dit que ça ne dure pas, répondit Mary, cinq ans, en se tournant vers son frère. N'est-ce pas, Philip ?

— Oui, grâce à la glace, dit celui-ci en regardant Grace.

— Absolument, mon cœur. Il n'y en a plus pour très longtemps. Il faut juste que vous restiez au lit et que vous vous reposiez.

Leur température était tombée durant la nuit, mais les trois enfants étaient encore blafards. Grace redoutait particulièrement les fièvres. Elle savait qu'elles étaient dangereuses : l'une d'elles avait emporté sa mère, obligeant Grace à s'occuper de ses frères et sœurs alors qu'elle n'avait pas encore vingt et un ans.

Louisa aida Theo à se redresser avant de porter un bol de bouillon à ses lèvres.

— Essaie de manger un peu.

La fillette goûta avec précaution.

— C'est bon ! Bien meilleur que celui que nous faisait notre vieille cuisinière.

Loué soit le Ciel.

Quelques minutes plus tard, les trois malades s'étaient rendormis. Leurs nourrices respectives revinrent.

— Je vais au salon de musique, chuchota Charlotte.

Le piano était sa consolation principale quand elle était fatiguée ou nerveuse. Louisa l'étreignit.

— Je dois parler avec Grace.

— Rothwell ? demanda Charlotte.

— Oui. J'ai besoin d'un avis.

Dès que Louisa et Grace furent dans le bureau, cette dernière demanda du thé, qui ne tarda guère à arriver. Le service fait, elle demanda :

— En quoi puis-je t'aider ?

Louisa ne put s'empêcher de grimacer tout en remuant sucre et lait dans sa tasse.

— Je crois que je suis peut-être en train de tomber amoureuse, mais je me demande si ce n'est pas trop tôt.

— Rothwell ?

— Oui. Il est si séduisant, si charmant, mais plus que cela encore, il me fait éprouver des choses que je n'ai jamais ressenties avec d'autres hommes.

Grace la regarda dans les yeux et sourit.

— Laisse-moi deviner. Quand il t'embrasse la main, tu sens quelque chose remonter le long de ton bras. Lorsque la paume de sa main est sur ta taille pendant une valse, cela te donne envie de te serrer contre lui. Dois-je continuer ? conclut-elle en haussant les sourcils.

Louisa avait soudain très chaud.

— Non, s'il te plaît. C'est exactement ce que je voulais dire, mais comment...

Grace lui adressa un regard éloquent.

— Oh ! Je suis vraiment stupide. C'est ce que tu as dû éprouver avec Matt.

— Et que j'éprouve encore. Je prie pour que cela continue ainsi toute notre vie et que nos sentiments ne fassent que s'approfondir avec l'âge.

Louisa ignorait quand et où Matt avait rencontré Grace, mais elle se souvenait que, dès leur arrivée en ville, il ne songeait qu'à passer du temps avec elle. Leurs fiançailles avaient été très courtes. Trois semaines à peine.

— Que se passe-t-il ensuite ?

— L'attirance n'est que le début. Pour que deux personnes soient vraiment amoureuses, tout dépend de leur capacité à se faire totalement confiance.

Louisa faillit s'étrangler avec son thé.

— Se faire confiance ?

— Il faut être capable d'ouvrir son cœur à l'autre, de tout partager avec lui. Si Matt ne m'avait pas convaincue que je pouvais lui confier la garde de mes frères et sœurs, je ne l'aurais jamais épousé. Fort heureusement, ajouta-t-elle en rougissant légèrement, il a été très persuasif.

Louisa n'avait quasiment plus rien entendu après « ouvrir son cœur à l'autre ». Pour une raison quelconque, son esprit s'était soudain arrêté de fonctionner. Sa mère avait accordé sa confiance à son premier mari, le père de Louisa, et en avait été très malheureuse. Non pas qu'il ait été méchant avec elle, mais il n'avait tout simplement pas accueilli sa deuxième épouse dans son cœur – ni même dans sa vie, à vrai dire. Que Grace ait su si vite qu'elle pouvait compter sur Matt était assez normal : son frère était d'une droiture morale absolue. Mais, pour Louisa, il était essentiel que son mari la traite comme une partenaire aussi bien que comme une épouse. Rothwell semblait apprécier son intelligence et ses capacités, mais qu'en serait-il après le mariage ? Du peu qu'elle avait entendu, beaucoup d'hommes changeaient d'attitude une fois mariés. Pouvait-elle lui faire confiance comme Grace avec Matt ? Elle en avait envie. Mais comment en être sûre ? Peut-être en apprenant à mieux le connaître et, donc, en passant davantage de temps avec lui. Matt ne souhaitait pas qu'elle se marie dès cette saison, ce qui lui donnait tout le temps souhaitable. Mais était-ce ce qu'elle voulait ?

N'ayant pas la patience d'attendre Templeton, Gideon se rendit au Doctors' Common, le vénérable bâtiment qui abritait les bureaux de nombreux avocats londoniens.

Après s'être assuré auprès de Barnes que son cabriolet pouvait être un peu mieux que présentable, il avait envoyé un message à Stanwood House pour demander si lady Louisa lui ferait l'honneur d'une promenade en voiture au parc cet après-midi. Son acceptation était arrivée par retour du courrier.

Grimpant les marches deux par deux, il frappa à la porte de Templeton & Templeton. Au jeune employé qui lui ouvrit, il tendit sa carte.

— Je souhaite voir M. Templeton sur-le-champ.

— Tout de suite, Votre Grâce.

Il fut conduit dans une vaste pièce avec de longues fenêtres et une table massive. Un feu brûlait dans la cheminée.

— Si vous voulez bien vous installer, je vais prévenir M. Templeton que vous êtes là. Voudriez-vous du thé ? Du vin ?

— Du thé, s'il vous plaît.

Quelques instants plus tard, un homme à peine plus âgé que Gideon arriva, suivi de l'employé portant un plateau chargé d'une théière et d'une assiette de biscuits.

Templeton s'inclina.

— Votre Grâce. Je suis John Templeton, fils de feu M. Templeton. Permettez-moi de vous exprimer mes condoléances les plus sincères pour la disparition de votre père.

Avant que Gideon puisse prendre la parole, il enchaîna :

— Laissez-moi vous assurer que, comme l'était mon père, je suis parfaitement au courant de tout ce qui concerne les domaines Rothwell. Ayant reçu votre requête, j'étais sur le point de me rendre chez vous. L'affaire que vous voulez traiter semble urgente.

— Elle l'est. J'espère que vous pourrez me dire si une maison de ville située sur Brick Street fait ou non partie de nos biens.

— C'est le cas, Votre Grâce. L'achat a été réalisé il y a tout juste deux ans. J'ai le plaisir de vous informer que, grâce aux longues relations de confiance entre mon père et feu le duc, le titre de propriété a été établi à votre nom.

Gideon crut avoir mal entendu. Ou alors, c'était Templeton qui avait mal compris.

— Ne voulez-vous pas dire au nom du duché ?

— Non, Votre Grâce. Au vôtre. Mon père était bien conscient que feu le duc n'était plus tout à fait lui-même. Qu'il se comportait, en fait, comme il le faisait dans sa jeunesse avant de rencontrer votre mère. Père ne pouvait pas faire grand-chose pour tempérer ses excès, mais grâce à un tour de passe-passe juridique, il a mis la maison à votre nom.

Gideon réfléchit à tout cela en tournant son thé dans sa tasse.

— Je dois des remerciements à votre père. Je vous présente toutes mes condoléances pour sa disparition.

— Merci, Votre Grâce. Si vous voulez bien m'excuser un instant...

Templeton sortit quelques minutes pour revenir avec un dossier qu'il glissa sur la table face à Gideon.

— Vous noterez qu'il n'y a aucun loyer perçu pour cette maison de Brick Street, et pas de bail non plus. Un autre détail auquel nous avons veillé.

— En quoi cela m'aide-t-il ? demanda Gideon, intrigué.

Après tout, cela signifiait qu'il ne recevait aucun loyer pour la jouissance d'un bien qui lui appartenait.

— Cela implique que la femme qui y réside le fait à titre d'invitée. Par conséquent, il est possible de lui demander de partir sans préavis.

C'était la mi-mai. Avec les sommes que Mme Petrie avait dérobées, elle n'aurait aucun mal à trouver un autre logement.

— Je veux qu'elle soit dehors à la fin du mois.

Templeton inclina la tête.

— Je m'en chargerai avec joie.

— Bien... Ah, encore une chose. J'ai découvert hier qu'elle avait imité la signature de mon père sur au moins un document lui donnant *carte blanche** chez Rundell & Bridge. En me basant sur le nombre de factures qui débordent de mes tiroirs, je présume qu'elle en a fait autant ailleurs.

— Souhaitez-vous porter plainte pour faux et usage de faux ? Vous n'ignorez pas, je pense, que la sentence pour ce crime est la pendaison.

— Peut-être pourrions-nous la convaincre de quitter le pays...

— Je suis sûr qu'elle sera sensible à votre générosité. Dans ce cas, je vous conseille de lui permettre de rester dans la maison encore quelques semaines. Ainsi nous saurons où la trouver jusqu'à ce que tous nos problèmes avec elle soient réglés.

— Très bien.

Gideon avait envie de se débarrasser de cette femme au plus vite, mais l'avocat avait raison. Si seulement Hitchens avait fait preuve d'autant d'habileté pour protéger le duché au lieu de laisser son père le dépouiller !

— Y a-t-il autre chose, Votre Grâce ?

Gideon hocha brusquement la tête.

— Je suis en train de changer d'homme d'affaires. Je vous prie d'entrer en contact avec M. Hitchens et de lui demander de vous envoyer tous les dossiers en sa possession. Je désire une liste de toutes mes propriétés insaisissables. Je veux aussi m'assurer que le capital de ma mère est intact ainsi que les dots de mes sœurs.

— Avec plaisir, Votre Grâce. Je suis certain que nous avons un inventaire ici. Quoi qu'il en soit, il est souhaitable que vous ayez les dossiers de M. Hitchens.

— Mon secrétaire vous enverra une liste des commerçants qui auraient pu vendre des biens à Mme Petrie grâce à ce faux document.

Gideon se leva.

— Merci encore, à votre père et à vous, pour votre diligence.

— C'était le plaisir de mon père, comme c'est le mien, de vous aider de toutes les façons possibles, assura Templeton en le raccompagnant à la porte. Je vous ferai prévenir dès que j'aurai un rapport complet de tous vos biens.

En redescendant l'escalier, Gideon considéra la suite des événements. Templeton n'allait pas perdre une minute pour se mettre en rapport avec les commerçants.

Pour sa part, Barnes emmenait les chevaux à Tattersalls et les voitures à Longacre aujourd'hui. La femme n'allait pas tarder à comprendre que la source de ses fonds était tarie. Aller la trouver maintenant à propos des bijoux – et la convaincre de relocaliser son petit commerce ailleurs, de préférence au-delà d'une mer quelconque – n'était peut-être pas la meilleure approche. Mais une première rencontre lui permettrait d'en apprendre davantage sur son compte.

Il revint vers Mayfair et n'eut aucune difficulté à trouver Brick Street. Il vérifia de nouveau l'adresse avant de gravir les quelques marches qui menaient à une maison modeste, mais bien entretenue. À l'évidence, quelqu'un payait pour les domestiques. Il espérait juste que ce n'était pas lui. Il levait la main pour frapper à la porte quand une jeune femme portant un sac en velours apparut sur l'escalier qui montait de l'entresol.

— Si vous venez voir Mme Petrie, elle n'est pas là, dit-elle en le scrutant de la tête aux pieds.

— Quand doit-elle rentrer ?

— Juste à temps pour s'habiller pour ce soir. Laissez votre carte, je la lui transmettrai.

Laisser sa carte chez la maîtresse de son père était bien la dernière chose dont Gideon avait envie.

— Merci, mais je préférerais parler à Mme Petrie en personne.

La fille haussa les épaules.

— Vous voulez pas qu'on sache que vous êtes venu ici ? On est discrets dans cette maison. Personne n'ira clamer votre nom sur les toits, mais c'est comme vous voulez. Ce soir, elle va au théâtre.

— Lequel ?

— J'en sais rien, mais c'est celui où joue M. Kean.

— Va-t-elle souvent au théâtre ?

— Oui. Elle adore ça, et maintenant qu'elle a une loge, ça ne lui coûte rien.

Une loge ? La loge de Gideon, peut-être ? Oui, il y avait de fortes chances pour que Mme Petrie se serve encore des privilèges dont jouissaient les Rothwell. Il baissa les yeux vers le sac en velours, se demandant ce qu'il contenait. Néanmoins, si cette jeune personne se rendait chez un bijoutier ou chez un prêteur sur gages, il y avait un moyen de s'en assurer.

— Merci de votre amabilité, fit-il en prenant congé.

Il redescendit dans la rue et s'éloigna... avant de s'immobiliser et de se retourner. Bien. La fille descendait la rue dans la direction opposée. Il n'avait plus qu'à la suivre.

À moins qu'elle n'ait déjà un nouveau protecteur, Mme Petrie devait être en train de rassembler le plus d'argent liquide possible. Peut-être avait-il tort d'être aussi dur avec elle. Après tout, beaucoup de femmes, et pas forcément de mauvaise vie, se comportaient de la même manière. Elle avait certes tiré avantage de son père mais, pour autant qu'il le sache, elle l'avait fait avec sa bénédiction. Même sa mère n'avait pas tenté de se débarrasser d'elle. Néanmoins, deux éléments ne plaidaient pas en sa faveur : elle avait imité la signature de feu le duc, et il avait le sentiment qu'elle avait été parfaitement consciente de l'état mental de son père et en avait abusé.

Perdu dans ses pensées, il faillit rater le moment où la servante tendit son sac à un jeune homme, qui, à en croire sa mise, devait être une sorte d'employé.

Avant qu'elle revienne sur ses pas dans sa direction, il traversa la rue comme le faisait le jeune homme, qui pénétra tout droit dans la banque Hoare.

Gideon le rattrapa dans le hall de réception et le saisit par le bras, tout en demandant de son ton le plus ducal :

— Qu'y a-t-il dans ce sac ?

Le jeune homme écarquilla les yeux.

— M... monsieur, je... je ne puis...

— Que signifie ceci ?

Un homme plus âgé, sans doute un responsable quelconque, accourait vers eux.

Sans lâcher le garçon, Gideon sortit une carte de son gilet.

— Je suis le duc de Rothwell, et je crois que le sac que porte votre employé renferme des biens qui m'appartiennent.

Si l'autre fut surpris, il le dissimula fort bien.

— Votre Grâce, répondit-il en s'inclinant. Je suis M. Clement, le directeur de cette succursale. Je suis navré de cet inconvénient, mais le contenu de ce sac est destiné à être enfermé dans un coffre privé. Je ne suis pas libre de révéler la nature de ce qu'il contient sans les documents légaux nécessaires.

Bon sang ! Serrant les mâchoires, Gideon contrôla son impatience.

— Je comprends. Néanmoins, cela nous éviterait à tous les deux de perdre beaucoup de temps – sans parler d'éventuels inconvénients – si vous pouviez me dire s'il s'agit de bijoux. Je me moque de tout le reste. Si vous étiez dans l'incapacité de m'aider, je pourrais insister pour en discuter avec M. Charles Hoare.

Pâlissant, M. Clement hocha la tête.

— Je crois pouvoir vous révéler la nature du contenu. Suivez-moi, s'il vous plaît.

Il prit possession du sac avant de se diriger vers un bureau à l'écart. Dès que la porte fut refermée, il ouvrit le sac et regarda à l'intérieur.

— Ce sont bien des bijoux. Ils semblent anciens.

Comme ceux qui se transmettaient de génération en génération dans certaines familles.

— Merci. Je vous tiendrais pour personnellement responsable si ces bijoux venaient à disparaître entre maintenant et le moment où je reviendrai avec des documents légaux.

— Oui, Votre Grâce. La banque Hoare ne souhaite nullement être associée à un quelconque acte indélicat.

Voilà qui, au moins, était un progrès.

Gideon ouvrit sa montre. Presque 16 heures. Il avait tout juste le temps de se préparer pour retrouver lady Louisa.

9

À 17 heures pile, Gideon arrêta son cabriolet devant Stanwood House. En se basant sur la conduite de lady Louisa ce matin, il s'attendait presque à la voir sortir de la maison. Pourtant, ce fut un valet qui apparut pour s'occuper des chevaux.

À l'instant où Gideon pénétra dans le hall d'entrée, un long gémissement retentit quelque part dans la maison.

— Lou... i... sa !

Il avait rarement entendu son aussi pathétique.

Lady Louisa, qui descendait le grand escalier, s'immobilisa, leva les yeux vers l'étage avant de se tourner vers lui. Mordant sa généreuse lèvre inférieure, elle secoua la tête.

— Je suis navrée. Je ne puis quitter ma sœur. Elle fait une rechute.

Il essaya de ne pas montrer sa déception.

— Il est inutile de vous excuser. J'ai des petites sœurs, moi aussi. Que lui arrive-t-il ?

Louisa grimaça.

— La rougeole.

— Je l'ai eue, moi aussi, et m'en souviens très bien. Y a-t-il quelque chose que je puisse faire ?

Une étrange expression – rusée, presque – passa dans les yeux si bleus de lady Louisa.

— Peut-être.

Lui tournant le dos, elle remonta ses jupes pour gravir les marches.

— Suivez-moi, s'il vous plaît.

— Je veux Char... lie ! cria l'enfant comme ils approchaient de la chambre où elle était alitée.

— Charlie ? demanda Gideon à mi-voix.

— Le frère de Grace. Les enfants l'adorent.

Elle fit de nouveau cette jolie grimace.

— J'espérais que vous pourriez le remplacer quelques instants. La pauvre Theo est encore plus malheureuse maintenant parce que Grace a installé Mary et Philip dans une autre chambre.

— Elle n'a donc plus personne pour lui tenir compagnie. J'essaierai de faire de mon mieux.

S'il ne parvenait pas à consoler la fillette, cette visite se transformerait en désastre absolu. Si proche fût-il de ses sœurs, il ne les avait jamais soignées.

Quand ils pénétrèrent dans la chambre, Theo se débattait violemment dans son lit, refusant de se laisser calmer par la nourrice.

— Theo, arrête. Tu ne fais qu'aggraver les choses.

Louisa plongea un linge dans un bol d'eau froide avant de l'essorer et de l'étaler sur le front de sa sœur.

— Regarde, je t'ai amené un nouvel ami.

Elle jeta un coup d'œil à Gideon, qui s'avança.

— Lady Theodora Vivers, puis-je vous présenter le duc de Rothwell ? Charlie ne pouvant être là, le duc a bien voulu le remplacer.

Il prit la main chaude et molle de Theo et la pressa contre ses lèvres.

— Ravi de vous rencontrer, madame.

Un petit sourire trembla sur les lèvres de la fillette.

— Je ne me sens pas très bien.

— Je vois cela, en effet, répondit-il en prenant place sur une chaise en bois près du lit. Peut-être pourriez-vous me dire ce que Charlie ferait pour vous aider à aller mieux ?

— Il me ferait la lecture et il me raconterait des histoires drôles.

Rothwell leva un regard interrogateur vers Louisa.

— Il lit les histoires comme une pièce de théâtre, en faisant les voix de tous les personnages, expliqua celle-ci.

— Si je puis avoir un livre, je veux bien tenter ma chance, mais sans garantie.

Il s'avéra très vite qu'aucune garantie n'était nécessaire. En quelques secondes, il faisait déjà rire Theo. Et, peu après, il parvint même à la persuader de boire le bon bouillon qu'elle avait obstinément refusé jusqu'ici.

Finalement, elle sombra dans un sommeil que Louisa espérait réparateur. Rothwell avait été merveilleux. Il ferait à n'en pas douter un excellent père.

Lui prenant la main, elle l'entraîna hors de la chambre.

— Merci.

— De rien, dit-il avant de lui adresser un regard gêné. Je dois avouer que c'est la première fois qu'on me permet d'entrer dans la chambre d'un enfant malade.

Eh bien, voilà qui était assez stupéfiant. Il avait paru savoir exactement quoi faire.

— Je ne l'aurais jamais deviné. Vous vous en êtes très bien tiré, surtout pour une première. Il est sans doute trop tard pour un tour en voiture, mais peut-être pourrions-nous le remplacer par une promenade dans notre jardin ?

— J'en serais ravi.

Il lui sourit, et elle sentit de nouveau ses genoux se transformer en gelée.

— Si nous passons par l'escalier de service, il y a moins de chances que mes frères et sœurs nous voient.

— Mais bien sûr. Je sais que votre famille est assez nombreuse.

— Elle l'est et, le plus souvent, c'est très amusant. Comme je vous l'ai déjà dit, nous sommes tous très proches.

— Quel âge ont les enfants ?

— Après Charlotte et moi, il y a Charlie, qui a seize ans. Vous devez déjà savoir qu'il est le comte de Stanwood. Augusta a quinze ans, et c'est un puits de science. Ensuite vient Walter, quatorze ans. Alice et Eleanor, les jumelles, ont douze ans, comme Madeline. Theo a huit ans, Philip sept, et la plus jeune est Mary, cinq ans.

Rothwell ouvrait des yeux ronds.

— Et Worthington a pris la charge de… Je veux dire, non seulement les enfants sont nombreux, mais un tel éventail d'âges doit compliquer les choses.

Elle ne put s'empêcher d'éclater de rire.

— Cela a été une sacrée décision aussi bien pour Grace que pour mon frère. Elle avait réussi à arracher la garde de ses frères et sœurs, et elle veillait sur eux comme sur la prunelle de ses yeux. De plus, elle attend un bébé. Nous serons donc un de plus cet hiver.

Elle ouvrit la porte du jardin, savourant la douce senteur des roses.

— Combien de frères et sœurs avez-vous ?

— J'ai deux sœurs et un frère qui est le cadet. J'avais un autre frère qui avait deux ans de moins que moi, mais il est mort quand j'étais enfant.

— Êtes-vous proches ?

Il réfléchit avant de répondre.

— Je le suppose, compte tenu des différences d'âge. Après la mort de mon frère, ma mère n'a plus eu d'enfants pendant plusieurs années, puis il y en a eu trois d'affilée. Maintenant que je suis de retour, je veux passer davantage de temps avec eux.

Ils avaient atteint une tonnelle de rosiers sous laquelle ils se faufilèrent. Louisa se tourna face à lui. Comme elle envisageait d'épouser cet homme, il était bon qu'il sache à quoi s'attendre. Aussi, soutenant son regard d'un gris d'orage, elle déclara :

— Je suis heureuse que nous soyons tous proches dans ma famille, y compris avec mes nouveaux frères et sœurs. J'aimerais qu'il en soit de même dans celle que je fonderai.

— Oui…, fit-il dans un murmure étrange, assez rauque. Moi aussi.

Il baissa la tête et, comme malgré elle, elle se hissa sur la pointe des pieds. Leurs lèvres se rapprochèrent lentement tandis que le bras de Gideon s'enroulait autour de la taille de Louisa.

— La voilà !

Des voix aiguës de filles retentissaient de l'autre côté de la tonnelle.

Gideon sursauta et entendit Louisa pousser un soupir de frustration tandis qu'il retirait son bras. Ils l'avaient échappé belle. Que se serait-il passé si on les avait surpris en train de s'embrasser ? Et quand s'était-il mis à penser à elle comme à Louisa et non plus à *lady* Louisa ? Quoi qu'il en soit, l'embrasser était une très mauvaise idée. Il devait absolument garder ses distances.

— Je suis désolée, murmura-t-elle.

— Moi aussi.

Une fraction de seconde plus tard, trois filles, dont des jumelles, surgirent sous la tonnelle.

— Nous sommes venues vous dire que le thé est prêt, dit l'une d'entre elles.

— Merci. Nous ne voudrions rater le thé pour rien au monde, répondit *lady* Louisa.

Trois paires d'yeux bleus étaient rivées sur Gideon, qui ne put s'empêcher de sourire aux fillettes. Deux d'entre elles possédaient la blondeur et les yeux bleus comme un ciel d'été de lady Worthington, et la troisième la chevelure brune et le regard lapis de Louisa. Ces gamines étaient en train de le soumettre à un examen féroce. Il plaignait déjà les jeunes gens qu'elles rencontreraient dans quelques années.

— Il ne serait pas convenable de rater le thé, dit-il.

— Surtout que le chef a fait des tartes aux fraises, dit la fillette aux cheveux bruns.

— Mes préférées, assura-t-il en regardant lady Louisa.

— Madeline, Alice et Eleanor…, commença celle-ci.

Les trois filles se figèrent, comme au garde-à-vous.

— Permettez-moi de vous présenter le duc de Rothwell. Votre Grâce, voici lady Madeline Vivers, lady Alice et lady Eleanor Carpenter.

Les trois gamines firent de très gracieuses révérences.

— C'est un plaisir de vous rencontrer.

— Vous êtes très beau.

— Vous avez des chevaux ?

Ces deux dernières remarques venaient des jumelles.

— Hum… merci. Et oui, j'ai des chevaux.

Il se demanda avec un peu de crainte ce qu'elles allaient lui demander ensuite, et il ne fut pas déçu.

— Êtes-vous en train de courtiser Louisa ?

Soudain, l'air parut se figer dans le jardin. Il n'y avait qu'une réponse possible, mais il lui était impossible de la donner pour le moment.

— Madeline, une dame ne pose pas ce genre de question, intervint Louisa, lui épargnant une effroyable humiliation. Si Sa Grâce me courtise un jour, tu en seras informée.

Ainsi réprimandée, la fillette leur tourna le dos.

— Allez, filez, dit lady Louisa avec un geste pour les renvoyer. Et ne mangez pas toutes les tartes aux fraises avant notre arrivée.

Les deux petites Carpenter prirent chacune une des mains de Madeline et l'entraînèrent. Au bout de quelques pas, elles trottinaient.

Quand elles eurent disparu, lady Louisa prit son bras.

— Ne vous croyez pas obligé de dire quoi que ce soit. Les enfants sont parfois embarrassants.

C'était le moment de lui expliquer pourquoi il ne pouvait s'engager davantage pour l'instant, d'autant plus qu'il avait failli l'embrasser.

Non. Plus tard. Il le lui dirait plus tard. Car, à moins qu'il ne trouve par miracle un moyen de se renflouer, il n'aurait pas le choix : il serait forcé de lui expliquer sa situation.

Le thé, comme il s'y attendait, se révéla une affaire tapageuse. La pièce semblait grouiller d'enfants. Madeline avait retrouvé sa bonne humeur et était assise avec les jumelles. Lady Worthington et son époux étaient présents.

Gideon s'inclina.

— Madame, merci de me permettre de me joindre à vous.

Après avoir jeté un coup d'œil à l'assistance, lady Worthington sourit.

— C'est un plaisir. Theo me dit que vous lisez presque aussi bien que mon frère Charlie. Merci pour votre aide.

— C'était une joie de pouvoir la divertir un peu.

Une autre fille à la chevelure des Vivers pénétra dans la pièce, le scruta un moment et sourit avant de prendre place auprès de Louisa.

— Où sont Philip et Mary ? demanda-t-elle.

Il y en a encore ? Il compta les enfants présents. Ah oui, il en manquait trois. Comment était-il possible de caser une foule pareille dans ce salon ? Bah, au moins, les chiens n'étaient pas là.

— Ils ont décidé d'attendre que Theo se réveille pour prendre le thé avec elle, répondit lady Worthington en tendant des tasses aux plus jeunes.

Louisa se tourna vers lui.

— Lait et sucre ?

— Oui, s'il vous plaît.

Il fut ravi de constater qu'en plus de son thé, elle lui tendait une petite assiette avec une tarte aux fraises.

— Merci, lui dit-il de façon qu'elle seule l'entende. Je craignais qu'il n'en reste plus.

Elle sourit.

— Les filles n'oseraient jamais les finir avant que tout le monde soit servi.

Puis la conversation prit un tour assez décousu, des voix aiguës tentant de se faire entendre par-dessus les autres. Par moments, les membres les plus âgés de l'assistance intervenaient pour demander moins de bruit. Gideon n'avait jamais vécu de thé semblable. Il était un peu déconcertant que les enfants soient présents lors de cette sacro-sainte institution britannique de fin d'après-midi. Son frère et ses sœurs étaient quant à eux le plus souvent relégués dans la nursery.

À ses côtés, Louisa, qui venait de finir de discuter des mérites de l'addition de dentelle blonde à l'une des robes de Charlotte, se tourna vers lui.

— Vous ne dites rien. J'espère que nous ne vous avons pas offensé d'une quelconque manière.

— Pas du tout, dit-il avant de céder à sa curiosité. Les enfants sont-ils toujours présents pour le thé ?

Elle haussa légèrement le menton, et il comprit qu'il venait de se risquer sur un terrain glissant.

— Oui. À moins que Grace et Matt ne reçoivent de façon très formelle, nous prenons toujours nos repas ensemble. C'est une tradition dans la famille de Grace, et je la trouve bien meilleure que celle qui consiste à bannir les enfants dans leurs chambres ou en salle d'étude.

Gideon eut alors la très nette impression que si Louisa et lui avaient des enfants, il en irait de même chez eux. Bien sûr, cela n'arriverait pas avant quelques années. Et peut-être même jamais, s'il ne parvenait pas à rétablir sa fortune.

C'est alors que Worthington décida d'intervenir.

— Le bruit peut être assourdissant parfois.

Il n'était pas question que Gideon approuve cette assertion en présence de Louisa. Fort heureusement, son ami enchaîna :

— J'ai quelques renseignements pour toi. Nous pourrions aller dans mon bureau.

— Je vous en prie, dit Louisa en se levant. Je vous accompagne, lord Rothwell.

Gideon fit ses adieux à lady Worthington et aux enfants avant de la suivre dans le couloir.

Plaçant sa main sur son bras, elle l'entraîna dehors. Ils avaient à peine effectué quelques pas sur la place qu'elle s'arrêta. Elle leva ses yeux d'un bleu si particulier vers lui, et il réprima une violente envie de l'embrasser.

— Merci encore d'avoir réconforté Theo. Vous ne pouvez savoir à quel point cela m'a fait plaisir.

Il sourit.

— C'est une fierté pour moi d'avoir été presque aussi bon que Charlie.

— Sachez que c'est son frère préféré et qu'il s'agit donc là d'un immense compliment.

Lui prenant la main, il la porta à ses lèvres et... perdit la tête.

— Je ne puis qu'espérer devenir le préféré d'un autre membre de cette famille.

Ses joues se teintèrent de rose, mais elle le regarda droit dans les yeux au lieu de baisser la tête comme l'aurait fait une autre jeune dame.

— Votre espoir pourrait se réaliser.

Worthington, qui les avait devancés, apparut sur le porche de Worthington House, et le rose sur les joues de lady Louisa passa au rouge.

— Bonne chance, Votre Grâce, dit-elle. Peut-être nous sera-t-il possible de faire cette promenade en voiture demain ?

Toujours fasciné par ses yeux, il acquiesça.

— Rien ne me ferait plus plaisir. Serez-vous au bal de lady Featherington ce soir ?

— Oui.

— Pourrai-je avoir deux valses ?

Elle répondit sans la moindre hésitation.

— Oui.

Il eut envie de pousser un cri de triomphe.

— À ce soir, alors.

— À ce soir.

Elle lui adressa un sourire avant de s'éloigner.

C'est alors que ses mots le frappèrent. Elle lui avait souhaité bonne chance. Était-elle au courant de sa situation ? Il ne pensait pas que son frère lui en ait parlé, ce qui ne pouvait signifier qu'une chose : toute la bonne société était au courant de ses déboires. Perspective horrible. Mais, en déclarant dans un lieu public qu'il n'honorerait pas les dettes de jeu de son père, il s'était peut-être mis lui-même dans cette très fâcheuse posture.

10

Louisa était dans l'escalier quand Charlotte la rattrapa.

— Serais-tu en train de mettre Rothwell à l'épreuve ?

— À l'épreuve ?

Dans un premier temps, l'idée étonna Louisa. Mais, à la réflexion, Charlotte n'avait sans doute pas tort. Elle avait conduit le duc auprès de sa sœur malade, et sa première pensée avait alors été qu'il ne ressemblait pas du tout à son père.

— Je ne sais pas.

Charlotte haussa les épaules.

— Personne ne te le reprocherait. Quand on se marie, c'est pour la vie. Tu te rappelles comme Grace et Matt fluctuaient entre malheur et exaltation ?

— Oui... et Dotty qui ne savait si elle devait trouver une épouse à Merton ou si elle le voulait pour elle-même.

Charlotte émit un de ses rires si légers.

— Ou ta mère et Richard.

La mère de Charlotte avait failli refuser d'épouser l'amour de sa vie parce qu'il avait oublié en quelle année elle avait fait sa première saison.

— Ils sont tous heureux maintenant.

— C'est vrai, répondit Charlotte, mais on n'est jamais trop prudent. Il n'y a rien de mal à... comment dire... le tester. D'une certaine façon, c'est ce que Dotty a fait en obligeant quasiment Merton à recueillir des animaux errants et des enfants abandonnés.

Elles étaient arrivées dans leur boudoir.

— Et quel était le test que Grace a fait passer à Matt ? demanda Louisa.

Charlotte s'esclaffa.

— Nous tous. Heureusement, Matt était plus que désireux de nous adopter. En fait, c'est assez simple : tu n'as qu'à t'interroger, te demander ce que tu attends d'un époux et du mariage et ensuite déterminer si Rothwell peut te l'offrir.

Voilà qui semblait très sensé. Mais comment déterminer une chose pareille ? Et puis, il y avait cette confiance dont avait parlé Grace. Et surtout, il y avait l'amour.

— Comment crois-tu qu'ils ont su qu'ils étaient amoureux ?

Charlotte s'affairait déjà sur un ouvrage de broderie sur lequel elle essayait des fils de soie de différentes couleurs.

— Eux, je l'ignore, mais maman m'a dit un jour qu'elle l'a su grâce aux baisers de papa.

— Matt me confinerait à la campagne s'il apprenait que j'ai embrassé un homme avant mes fiançailles.

— Oui, c'est un problème, convint Charlotte. Par ailleurs, les messieurs veulent embrasser les dames qu'ils aiment.

Rothwell avait failli l'embrasser dans le jardin, un peu plus tôt. Cela signifiait-il qu'il était en train de tomber amoureux d'elle ? Et puisqu'elle aussi avait très envie de l'embrasser, était-elle en train de tomber amoureuse de lui ?

Dès que Gideon entra dans le bureau, Worthington désigna deux grands fauteuils en cuir devant la cheminée.

— Assieds-toi.

Refusant le verre de vin que son ami lui offrait, Gideon attendit que Worthington se serve puis s'installe face à lui.

— J'ai fait quelques recherches sur Mme Petrie. Il semble qu'elle se soit spécialisée dans les vieux gentlemen. Ceux qui souhaitent revivre leur jeunesse.

Une des mains de Gideon se crispa sur le bras en bois de son fauteuil.

— Et qui n'ont plus toute leur tête.

— Pas nécessairement. Il y a aussi ceux qui se sentent peu appréciés par leurs propres épouses ou par les femmes plus jeunes qu'eux.

Worthington leva son verre et contempla son contenu un instant.

— Il y a trois ans de cela, lord Henry Burghley, un célibataire, est mort en laissant à Mme Petrie la majorité de ses biens. Du moins, c'est ce qu'elle a affirmé.

— Avait-elle une copie de son testament ?

— Elle avait l'original d'un testament. Malheureusement pour elle, Burghley était très proche d'une de ses nièces, qui disposait d'un autre document plus récent dans lequel il lui léguait tout, comme le reste de la famille s'y attendait. Il avait aussi confié à un vieil ami que sa maîtresse devenait un peu trop cupide à son goût, mais qu'il parvenait à la contrôler pour l'instant.

Gideon commençait à regretter de ne pas avoir accepté le verre de vin.

— Elle semble avoir changé de tactique.

Il décida de ne pas révéler ce qu'il avait découvert de son côté. Même s'il appréciait les efforts de Worthington, Gideon était désormais duc de Rothwell, et il se devait de résoudre ses problèmes sans l'aide de quiconque.

— Merci. Je te suis très reconnaissant, ajouta-t-il.

— Il n'y a rien d'autre ? demanda son ami en haussant les sourcils.

— Rien qui me vienne à l'esprit. Je dois y aller.

Les deux hommes se levèrent. Worthington lui tint la porte.

— Tu seras au bal des Featherington ce soir ?

— Oui. Nous nous y verrons.

Ainsi que Louisa. Surtout Louisa.

Un moment plus tard, ayant choisi avant le thé de renvoyer sa voiture chez lui, il marchait en direction du parc quand une paire de bais très spectaculaires, attelés à un cabriolet des plus élégants, s'arrêta à sa hauteur.

— Rothwell.

Il réprima un sourire en se retournant.

— Bentley ! fit-il avant de céder à une plaisanterie devenue récurrente entre eux. Quand apprendras-tu à choisir des chevaux de qualité ?

— Si tu t'en souciais vraiment, répliqua son cousin, tu aurais été là avec moi quand je les ai achetés, et pas en train d'arpenter le Canada vêtu de peaux d'ours. Si c'est bien ce qu'on porte là-bas.

— Bon, puisque tu es là et que tu n'as visiblement rien de mieux à faire, tu peux aussi bien me conduire au Doctors' Common.

Il devait révéler à Templeton ce que Worthington venait de lui apprendre. Sans attendre la réponse de son cousin, Gideon grimpa dans le cabriolet.

— Et tu pourrais aussi me dire ce qu'il y a de si urgent pour que je doive tout laisser tomber et venir en ville séance tenante. D'autant plus que tu me fais lanterner depuis deux jours.

Bentley lança les chevaux, mais se tourna aussitôt face à lui.

— Regarde où tu vas !

Gideon lui prit les rênes des mains, évitant de justesse une collision avec une charrette.

— Zut, je ne faisais pas attention !

Bentley voulut reprendre les rênes, mais Gideon secoua la tête.

— Je les garde le temps que tu me racontes tout.

Son cousin poussa un très, très long soupir qui dut lui vider les poumons.

— Je suis amoureux et j'ai besoin d'aide pour la convaincre de m'épouser.

Gideon aimait son cousin comme un frère, mais il ne voyait pas du tout comment il pourrait l'aider dans une affaire de cœur.

— Eh bien, je serai ravi de faire mon possible, répondit-il néanmoins. Qui est l'heureuse élue ?

— Je ne te l'ai pas dit ? s'étonna Bentley.

— Non, répliqua Gideon avec une patience, à ses yeux, angélique. J'ai reçu ta lettre m'enjoignant de venir au plus vite, mais tu n'as pas jugé bon de préciser la raison d'une telle urgence.

— Bah... tu ne la connais sans doute pas, de toute façon. C'est sa première saison.

Gideon regarda son cousin en haussant les sourcils, espérant ainsi le convaincre d'en venir enfin au but.

— C'est lady Louisa Vivers, dit Bentley en prononçant ce nom comme celui d'une divinité suprême.

Enfer et damnation !

Celle-là même à qui il devait deux valses ce soir... et dont il était en train de tomber amoureux. Mais là n'était pas la question, se dit-il, accablé. Même si elle n'aimait pas Bentley, et quels que soient les sentiments de Gideon à son égard, il ne pouvait plus la courtiser. Son cousin y verrait une trahison de la pire espèce. Et il aurait raison.

Par tous les diables ! Peut-être était-ce finalement une bonne chose que ses finances soient dans un état si déplorable et qu'il lui soit interdit de lui faire la cour.

Il envisagea brièvement de ne pas aller au bal, mais il ne pouvait pas quitter Louisa – *lady* Louisa – sans lui donner la moindre explication. Il devait lui faire comprendre qu'il n'avait d'autre choix que de se retirer, pour le bien de son cousin.

Rosie Petrie, qui préférait se faire appeler Rosamund ces temps-ci – un prénom qui lui semblait plus respectable pour la veuve qu'elle prétendait être –, fixa une double rangée de perles autour de son cou. Tournant la tête de droite à gauche, elle admira le collier et les boucles d'oreilles. Le vieux duc avait été une de ses plus belles proies, ce dont il n'avait jamais eu conscience, bien sûr. Non, une femme devait toujours se débrouiller pour que l'homme s'imagine être le chasseur. Et elle avait rencontré le duc au bon moment, tout de suite après l'affaire Burghley. Maudit soit ce vieux pervers de l'avoir trahie de cette manière ! Au bout du compte, elle s'était retrouvée avec à peine de quoi tenir jusqu'à ce qu'elle se trouve un nouveau protecteur.

Heureusement, Rothwell avait été une cible facile qui n'attendait que de se faire plumer. Cela étant, elle lui en avait donné pour son argent. Mais, pour éviter de commettre la même erreur qu'avec Burghley, elle s'était montrée plus prudente. Après avoir accumulé les « cadeaux », elle avait imité sa signature pour se donner cette *carte blanche**, profitant du fait qu'il n'était plus en état de s'en rendre compte. Grâce à cela, elle avait amassé un joli petit pactole, de quoi être tranquille pour le restant de ses jours, d'autant qu'elle possédait aussi cette maison de ville. Elle se contempla dans le miroir. À trente-cinq ans, elle n'avait encore rien perdu de son charme. Elle pouvait encore séduire et – pourquoi pas ? – pour son propre plaisir enfin…

Dans le miroir, elle vit Bea, sa bonne, entrer dans le dressing, pâle comme un linge.

— Qu'y a-t-il ?

— J'ai envoyé Peter chercher votre voiture de ville, comme d'habitude, et il vient de revenir. Elle n'y est plus.

— Qu'il aille la récupérer où elle a été emmenée.

— C'est bien ça le problème, m'dame. Elle a été vendue.

— Quoi ? Quand ?

— Le maître d'écurie lui a dit que le nouveau duc, qui vient d'arriver en ville, a ordonné que vos voitures et vos chevaux soient vendus. Il a même annulé la commande pour votre cabriolet.

Bon sang de bonsoir ! Le jeune duc était censé faire son deuil dans son domaine à la campagne. Que diable fabriquait-il à Londres ? Plus personne ne respectait les convenances, de nos jours !

Elle avait absolument besoin de ses voitures et de ses chevaux. Il fallait qu'elle les récupère, et qu'elle voie aussi si, d'un point de vue légal, Rothwell avait bien le droit de vendre ce qui lui appartenait. Respirant un bon coup, elle essaya de se calmer.

— Que Peter me trouve un fiacre pour ce soir.

— Oui, m'dame.

Rosie se tourna de nouveau vers le miroir. Pas un fil d'argent dans sa chevelure blonde, et son teint était encore lumineux. Elle pouvait facilement passer pour une femme plus jeune.

Réfléchis, Rosie.

Que savait-elle à propos du nouveau duc de Rothwell ? Une idée germa dans son esprit. Et si elle parvenait à le convaincre de remplacer son père ? C'était une situation qu'elle avait déjà connue par le passé. Son protecteur de l'époque lui avait demandé d'apprendre à son fils à satisfaire une femme. Rosie sourit. Cela avait été des leçons fort intéressantes, surtout au début, quand le père restait avec eux dans la chambre. À la mort du vieil homme, le fils avait simplement pris la suite. Jusqu'à ce qu'il tombe amoureux et se marie.

Où allait le grand monde si, désormais, les gentlemen abandonnaient leurs maîtresses pour leurs épouses ? C'était la faute de ces romans sentimentaux un peu vulgaires qui encourageaient les mariages d'amour. Il aurait été bon de les interdire. Les gens de qualité n'auraient pas dû lire des inepties pareilles.

Poussant un soupir, elle s'enveloppa dans son châle de soie. Au moins, ce soir, elle allait profiter de la pièce. Et puis, elle avait toujours sa maison et ses bijoux. Demain était un autre jour.

11

À leur arrivée chez lady Stillwell, Louisa, Charlotte, Matt et Grace furent aussitôt conduits dans un salon où les attendaient la duchesse et Mlle Blackacre.

La duchesse se leva pour étreindre Grace.

— Vous êtes resplendissante, ma chère. Et vous, les filles, vous êtes absolument ravissantes, ajouta-t-elle avec un coup d'œil vers Charlotte et Louisa. Vous devez rendre Worthington fou avec tous vos prétendants.

Matt grimaça, mais Grace s'esclaffa.

— Pire que cela. Si on le laissait faire, il les mettrait dans des caisses pour les renvoyer tout droit dans notre maison à la campagne.

— La seule question étant de savoir quelle maison, intervint Louisa en essayant de ne pas sourire. Worthington Hall doit être rénové pour accueillir notre nouvelle famille élargie.

— Oui, comme vous le faites à Worthington House, commenta la duchesse avant de s'adresser à Grace. Oriana me dit que vous avez des cas de rougeole chez vous.

— Et ils sont spectaculaires, répondit Grace d'un ton facétieux. Néanmoins, en dépit de la rechute de l'une des filles, nous pensons être bientôt débarrassés de cette invitée indésirable. Worthington et moi devons nous rendre au plus tôt dans son domaine à la campagne afin de superviser la fin des travaux. J'étais en train de chercher un chaperon pour Louisa et Charlotte quand il a décidé que nous resterions en ville jusqu'à la guérison de nos jeunes malades, ce qui devrait être le cas d'ici une semaine.

— Faites-moi savoir quand vous partirez, répondit la duchesse en la conduisant vers un fauteuil. Je serai ravie de vous aider.

— Merci, tante Dianna. J'apprécie sincèrement cette offre.

Tandis que les deux femmes continuaient leur conversation, Louisa fit signe à Charlotte, et elles entraînèrent Oriana à l'écart.

— As-tu rempli ton carnet de bal ?

— Non, il est pratiquement vide, gémit-elle. Je vais mourir de honte si personne ne m'invite.

— Tu n'as pas à t'inquiéter, assura Louisa.

Oriana n'avait pas eu le temps de rencontrer de jeunes célibataires, mais Charlotte et elle en connaissaient beaucoup, et il leur serait facile de faire les présentations.

— Nous allons t'aider, reprit-elle. Je te prédis que ton carnet sera plein en un rien de temps.

Un valet arriva avec des verres de vin. Dès qu'il fut reparti, Louisa consulta Charlotte du regard. Cette dernière acquiesça. Il était temps de mettre leur plan à exécution... en priant pour que Bentley et Oriana s'apprécient.

— Il y a un gentleman que nous aimerions te faire rencontrer, dit Charlotte. Il est très attentionné.

— Nous pensons qu'il te plaira, ajouta Louisa. Mais si ce n'est pas le cas, ne te sens pas obligée de le fréquenter à cause de nous.

Oriana pencha la tête de côté.

— Vous jouez déjà les marieuses ?

— Un peu, peut-être, admit Charlotte. Il s'agit de lord Bentley. Son père est le duc de Covington.

— Et tu as dit que tu voulais te marier, ajouta Louisa en se mordant la lèvre.

Oriana les dévisagea l'une et l'autre, une lueur malicieuse dans les yeux.

— Très bien. J'accepte de le rencontrer.

Deux heures plus tard, leur petit groupe pénétra dans la salle de bal de lady Featherington. M. Featherington, son fils aîné, vint immédiatement inscrire son nom dans le carnet de bal d'Oriana.

Suivant Grace et la duchesse, Louisa fouilla la salle du regard à la recherche du duc de Rothwell. En vain. Il n'était pas encore arrivé.

Elle se mordilla la lèvre. Bah, il serait là à temps pour la première valse, c'était certain. Inutile de s'inquiéter.

— Tu fais une drôle de tête, lui chuchota Charlotte.

— Pas du tout.

— Oh que si. C'est celle que tu fais quand quelque chose n'est pas à ton goût.

Charlotte sourit pour saluer une amie, et Louisa en fit autant.

— Mademoiselle Tully, reprit Charlotte, j'aimerais vous présenter Mlle Blackacre. Mademoiselle Blackacre, notre amie, Mlle Tully. Mlle Blackacre vient tout juste de quitter le deuil. Sa grand-mère, la duchesse de Stillwell, la chaperonne. C'est aussi la première saison de Mlle Tully, ajouta-t-elle à l'adresse d'Oriana.

Du coin de l'œil, Louisa vit lord Bentley approcher. Touchant le bras de Charlotte, elle murmura :

— Bentley est là. Reste avec Oriana et veille à ce qu'il l'invite à danser. Je vais me cacher.

Louisa rejoignit Grace, qui se trouvait non loin.

— Tu veux bien m'accompagner au salon réservé aux dames ?

— Charlotte ne pourrait-elle pas...

— Elle est en train de présenter Oriana à nos amis, la coupa Louisa en surveillant l'avancée de Bentley.

— Ah, je vois...

Grace s'excusa auprès de la duchesse et attendit que Louisa et elle soient dans le couloir pour demander :

— Tu évites ce pauvre lord Bentley ?

Louisa ouvrit de grands yeux.

— Comment le sais-tu ?

— Cela semble assez évident, dit sa belle-sœur en l'entraînant un peu plus loin. Qu'essaies-tu de faire ?

— Il est très gentil et je n'ai pas envie de le blesser, mais je ne puis avoir pour lui les sentiments qu'il voudrait.

— Je dois dire qu'on a tout de suite senti qu'il n'était pas de taille pour quelqu'un comme toi. Si tu ne t'en étais pas aperçue, je t'aurais découragée de le fréquenter. Et maintenant, il y a Rothwell.

— Oui, maintenant, il y a Rothwell, dit Louisa en grimaçant. Mais même avant de le rencontrer, j'avais déjà imaginé un plan. Bentley a besoin d'une femme qui soit plus patiente que moi. Je pense qu'Oriana pourrait lui convenir.

Grace éclata de rire.

— Tu espères te débarrasser de lui en lui présentant une autre femme ?

— Ce serait la chose la plus gentille à faire. Et cela pourrait marcher.

Là-bas, dans la salle, Charlotte était en train de présenter Oriana à Bentley.

— Hum, fit Grace en suivant le regard de Louisa. Je te souhaite bonne chance, mais tu ferais bien de chercher une autre idée au cas où celle-ci ne marcherait pas.

Elle avait raison, bien sûr. Mais, pour l'instant, Louisa n'avait pas de plan B. Si seulement Bentley et Oriana pouvaient tomber amoureux au premier coup d'œil !

— Dans ce cas, ma seule autre option serait la franchise. J'ai déjà essayé de lui faire subtilement comprendre que nous n'étions pas faits l'un pour l'autre.

— Beaucoup d'hommes ont du mal avec la subtilité.

Louisa poussa un long soupir.

— La vie serait beaucoup plus simple s'ils étaient raisonnables.

Grace sourit, malicieuse.

— Ils n'ont pas toujours tort.

Elle devait songer à l'insistance dont Matt avait fait preuve pour la convaincre qu'il l'aimait et aimait aussi sincèrement ses frères et sœurs. Mais c'était différent. Il avait été évident dès le début qu'ils étaient amoureux et formeraient un couple merveilleux.

En serait-il de même pour Rothwell et elle ? se demanda Louisa. Pour le moment, beaucoup de choses restaient floues entre eux, et même si rien ne pressait – après tout, elle pouvait attendre encore une saison pour se marier –, elle était néanmoins impatiente d'y voir plus clair. Étaient-ils vraiment en train de tomber amoureux l'un de l'autre ? Pouvait-elle lui faire confiance ?

Elle devait lui parler, et elle ne pourrait le faire que pendant leurs valses et le souper... à condition que personne ne les interrompe.

Quand Grace et elle retournèrent dans la salle de bal, Bentley bavardait avec Charlotte et Oriana. Elle vit cette dernière sourire à une remarque faite par le jeune homme.

— J'ai l'impression que cela se passe bien.

Grace lui lança un regard sceptique.

— Ils viennent de se rencontrer. Tu ne vas pas pouvoir l'éviter toute la soirée. As-tu encore une danse libre dans ton carnet ?

Louisa acquiesça.

— Oui, une danse folklorique.

Elles rejoignirent Matt, qui discutait avec un de ses amis. Grace sourit et tendit la main à ce dernier.

— Lord Huntley, bonsoir. Je ne m'attendais pas à vous voir ici.

L'homme était un célibataire endurci qui ne voulait surtout pas entendre parler mariage.

Le comte de Huntley s'inclina sur la main de Grace.

— Madame, c'est toujours une joie de vous voir. Lady Featherington est une des amies les plus proches de ma mère. Je ne pouvais pas ne pas venir.

— Excellent, fit Grace en lui adressant un sourire quasiment démoniaque. Dans ce cas, vous pouvez être le cavalier de Louisa pour la danse folklorique.

« Eh bien, voilà qui a été rondement mené », se dit Louisa.

— Naturellement, j'en serais ravi.

Il se tourna vers Louisa.

— Mademoiselle, me ferez-vous l'honneur de m'accorder une danse folklorique ?

Réprimant un rire, elle inclina la tête.

— L'honneur sera pour moi, monsieur.

Il inscrivit son nom sur son carnet de bal avant de filer vers la salle de jeu.

— J'espère qu'il n'oubliera pas.

— Il n'oserait pas, marmonna Matt. Qu'est-ce que vous mijotez, toutes les deux ?

Grace s'accrocha au bras de son mari.

— Il est temps que Louisa fasse comprendre à lord Bentley qu'elle n'a aucun intérêt pour lui. Sa toquade dure depuis des semaines. Il faut que cela cesse.

— Pauvre garçon, fit Matt, compatissant. Mais je suis d'accord. Si tu ne souhaites pas qu'il te courtise, il vaut mieux ne pas lui donner de faux espoirs. Il y a des moments où il faut savoir être ferme. Les hommes ont souvent du mal à abandonner la chasse.

Il serra la main de Grace.

— T'ai-je déjà dit à quel point je suis heureux de ne pas avoir dû te courtiser pendant une éternité ?

Elle se serra contre lui de façon à peine perceptible mais, aux yeux de Louisa, ce geste en disait beaucoup sur la profondeur de leur amour.

— Non, mais je suis contente moi aussi que cela ait été très court.

Louisa s'excusa. Elle se sentait de trop.

En s'éloignant, elle les regarda. Son frère et sa belle-sœur étaient la preuve qu'il n'était pas nécessaire de se connaître depuis longtemps pour tomber amoureux.

C'était le genre d'amour qu'elle désirait entre Rothwell et elle. Comme elle le désirait aussi pour Bentley, mais pas avec elle.

Quand elle rejoignit son groupe d'amis, Charlotte se déplaça habilement pour qu'elle puisse se glisser à ses côtés plutôt que près de Bentley.

Louisa savait qu'elle avait raison de vouloir mettre un terme à la cour qu'il lui faisait, mais elle n'en éprouva pas moins du remords quand, en la découvrant, il s'illumina et s'inclina. C'était vraiment un très gentil jeune homme.

— Lady Louisa. Serais-je assez chanceux pour que vous m'ayez laissé une danse ?

Voilà qui allait être bien plus dur qu'elle ne l'avait cru.

— Je crains que non. Lord Huntley vient de réserver ma dernière danse disponible. Cependant, Mlle Blackacre vient d'arriver en ville, et il lui reste sans doute des danses.

Bentley sourit à Oriana.

— Oui, lady Charlotte nous a présentés. Nous sommes déjà engagés pour une danse.

— Excellent.

Quelque chose incita alors Louisa à lever les yeux pour scruter la salle.

Rothwell était arrivé. Enfin.

Comme il se dirigeait vers leur groupe, Bentley déclara, à personne en particulier :

— Ah, voilà mon cousin préféré. Je ne crois pas que vous le connaissiez. Il revient à peine d'un long séjour en pleine nature sauvage au Canada. C'est un type sensationnel...

Cousin ? Canada ? Le cœur de Louisa s'était arrêté de battre. Elle regarda Bentley, puis Rothwell. Il y avait bien une vague ressemblance. Mais là où Bentley était blond avec des cheveux très fins et une apparence juvénile, Rothwell avait quelque chose de plus sombre. Sa peau était tannée par le soleil et les éléments, et les angles vifs de son visage montraient force et détermination quand les joues de son cousin avaient encore la rondeur de l'enfance. Les yeux de Bentley étaient d'un innocent bleu pâle tandis que le regard gris de Rothwell reflétait la somme de ses expériences.

Celui-ci soutint le regard de Louisa une fraction de seconde avant de se tourner vers son cousin.

Elle ne l'avait encore jamais vu aussi lugubre.

Quelque chose avait changé depuis cet après-midi, mais quoi ?

Quand il atteignit leur petit groupe, il se plaça aux côtés de son cousin et inclina la tête.

— Bonsoir. J'espère ne pas être en retard.

À voir le sourire spontané de Bentley, il était clair que les deux hommes étaient proches. En fait, il contemplait le duc comme s'il était son sauveur.

— Pas du tout. Bienvenue. Je suis content de te voir.

Bentley se tourna vers les dames présentes.

— Lady Louisa Vivers, lady Charlotte Carpenter, mademoiselle Tully et mademoiselle Blackacre, j'aimerais vous présenter mon cousin, le duc de Rothwell.

Charlotte glissa un regard à Louisa tandis que toutes ces dames faisaient la révérence.

— Votre Grâce, dit Charlotte, Mlle Blackacre est une de mes cousines tout juste arrivée à Londres.

Elle sourit à Bentley.

— Milord, lady Louisa et moi-même avons déjà eu le plaisir de rencontrer Sa Grâce. C'est un ami de Worthington.

— Ah ! fit Bentley, quelque peu ébahi. Je l'ignorais. Mais cela se comprend. Ils ont à peu près le même âge. Auriez-vous fait vos études ensemble ?

— Eton et Oxford, répondit Rothwell.

— Était-il au bal hier soir ? s'enquit Bentley.

— Celui auquel tu m'as demandé d'aller ? fit Rothwell en haussant les sourcils.

Bentley eut l'air d'un gamin pris en faute.

— Je suis vraiment désolé. Je comptais venir. Mais Roughy – tu te souviens de lui, n'est-ce pas ?

Il attendit que Rothwell opine pour poursuivre :

— Il m'a invité à dîner chez ses parents, et j'ai perdu la notion du temps.

— Je vois.

Tout en parlant, Rothwell continuait à saluer chaque dame présente. Il arrivait à présent devant Louisa.

— Mais ne t'inquiète pas. J'ai passé un bon moment.

Lui faisant face, il s'inclina et lui prit la main.

— C'est un plaisir de vous revoir, mademoiselle.

— Le plaisir est partagé, Votre Grâce.

Leurs regards se croisèrent, et le moment s'étira. La salle de bal disparut autour d'eux. Il lui serra la main, et Louisa vit une myriade d'émotions passer dans ses yeux, toutes teintées de résignation et de tristesse.

Quelque chose n'allait décidément pas. Que s'était-il passé ? Il n'y avait qu'un moyen de le savoir.

Elle parla de façon que lui seul l'entende.

— Qu'y a-t-il ?

Sa pomme d'Adam s'agita comme s'il avait du mal à parler.

— Je dois vous dire quelque chose.

— Quand nous valserons, peut-être.

— Nous devons être seuls.

— Mademoiselle.
Lord Huntley venait réclamer sa danse.
— Milord.
Il lui offrit son bras et l'entraîna vers la piste. Quitter Rothwell lui déchira le cœur.

12

Gideon se força à arracher son regard au dos de Louisa.

Maudit soit Bentley ! Il allait devoir renoncer à elle.

Depuis qu'il avait vu son cousin, il essayait de trouver les mots pour annoncer à Louisa qu'il ne pourrait l'emmener en promenade le lendemain, ni aucun autre jour. Ce ne devrait pas être si difficile. Ils ne se connaissaient pas depuis bien longtemps.

Quelques jours à peine. Des jours merveilleux.

Ses yeux errèrent sur la piste, où ils se mirent aussitôt en quête de Louisa. Un pas de danse l'amena face à lui, et leurs regards se nouèrent. Elle lui sourit. Incapable de s'en empêcher, il lui rendit son sourire. Elle dut changer de place dans le quadrille et disparut à sa vue tandis que son cousin surgissait devant lui.

Jamais il ne pourrait faire de mal à Bentley : son cousin méritait et avait besoin d'une épouse qui aurait l'intelligence et la force de l'aider quand il endosserait le titre et les responsabilités de son père. Dieu savait que seul il en serait incapable.

Comme il détournait les yeux, il découvrit qu'une matrone qu'il avait déjà rencontrée, mère de quatre filles, le regardait avec insistance. Il inclina la tête, et elle hocha la sienne d'un air encourageant.

Il reporta son attention sur Louisa. Autour d'elle, l'air lui-même paraissait vibrer. Elle possédait une telle vitalité, il y avait tant de joie en elle ! Il avait été surpris de la voir aussi attachée à sa petite sœur. Peu de jeunes filles auraient laissé passer l'occasion d'être vues dans le parc en compagnie d'un duc. Même un duc ruiné.

Il se faisait l'impression d'être un imposteur de la pire espèce.

Sur ce, leur hôtesse, lady Featherington, vint le chercher pour le conduire auprès d'une jeune dame dépourvue de cavalier.

— Oh, Votre Grâce.

La fille rougit et lui écrasa les pieds durant toute la danse. Dès que celle-ci fut terminée, il ramena sa cavalière à sa mère et s'esquiva dans la salle de jeu avec l'intention d'attendre la première valse. N'ayant jamais été attiré par les cartes, il s'adossa à un mur aussi loin que possible des tables.

— Votre Grâce ?

Il baissa les yeux et découvrit lord Manning, un des vieux amis de son père.

— Monsieur.

— J'aimerais vous dire un mot à propos d'une rumeur qui circule.

L'homme avait connu son père pendant des décennies. Gideon ne pouvait l'éconduire.

— Je vous en prie.

— Peu avant la mort de votre père, je l'ai croisé au théâtre.

Manning s'interrompit, le regard fuyant. Gideon attendit. Finalement, le vieil homme reprit :

— Il m'a regardé droit dans les yeux sans me voir. Au début, j'ai cru qu'il me battait froid, mais je n'ai pas tardé à comprendre qu'en fait il ne m'avait pas reconnu. Je sais que vous avez été longtemps absent, et j'ai pensé devoir vous signaler qu'il était possible qu'au soir de sa vie, il n'ait plus été lui-même.

Gideon retint un immense soupir de soulagement. Ainsi, un des meilleurs amis de son père avait senti qu'il y avait un problème.

— Milord, j'ai récemment découvert que mon père était atteint de démence.

Il s'en voulait de dire cela. D'une certaine façon, c'était aussi abominable que tout le mal que son père avait infligé à sa famille et à ses amis.

Manning hocha la tête.

— Un de mes oncles a souffert de la même maladie. Est-ce la raison pour laquelle vous refusez de payer ses dettes de jeu ?

— En effet. S'il avait eu toute sa tête, il ne les aurait jamais contractées.

— Je comprends votre position. Néanmoins, cette décision pourrait vous desservir et affecter votre position à la Chambre des lords. Si je peux me permettre, je vous conseille de vous trouver une riche héritière.

La Chambre des lords ? Il tenait vraiment à y siéger.

— Lord St. Eth était présent quand j'ai pris cette décision, dit-il avec raideur, et il estimait que j'étais dans mon droit. Et oui, il faudrait une femme extrêmement riche, en effet. Mais, même dans ce cas, je me refuserais à utiliser sa dot pour cela. Je réglerai le problème moi-même.

— St. Eth ? répéta Manning. Cela a-t-il eu lieu avant que vous disiez à Masters que vous n'honoreriez pas les dettes de votre père, ou après ?

— Après. St. Eth n'avait pas le moindre doute quant à l'état de mon père, et aucun homme d'honneur ne jouerait avec un mineur ou un infirme.

Manning hocha lentement la tête.

— Si vous n'y voyez aucune objection, la prochaine fois que ce sujet sera abordé, c'est ce que je dirai moi aussi.

Même si Gideon répugnait à ce que la santé de son père devienne un sujet de débat public, il était aussi conscient qu'en faisant connaître ses déficiences, il épargnerait beaucoup d'inconvénients à la famille.

— Merci. Je n'y vois aucune objection.

Refuser d'honorer les dettes de son père aurait aussi un impact sur sa mère, ses sœurs et son frère. St. Eth et maintenant Manning lui offraient un soutien appréciable.

— Parfait, conclut Manning avec un air complice. Je ferai preuve de discrétion, mais je ne laisserai pas planer le moindre doute sur la condition de feu le duc.

Fort heureusement, le prélude à la valse commençait.

— Si vous voulez bien m'excuser, j'ai promis cette danse.

— Amusez-vous, dit Manning avec un sourire nostalgique. Je me souviens de l'époque où je pouvais danser toute la nuit.

Gideon ne perdit pas une seconde pour aller chercher Louisa et la conduire sur la piste de danse.

— De quoi devez-vous me parler ? demanda-t-elle dès qu'ils commencèrent à tournoyer.

Mais ce n'était ni le lieu ni le moment.

— Attendons d'être seuls pour aborder le sujet. Après la danse du souper.

Le front de Louisa se plissa, et Gideon regretta de ne pas pouvoir lisser ces rides avec un baiser.

— Impossible. Matt voudra que nous soupions ensemble, et ensuite, nous partirons.

Naturellement, Worthington n'accorderait jamais de telles libertés à sa sœur.

— Il faut que je vous parle seul à seule.

Sa jolie lèvre inférieure disparut entre ses dents, et elle se mit à la mordiller. Il eut très envie de l'embrasser.

— Demain matin à 7 heures, si vous acceptez une promenade à cheval au parc.

— Avec plaisir.

Elle lui offrit un sourire éblouissant. Dieu qu'elle était belle !

Il la serra peut-être un tout petit peu trop contre lui. Seigneur, comment pourrait-il la quitter ? Et comment supporter de la voir épouser son cousin ?

Je suis en train de devenir fou… Non ! Fou amoureux.

Oriana remarqua que Louisa avait rejoint son frère et sa belle-sœur, qui discutaient avec le duc de Rothwell.

Charlotte se pencha pour lui chuchoter à l'oreille :

— Je crois que Louisa est enfin en train de tomber amoureuse.

— Rothwell ?

Elle les observa tous les deux, et il lui sembla bien qu'il y avait quelque chose entre eux.

Charlotte acquiesça sans s'étendre davantage. Elle passa les minutes suivantes à désigner d'autres invités en expliquant à Oriana qui ils étaient.

— Là-bas, avec le turban décoré de plumes pourpres, c'est lady Bellamy. Elle fait peur à tout le monde ou presque, mais je l'aime bien.

— Maman m'a dit de toujours rester sur mes gardes avec elle, dit Oriana.

— Pff…, fit Charlotte en balayant cette objection d'un geste de la main. Elle est très à cheval sur ses principes, mais si elle prend quelqu'un en grippe, ce n'est jamais sans raison.

Un valet leur apporta deux verres de citronnade.

— Il fait bien plus chaud ici qu'à la campagne, reprit Oriana.

— C'est à cause de tous ces invités, dit Charlotte. Après la prochaine danse, nous demanderons à Grace si nous pouvons nous approcher des fenêtres.

— Est-elle très stricte ?

— En fait, le vrai dragon, c'est Matt. Il est terrifié à l'idée qu'il nous arrive quelque chose. Surtout depuis que notre amie Dotty est sortie dans le jardin un soir et en est revenue fiancée. Mais elle avait une excellente raison : elle devait prévenir son futur mari d'un complot contre lui.

Oriana ouvrit de grands yeux.

— Un complot ? Londres semble bien plus dangereuse et excitante que je ne le croyais.

— Seulement avec Dotty, répondit Charlotte avec un rire léger. C'est mon amie d'enfance et, partout où elle va, il lui arrive quelque chose. Ah, lord Bentley vient réclamer sa danse.

Oriana suivit son regard. Ses nouvelles cousines ne s'étaient pas trompées : il lui plaisait. Il était séduisant et intéressant. Ils avaient déjà beaucoup discuté ce soir. Cependant, elle avait longtemps cru qu'il ne l'inviterait pas à danser.

— Merci de nous avoir présentés.

— Il semble avoir du mal à se décider, mais si on l'aide un peu, il est très gentil.

— Donc, ce n'était pas qu'il ne souhaitait pas danser avec moi ?

— Oh non, pas du tout. Ne crois pas cela une seule seconde. C'est juste qu'il est terriblement lent à faire quoi que ce soit.

— Oui, je vois ce que tu veux dire.

Après tout, elle avait eu affaire à ce genre d'homme toute sa vie, à commencer par son père. Lord Bentley s'inclina quand elle lui tendit la main et sourit.

— Merci d'être si prompt, milord.

Ce petit compliment le combla visiblement.

— C'est un plaisir. Lady Louisa – il jeta un regard vers la dame en question – me dit toujours que je lambine.

Oh, Seigneur ! Oriana espérait bien qu'il ne s'imaginait pas être amoureux de Louisa. Bien qu'elle ne les connût que depuis peu, il était évident que ces deux-là n'étaient pas faits l'un pour l'autre. Son amie avait besoin d'un partenaire bien plus décidé que Bentley ne le serait jamais. Cependant, marié à une femme capable de l'encourager, il pourrait donner toute sa mesure.

— Lady Louisa ne me semble pas être du genre à tergiverser. Je suis sûre qu'il n'y avait aucun reproche dans ses mots.

Lord Bentley parut surpris.

— Je ne voulais pas... Enfin, je ne laisserais jamais entendre...

Oriana attendit patiemment qu'il renonce à terminer sa phrase, puis, en lui souriant, elle posa une main sur son bras.

— Bien sûr que non. Elle est simplement un peu brusque et impatiente.

— Oui, c'est exactement cela, dit-il, de nouveau rayonnant. Je suis heureux que vous me compreniez.

Quand ils se mirent à danser, elle fut ravie de découvrir que non seulement il la guidait à la perfection, mais qu'elle se sentait très bien dans ses bras... ce qui pouvait ou non être une bonne chose.

Elle se détendit peu à peu tandis qu'ils valsaient. Le contact de la paume de lord Bentley était agréable. Il était séduisant, dans un genre très différent de son cousin ou de lord Worthington. Il possédait un visage plus doux, plus ouvert, avec des yeux bleus sincères qui, apparemment, n'avaient pas appris à masquer ses sentiments. Elle s'était immédiatement sentie à l'aise avec lui. Comme en ce moment. Seul problème : il ne lui consacrait pas toute son attention.

Elle suivit son regard. Ah, voilà qui expliquait tout. C'était donc bien ça. Il s'imaginait être amoureux de Louisa. Ayant des frères, Oriana en savait assez sur les hommes pour comprendre la fascination de Bentley. Louisa était belle, mais elle était surtout très volontaire. Le malheureux Bentley aurait beaucoup de mal à s'accommoder d'un caractère aussi bouillant.

Oriana avait déjà vu les effets que pouvait avoir une union entre deux personnes aussi mal assorties.

Et Louisa avait sans doute conscience du problème, puisqu'elle n'avait pas réservé une seule danse à lord Bentley.

Était-ce la raison pour laquelle Charlotte avait veillé à ce que lord Bentley et elle restent ensemble pendant l'essentiel de la soirée – et le plus loin possible de Louisa ? Même si, de temps à autre, le regard de lord Bentley s'était échappé en direction de celle-ci, Oriana avait découvert qu'ils avaient beaucoup de passions communes : les chevaux, l'amour de la famille et de la vie à la campagne.

Elle sourit intérieurement. Lorsqu'elle avait accepté de venir à Londres, elle était persuadée que sa grand-mère avait un mari potentiel en tête pour elle. Apparemment, Louisa et Charlotte avaient elles aussi une idée à ce sujet. Cela ne dérangeait nullement Oriana : après tout, elle avait le devoir et le désir de se marier. Depuis le retour de son frère, elle avait renoncé à gérer les biens familiaux, et ces responsabilités lui manquaient. Mais avoir un mari, son propre foyer et éventuellement des enfants était tout ce dont elle rêvait.

— Appréciez-vous le bal, milord ?

Bentley tourna la tête vers elle en rougissant.

— Oui... oui. Beaucoup.

— Vous semblez un peu distrait.

Un infime reproche.

— Pardonnez-moi. J'avais quelque chose en tête, mais je n'aurais pas dû vous ignorer.

Elle lui offrit un large sourire.

— N'y pensez plus. Dites-moi plutôt ce que je devrais visiter à Londres maintenant que j'y suis.

Pendant un moment, il parut perdu, puis il poussa un soupir.

— Naturellement, il vous faut voir les marbres du Parthénon rapportés par lord Elgin.

— Excellente suggestion. Je ne voudrais pas repartir à la campagne sans les avoir admirés.

Elle attendit quelques secondes pour voir s'il allait saisir l'occasion de lui proposer de l'y emmener. Comme il ne se décidait pas, elle murmura :

— Si seulement je connaissais quelqu'un pour m'y accompagner… Je crains que cela n'attire guère ma grand-mère.

Un pieux mensonge. Grand-maman appréciait ces fameux marbres et ne manquait pas d'aller les voir à chacune de ses visites à Londres.

De nouveau, quelques secondes passèrent avant que l'expression de Bentley s'illumine.

— Je serais ravi de vous escorter, si cela ne vous dérange pas, bien sûr.

— Oh, merci beaucoup pour cette proposition, dit-elle en écarquillant les yeux comme si une telle idée ne lui serait jamais venue à l'esprit. Je l'accepte avec joie.

L'expression de plaisir de Bentley lui dit tout ce qu'elle avait besoin de savoir, et elle attendit qu'il suggère un rendez-vous. Comme il ne le faisait pas, elle lui donna un nouveau petit coup de pouce.

— Je suis libre aux alentours de 11 heures demain matin.

Pendant un moment, il se contenta de la dévisager, puis une lueur enjouée apparut dans son regard. Comprenait-il ce qu'elle était en train de faire ?

— Merci. Je passerai donc vous prendre à 11 heures.

Eh bien, voilà qui ne présageait que du bon. Il n'était pas aussi lent que son père à prendre des décisions. Lord Bentley avait simplement besoin qu'on l'aiguille un peu. Il aurait aussi besoin de réconfort quand il comprendrait que Louisa n'était pas pour lui, ce qui, selon Oriana, risquait d'arriver dans un avenir très proche, si elle en jugeait par les regards que Rothwell et elle échangeaient. Comme disait toujours sa mère, être le premier amour d'un homme compte moins qu'être son dernier. Quant à grand-maman, elle estimait que la compatibilité entre deux êtres était essentielle, et Oriana était convaincue que lord Bentley et elle étaient très compatibles.

13

À 7 heures le lendemain matin, Louisa constata en descendant les marches du porche de Stanwood House que Rothwell était déjà arrivé.

— Bonjour, Votre Grâce.

Il sauta de sa monture pour venir la soulever et la déposer sur la selle de sa jument baie.

— Bonjour, mademoiselle.

Neep, le valet en chef des Carpenter, fit signe à un de ses subordonnés qui était déjà monté sur une jument en manque d'exercice. La veille, Grace avait gentiment rappelé à Louisa que même si elle était escortée par un gentleman, elle devait quand même être accompagnée par un domestique lors de ses chevauchées matinales.

— Nous y allons ? dit Louisa.

Rothwell et elle chevauchèrent côte à côte, le valet les suivant à distance respectueuse. Après quelques instants passés à discuter du temps de cette belle journée de printemps et de Theo, qui se remettait fort bien, Louisa demanda :

— Que vouliez-vous me dire ?

Les mâchoires de Rothwell se contractèrent.

— Vous savez déjà que je suis venu à Londres à la requête de mon cousin.

Les doigts de Louisa se crispèrent sur ses rênes. Elle les força à se détendre.

— Oui, vous me l'avez dit. Je présume qu'il s'agit de Bentley ?

— Oui.

— Je vous écoute, dit-elle avec l'étrange impression que la matinée s'était soudain rafraîchie.

— Dans sa lettre, il ne m'expliquait pas avec précision quelle sorte d'aide il espérait de ma part. À mon arrivée, il m'a envoyé un autre message disant simplement que nous nous verrions au bal de lady Sale. Comme vous le savez, il ne s'y est pas montré.

Il poussa un soupir avant de continuer :

— Bref, ce n'est qu'hier après-midi que j'ai découvert ce qu'il attend de moi.

Comme il s'était tu, Louisa demanda, tout en pressentant qu'elle n'avait peut-être pas envie de connaître la réponse à sa question :

— Et qu'attend-il au juste ?

Pendant de longues secondes, Rothwell refusa de la regarder. Puis ses yeux gris se plantèrent dans les siens. La douleur qu'elle y vit lui coupa le souffle.

— Que je l'aide à vous séduire.

La séduire ? Jamais – jamais ! – elle n'avait rien entendu d'aussi ridicule, sauf peut-être dans un livre ou dans une pièce. Furieuse, elle eut envie de pousser un abominable juron. Malheureusement, elle ne disposait pas du vocabulaire adéquat.

Elle se força à compter au moins jusqu'à soixante en prenant de longues inspirations avant de répondre avec un calme dangereux :

— Et comment envisage-t-il la chose ?

— Je ne sais pas trop.

Elle non plus. Si Bentley avait été là, elle l'aurait giflé.

— Que comptez-vous faire ?

— Après avoir réglé quelques affaires, je quitterai Londres. De toute manière, ma place est à Rothwell Abbey avec ma famille.

Il se tourna vers elle avec un air dévasté.

— Louisa, je ne veux pas lui faire de mal.

Comment l'avait-il appelée ? Elle ne lui avait pas donné la permission d'utiliser son prénom. Mais il semblait si triste et si solennel... Soudain, toute sa colère s'évanouit.

Bien sûr qu'il ne pouvait blesser Bentley, elle n'en attendait pas moins de lui. Mais il devait savoir certaines choses.

— Je n'épouserai jamais lord Bentley, pas plus que je ne l'autoriserai à me courtiser.

Il parut sidéré.

Quand il voulut parler, elle leva la main.

— Laissez-moi terminer. Cela fait des semaines que je sais que nous ne sommes pas faits l'un pour l'autre. J'ai essayé de le lui faire comprendre, en vain. Alors, j'ai échafaudé un plan. Qui est en marche, à vrai dire.

— Mais Bentley...

Il s'interrompit, sa surprise laissant la place à la consternation.

— Vous ne comprenez pas.

— Je comprends très bien, répliqua-t-elle, sa colère revenant au galop. Pour une raison parfaitement incompréhensible, vous semblez croire que parce que votre cousin s'imagine être tombé amoureux de moi, vous devriez vous effacer afin que je tombe amoureuse de lui. Eh bien, cela ne marchera pas ! Bentley est un homme charmant, mais il me rendrait folle et, au bout du compte, extrêmement malheureuse.

— Si vous le trouvez si... charmant, qu'est-ce qui vous fait croire que vous êtes incompatibles ? C'est un excellent parti, meilleur que moi à beaucoup de points de vue. Il n'a pas encore hérité du duché – et j'espère que ce ne sera pas le cas avant encore plusieurs années, car j'aime beaucoup mon oncle –, mais...

— Il hésite, l'interrompit Louisa.

Il la regarda, incrédule. Eh oui, ce n'était pas tous les jours qu'on coupait la parole à un duc.

— Quoi ?

Lentement, d'une voix claire, elle répéta :

— Il hésite.

Rothwell continua de la fixer.

— Il n'arrive jamais à se décider, enchaîna-t-elle, au comble de la frustration. Il est distrait. Bon sang, quand nous dansons ensemble, c'est toujours moi qui finis par guider. Il hésite !

Sa voix n'avait cessé de monter, au point que certains auraient pu dire qu'elle criait.

Le masque impassible qui avait recouvert le visage de Rothwell parut se lézarder quand un coin de ses lèvres frémit. Il se retenait de sourire.

— Oui, cela lui arrive d'hésiter, admit-il. Néanmoins, je l'aime beaucoup, et s'il savait que nous...

Ses mains se serrèrent sur ses rênes, et son cheval renâcla.

— ... si quelque chose devait se passer...

— Vous voulez dire, s'il pense que vous vous intéressez à moi.

— Oui. Il se sentirait trahi.

— Je suis d'accord, mais il se pourrait aussi que ses attentions se portent sur une autre dame.

Et elle espérait que cela se produirait dans un avenir très, très proche.

Mais, au lieu de paraître soulagé, Rothwell afficha une étrange colère.

— Et qui, selon vous, pourrait prendre votre place ? demanda-t-il d'une voix sourde. Bon sang, il n'y a aucune femme à Londres qui soit aussi belle, ni aussi intelligente, ni aussi parfaite !

Louisa eut soudain l'impression de flotter sur des nuages. Il claqua la main sur le pommeau de sa selle, et son étalon se cabra. Le temps qu'il le calme, le cœur de Louisa avait pris son envol. Puis Gideon rugit :

— Qui ?

— Mlle Blackacre, répondit Louisa le plus paisiblement possible, pour ne pas l'énerver plus qu'il ne l'était déjà.

— Et qui est cette demoiselle Blackacre, je vous prie ?

Louisa leva les yeux au ciel.

— Vous l'avez rencontrée hier soir.

Elle s'exprimait avec lenteur, comme si elle s'adressait à un enfant plutôt qu'à un duc.

Gideon ne pouvait guère le lui reprocher. Il se conduisait comme un gamin. Mais, Seigneur, que cette situation était insupportable ! Il lui fit signe de continuer.

— Des cheveux noirs, des yeux très bleus...

Il s'en souvenait maintenant. Une jeune femme de petite taille qui avait le sourire facile. Elle avait passé l'essentiel de la soirée aux côtés de Bentley et avait dansé avec lui. Elle lui avait paru... calme.

— Qui sont ses parents ?

Le sourire de Louisa eut quelque chose de suffisant.

— Une de ses grands-mères est la duchesse douairière de Stillwell. L'autre, je ne la connais pas, mais Charlotte, qui est une parente éloignée de Mlle Blackacre, dit qu'elle est duchesse elle aussi. Elle dispose d'une dot confortable, et elle a longtemps géré les domaines de son père, qui avait tendance à être un peu distrait. Ce qui fait qu'elle a l'habitude de fréquenter quelqu'un qui...

— ... hésite, conclut Gideon à sa place.

Pour la première fois depuis la veille, un timide espoir se faisait jour en lui. Mais, même si le plan de Louisa fonctionnait, il faudrait un peu de temps à son cousin pour transférer ses sentiments de cette dernière à Mlle Blackacre.

— Avez-vous réfléchi à ce qu'il se passera en attendant ?

Elle soutint son regard.

— Grace m'a déjà conseillé de ne plus me montrer avec lui…

Lady Worthington pensait donc elle aussi que Bentley n'était pas le partenaire idéal pour Louisa. Une opinion qu'il partageait entièrement, mais pour des raisons purement égoïstes.

— Naturellement, ce serait plus facile si nous ne fréquentions pas les mêmes soirées. Je crois que mes sœurs auront davantage besoin de moi ces prochains jours, ajouta-t-elle en mordillant cette lèvre si délicieuse.

Cette femme aurait pu être générale.

— Mlle Blackacre aura ainsi le champ libre…

— Précisément.

Se penchant, elle couvrit sa main de la sienne, beaucoup plus petite.

— Je ne souhaite aucunement blesser votre cousin. C'est un homme bon, et il sera un merveilleux mari. Mais pas pour moi.

— Avez-vous perçu le moindre signe qu'il développait des sentiments pour Mlle Blackacre ?

— À vrai dire, oui. Il l'accompagne aujourd'hui au British Museum pour voir les marbres rapportés par lord Elgin.

Voilà qui ne ressemblait pas du tout à Bentley.

— C'est lui qui a pris cette initiative ?

— Eh bien, il est possible qu'elle l'y ait un peu incité. Mais sans le lui proposer ouvertement, bien sûr.

À la différence d'une autre dame qu'il connaissait bien et qui n'aurait pas manqué de le faire.

— Reste à savoir s'il prendra sur lui-même de lui proposer une autre sortie.

— Elle envisage, si nécessaire, de lui offrir un guide de Londres.

Bonté divine ! Les manipulations auxquelles se livraient ces dames !

— Et nous ferons en sorte de ne pas trop nous montrer ?

— Pour le moment, je pense que cela vaudrait mieux.

Ce qui revenait à faire de lui leur complice, mais il s'en moquait. Il n'était plus obligé de renoncer à Louisa, et c'était tout ce qui comptait.

À condition, bien sûr, de remettre ses affaires en ordre. Et, pour cela, il devait s'occuper de cette Mme Petrie. Ce qui, d'après ce qu'il avait appris sur elle, risquait de ne pas être très simple.

Louisa observait Rothwell pendant qu'il réfléchissait à tout ce qu'elle lui avait dit. Tous deux, semblait-il, avaient les mêmes buts, entre autres que Bentley soit heureux. Elle espérait donc qu'il accepterait son plan.

— Il vaudrait mieux que je rentre. On va bientôt servir le petit déjeuner.

Il fronça les sourcils.

— Nous sommes donc restés partis si longtemps ?

— Pas tant que cela, mais nous petit-déjeunons de bonne heure.

Elle fit faire volte-face à sa monture.

— Nous ne suivons guère la mode londonienne. Comme vous le savez déjà, Grace tient à ce que nous prenions nos repas ensemble. Je veux aussi aller voir Theo.

Il tourna à son tour et vint se placer à ses côtés.

— Comment va-t-elle ?

— Bien mieux, merci.

— Je suis heureux de l'apprendre. S'il vous plaît, transmettez-lui mes meilleurs vœux.

Louisa pensa alors à tout ce dont elle avait été témoin ces dernières semaines : Matt s'était immédiatement insinué dans la vie de Grace ; quant à Dotty, elle avait dès les premiers instants attiré Merton dans la sienne. Dans les deux cas, les résultats avaient été remarquables. Donc…

— Vous pourriez vous joindre à nous. Il y a toujours de la place pour un convive supplémentaire.

Il l'observa un instant.

— Êtes-vous sûre que cela ne dérangera personne ?
— Certaine. Et ainsi, vous pourrez voir Theo vous-même.
— Voilà qui me plairait, dit-il avec un immense sourire, et Louisa songea qu'elle ne l'avait encore jamais vu aussi insouciant.

14

Peu après, Louisa et Rothwell arrivèrent à Stanwood House. Avant qu'elle ait pu glisser à terre, il vint la soulever de sa selle.

Bonté divine, encore ces sensations ! Cette fois, de petits fourmillements parcoururent tout son corps… et Grace avait raison, elle aurait voulu qu'ils ne s'arrêtent jamais.

Elle le conduisit dans la maison, où, dès le hall d'entrée, retentirent les bruits de la famille se rassemblant pour le petit déjeuner.

Le majordome leur prit gants et chapeaux.

— Royston, faites ajouter un couvert, s'il vous plaît.

— Bien sûr, milady.

— Par ici.

Elle précéda Rothwell dans le couloir, regrettant de ne pas pouvoir lui tenir la main. Mais cela n'aurait pas manqué de provoquer encore plus de questions que sa seule présence.

— Il suffit de suivre le bruit, ajouta-t-elle.

Lorsqu'ils arrivèrent sur le seuil de la salle à manger, un valet était déjà en train d'ajouter une chaise, une assiette et des couverts à la table. Matt haussa un sourcil.

— Pour qui est-ce ?

— Lady Louisa a amené un invité, milord.

Le deuxième sourcil de Matt rejoignit le premier.

— Vraiment ?

— Je ne veux aucun commentaire, ordonna Grace en contemplant toute la tablée avant de se lever. Bienvenue, Votre Grâce.

Matt se leva lui aussi et serra la main de Rothwell.

— Bienvenue. Ravi que tu te joignes à nous.

La chaise de Gideon avait été placée à l'extrémité de la table, auprès de celle, vacante, de Theo.

— Thé ou café ? proposa Louisa.

— Thé, s'il vous plaît.

Ils se servirent aux plats disposés sur la desserte avant de revenir s'installer à table. Louisa s'assit à ses côtés.

— Bon, dit-elle en observant les enfants d'un regard qu'elle espérait calme. Hormis Mary et Philip, vous avez tous déjà rencontré Sa Grâce.

Elle se tourna vers la plus jeune des enfants.

— Lady Mary, puis-je vous présenter Sa Grâce, le duc de Rothwell ?

— Oui, tu peux, répondit aussitôt Mary. Je suis très contente de vous rencontrer, monsieur le duc. Louisa, pourquoi me vouvoies-tu et l'appelles-tu « Sa Grâce » ?

— Parce qu'il est duc. Et c'est ainsi qu'on parle en présence des ducs et qu'on s'adresse à eux.

— Ah, fit Mary, qui parut ranger avec soin cette information dans son jeune cerveau. Voilà qui est bon à savoir.

Auprès de Louisa, Rothwell sourit.

— C'est également un plaisir de vous rencontrer, lady Mary.

La fillette dévoila sa nouvelle dent manquante dans un sourire très sérieux.

— Mary, quand as-tu perdu ta dent ? demanda Louisa.

— Ce matin. Je la mettrai sous mon oreiller ce soir, et demain j'aurai des sous à la place. N'est-ce pas, Grace ?

— Des sous à la place d'une dent ? fit Louisa en regardant son frère, qui secoua la tête d'un air d'ignorance. Je n'ai jamais entendu parler de cela. Notre vieille nourrice nous disait de les enterrer.

— Les enterrer ! s'exclamèrent tous les Carpenter comme si elle venait de proférer un blasphème, et le vacarme se déchaîna tandis que chacun donnait son avis.

— De quoi s'agit-il ? demanda Louisa en haussant la voix pour se faire entendre.

— C'est une vieille tradition nordique, si je ne me trompe, intervint Rothwell. Le paiement pour une dent d'enfant perdue.

— Exactement, ajouta Grace. C'est un très ancien rituel dans notre famille.

— Dans la mienne aussi, dit Rothwell.

— Ce n'est pas juste qu'on n'ait pas fait ça chez nous, déclara Madeline avec une moue boudeuse. Theo est la seule qui ait encore des dents de lait.

Rothwell s'esclaffa pendant que Matt levait les yeux au ciel.

— Voilà ce qu'on va faire, dit-il. Grace va compter le nombre de dents que vous avez toutes perdues, et je vous donnerai la somme correspondante. Cela vous paraît-il plus juste ?

Les sœurs Vivers prirent le temps de se consulter du regard avant d'acquiescer.

— Bien, voilà qui est réglé. Je vous laisse, j'ai du travail, ajouta-t-il en se levant. Rothwell, profite de ton petit déjeuner.

— Louisa, intervint Philip, le plus jeune des garçons, tu m'as oublié.

— Je ne t'oublierai jamais. Mais nous n'avions pas fini la discussion à propos de la dent de Mary.

Elle s'adressa à Rothwell :

— Votre Grâce, puis-je vous présenter M. Philip Carpenter ? Philip, le duc de Rothwell.

Philip fit le tour de la table pour venir s'incliner.

— Je suis enchanté de vous rencontrer, Votre Grâce.

— Tu es parfait, lui murmura Louisa, qui fut récompensée par le sourire de Philip.

— Tout le plaisir est pour moi, monsieur Carpenter.

Rothwell tendit sa main à Philip, et le garçon la serra solennellement.

— Grace, dit ce dernier, j'ai fini de manger. Puis-je aller voir Theo ?

— Oui. Ensuite, tu reprendras tes leçons.

— Dis à Theo que nous venons la voir dans quelques minutes, déclara Louisa.

Le garçon, qui était déjà à la porte, répondit :

— Il vaut mieux que je ne lui dise pas, la surprise n'en sera que meilleure.

— Ce qu'il veut dire, commenta Augusta, c'est que si elle ne sait pas que vous êtes là, elle ne va pas le tarabuster pour qu'il vienne vous chercher.

— Une autre jeune dame de caractère, à ce que je vois, murmura Rothwell à Louisa.

— Oui. C'est de famille, on dirait.

Plusieurs heures après avoir quitté la maison de Louisa et le petit déjeuner le plus remuant qu'il ait jamais connu, Gideon lisait un rapport de son nouvel homme d'affaires quand on frappa à la porte de son bureau.

— Entrez.

Fredericks apparut, tenant une carte entre le pouce et l'index comme si c'était un objet répugnant. Voilà qui était étrange. Habituellement, son majordome se servait d'un plateau d'argent.

— Votre Grâce, une personne disant s'appeler M. Minchinhouse demande à vous voir. Je l'ai fait attendre dans le petit salon.

M. Minchinhouse ? Gideon n'avait jamais entendu ce nom. Une chose était certaine, cependant : à voir l'attitude de son majordome, il ne s'agissait pas d'un gentleman.

— Je ne crois pas le connaître. Mon père, peut-être ?

Gideon crut voir un infime frisson ébranler la carcasse extrêmement rigide de Fredericks.

— Je serais très surpris que feu le duc ait eu la moindre relation avec ce monsieur.

— A-t-il dit ce qu'il voulait ?

Le regard de son majordome se concentra sur un point situé au-dessus de l'épaule de Gideon.

— Quelque chose qui concerne le père de Votre Grâce.

Ce ne pouvait pas être un commerçant venu réclamer le paiement d'une facture. Gideon avait déjà fait en sorte que toutes soient payées ou révoquées.

— A-t-il l'air respectable ?

— Mais bien sûr, Votre Grâce, répondit Fredericks, choqué. Sinon, je ne lui aurais pas permis de franchir le seuil de cette maison.

Cela ne les menait nulle part.

— Faites-le entrer, Fredericks.

— Oui, Votre Grâce. Dois-je faire apporter du thé ?

— Si j'en juge d'après votre description, je doute qu'il reste très longtemps. Demandez à Allerton de nous rejoindre.

— Bien, Votre Grâce.

Le secrétaire de Gideon ne tarda pas à franchir la porte qui séparait leurs deux bureaux, puis le majordome annonça l'invité inattendu. M. Minchinhouse était un petit homme de forte corpulence, vêtu à l'ancienne d'une redingote et de chausses. Après avoir examiné la pièce, il s'inclina profondément.

Gideon se demanda s'il allait le laisser debout, avant de se dire qu'il serait sans doute plus profitable de se montrer aimable.

— Prenez un siège, monsieur, proposa-t-il en désignant une des deux chaises en cuir face à sa table de travail.

— Merci, Votre Grâce, dit l'homme en s'asseyant. Quelle considération, comme dirait ma femme.

— En quoi puis-je vous aider ?

— M'aider ? Voilà qui part d'un très bon sentiment dans la mesure où vous ne me connaissez nullement. Mais non, non, Votre Grâce. C'est moi qui suis ici pour vous aider.

Il s'épongea le front avec un mouchoir avant de soutenir le regard de Gideon.

— Dans le monde où j'évolue, ce n'est un secret pour personne que votre père, Dieu ait son âme, vous a laissé dans le pétrin en raison de ses dépenses inconsidérées et de ses dettes de jeu.

Qui que soit M. Minchinhouse, Gideon ne l'imaginait pas en tenancier d'un des tripots qu'avait sans doute fréquentés son père.

— Êtes-vous en train de me dire que mon père vous devait de l'argent ?

— Non, non, répondit M. Minchinhouse, choqué. Enfin... pas à moi personnellement. Mais j'ai racheté nombre de ses billets à ordre.

— Je crains que vous ne vous fourvoyiez, répondit Gideon d'une voix dure. J'ai fait savoir sans la moindre équivoque possible que je ne paierais aucune de ses dettes de jeu.

Au lieu de paraître déconcerté, Minchinhouse hocha la tête d'un air cordial.

— Mais je doute que vous vouliez perdre la propriété qu'on appelle Les Roses.

La maison de sa mère, la duchesse douairière.

Gideon essaya de contrôler sa colère et sa déception, mais il sentit qu'il avait pâli.

— Le document que je détiens devrait suffire pour transférer le titre de propriété, ajouta Minchinhouse.

Malheureusement, Gideon ignorait complètement si cet individu était dans son droit. Il le regarda pendant quelques secondes avant de demander :

— Qu'attendez-vous de moi ?

— Comme je l'ai déjà dit, je suis venu vous aider, Votre Grâce. Vous n'avez sans doute jamais entendu parler de moi, ce qui est normal quand on y songe, mais je suis bien connu dans la City. Si vous prenez la peine de vous renseigner, vous découvririez que je suis un homme riche et fort bien considéré. Il se trouve aussi que j'ai une fille qui est chaperonnée par la vicomtesse Bennington…

Gideon savait que le mari de cette dame avait la réputation de crouler en permanence sous les dettes. Minchinhouse avait sans doute racheté une bonne part de celles-ci pour offrir un chaperon à sa fille pour la saison. Le bonhomme s'imaginait-il qu'il pouvait aussi lui acheter un époux ? Gardant son opinion pour lui-même, il attendit que ce monsieur fasse son offre.

— Je rembourserai toutes les dettes de votre père, vous rendrai ces lettres à ordre et ajouterai une jolie somme si vous épousez ma fille, Margaret…

Malgré les efforts qu'il faisait pour rester impassible, son choc avait dû être visible, car Minchinhouse reprit très vite :

— Rien ne presse, bien sûr. Je sais que ceci est très inattendu pour vous et je n'attends pas de réponse de votre part sur-le-champ, Votre Grâce. Prenez quelques jours pour y réfléchir.

Gideon ouvrit la bouche, mais Minchinhouse ne lui laissa pas le temps de parler.

— Je puis vous assurer que ma Maggie est une très gentille fille qui a appris à tenir mes maisons en ville et à la campagne. Elle ferait une excellente duchesse.

Non sans difficulté, il se hissa sur ses pieds.

— Je reviendrai vous voir, et si mon offre vous sied, nous organiserons un petit dîner pour que ma Maggie et vous puissiez faire connaissance. Ne vous dérangez pas, je connais le chemin.

Gideon ne fut capable de réagir qu'après avoir entendu la porte d'entrée de la maison se refermer.

— Je veux Templeton ici dans l'heure.

Il devait savoir s'il avait été possible pour son père de jouer la propriété de sa mère, le domaine dans lequel elle comptait se retirer. Au moins, il avait quelques jours devant lui pour éclaircir cette situation.

Mais si Minchinhouse possédait effectivement la propriété des Roses, Gideon n'avait pas les moyens de la racheter, à supposer que l'homme accepte de vendre. Dans ce cas, le seul moyen d'assurer les vieux jours de sa mère serait d'épouser « Maggie ».

À 14 h 15, on frappa à la porte du boudoir que Louisa et Charlotte partageaient. Louisa posa sa plume.

— Entrez.

Royston, le majordome, obéit avant de s'écarter.

— Mlle Blackacre, milady.

— Merveilleux ! dit-elle en se levant pour accueillir son amie. S'il vous plaît, prévenez lady Charlotte et faites monter du thé, de la citronnade et quelques biscuits. Quelle délicieuse surprise ! ajouta-t-elle en tendant les mains à Oriana.

— Je ne dérange pas, j'espère ?

— Pas du tout. Je rédigeais une liste des invitations que j'ai acceptées… pour voir celles auxquelles je peux renoncer.

Surprise, Oriana la dévisagea.

— Mais pourquoi faire une chose pareille ?

— Pour rester à l'écart de Bentley.

Oriana plissa les lèvres.

— Je vois. Eh bien, je ne suis pas sûre de t'approuver. Cela dit, je t'apporte des nouvelles qui devraient te plaire. Lord Bentley et moi avons passé un moment merveilleux au British Museum.

— Vraiment ? Je veux dire…

Oriana l'interrompit.

— Vraiment. Il est très cultivé, tu sais, déclara-t-elle avec satisfaction. Et, après la visite, il m'a indiqué quelques autres curiosités que je ne devais manquer sous aucun prétexte.

— Mais comment l'as-tu convaincu de t'accompagner ?

Voilà qui se déroulait encore mieux que Louisa ne l'avait espéré.

— Cela n'a pas été difficile. Avant même que je le lui suggère, il s'était procuré un guide dans lequel il a trouvé tous ces endroits. Disons que je lui ai simplement donné un petit coup de pouce pour le pousser à me demander de l'y accompagner.

— Eh bien, ça alors. Je ne l'aurais jamais cru capable de ce genre d'initiative.

— Je sais que tu as des réserves sur son caractère, mais je le trouve délicieux, dit Oriana avec un large sourire plutôt satisfait. Il m'a même emmenée chez Gunter ensuite prendre une glace. Et il m'a demandé une valse ce soir.

— Il te plaît vraiment, alors ? demanda Louisa, quelque peu sidérée.

— Oui, beaucoup, et je vous suis reconnaissante, à Charlotte et à toi, de me l'avoir présenté.

Oriana fit la moue.

— J'espère que je commence à lui plaire, moi aussi.

— En tout cas, voilà qui ne fait que me conforter dans mon idée d'éviter les bals pendant un certain temps.

— Tu aurais tort, répondit Oriana avec fermeté. Je sais qu'il s'imagine être amoureux de toi pour le moment, mais s'il devait avoir des sentiments pour moi…

— Il ne doit pas pouvoir s'imaginer avoir une chance avec moi.

— Exactement.

Louisa réfléchit. Oriana avait raison, mais elle ignorait encore un détail crucial.

— Que se passe-t-il ? Vous faites une drôle de tête, toutes les deux.

Charlotte venait d'entrer, suivie d'un valet portant un grand plateau en argent.

Une fois qu'elle fut installée sur le canapé, Louisa annonça :

— Bentley a demandé à Rothwell de me pousser à tomber amoureuse de lui.

— Oh..., fit Oriana.

— Voilà qui complique certainement les choses, dit Charlotte en servant le thé. Je ne vois pas Rothwell blessant sciemment son cousin.

— Non, dit Louisa. Et je ne veux pas lui faire de mal, moi non plus.

Oriana grignota un biscuit au gingembre d'un air absent pendant quelques secondes avant de prendre la parole.

— Alors, ne faisons rien pour le moment. Attendons de voir comment la situation évolue. Je ne sais pas pourquoi, je suis convaincue que tout ira pour le mieux.

Louisa acquiesça.

— Peut-être, mais je dois avouer que je ne supporte pas l'idée de ne rien faire.

— Et je te reconnais bien là, fit Charlotte en s'esclaffant. Cela étant, Oriana a raison. Laissons les choses se faire.

On frappa de nouveau à la porte, et un domestique vint tendre une lettre scellée à Louisa.

Elle l'ouvrit.

— C'est de Bentley. Il voudrait une danse avec moi ce soir.

Elle rédigea rapidement un refus poli qu'elle tendit au valet.

— Si vous voulez bien m'excuser..., dit-elle à ses deux compagnes. Je dois demander à Grace si elle peut m'aider à remplir mon carnet de bal.

15

Ce soir-là, Gideon regarda lady Louisa se diriger vers la piste de danse au bras d'un autre gentleman. Apparemment, elle n'avait pas pu rester chez elle comme elle l'avait prévu. Ne pas pouvoir danser avec elle, la tenir contre lui, ni même lui adresser la parole était insoutenable. Mais cela valait mieux ainsi.

Pourquoi avait-il espéré passer une bonne soirée après une journée aussi misérable ? Sa situation ne semblait pas près de s'améliorer.

Ce matin, le valet envoyé chez l'avocat était revenu avec la nouvelle que Templeton était absent. Néanmoins, un message lui avait été laissé le priant de passer voir le duc de Rothwell au plus tôt.

À contrecœur, Gideon avait repoussé l'idée d'aller trouver Mme Petrie lui-même. Qui aurait pu le blâmer s'il l'avait fait ? Et quel recours aurait-elle eu ? Après tout, il était duc et propriétaire de la maison dans laquelle elle vivait. Mais s'il provoquait un scandale, cela ne ferait qu'aggraver les choses pour sa mère.

Ne sachant que faire d'autre, il s'était rendu dans tous les théâtres où son père, et maintenant lui, possédait une loge pour leur signifier qu'il révoquait toute permission à quiconque de l'utiliser, à moins que ce ne soient des clients payants – il était habituel que les loges inoccupées soient louées pour la soirée.

Puis était venue l'heure de ce maudit bal, et il devait à présent regarder son cousin courir après lady Louisa avec des yeux de chiot battu, pendant qu'elle… Son cœur s'arrêta. Elle était en train de le dévisager, et il fut incapable d'arracher son regard au sien.

Elle avait toujours été belle, mais ce soir, de façon assez incompréhensible, elle l'était plus encore. Ses cheveux sombres étaient empilés sur le sommet de son crâne. Quelques mèches s'échappaient de son chignon pour venir encadrer son visage. Ses lèvres évoquaient des fraises mûres, et il se demanda quel goût elles auraient. Le renflement de ses seins généreux était tout juste visible au-dessus de son modeste décolleté orné de dentelle. Les jupes de sa robe de bal blanche brodée de fils d'argent épousaient chaque courbe de son corps pulpeux.

C'est alors qu'il prit conscience qu'elle venait vers lui.

Même s'il savait qu'elle n'accepterait jamais d'épouser son cousin, Gideon se refusait à trahir Bentley. Si seulement elle pouvait le comprendre ! Quant à lui, il avait le sentiment que sa vie était finie.

Quand elle arriva près de lui, il s'inclina et prit la main qu'elle lui tendait. Au prix d'un effort terrible, il se retint de déposer mille baisers sur ses doigts, puis sur son bras jusqu'au sommet de son gant et, enfin, sur sa peau nue.

— Enchanté de vous revoir, milady.

— Moi de même, Votre Grâce.

Il se noya dans ses yeux lapis, avant de prendre enfin conscience qu'elle n'était pas seule. Il s'inclina tour à tour devant lady Charlotte, Mlle Blackacre et lady Elizabeth Tully.

Quand les trois jeunes femmes les quittèrent pour rejoindre la piste où les danseurs se mettaient en place pour le quadrille, il saisit le bras de lady Louisa.

— Il faut que nous parlions.

— Oui, dit-elle avec une lueur de curiosité dans le regard, mais pas maintenant.

Son cavalier se présenta et, encore une fois, Gideon se retrouva seul sans savoir quoi faire. Mais, d'une manière ou d'une autre, il devait trouver la force de lui annoncer qu'ils ne pouvaient plus se revoir.

Jamais.

Du moins pas avant que Bentley soit fiancé à une autre.

— Rothwell, on dirait que tu viens de perdre ton meilleur ami.

Worthington et sa femme venaient de le rejoindre.

Il s'efforça de repousser le sentiment que sa vie lui échappait. Il était duc, nom d'un chien ! À quoi bon être duc s'il ne pouvait vivre comme bon lui semblait ?

— J'ai simplement perdu l'habitude de ces soirées mondaines. C'était très différent au Canada.

— Je l'imagine sans peine, dit lady Worthington en souriant.

Quelques secondes plus tard, une dame qu'il n'avait pas vue depuis des années surgit devant lui.

— Eh bien, Rothwell, il était temps que vous vous décidiez à rentrer. Quelqu'un aurait dû vous écrire plus tôt. Peut-être auriez-vous pu faire quelque chose pour votre père.

Bonté divine ! Tout le monde était donc au courant. Refoulant une violente envie de s'enfuir, il se redressa et afficha un sourire.

— Bonsoir, lady Bellamy. Je regrette que *vous* ne m'ayez pas écrit. Me voilà face à bien des désagréments qu'il me faut régler.

— À l'âge de votre père, se montrer partout en ville avec cette hétaïre ! Aucun sens des convenances.

Elle lui tapota le bras avec son éventail avant d'enchaîner :

— Épousez une femme digne de vous, et elle saura vous aider. Mais pas une de ces filles de la City. Elles n'y connaissent rien. Trouvez-vous une dame de qualité.

— Oui, madame, répondit-il non sans une certaine consternation.

Était-elle au courant pour Minchinhouse ? Sans doute pas, sinon elle l'aurait mentionné. Lady Bellamy n'avait jamais été du genre à prendre des gants.

— M'accorderiez-vous la prochaine danse ? reprit-il.

— Merci, mon garçon.

Elle fronça légèrement les sourcils.

— Ah, je suppose que je devrais vous appeler « Votre Grâce ».

Les lèvres de Worthington frémirent tandis que Gideon essayait de garder son sérieux.

— Ce serait sans doute judicieux. On ne cesse de me rappeler que je suis duc, désormais.

Penchant la tête sur le côté, elle l'examina pendant un moment qui parut interminable. Finalement, elle rendit son verdict :

— Vous vous en sortirez, Votre Grâce. Ne vous prenez pas trop au sérieux, mais ne laissez jamais quiconque empiéter sur vos prérogatives, et tout ira bien. Ah, j'aperçois quelqu'un que je dois voir.

Gideon la suivit des yeux pendant qu'elle s'éloignait.

— Et dire que je l'avais oubliée !

— J'aimerais que cela m'arrive parfois, commenta Worthington.

— Tu es injuste, intervint sa femme d'un ton sévère. Elle nous a beaucoup aidés.

— La dernière fois qu'elle nous a aidés, Merton a épousé Dotty, riposta-t-il.

— Attends un peu, fit Gideon. Merton, ton cousin ?

— Lui-même. Une des amies de Charlotte, Dorothea, a séjourné chez nous pour sa première saison et, en un rien de temps, elle s'est retrouvée mariée à ce vaurien.

Worthington laissa échapper un soupir.

— Cela dit, je dois admettre que cette rencontre a fait le plus grand bien à ce garçon. Dotty a une influence extraordinaire sur lui. Bien sûr, sur le moment, je n'étais pas ravi.

— Elle a aussi aidé Evesham et lady Phoebe à se marier, ajouta lady Worthington.

— Tu te souviens de Marcus, qui était à l'école avec nous ? Celui qui a été envoyé aux Indes occidentales ?

Gideon acquiesça.

— Il a épousé lady Phoebe à l'automne dernier.

— Nous nous sommes vus au Canada, et je suis tombé sur lui récemment. Rutherford n'a-t-il pas convolé, lui aussi ?

— En effet, répondit lady Worthington. Avec Mlle Anna Marsh.

— La sœur d'Harry Marsh ? J'ai été navré d'apprendre sa mort.

Matt laissa échapper un petit rire moqueur.

— Alors, tu peux te réjouir : il avait juste choisi de disparaître un moment. Il a réapparu pour le mariage de Rutherford, heureux époux d'une dame de la Jamaïque.

Décidément, Londres était en proie à une épidémie de mariages.

— Il semble que j'aie raté beaucoup de choses.

— On peut le voir ainsi, répondit lady Worthington. Ou alors considérer que vous avez connu de merveilleuses expériences au Canada.

— En effet, répondit Gideon. C'est un pays incroyablement rude, mais d'une beauté sublime. À la fin de la guerre d'Indépendance américaine, beaucoup de tribus indiennes vivant dans l'État de New York sont remontées au Canada le long du Saint-Laurent. Cela a été extraordinaire de passer du temps avec elles et d'apprendre leurs coutumes.

— J'adorerais en entendre davantage, dit Worthington.

— Moi aussi, renchérit lady Louisa, qui venait d'apparaître aux côtés de sa belle-sœur. J'ai lu quelques récits à propos du Canada, et ce pays semble merveilleux.

Avant que Gideon ait pu répondre, un jeune homme s'inclina devant la jeune fille avec un verre de citronnade.

— Lady Louisa, dit-il en le lui offrant avec un geste fleuri.

— Merci, répondit-elle, mais sans lui manifester, heureusement, plus qu'un intérêt poli.

Non que Gideon eût pu faire quoi que ce soit dans le cas contraire. À vrai dire, il aurait mieux valu qu'elle soit attirée par un autre homme – ce qui ne l'empêchait pas d'avoir envie de l'entraîner loin d'ici pour la faire sienne à jamais.

Maudit soit Bentley !

Lady Louisa eut à peine le temps de goûter sa boisson qu'un autre gentleman se présenta pour réclamer la danse suivante. Prenant son bras, elle l'accompagna.

— Lady Louisa est très populaire, remarqua-t-il.

— Un peu trop, à mon goût, répliqua Worthington, qui surveillait la piste de danse comme s'il craignait qu'un chien enragé n'y surgisse soudain pour attaquer sa sœur.

— Si nombreux que soient ses prétendants, elle sait très bien fixer les limites, intervint lady Worthington en rivant sur Gideon un regard perçant. Ce qui, selon moi, est le plus important.

— Oui, oui, bien sûr, répondit-il, gêné.

Il s'en souvenait maintenant : lady Worthington avait conseillé à Louisa de décourager Bentley.

Louisa consulta son carnet de bal. Seule la prochaine danse n'avait pas été réclamée. Mieux valait donc qu'elle disparaisse un moment. Par chance, Bentley se trouvait encore à l'autre bout de la salle. Elle pouvait en profiter pour s'esquiver. Heureusement, Grace avait promis qu'ils partiraient avant le souper.

Quoi qu'il en soit, pour cette danse, elle n'aurait accepté que Rothwell. C'était étrange de constater à quel point il lui manquait, à quel point elle désirait sentir ses bras autour d'elle. Elle n'avait encore jamais éprouvé cela. Le pire étant qu'il était là et qu'elle ne pouvait ni le toucher ni lui parler. En tout cas, pas en public.

Subrepticement, elle se faufila en direction des portes-fenêtres qui ouvraient sur la terrasse, en espérant que ni Bentley ni son frère ne la remarqueraient.

Depuis que Dotty avait été obligée de se fiancer à leur cousin, le marquis de Merton, parce qu'elle l'avait suivi dans un jardin, Matt leur avait interdit, à Charlotte et à elle, de sortir dans quelque jardin que ce soit au cours d'une soirée.

Cela étant, la terrasse n'était pas le jardin, et elle avait quand même le droit de respirer un peu ! Elle se glissa dehors et marcha jusqu'à la rambarde en fer. Des chuchotements s'élevaient des allées en contrebas, que des lanternes éclairaient.

Des pas retentirent derrière elle, et elle pria le Ciel pour que ce ne soit pas Bentley.

— Louisa.

La voix grave de Rothwell l'enveloppa.

Elle fit volte-face.

— Je croyais que nous devions nous éviter.

— Je ne peux... Je dois...

Il s'interrompit.

— Marchez avec moi. S'il vous plaît.

Lui prenant le bras, il l'entraîna vers le bout de la terrasse, là où personne ne pouvait les voir.

— Rothwell, qu'y a-t-il ?

Elle essayait de scruter ses yeux mais, dans la pénombre, ne pouvait distinguer leur expression.

— Dieu sait que j'aurai essayé de vous éviter ! marmonna-t-il.

Une main légèrement calleuse se posa sur sa joue.

— Louisa..., murmura-t-il avec révérence.

Louisa. Il l'avait appelée Louisa. Un frisson la parcourut et se déchaîna quand sa bouche toucha la sienne. Chaude et ferme, elle se déplaça de la commissure de ses lèvres vers le centre, la taquinant avec douceur. Avec un soupir, elle s'abandonna. Son premier baiser ! Elle l'avait toujours imaginé ainsi. Imitant les gestes de Rothwell, elle entrouvrit les lèvres et sentit aussitôt sa langue la pénétrer. Une fraction de seconde plus tard, la sienne la rejoignit. Soudain, il régna une chaleur suffocante.

Elle n'était plus que frissons. Elle noua les bras autour de son cou tandis qu'il la serrait contre lui – son corps était si dur ! –, la caressant de la nuque à la taille. Des étincelles explosaient en elle au moindre de ces contacts.

Seigneur ! Voilà qui était meilleur que tout ce qu'elle avait lu dans les livres. Meilleur que tout ce dont elle avait rêvé. Ses mamelons durcis lui faisaient mal, et le seul remède semblait être de les frotter contre son torse.

Poussant un grondement, Rothwell prit un de ses seins dans sa main.

Oui, oui, touchez-moi là !

Une étrange sensation, impérieuse, brûlante, naissait entre ses jambes, et elle essaya de se coller un peu plus à lui.

— Rothwell...

Louisa ne s'était jamais entendue parler d'une voix aussi rauque.

— Gideon, murmura-t-il contre ses lèvres. Je veux que vous m'appeliez Gideon.

— Gideon.

Et elle chercha de nouveau sa langue, en priant pour que ce moment ne s'arrête jamais.

16

Personne, hormis sa vieille nourrice autrefois, ne l'avait appelé Gideon. Pas même sa mère. Mais il avait besoin d'entendre Louisa prononcer son nom.

— Gideon...

Sa voix haletante se glissa en lui, venant fouiller ses reins, caresser son sexe déjà dur. Mais cela ne lui suffisait pas. Il voulait tout d'elle. Si seulement...

Quelque part au fond de son esprit, il entendit la musique s'arrêter.

Mais que fais-tu, bon sang ?

Il était pratiquement en train de la posséder là où on pouvait les surprendre à tout moment. Worthington lui trancherait la tête.

Il était sorti pour lui dire qu'il ne pouvait plus la voir, et voilà qu'il l'embrassait comme un soudard.

Il n'y avait plus qu'une chose à faire : dès le lendemain à l'aube, il rentrerait chez lui à la campagne. C'était la seule solution. Il enverrait une lettre à Louisa pour s'expliquer, et plus tard, peut-être, quand Bentley serait amoureux d'une autre, il reviendrait. Louisa serait sans doute toujours libre. Sauf qu'il ne croyait pas qu'une femme comme elle lui pardonnerait de l'avoir abandonnée.

Lentement, avec douceur, il interrompit leur baiser. Il n'avait même pas besoin de la regarder pour savoir que ses lèvres étaient gonflées.

— La musique s'est arrêtée.

— Je suppose que cela signifie que nous devons rentrer.

Elle semblait aussi déçue que lui.

Pendant une fraction de seconde, il envisagea de fuir par les jardins pour l'emmener en Écosse, où ils pourraient se marier sans aucune des restrictions qui existaient en Angleterre. Mais il n'avait pas les moyens de l'épouser. Il n'avait sans doute même pas de quoi leur payer le voyage jusqu'en Écosse.

— Oui, il le faut, dit-il en l'entraînant vers les portes-fenêtres.

— Eh bien, ça alors !

Une dame à la chevelure blonde venait de surgir devant eux. Sa robe était à la dernière mode, et une lueur de triomphe brillait dans ses yeux bruns. Elle avait quelque chose de familier, mais il ne se rappelait pas lui avoir jamais été présenté.

— Vous ne vous comporterez pas ainsi une fois que nous serons mariés, Votre Grâce. Il est hors de question que vous soyez aux petits soins avec une autre que moi.

— Mariés ? répéta-t-il comme si le sens de ce mot lui échappait.

Par tous les saints du paradis, qui était cette femme ?

Le regard de Louisa se posa un instant sur lui, puis elle se tourna vers l'inconnue, la tête haute.

— Mademoiselle Minchinhouse, quel plaisir de vous voir ce soir ! Cependant, je crois qu'il y a une légère méprise. Rothwell et moi sommes fiancés.

Mlle Minchinhouse ? Fiancés ? Pour la première fois de sa vie, Gideon se retrouva à court de mots. Seule une sorte de grondement guttural s'échappa de ses lèvres. Apparemment, ce borborygme ne troubla nullement Louisa. Sa façon de se tenir contre lui, l'angle de son menton lui disaient qu'elle contrôlait parfaitement la situation.

Un étrange sourire apparut sur les lèvres de Mlle Minchinhouse. Que diable se passait-il ici ? Cette femme semblait… contente.

— Vraiment ? Dans ce cas, je vous souhaite tout le bonheur du monde.

Elle plissa les lèvres pendant une longue seconde.

— Cependant, je vous suggère de garder cette nouvelle pour vous pendant encore un jour ou deux. Oui, cela vaudrait mieux.

Et, sur cette déclaration énigmatique, elle s'en fut.

Gideon retrouva enfin sa voix.

— Que vient-il de se passer ?

Louisa secoua la tête, aussi perplexe que lui.

— Je n'en ai aucune idée. Elle a toujours été gentille avec moi. Avec tout le monde, en fait. Et quand on lui posait la question, elle se montrait très ferme : elle ne voulait pas d'un aristocrate. En fait, j'avais tendance à penser qu'elle avait déjà trouvé l'homme qu'elle souhaitait épouser. Cependant, elle…

Elle n'acheva pas sa phrase.

Gideon prit une longue inspiration. À l'évidence, Minchinhouse avait ordonné à sa fille de l'approcher, ce qu'elle avait fait à contrecœur.

Il essayait encore de trouver quelque chose à dire à Louisa quand Bentley fendit un petit groupe d'invités qui se tenaient près des portes-fenêtres. Son visage était rouge de fureur.

— Rothwell ! Ai-je bien entendu ? Tu as demandé sa main à lady Louisa ? Toi, mon ami, en qui j'avais toute confiance ? Pourquoi as-tu… as-tu… Espèce de scélérat !

Là-dessus, il lui balança son poing au visage. Gideon esquiva sans mal le coup.

— Pour l'amour de Dieu ! grommela Louisa. Il ne manquait plus que cela. Bentley, arrêtez. Vous vous donnez en spectacle.

— Tu… tu étais censé être… être…

Le prenant carrément par le revers de sa veste, Louisa l'entraîna sur la terrasse à l'écart des curieux. Worthington et ses amis, lord Huntley et lord Wivenley, empêchèrent quiconque de les rejoindre.

Gideon, quelque peu sidéré, suivit machinalement Louisa et l'entendit murmurer d'un air féroce :

— Monsieur, vous avez perdu l'esprit si vous croyez que quiconque pourrait me convaincre d'aimer et d'épouser un homme que je n'aime pas et que je n'aimerai jamais. Vous n'aviez aucun droit de demander une telle chose à Rothwell. Je ne suis pas une sorte d'objet qu'on peut donner, échanger ou manipuler.

— Mais... mais..., bredouilla Bentley.

— Ne tentez même pas de justifier votre attitude.

Elle lâcha le revers de sa veste pour le poignarder du doigt en pleine poitrine.

— Vous n'avez personne d'autre à blâmer que vous-même. Maintenant, avez-vous encore quelque chose à dire ? ajouta-t-elle en le défiant du regard, les deux poings sur les hanches.

Au début, Gideon crut que son cousin allait repartir bouder à l'intérieur mais, à sa grande surprise, Bentley se redressa de toute sa taille.

— Eh bien, oui, j'ai quelque chose à vous dire. Je vous remercie, mademoiselle, de me montrer que non seulement je me trompais quant à vos sentiments, mais aussi quant à ceux de mon cousin.

Il s'inclina sèchement.

— Bonne soirée.

Puis, passant devant Gideon, il ajouta :

— Ne m'adresse plus jamais la parole.

— Quelqu'un aurait-il la bonté de m'expliquer ce qu'il se passe ici ? fit alors Worthington d'une voix dangereusement calme.

— Rothwell et moi sommes fiancés, répondit Louisa, impassible, avant de secouer ses jupes comme s'il ne s'était rien produit d'important.

Le visage de son frère se durcit.

— Fiancés ? Mais bien sûr. Vous étiez dans le jardin. Qui, dans cette famille, ne revient pas d'un jardin en étant fiancé ?

— Nous n'étions pas dans le jardin, objecta Louisa. Nous étions sur la terrasse.

Worthington lui lança un regard meurtrier avant de se tourner vers Gideon.

— Je t'attends à Worthington House demain matin à 9 heures.

Gideon faillit lui répliquer qu'il ne recevait d'ordres de personne, mais Worthington était le tuteur légal de sa sœur – sa sœur qu'il avait bien failli déshonorer.

— Je serai là.

Worthington tourna les talons et les planta là. Quand Louisa voulut lui emboîter le pas, Gideon l'arrêta.

— Louisa, dit-il avec un calme qu'il était très loin d'éprouver, pourquoi avez-vous dit à Mlle Minchinhouse que nous étions fiancés ?

Ouvrant de grands yeux, elle le regarda d'un air étrange.

— Nous nous sommes embrassés, dit-elle comme si cela expliquait tout. Nous allons donc nous marier.

Il retint un gémissement. Bien sûr, dans son innocence, elle ne pouvait concevoir les choses autrement. À quelle jeune dame ne disait-on pas que les baisers menaient au mariage ? Et si quelqu'un les avait surpris, ç'aurait été ce à quoi toute la bonne société se serait attendue.

Mais comment diable allait-il faire maintenant avec Minchinhouse, la courtisane de son père et ses satanées finances ? Qu'est-ce qui lui avait pris de sortir sur cette terrasse ?

Le fait était qu'il venait de créer une sacrée pagaille. Comment avouer à Louisa désormais qu'il était venu lui dire qu'il ne la verrait plus ? Il avait déjà trahi son cousin. Il refusait de trahir Louisa.

— Oui, bien sûr, dit-il en se forçant à sourire. À vrai dire, je pensais...

— Oh ! fit Louisa avec un air ébahi. Vous étiez venu me demander ma main !

Portant sa main à lèvres, il l'embrassa.

— Eh bien, j'avoue...

Elle ne le laissa pas terminer.

— Vous pouvez encore le faire si vous le souhaitez, déclara-t-elle avec un sourire éblouissant.

— Inutile de répéter ce que vous avez si joliment dit.

Gideon sourit enfin, et Louisa fut soulagée. Après tout, elle lui avait volé son moment.

Il prit sa main pour la placer au creux de son coude, et ils rentrèrent ensemble dans la salle de bal. La nouvelle de leurs fiançailles s'était déjà répandue, si bien qu'on les arrêta souvent pour les féliciter. Mais, pendant tout ce temps, Louisa ne parvint pas à chasser de son esprit la phrase de Mlle Minchinhouse.

« Je vous suggère de garder cette nouvelle pour vous pendant encore un jour ou deux. »

Pour quelle raison ? Qu'avait-elle voulu dire ? Et pourquoi croyait-elle qu'*elle* allait épouser Gideon ? Autant de choses qu'elle comptait bien lui demander la prochaine fois qu'elle la verrait.

Pour le moment, elle n'aurait pu être plus heureuse. Tous les doutes qu'elle avait nourris, notamment sur la rapidité avec laquelle ses sentiments pour Gideon évoluaient, s'étaient envolés avec ce baiser. Elle avait peut-être eu tort d'annoncer leurs fiançailles, mais il avait paru si choqué par les déclarations inattendues, et pour tout dire franchement stupéfiantes, de Mlle Minchinhouse qu'elle s'était sentie obligée de réagir et de bien faire comprendre à cette jeune personne que nulle autre qu'elle n'épouserait Gideon Rothwell.

Naturellement, elle savait que certains gentlemen se mariaient pour des raisons financières. Mais rien n'indiquait que Gideon avait besoin de sa fortune. Et même si c'était le cas, ce n'était sûrement pas pour cette raison qu'il l'avait embrassée avec une telle ferveur. Bon sang, elle avait eu l'impression de fondre sur place. S'il ne l'avait pas tenue, elle se serait carrément effondrée.

Elle risqua un regard vers lui, si beau et si calme. Puis elle aperçut en arrière-plan le visage sévère de son frère. Elle allait devoir expliquer à Matt les circonstances de ces fiançailles, et le plus tôt serait le mieux. Ce soir, par exemple, dès leur retour à la maison. Cela permettrait à son frère de se calmer avant de recevoir Gideon demain matin.

— Matt demande que vous nous rejoigniez dans l'entrée, annonça à voix basse Charlotte, qui venait de les rejoindre. Il a déjà demandé qu'on approche notre voiture ainsi que celle de Sa Grâce.

Évidemment. Exactement comme le soir où Dotty et Merton s'étaient fiancés. À l'époque, personne à part Merton lui-même, et peut-être sa mère, n'avait été ravi de ces fiançailles, mais Matt serait forcément heureux pour Gideon et elle. Après tout, c'était un de ses meilleurs amis. Ils partageaient les mêmes opinions politiques, et c'était un excellent parti. En fait, Matt aurait dû être fou de joie. Alors, pourquoi ne l'était-il pas ? Peut-être parce que Gideon ne lui avait pas d'abord demandé la permission de la courtiser ? Oui, c'était sûrement pour cela. Rien d'autre ne pouvait expliquer la colère de son frère.

Moins de quarante minutes plus tard, Louisa se retrouva dans le petit salon de Stanwood House avec Matt et Grace. Elles étaient assises, mais son frère faisait les cent pas comme un lion dans une des cages de la ménagerie royale. Charlotte n'avait pas été conviée à rester, ce que Louisa regrettait.

Quand elle voulut prendre la parole, Grace secoua la tête.

— Laisse-lui un moment.

Finalement, Matt se tourna vers elle. La colère avait disparu de ses yeux, remplacée par une sévérité qu'elle lui avait rarement vue.

— Comment as-tu provoqué ces fiançailles ?

— Que veux-tu dire ?

Après tout, c'était Gideon qui l'avait embrassée, et non le contraire. Il lui avait donné son premier baiser.

Il poussa un soupir.

— Louisa, je connais Rothwell depuis l'enfance. Il n'aurait jamais demandé ta main sans d'abord venir solliciter la permission de te courtiser. Je te connais aussi depuis ta naissance. Et toi, ma chère sœur, tu es incapable de ne pas prendre l'initiative quand tu t'imagines que c'est nécessaire. Donc, je te repose la question, qu'as-tu fait ?

— Ah...

Elle fut furieuse de sentir la chaleur, sûrement accompagnée d'un rouge peu seyant, qui grimpait le long de son cou et de ses joues.

— Eh bien, vois-tu..., reprit-elle en contemplant ses mains nouées sur ses cuisses, nous étions sur la terrasse, et quand Mlle Minchinhouse nous a vus revenir, elle a dit quelque chose de très bizarre... à Gid... à Rothwell, sous-entendant qu'ils seraient bientôt mariés. Mais je savais qu'il ne pouvait souhaiter l'épouser, alors je lui ai dit que nous étions fiancés.

— Et que s'est-il passé exactement pour que tu sois si certaine que Rothwell ne veuille ou ne puisse l'épouser ? demanda Matt d'une voix sourde et menaçante qu'il n'avait encore jamais employée avec elle.

— Nous... eh bien... nous nous sommes embrassés.

Ce dernier mot avait été chuchoté. Sans doute en prévision de l'explosion qui allait suivre.

— Embrassés ? rugit Matt. Ce goujat t'a embrassée ? Je n'aurais jamais dû le laisser quitter la salle ! J'aurais dû le...

— Matt, fit Grace, le coupant dans sa tirade. Il me semble que Rothwell et Louisa nourrissent des sentiments profonds l'un pour l'autre. J'ai remarqué les regards qu'ils échangent. Dans ces circonstances, leurs fiançailles ne me paraissent pas si inattendues.

Mâchoires serrées, Matt parut se calmer quelque peu avant d'annoncer :

— Mon cœur, il y a quelque chose que tu ignores. Que vous ignorez toutes les deux. Rothwell a souffert d'un revers de fortune.

Louisa eut l'impression de recevoir un coup de poignard en plein cœur. Pourquoi ne s'était-il pas confié à elle ? L'épousait-il pour sa dot ? Elle ne s'était jamais considérée comme une héritière, mais elle était aussi consciente de la fortune qui était la sienne.

Matt enchaîna avec plus de douceur :

— Son père a commis quelques extravagances, et Rothwell lui-même m'a avoué qu'il n'était pas en situation de se marier.

— Mlle Minchinhouse ? coassa Louisa, prononçant ce nom avec les pires difficultés.

Son frère hocha la tête.

— Pour une raison quelconque, elle doit croire qu'ils vont se marier.

— Oh, Seigneur, fit Louisa en se couvrant la bouche de sa main. Seigneur ! Qu'ai-je fait ?

— Étant donné les circonstances, répliqua sèchement Grace, seulement ce que tu pensais devoir faire. Je t'ai bien entendue dire qu'il t'avait embrassée, n'est-ce pas ?

— Oui.

Louisa regrettait maintenant que ce baiser, si délicieux qu'il ait été, ait eu lieu. Néanmoins, si elle l'aimait et si elle ne voulait pour lui que le meilleur, elle n'avait plus qu'une chose à faire.

— S'il doit se marier pour rétablir sa fortune, je le libérerai de son engagement.

Si seulement Gideon lui avait parlé, elle aurait essayé de comprendre. D'autant qu'il n'était pas responsable de ses problèmes.

— J'aimerais me retirer maintenant. Tu le lui diras demain matin, n'est-ce pas, Matt ?

Elle n'avait qu'une envie : se jeter sur son lit pour pleurer.

— Je lui ferai part de ton offre, dit-il, lugubre.

— Merci.

Elle se leva et regagna sa chambre. Ce soir, même Charlotte ne pouvait l'aider.

Sa femme de chambre, Lucy, l'attendait et l'aida à se déshabiller. Louisa eut l'impression que cela durait une éternité. Finalement, la porte se referma, et elle s'effondra sur son lit.

Un effroyable sentiment de vide l'envahit, mais les larmes qu'elle espérait ne vinrent pas.

17

De retour chez lui, Gideon se servit un cognac qu'il but d'un trait. Il allait avoir beaucoup de mal à trouver le sommeil.

Dès que Worthington découvrirait – ce qui ne manquerait pas d'arriver – qu'il avait embrassé Louisa sans lui avoir demandé l'autorisation de la courtiser, il serait un homme mort. À tout le moins, il recevrait une rossée mémorable, duc ou pas.

Quant à Bentley, il ne lui pardonnerait jamais et ne lui adresserait sans doute plus la parole jusqu'à la fin de ses jours.

Et il n'avait reçu aucune nouvelle de l'avocat à propos de la propriété de sa mère, rien non plus indiquant le moindre progrès quant à la maison où s'était installée cette Petrie.

En gros, sa vie était dans un état lamentable.

Sauf que… Louisa et lui étaient fiancés. Même si ce n'était pas lui qui avait fait la demande. Voilà au moins une chose qui n'était pas si noire.

Et, au lieu de se tourner et de se retourner dans son lit toute la nuit, comme il s'y attendait, il s'endormit quelques minutes après avoir posé la tête sur l'oreiller et rêva de Louisa et de tous les plaisirs qu'il lui donnerait une fois qu'ils seraient mariés.

Au matin, il se réveilla avec une érection comme il n'en avait jamais connu.

— Seigneur, Louisa. Regardez ce que vous me faites.

— Votre Grâce ? Vous disiez ?

En entendant la voix de son valet qui s'activait près de la cheminée, Gideon réprima un gémissement.

— Rien, Hobson. Rien du tout.

Plus tôt il l'épouserait, plus tôt il lui ferait l'amour, et c'était bien la seule chose qui comptait.

Tout en s'habillant, il prépara ce qu'il allait dire à Worthington : d'abord, lui assurer qu'en aucun cas l'argent de Louisa ne serait consacré au rétablissement du duché ; ensuite, lui promettre qu'il s'évertuerait à procurer à sa future femme les conditions de vie qu'elle avait toujours connues. Il ferait en sorte qu'elle ne soit en rien affectée par la situation que lui avait léguée son père.

— Je veux que M. Templeton vienne ici cet après-midi.

— Oui, Votre Grâce, dit Hobson, qui avait plusieurs cravates pendues à son bras. M. Fredericks m'a demandé de vous informer qu'une femme est venue vous voir hier après votre départ.

Une femme ? Aucune des dames de sa connaissance ne rendrait visite à un célibataire chez lui.

— Cette femme a-t-elle un nom ?

— Mme Petrie, je crois, dit son valet d'un air pincé. On m'a assuré que vous ne souhaiteriez pas qu'elle soit autorisée à entrer.

Enfer et damnation !

— En aucune circonstance elle ne doit être autorisée à franchir le seuil de cette maison.

— C'est exactement l'ordre qu'a donné M. Fredericks, Votre Grâce.

Gideon se regarda dans le miroir. Cette cravate était franchement ridicule. Il l'arracha et en prit une autre à son valet. Voilà bien longtemps qu'il n'avait pas été aussi nerveux avant un entretien. Depuis son enfance, à vrai dire, quand il devait faire face à son père pour recevoir une punition. Après un dernier examen minutieux, il s'estima aussi satisfait qu'il pouvait l'être.

— Je ne reviendrai pas déjeuner.

— Très bien, Votre Grâce.

Prenant son chapeau, sa canne et ses gants, Gideon sortit. Sa demeure n'étant pas très loin de Berkeley Square, il avait décidé de s'y rendre à pied. Cela lui permettrait de se calmer avant de voir Worthington.

Bien plus vite qu'il ne l'aurait cru, il atteignit sa destination.

— Votre Grâce. Je vous conduis à Monsieur, déclara le majordome en s'inclinant.

Gideon aurait juré que le bonhomme l'attendait. Sous ses gants, ses mains commencèrent à transpirer.

— Merci.

Le pas lent du majordome dans le long couloir l'exaspéra. À ce rythme, il serait bon pour l'asile avant d'arriver au bureau. Mais, quoi qu'il arrive, et à moins que Worthington ne le tue pour de bon, il ne repartirait pas de cette maison sans avoir obtenu officiellement la main de Louisa.

— Je ne peux pas regarder ! gémit Louisa tandis que Charlotte, plantée devant la fenêtre, surveillait Worthington House, de l'autre côté de la place.

— Pour le moment, cela ne change rien. Il est entré, et il n'y a rien à voir, répondit sèchement Charlotte d'une voix qui ressemblait beaucoup à celle de Grace.

— Et si nous allions en cachette sous les fenêtres du bureau de Matt pour les écouter ?

Charlotte haussa les sourcils.

— En cachette ? Aucune chance.

— Pourquoi ? demanda Louisa.

— À la seconde où Matt dira à Rothwell quelque chose qui ne te plaira pas, tu voudras intervenir.

Bon, Charlotte n'avait pas tort. Elle n'avait jamais été très douée pour taire ses opinions.

— J'aurais dû insister pour être présente.

— Je ne pense pas que tu tiennes à entendre ton frère et tuteur légal discuter d'un baiser donné à sa sœur et pupille par un homme à qui il n'avait pas donné l'autorisation de te courtiser, déclara Grace, qui venait de pénétrer dans la pièce. J'en déduis que Rothwell est arrivé, ajouta-t-elle en voyant Charlotte à la fenêtre.

— Oui, et il était très élégant, répondit celle-ci. Il est venu à pied.

— La nervosité..., dit Grace.

— Et... et s'il accepte de rompre les fiançailles ?

Cette peur avait taraudé Louisa toute la nuit.

— Je ne sais pas trop pourquoi, dit Grace, mais j'ai la sensation qu'il refusera. Après tout, si le pauvre homme a été incapable de garder ses distances avec toi après s'être promis de le faire *et* après que Bentley lui a demandé son aide pour que tu tombes amoureuse de lui, je doute que quoi que ce soit l'amène à renoncer à toi.

Louisa en resta bouche bée.

— Comment sais-tu tout cela ?

— Matt a surpris ta petite altercation avec Bentley et les derniers mots que celui-ci a lancés à Rothwell. Il n'était pas difficile d'additionner deux et deux.

Grace esquissa un sourire suffisant, très rare chez elle.

— Cela dit, tu seras peut-être contente d'apprendre qu'après cela, Bentley est allé tout droit retrouver Oriana Blackacre.

— Voilà au moins une chose qui se passe bien, dit Louisa en jetant un regard à l'horloge, dont les aiguilles n'avaient guère bougé. Le valet a dû oublier de la remonter.

Grace se mit à rire.

— Cette horloge, comme toutes celles de la maison, a bien été remontée. Cela ne sert à rien de rester ici à fixer la porte ou la fenêtre. Allons dans le jardin. Theo est enfin assez rétablie pour pouvoir sortir, et je vais envoyer Hal chercher des glaces.

— Voilà qui semble bien plus agréable que de rester là à regarder Louisa se transformer en loque, dit Charlotte en quittant son poste pour venir auprès de son amie. Viens, le temps passera plus vite dehors.

— Si tu le dis.

Quelques minutes plus tard, Louisa était assise sur une des chaises installées sur la terrasse. Theo, Mary et Philip jouaient avec Duke et Daisy sous l'œil attentif d'une nourrice. Le thé arriva, et Grace fit le service.

— Cela fait combien de temps ? demanda Louisa.

— Pas autant que tu le crois, répondit Grace avec douceur.

Voilà qui allait durer une éternité ! Si seulement elle avait eu la présence d'esprit d'exiger que tout soit réglé dès la veille au soir, après le bal, comme cela avait été le cas pour Dotty et Merton, plutôt que d'attendre jusqu'au matin...

Mais qu'est-ce qui leur prenait si longtemps ?

— Louisa a dit quoi ? s'exclama Gideon, sous le choc.

— Quand je lui ai parlé de tes problèmes, elle a compris ce qu'avait voulu dire Mlle Minchinhouse. Si tu dois te marier pour de l'argent, elle est prête à s'effacer.

Gideon eut l'impression de recevoir un coup de poignard dans le ventre.

— Non. Surtout après hier, je ne puis la laisser commettre un tel...

Bon sang, il avait failli dire « sacrifice », comme s'il était le meilleur parti d'Angleterre. Mais il était hors de question qu'il renonce à Louisa. Il n'avait peut-être pas voulu la courtiser en raison de sa situation, mais maintenant qu'elle était sienne, elle le resterait.

— Non. Je n'ai aucune intention de m'attacher à Mlle Minchinhouse ni à aucune autre dame qui voudrait m'épouser pour mon titre.

— Pour quelle raison ne lui as-tu pas parlé de tes difficultés ?

La question avait été posée sur un ton neutre, mais il était clair que Worthington craignait qu'il n'ait pas été honnête envers Louisa.

Gideon se passa une main sur le visage, regrettant d'avoir accepté une tasse de thé et non un verre de cognac.

— Je comptais cesser de la voir. Hier soir, j'étais justement venu le lui dire, lui annoncer que je retournais à la campagne jusqu'à ce que mes problèmes soient réglés et que Bentley soit tombé amoureux de Mlle Blackacre ou d'une autre.

Worthington reposa sa tasse assez violemment.

— Mlle Blackacre ? Que vient-elle faire là-dedans ?

— Pas mal de choses, à vrai dire. Louisa s'est débrouillée pour la présenter à mon cousin. Elle estime qu'elle serait parfaite pour lui.

— Et qu'en pense au juste Mlle Blackacre ?

— Je ne lui ai pas parlé, bien sûr, mais elle est allée au musée avec lui, dit Gideon avec optimisme. Et ils ont prévu d'autres sorties ensemble.

— Donc, tu es venu dire à Louisa que tu t'en allais et tu l'as... embrassée.

Évidemment, c'était là le nœud du problème.

— Oui. Je n'ai pas pu m'en empêcher.

Il regarda Worthington et vit ce qu'il espéra être de la compréhension dans les yeux de son ami.

— J'ai conscience de ne pas être le meilleur parti qui soit en ce moment, mais cela ne durera pas. J'ai déjà découvert où se trouve une bonne partie de l'argent dilapidé par mon père, et j'ai pris des mesures pour en récupérer le plus possible. Comme tu le sais, j'ai refusé de payer ses dettes de jeu. Je devrais au moins avoir de quoi remettre les domaines en ordre et faire quelques petits investissements.

Il tripota sa tasse sur la soucoupe.

— Louisa ne souffrira jamais, je te le promets. Je ferai tout, absolument tout, pour qu'elle ne manque de rien.

— Pourquoi Mlle Minchinhouse pensait-elle que vous pourriez vous marier ?

Gideon ravala un grognement.

— Son père est venu me voir. Il a racheté certaines des reconnaissances de dettes de mon père, qui comprenaient apparemment le titre de propriété de la maison de ma mère. Pour autant que je sache, mon père n'avait pas le droit d'en disposer à sa guise, pas plus que des autres biens que ma mère possédait avant leur mariage. D'après ce que j'ai appris récemment, avant de la rencontrer, il a eu une jeunesse assez tapageuse. Quoi qu'il en soit, Minchinhouse m'a proposé une union avec sa fille, en me disant de prendre quelques jours pour y réfléchir. J'attendais que mon avocat confirme ou pas la validité de ce transfert de propriété. Mais cela n'a plus aucune importance. Minchinhouse a dû parler à sa fille mais, chose étrange, hier soir, j'ai eu la très nette impression qu'elle ne souhaitait pas du tout m'épouser.

— Qu'est-ce qui te fait dire ça ?

— En nous voyant, Louisa et moi, elle a d'abord paru presque furieuse. Puis, quand Louisa a annoncé que nous étions fiancés, elle nous a regardés bizarrement et nous a conseillé d'attendre un jour ou deux avant de le faire savoir – ce qui maintenant est impossible, conclut-il en haussant les épaules.

— Minchinhouse est très riche et très puissant à la City, mais il ne fréquente pas notre milieu. Ce qui signifie que quelqu'un lui fournit ses informations.

Voilà qui était intéressant.

— Sa fille, par exemple, ou alors la dame qui la chaperonne.

— Exactement, approuva Worthington. Je te suggère d'attendre un peu avant de publier l'annonce de vos fiançailles dans la presse.

En proie à de noires réflexions, Gideon faillit ne pas comprendre ce que cette déclaration impliquait. Plusieurs tonnes de pierres et de briques quittèrent soudain ses épaules.

— Tu veux dire que Louisa et moi pouvons nous marier ?

— Je ne vois pas comment je pourrais vous en empêcher, fit Worthington en grimaçant. Je tiens à préserver une certaine tranquillité dans ma vie. Connaissant ma sœur, je n'aurai pas la paix tant que je n'aurai pas donné mon accord. Sans compter qu'elle va recruter toutes les femmes de la famille pour l'aider dans sa croisade. Et elles sont nombreuses.

— Elle est assez formidable.

Gideon souriait.

— Je dois te prévenir, dit Worthington, qui n'avait visiblement pas terminé. Elle a été formée pour gérer un domaine, et elle voudra être ta partenaire en tout. Au cas où tu ne l'aurais pas remarqué, elle a tendance à prendre le mors aux dents dès que l'occasion se présente.

Le sourire de Gideon s'élargit encore. Il était parfaitement prêt à partager certaines tâches avec Louisa. À condition, bien sûr, que ce soit lui qui décide de ce qu'elle pourrait faire ou pas. Sa mère n'avait jamais eu de goût pour ce genre de chose, contrairement à sa grand-mère. Grand-maman… Louisa et elle allaient s'entendre comme larrons en foire. Il retint son souffle.

Bon sang de bonsoir ! Il allait devoir fixer au plus vite certaines limites, sinon sa vie serait un enfer.

Les glaces furent apportées, consommées, et les enfants envoyés dans leurs chambres pour se reposer. Incapable de rester assise, Louisa faisait les cent pas.

— Qu'est-ce qui leur prend si longtemps ?

— Regarde le bon côté des choses, répliqua Grace. Si Matt avait décidé de congédier Rothwell, ce serait déjà fini.

— Il n'oserait pas.

Louisa ne le permettrait pas. Sauf si, bien sûr, Gideon avait décidé d'en épouser une autre… Mais, dans ce cas, Matt aurait déjà été de retour. À moins que les deux hommes ne soient en train de se battre. Se couvrant le visage de ses mains, elle poussa un nouveau gémissement.

— Ma chère, Matt n'est pas idiot, déclara Grace, devinant le tour qu'avaient pris ses pensées. Mais il tiendra à s'assurer que Rothwell est capable de subvenir à tes besoins.

Maintenant qu'elle savait ce que le vieux duc avait fait, Louisa était bien décidée à aider Gideon à retrouver sa fortune et à le soulager de quelques-uns de ses fardeaux. Pourquoi n'irait-elle pas demander conseil à lady Evesham ? Après l'enlèvement dont Grace avait été victime, Matt avait tenu à leur apprendre à tirer, à Charlotte, à Augusta et à elle, et leur avait même offert des pistolets faits spécialement pour elles. Lady Evesham, quant à elle, leur avait appris à se défendre, non seulement avec des dagues, mais également à mains nues. Une dame aussi formidable devrait pouvoir lui indiquer comment aider son futur mari.

Ah, mais que fabriquaient-ils, ces deux-là ?

Des pas retentirent dans la maison.

— Ce sont eux !

— On dirait, fit Grace avant de s'adresser à un valet. S'il vous plaît, qu'on nous apporte du thé, des biscuits et quelques sandwichs.

— Et du champagne aussi, intervint Matt en arrivant sur la terrasse, suivi de Gideon. Il est encore un peu tôt dans la journée, mais ce ne serait pas déplacé.

Le cœur de Louisa bondit.

— Du champagne, murmura-t-elle.

Gideon vint s'incliner devant elle avant de lui prendre la main.

— Milady, il m'est venu à l'esprit qu'en réalité aucun de nous n'avait fait sa demande à l'autre. Dans ce cas, j'aimerais, le plus humblement possible, vous demander d'être ma femme.

La boule dans sa gorge empêcha Louisa de parler. Quelques secondes s'écoulèrent.

— Louisa ?

— Oui, oui, je serais heureuse d'être votre femme.

Elle ne reconnut pas sa propre voix.

— Alors, il ne reste plus qu'à décider d'une date.

Il la regardait dans les yeux comme pour la convaincre qu'il fallait que le mariage ait lieu au plus tôt.

Ces dernières semaines, elle avait assisté à deux mariages, ceux de Grace et de Dotty, et tous deux avaient été assez précipités, avec seuls la famille et quelques amis invités, ce qui représentait quand même une assistance assez considérable. Les déjeuners de noces préparés en l'espace d'un ou deux jours avaient été gigantesques. Elle ne voyait pas pourquoi il n'en serait pas de même pour elle.

— Quelle date vous irait ?

— Après-demain ? Je peux me procurer une licence spéciale.

Noyée dans le gris de ses yeux, elle s'esclaffa.

— Deux semaines, répondit-elle. Il faut prévenir ma mère, et elle doit avoir le temps de rentrer à Londres.

— Il en sera fait selon vos souhaits, milady.

Souriant, il effleura ses lèvres d'un léger baiser.

Louisa avait envie de crier, de danser. Elle n'avait jamais été aussi heureuse. La vie était merveilleuse !

18

Edmond, marquis de Bentley – héritier d'un duché, au nom du Ciel ! –, lissa le revers de sa veste, là où lady Louisa l'avait saisi comme un vaurien. La dernière fois que quelqu'un lui avait fait cela, il avait cinq ans, et sa nourrice avait puni le garnement de quatre ans son aîné qui avait osé l'attraper ainsi.

Eh bien, il ne pouvait punir lady Louisa. Et il ne le souhaitait pas non plus. Il avait vu sa vraie nature, ce qui l'avait miraculeusement guéri de son aveuglement. Comment aurait-il pu être amoureux d'une femme qui avait… eh bien… le cœur aussi dur ? Non, ce n'était pas cela. Elle montrait de la compassion envers tout le monde, ou presque. Sauf lui. Quoi qu'il en soit, il savait à présent qu'il ne souhaitait pas épouser une femme pareille.

Malheureusement, la dame qu'il désirait maintenant épouser l'avait rejeté. Enfin, pas exactement. Après son altercation avec son cousin et lady Louisa la veille au soir, il était tout droit allé trouver Mlle Blackacre pour lui demander sa main. Elle l'avait dévisagé de ses yeux bleus si brillants et lui avait répondu, avec une extrême gentillesse, qu'elle trouvait le moment mal choisi pour accepter son offre si généreuse. Néanmoins, s'il voulait bien lui faire la cour pendant encore deux semaines, sa réponse pourrait changer.

Il avait alors su ce qu'il devait faire : courtiser Mlle Blackacre pendant deux semaines, puis demander de nouveau sa main.

Il allait lui envoyer des bouquets de fleurs matin, midi et soir, l'inviter à des promenades en voiture dans le parc, lui faire visiter tous les monuments et curiosités de Londres. Il avait d'ores et déjà écrit à sa mère pour lui demander de venir en ville afin de rencontrer la charmante Mlle Blackacre.

Il danserait deux valses avec elle chaque soir. Hum, peut-être ferait-il mieux de le noter, sinon il risquait d'oublier de lui demander de l'inscrire sur son carnet de bal.

— Turkel, dit-il à son valet en lui montrant la lettre sur son bureau. Veillez à ce que ceci soit envoyé à ma mère sur-le-champ. Je voudrais aussi faire livrer des fleurs à Mlle Blackacre à Stillwell House.

— Bien, milord. Quel genre de fleurs aimeriez-vous ?

Quel genre ? Comment diable était-il censé le savoir ? Il songea alors aux lèvres roses de Mlle Blackacre et à ses beaux yeux bleus.

— Des roses et des bleues.

Turkel s'inclina.

— Je m'en occupe immédiatement, milord.

— Et je dois me rendre en voiture chez Mlle Blackacre cet après-midi à 17 heures.

— Votre voiture sera prête à 16 h 30.

Voilà qui s'annonçait fort bien. Avec un peu de chance, il allait sans doute très vite se marier – il toucha de nouveau le revers de sa veste –, et à une dame bien plus agréable que lady Louisa. Deux semaines, avait dit Mlle Blackacre.

— Quel jour serons-nous dans deux semaines à compter d'aujourd'hui ?

— Le 20, milord.

— Merci.

Il ferait bien de noter cela aussi. Ce serait idiot d'oublier de refaire sa demande.

Une fois qu'ils eurent fini de trinquer au champagne, Louisa allait suggérer qu'on annonce la nouvelle aux enfants quand Matt déclara :

— Il est temps de discuter des termes du mariage. Louisa, Rothwell, venez dans mon bureau, qu'on en finisse au plus tôt.

— Grace ? demanda Louisa en se tournant vers sa belle-sœur. Tu veux bien te joindre à nous ?

— Avec plaisir.

Louisa prit le bras de Gideon, et les deux couples quittèrent la terrasse, traversèrent la maison et ressortirent sur Berkeley Square afin de rejoindre le bureau de Matt à Worthington House.

Quelques minutes plus tard, ils étaient installés : Rothwell et Louisa face à Grace et à Matt derrière sa table de travail. Apparemment, celui-ci avait déjà réfléchi à la situation de sa sœur, car il se contenta de récupérer un épais document dans un classeur et de le tendre à Rothwell.

— Examine ceci. Cela devrait nous permettre d'atteindre nos objectifs.

Un peu vexée que son frère ne lui ait pas d'abord fait lire ce dossier, Louisa s'enquit :

— Et de quels objectifs s'agit-il, au juste ?

— Nous assurer que tu gardes tes biens, répondit Matt d'un air absent.

Elle était sur le point d'accepter cet « objectif » – après tout, elle avait entendu des horreurs sur des dames mariées qui s'étaient retrouvées dépouillées de tout – quand Gideon déclara avec fermeté :

— Je ne souhaite pas que vous consacriez le moindre penny de votre fortune personnelle au duché.

— Je vous demande pardon ? fit-elle, sidérée.

Cette maison n'allait-elle pas être aussi la sienne ? N'avait-elle pas le droit, à vrai dire le devoir, d'aider à la bonne marche du domaine ?

— Les problèmes financiers que rencontre actuellement le duché ne seront pas réglés avec l'argent de ma femme, répéta Gideon.

Louisa serra les dents.

— Et si je souhaite participer ?

— Louisa, je refuse qu'on me prenne pour un coureur de dot. Ma chérie, reprit-il avec plus de douceur, ne nous disputons pas à ce sujet. Je suis sûr que vous trouverez beaucoup à faire, mais tant que vous n'aurez pas vu les domaines, vous ne pouvez savoir à quoi consacrer votre énergie.

Elle était sur le point de protester quand il pressa ses lèvres sur le dos de ses doigts, faisant de nouveau courir ces délicieux frissons le long de son bras. Qu'il ne veuille pas être perçu comme un homme intéressé était assez compréhensible. Peut-être n'était-il pas nécessaire d'avoir cette discussion maintenant. Il avait raison : elle ignorait ce dont les domaines avaient besoin. Néanmoins, et en dépit de ce qu'il semblait croire, elle ferait ce qui lui paraîtrait juste. Après tout, c'était son argent.

Quand Matt suggéra le montant des sommes que Gideon lui allouerait, celui-ci le contra avec des chiffres bien plus élevés.

— Tu es sûr ? demanda Matt.

— Ce n'est guère plus que ce que recevait ma mère. Louisa sera duchesse, et je refuse que les agissements de mon père affectent son statut.

C'est alors qu'elle comprit : tout ceci n'était qu'un étalage de fierté masculine. De fierté masculine et *ducale*. Contredire Gideon ne servirait à rien. Mieux valait le laisser faire maintenant et aborder le problème plus tard. Après tout, il ne cherchait qu'à prendre soin d'elle, et elle ne pouvait le critiquer pour cela, même si la méthode était discutable.

— Voudriez-vous inspecter Rothwell House demain ? lui demanda Gideon une fois les derniers détails réglés.

— À quel moment de la journée ? Je crois avoir déjà une invitation dans l'après-midi.

Gideon lui pressa la main.

— Vous pourriez commencer le matin et finir le lendemain.

À vrai dire, Louisa était impatiente de découvrir sa future demeure. Rencontrer la gouvernante et forger une relation de travail avec elle avant le mariage serait la meilleure façon de démarrer sa nouvelle vie. C'était ce que Grace avait fait.

— Oui, j'en serais heureuse.

— Grace, mon amour, fit Matt en scrutant Gideon, aimerais-tu accompagner Louisa ?

Une lueur amusée surgit dans le regard de sa belle-sœur.

— Non. Je crois que je serais *de trop**. Louisa doit apprendre à gérer sa nouvelle maison toute seule.

Pour une raison quelconque, Matt adressa alors à son épouse un regard noir qui la fit éclater de rire.

— Le mariage est très proche. Louisa et Rothwell ont bien parlé de deux semaines, n'est-ce pas ? reprit Grace.

— Deux semaines, en effet, fit Matt d'un air pour le moins sceptique. Tu n'y vois donc pas d'inconvénients…

Bonté divine ! Que croyait-il qu'il allait se passer pendant une visite de la maison ? La chose la plus exaltante qui l'attendait serait de consulter des livres de comptes… et aussi, peut-être, de découvrir leur chambre à coucher, à Gideon et à elle.

— Pas le moindre, mon amour, dit Grace en se levant. Rothwell, comme vous allez rejoindre la famille, je vous propose de déjeuner avec nous. Vous en profiterez pour annoncer la nouvelle aux enfants.

— J'en serais ravi, madame, répondit-il avec un sourire poli.

Elle ne se serait pas montrée pas si accueillante avec lui si elle avait connu ses projets, se dit Gideon. Présenter sa gouvernante à Louisa n'en faisait pas partie. En revanche, leur futur lit... Les heures qui le séparaient du lendemain matin allaient être les plus longues de sa vie.

— Je vous en prie, appelez-moi Grace.

— Merci.

Elle inclina la tête.

— Je retourne de l'autre côté de la place pour demander qu'on ajoute un couvert. À tout de suite.

Gideon jeta un coup d'œil à sa promise et la vit sourire pour la première fois depuis qu'elle était entrée dans ce bureau. Elle avait pris cette discussion très au sérieux, et il avait même cru qu'elle allait le contredire quand il avait été question de la gestion de ses propres fonds. Mais elle s'était montrée raisonnable et n'avait pas insisté. Au bout du compte, cette réunion s'était très bien passée.

Ils attendirent quelques secondes avant de suivre Grace. Louisa le prit par le bras.

— J'espère que vous aimez les chats.

— Les chats ? fit-il, un peu désorienté. Il m'est arrivé de jouer avec certains dans la grange quand j'étais enfant.

— Non, je parle de chats domestiques, fit-elle, visiblement amusée.

— Je ne crois pas avoir jamais vu de chat chez nous. Quoique... en y repensant... dans la cuisine, peut-être.

— Ma chatte adore notre cuisine, à la grande joie du chef. Elle le débarrasse des souris et fait honneur à tous ses plats.

Il avait beaucoup de mal à y croire. Du fromage, peut-être, mais une souris qui appréciait la bonne cuisine ?

— Lesquels, par exemple ?

— D'abord et avant tout l'ail, mais aussi les melons et les croissants. J'admets que les oignons la rebutent un peu.

Ayant traversé la place, ils gravissaient les marches du porche de Stanwood House.

— Je n'ai jamais entendu parler d'un chat qui aime l'ail.

— Eh bien, elle est française. Comme notre chef, Jacques. Il la gâte.

Gideon commençait à se dire que Louisa se moquait de lui.

— Je suis impatient de rencontrer cette chatte si parfaite. Comment s'appelle-t-elle ?

— Chloé.

— Très joli nom.

— C'est une très belle chatte. Une chartreuse. Je vais vous la présenter.

Dans le hall, ils empruntèrent le grand escalier pour se rendre dans un boudoir ensoleillé à l'étage.

— Chloé ? *Allez, ma petite**.

Deux chatons, chacun avec un ruban autour du cou, l'un bleu et l'autre rouge, risquèrent un coup d'œil depuis leur refuge sous un canapé.

— Ah, vous voilà, dit Louisa en se penchant en avant, offrant du même coup à Gideon une jolie vue sur son décolleté. *Allez**, ma Chloé.

L'animal au ruban rouge trottina jusqu'à Louisa, s'assit à ses pieds, leva ses grands yeux jaunes vers elle et lui tapota la jupe avec sa patte.

— Gentille fille, dit-elle en souriant. Celle au ruban bleu est à Charlotte. Elle s'appelle Collette.

Louisa souleva la petite créature dans ses bras et la serra contre elle. La chatte n'avait toujours pas émis le moindre son.

— Aurait-elle un problème ? demanda-t-il.

Louisa fronça les sourcils.

— Que voulez-vous dire ?

— Je crois savoir qu'en général les chats miaulent.

Elle éclata de rire.

— Ah ! Les chartreux sont des chats silencieux. Et quand ils s'expriment, ce n'est pas avec des miaulements, mais plutôt par des espèces de gazouillis.

Il toucha la douce fourrure, mais l'animal se blottit un peu plus contre sa maîtresse. Voilà qui était étrange. Les animaux l'appréciaient, en général.

— Elle n'est pas très amicale.

— Elle se méfie des inconnus. Je crois que c'est une caractéristique de son espèce. Ces chats étaient traqués au Moyen Âge. Donnez-lui un peu de temps, et elle vous laissera la caresser.

— Comment l'avez-vous eue ?

— Mon amie Dotty, la marquise de Merton, a sauvé toute une portée de la noyade. Sa belle-mère connaissait les chartreux, et c'est elle qui nous a expliqué certaines choses à leur sujet. Comment la trouvez-vous ?

Les yeux bleus de Louisa se plantèrent dans les siens. Elle n'était pas en train, il en était conscient, de lui demander la permission de prendre la chatte avec elle dans sa nouvelle demeure. Pour elle, c'était une évidence.

— Eh bien…

Comment décrire un chaton ?

— … euh… elle est belle.

Il n'aurait pu espérer meilleure réaction que le sourire que lui offrit Louisa.

C'est alors qu'une horde d'éléphants dévala l'escalier. Il sursauta.

— Les enfants, expliqua Louisa en déposant l'animal au sol. C'est l'heure du déjeuner.

Ils ouvrirent la porte du boudoir juste à temps pour les voir passer tous les huit – Gideon les compta. Il avait réussi à survivre à l'entretien avec Worthington ce matin, et il avait déjà été présenté à la plupart d'entre eux. Alors pourquoi était-il si nerveux à l'idée de leur annoncer qu'il allait épouser leur sœur ?

Le prenant par la main, Louisa le conduisit dans la pièce où ils avaient déjà dîné. Cette fois, on lui avait préparé une place à la droite de Grace. Lui glissant des regards aussi curieux que furtifs, les enfants s'assirent.

— Nous avons une annonce à vous faire, dit Louisa en les regardant. Rothwell et moi avons décidé de nous marier.

La pièce resta silencieuse pendant qu'il lui baisait la main, puis l'enfer se déchaîna.

— Vous n'allez pas l'embrasser comme il faut ? demanda une des jumelles.

Il dut avoir l'air un peu perdu, car l'autre jumelle précisa :

— Sur la bouche. Comme Matt et Grace le font.

— Il a sans doute peur que Matt l'étale pour le compte, déclara Walter sur le ton d'un vieux sage.

— Pas s'ils vont se marier ! s'exclama Madeline, l'une des sœurs de Louisa. N'est-ce pas, Matt ?

Plutôt que de répondre, Worthington se renfonça dans sa chaise avec un air assez satisfait. Prenant le menton de Louisa entre deux doigts, Gideon effleura ses lèvres.

— Beurk ! fit le plus jeune des garçons.

— Si c'est tout ce que vous avez à dire..., commença Louisa.

— Je n'ai encore rien dit, dit une fillette aux cheveux sombres en boudant.

— Et moi non plus, fit celle à qui il manquait une dent – Mary.

Louisa leur sourit à toutes les deux.

— Commence, Theo. Après ce sera au tour de Mary.

— Bienvenue dans la famille, dit Theo. Nous n'avons pas assez de frères.

— Je vous souhaite tous mes vœux de bonheur, dit Mary avant de consulter Grace : L'ai-je dit correctement ?

— C'était très bien, mon cœur.

Gideon, lui aussi, espérait qu'ils seraient heureux. Il était assez stupéfiant de songer qu'il connaissait Louisa depuis moins d'une semaine. Si jamais quelqu'un lui avait dit qu'il tomberait follement amoureux en un laps de temps aussi court, il l'aurait traité de fou. Et pourtant, c'était arrivé. Cependant, même s'il ne doutait pas de l'attachement de Louisa pour lui, il n'était pas certain qu'elle soit amoureuse de lui, ce qui le mettait dans une position assez inconfortable. Il n'osait pas lui poser la question, et il ne voulait pas être le premier à exprimer ses sentiments. Comment diable résoudre un tel dilemme ?

19

Plus tard ce jour-là, Matt et Grace savouraient un bref moment de répit pendant que les enfants étudiaient ou bien, dans le cas de Charlotte et de Louisa, faisaient les boutiques.

Il l'attira contre lui, respirant sa chevelure, savourant la douceur de son corps contre le sien, son odeur légèrement épicée.

— J'ai encore des doutes, dit-il.

Elle leva les yeux.

— À quel sujet ?

— Louisa et Rothwell. Cela va peut-être un peu trop vite.

— Ceci de la part de l'homme qui voulait me demander en mariage moins d'un jour après m'avoir rencontrée, dit-elle en riant. C'est l'hôpital qui se moque de la charité.

Il l'obligea doucement à reposer son visage sur son épaule.

— Peut-être, mais nous sommes plus âgés et nous étions d'accord à peu près sur tout.

— Cela t'apaiserait-il de savoir que Louisa est venue me voir pour exprimer son inquiétude de voir les choses évoluer aussi vite entre eux ?

— Elle a fait ça ?

Matt était surpris. Sa sœur était toujours très sûre d'elle.

— Je lui ai dit d'avoir confiance en elle. Elle a la tête sur les épaules.

— Oui, mais j'ai eu le sentiment ce matin que Rothwell allait essayer de la contrôler.

— Et elle cherchera à régir sa vie, comme elle en a l'habitude.

Grace rit de nouveau.

— Sais-tu qu'elle a manigancé une rencontre entre Bentley et Mlle Blackacre ?

— Rothwell me l'a appris. J'ai l'impression qu'ils devraient bien s'entendre.

— Tout comme Rothwell et Louisa. Ils sont tous les deux fiers et obstinés, et il est certain que cela fera des étincelles, pourtant je suis persuadée qu'ils sauront surmonter leurs différences.

— Et s'ils n'y arrivent pas ?

Matt refusait de voir sa sœur malheureuse.

— S'il fait quoi que ce soit que nous considérons comme inacceptable, nous serons toujours là pour accueillir Louisa.

Posant un doigt sur la mâchoire de son époux, Grace lui fit baisser les yeux vers elle.

— Tu le connais depuis longtemps. Crois-tu qu'il pourrait maltraiter Louisa ?

Il inspira avant de pousser un long soupir.

— Non. Mais sa fierté et sa répugnance à partager ses fardeaux avec elle risquent de poser problème. Je suis convaincu qu'il ne m'a pas tout dit de sa situation.

Grace haussa les épaules.

— Comme tu as tenté de me cacher que les hommes qui m'avaient enlevée voulaient me vendre à un bordel ?

— Je me demandais si tu avais deviné, dit-il à contrecœur. Tu ne m'en as jamais parlé.

— Je me souvenais de ce nom : Mlle Betsy. Quand Dotty et Merton ont eu besoin d'aide, j'ai fait le lien.

— Rothwell doit encore régler certaines choses avec l'ancienne maîtresse de son père. Une courtisane.

— Je vois les problèmes que cela pourrait poser, dit-elle en se serrant de nouveau contre lui. J'espère simplement qu'il aura le bon sens d'en parler à Louisa avant qu'elle découvre ce qu'il en est.

— Cet idiot devrait tout lui dire dès maintenant.

Mais lui-même n'avait pas tout dit à Grace. C'était peut-être un défaut des hommes, de toujours essayer de protéger les femmes qu'ils aimaient.

Elle resta silencieuse un bon moment avant de demander :

— A-t-on jamais retrouvé cette Mlle Betsy ?

— Non.

Si cette femme avait deux sous de bon sens, elle avait dû quitter l'Angleterre. Des portes s'ouvrirent sur ces entrefaites, et des pas impatients commencèrent à retentir dans l'escalier.

— Il sera bientôt l'heure d'emmener les enfants au parc.

— Pauvre Daisy, dit Grace. Ses promenades lui manquent.

— Peut-être, mais moi, ça ne me manque pas de voir la moitié des chiens de Londres lui courir après, répliqua Matt.

Cela faisait quelques jours que leur chienne était en chaleur. Selon Grace, c'était la deuxième fois. Il avait envisagé de l'accoupler avec Duke, mais l'idée d'avoir toute une portée de chiots pendant qu'ils étaient encore en ville avait suffi à le faire changer d'avis. Cet automne, peut-être.

— Y compris Duke, répondit Grace.

— Oui, malheureusement.

Ils avaient dû faire construire un chenil spécial pour Daisy. Les rares fois où Matt avait permis à Duke de l'accompagner à Stanwood House, il aurait juré que les deux danois essayaient de trouver un moyen de libérer Daisy de son confinement. Cela faisait déjà une semaine. Il allait falloir en attendre deux autres pour être enfin tranquille.

Soudain, des cris stridents éclatèrent dans le jardin.

— Que diable se passe-t-il ?

Matt et Grace se précipitèrent vers le balcon, où Mary et Theo ne tardèrent pas à les rejoindre.

— Grace, Matt, s'écria cette dernière. Duke grimpe sur Daisy.

— Oh, Seigneur ! gémit Grace. Il ne manquait plus que cela.

Dehors, Matt aperçut les deux chiens qui étaient bien en train de s'unir, Duke remuant frénétiquement la queue et Daisy semblant tout à fait ravie.

— Qu'est-ce qu'ils font ? s'enquit Mary.

— Bon, dit Grace en les prenant, Theo et elle, par la main. Je parle aux filles. Tu t'occupes des garçons.

— Mais, Grace, objecta Mary, tu n'as pas répondu à ma question.

— Ils font des petits. En tout cas, ils essaient.

— Des petits !

Mary et Theo se mirent à bondir sur place en mitraillant Grace de questions, sans lui laisser le temps de répondre.

— Je vous expliquerai tout une fois que nous serons tous réunis, déclara-t-elle lorsqu'elle parvint enfin à prendre la parole.

Nom d'un chien ! C'était le cas de le dire, pensa Matt. Patience, sa belle-mère, allait le tuer. Elle avait toujours veillé à ce qu'aucune de ses sœurs ne soit dans les parages quand des animaux risquaient de s'accoupler.

— Philip, Walter, suivez-moi.

Au moins, il préférait expliquer la chose aux garçons plutôt qu'aux filles. Mais voilà qui réglait une question encore en suspens : il allait ramener les chiens à la campagne avant que Daisy mette bas. Il ne tenait pas à ce qu'une ribambelle de chiots s'ajoutent aux enfants pour dévaster la maison.

Ce qui lui rappela que Louisa visitait celle de Rothwell demain. Il retint un gémissement. Quand Grace était venue inspecter la sienne la première fois, il n'avait pensé qu'à une chose : la mettre dans son lit.

Rothwell n'oserait quand même pas...

— Grace ! rugit-il à l'adresse de sa femme, qui s'éloignait déjà. Il faut repousser la visite de Louisa chez Rothwell.

— Êtes-vous certain de vouloir un pantalon, Votre Grâce ? s'enquit Hobson sur un ton qui ne laissait aucun doute quant à sa réprobation.

— Tout à fait.

Gideon avait des projets pour Louisa, et porter des chausses ne ferait que les ralentir.

— Je me changerai peut-être après le déjeuner, mais ce matin, je porterai un pantalon.

— Comme vous voulez, Votre Grâce, soupira son valet de chambre.

— Merci.

Gideon finit de nouer sa cravate lui-même et quitta sa chambre. Il faillit heurter son majordome.

— Qu'y a-t-il, Fredericks ?

— Ce M. Minchinhouse insiste pour être reçu sur-le-champ, Votre Grâce.

L'homme voulait sans doute connaître sa décision.

— Que M. Allerton me rejoigne.

Gideon n'avait pas regardé son courrier la veille. Après le déjeuner, il avait accompagné Louisa et lady Charlotte faire quelques courses sur Bond Street et Bruton Street et n'était rentré chez lui que le temps de se changer avant d'escorter Louisa à une soirée.

Il espérait que Templeton avait envoyé les informations nécessaires concernant la propriété de sa mère. Sinon, il ne voyait pas très bien ce qu'il pourrait faire.

Épouser Mlle Minchinhouse était hors de question, mais il devait aussi sauver le domaine des Roses.

— Donnez-moi quelques minutes, puis faites-le entrer dans mon bureau.

— Très bien, Votre Grâce.

Non, à la réflexion, si cette entrevue se révélait déplaisante, il serait plus facile de mettre ce monsieur dehors depuis le salon où il l'attendait.

— Mieux encore, laissez-le là où il est. J'irai le retrouver.

Il descendit l'escalier pour se rendre dans le bureau de son secrétaire.

— Ai-je reçu quelque chose de Templeton hier ?

— Oui, Votre Grâce.

Allerton récupéra une lettre au milieu d'une pile sur son bureau et la lui tendit.

Gideon fit sauter le sceau et la parcourut.

Votre Grâce,

Il s'avère que je n'ai pas en ma possession une copie complète du contrat de mariage de votre mère. J'ai pris contact avec le cabinet de votre ancien homme d'affaires afin de le leur demander. Néanmoins, je suis enclin à penser que votre père n'était pas le curateur de cette propriété et ne pouvait donc en aucun cas la vendre ou la transmettre. Sinon, il existerait un contrat fiduciaire. Je vous réécrirai dès que j'aurai reçu les documents restants.

Quant aux autres sujets, je me suis mis en relation avec la plupart des établissements en affaire avec feu votre père et Mme Petrie et leur ai fourni une copie de la plainte pour usage de faux que nous allons déposer. Je suis ravi de pouvoir vous annoncer que vous ne serez pas tenu pour responsable des dettes contractées en usant de ces lettres frauduleuses donnant à Mme Petrie carte blanche*. *Si vous pouviez me procurer une liste des* *factures qui ont été réglées, je veillerais à ce que les fonds vous soient restitués.*

Votre serviteur,

J. Templeton

Gideon poussa un soupir de soulagement.

— Avez-vous réglé des achats que Mme Petrie a effectués en se servant de cette *carte blanche** ?

— Malheureusement, j'y ai été contraint, répondit Allerton.

— Envoyez une liste récapitulant achats et montants à Templeton.

— Tout de suite, milord.

— Ah, au fait, Allerton ?

Gideon sourit quand son secrétaire leva les yeux.

— Vous pouvez être le premier à me féliciter. Je suis fiancé à lady Louisa Vivers. L'annonce devra être envoyée aujourd'hui au *Morning Post* pour publication demain.

Le visage sérieux de son secrétaire s'éclaira, et un sourire aussi rare que large y apparut.

— Félicitations, Votre Grâce. Je connais la famille par ouï-dire. Une excellente réputation.

— Merci. Et maintenant, à nous deux, Minchinhouse.

Cela faisait bien longtemps qu'il n'avait été d'aussi bonne humeur.

— Bonjour, monsieur Minchinhouse, dit-il en entrant dans le salon.

Celui-ci observait la rue à travers la fenêtre. Il se retourna, la mine soucieuse. Était-il déjà au courant des fiançailles de Gideon ?

— Votre Grâce, le salua Minchinhouse en s'inclinant avec lassitude. Je suis vraiment navré. J'ignore quelle mouche a piqué cette fille.

De qui parlait-il ? De Louisa ? Gideon n'eut pas le temps de manifester son émoi devant une telle vulgarité, car l'autre continuait à parler :

— En général, elle a du plomb dans la tête. Exactement comme sa mère, Dieu ait son âme. Je pensais qu'elle voulait pour elle-même ce que moi, j'aurais voulu.

Ah, il parlait donc de sa fille. Les mots étranges de Mlle Minchinhouse lui revinrent en mémoire.

« Je vous suggère de garder cette nouvelle pour vous pendant encore un jour ou deux. »

— Eh bien, reprit Minchinhouse, inutile de tourner autour du pot. Elle s'est mariée dans son coin. Selon elle, je refusais de l'écouter.

— Gretna Green ? demanda Gideon, essayant de ne pas montrer sa stupeur.

— Oh non, Votre Grâce, fit Minchinhouse, choqué. Fuir en Écosse pour célébrer des noces clandestines ? Jamais elle n'aurait fait une chose pareille. Elle a atteint sa majorité hier. Ils se sont mariés avec une licence spéciale ce matin à la première heure. Ils nous ont mis devant le fait accompli, l'autre père et moi.

Il sortit un mouchoir de sa poche pour s'éponger le front.

— Ce n'est pas ce dont je rêvais pour elle, mais cela reste une bonne alliance, même s'il n'est pas duc.

Il implora Gideon du regard.

— J'espère que vous me pardonnerez d'avoir éveillé vos espoirs.

Gideon adressa une prière à toutes les divinités de l'univers, les remerciant que Mlle Minchinhouse ait eu la détermination d'épouser l'homme qu'elle aimait, lui évitant ainsi de se retrouver dans une situation fort inconfortable. Malgré son envie de danser la gigue, il resta impassible.

— Je comprends. Mais il est vraiment préférable pour votre fille qu'elle ait épousé un homme qui a son affection.

— Oui, oui, c'est ce qu'elle dit.

Minchinhouse se mit à arpenter la pièce.

— Le problème est que je détiens toujours les billets à ordre de votre père et le transfert de propriété. Ce n'est pas que je vous veuille le moindre mal, Votre Grâce, mais ils ne me servent plus à rien maintenant que…

L'homme semblait gêné. Gideon s'éclaircit la gorge.

— En ce qui concerne ces billets…

Il n'eut pas le temps de poursuivre, car Minchinhouse demanda avec empressement :

— Désirez-vous les racheter ?

— J'ai décidé de ne pas les honorer, annonça Gideon.

Minchinhouse parut estomaqué.

— Mais ce sont des dettes d'honneur, Votre Grâce. Je ne saurais vous dire combien de fois j'ai entendu les gens de votre milieu affirmer qu'il fallait les rembourser.

— De manière générale, c'est vrai. Cependant, un gentleman digne de ce nom ne joue pas avec un mineur ou un infirme, or mon père était atteint de démence lorsqu'il a contracté ces dettes. De plus, il n'avait aucun droit sur le domaine qu'il a utilisé comme garantie.

— Aucun droit ? s'exclama Minchinhouse.

— Il appartient en propre à ma mère. Mon père ne pouvait donc en disposer.

Dans la mesure où son père ne se souvenait même plus de sa mère, il avait sans doute cru pouvoir en faire ce que bon lui semblait.

Minchinhouse le fixait.

— Sait-on que vous refusez de payer les dettes de jeu de votre père ?

— Tous ceux qui m'ont approché dans ce sens sont au courant.

Et, à l'heure qu'il était, toute la bonne société devait le savoir.

— Je vois, je vois.

Minchinhouse s'inclina.

— Merci, Votre Grâce. Je viens de recevoir une leçon qui me coûte cher mais que j'estime de grande valeur. Ces documents m'étant dorénavant inutiles, je vous les ferai parvenir dès que je serai de retour à mon bureau.

— Merci.

Quand l'homme eut pris congé, Gideon se demanda brièvement qui lui avait vendu ces reconnaissances de dettes, mais cela n'avait plus guère d'importance. Au moins, maintenant, il savait pourquoi Mlle Minchinhouse voulait que Louisa et lui attendent avant d'annoncer leurs fiançailles. Et il était soulagé de ne pas avoir à racheter la propriété de sa mère. Il sourit.

— Fredericks, pour célébrer mes fiançailles avec lady Louisa, vous-même et le personnel pouvez prendre le reste de la matinée. Demandez au chef de laisser quelque chose pour le déjeuner, je vous prie.

Au lieu de paraître surpris, son majordome afficha un large sourire.

— Votre Grâce, puis-je vous adresser tous mes vœux de bonheur ? Si vous voulez bien me dire quand lady Louisa aimerait rencontrer Mme Boyle, je la préviendrai.

— Demain matin sera parfait, répondit Gideon.

— Très bien, Votre Grâce.

Fredericks s'inclina, et Gideon se rendit dans son bureau. Il était plus que temps qu'il écrive à sa mère, non seulement pour lui annoncer le mariage, mais aussi pour lui faire part de ses progrès quant à la récupération d'une partie de leurs fonds.

Après cela, il petit-déjeunerait, irait chercher Louisa et lui ferait découvrir sa nouvelle demeure. Et, plus particulièrement, sa future chambre.

20

Louisa avait vu de nombreux hôtels particuliers depuis son arrivée à Londres. La plupart étaient élégants, certains ostentatoires, mais Rothwell House était à coup sûr le plus splendide. Le hall était dallé de marbre rose, tout comme les trois niches dont deux abritaient des statues et la troisième un buste.

Debout à ses côtés, Gideon approcha ses lèvres de son oreille, et un frisson coula le long de son cou.

— Ce gentleman est arrivé en Angleterre avec Guillaume le Conquérant.

— Passionnant.

Ce qui l'était plus encore, c'était la légèreté avec laquelle la langue de Gideon caressait le lobe de son oreille, puis venait taquiner la peau si sensible de sa gorge. Son grand corps se pressait contre elle, et elle résista à l'envie de se laisser aller contre lui. À ce rythme, ils ne finiraient jamais la visite de la maison.

— Votre gouvernante m'attend-elle ?

— Bientôt.

Il la tenait par la taille, et à travers la fine mousseline de sa robe, ses paumes allumaient des flammes dans son ventre. En dehors d'un valet solitaire qui gardait la porte d'entrée, elle n'avait vu aucun domestique dans la maison. La situation de Gideon était-elle si désespérée qu'il avait dû congédier ses autres domestiques ?

— Gideon, si vous n'avez pas de gouvernante…

— Je n'en suis pas à ce point. Je pensais vous faire découvrir d'abord la pièce la plus importante de toutes. La présence de ma gouvernante n'est pas nécessaire pour le moment.

— Et quelle est cette pièce ? s'enquit-elle, assez perplexe.

— Venez avec moi.

Lui prenant la main, il l'entraîna dans l'immense escalier. Un épais tapis étouffait leurs pas.

— Il a été fait en Turquie aux mesures exactes des marches, expliqua-t-il.

— Comment est-ce possible si l'escalier était ici ?

— Il ne l'était pas. Il a été fabriqué en Italie avant d'être transporté en Angleterre.

Eh bien, voilà qui était assez stupéfiant.

— Il est magnifique.

— Je vais vous montrer quelque chose d'encore plus magnifique.

Sa voix aussi douce et chaude que du velours se posa sur elle comme une cape.

Arrivés sur le palier, ils empruntèrent un couloir interminable jusqu'à ce qu'ils atteignent une immense double porte en chêne sculpté. Il l'ouvrit.

— Voilà ce que je voulais que vous voyiez.

Elle pénétra dans une vaste chambre à coucher, inondée de lumière grâce aux fenêtres sur deux de ses murs. Un immense lit occupait la troisième paroi. Dans la quatrième s'ouvrait une porte qui devait mener au dressing et était nichée entre les étagères d'une bibliothèque.

— Vous aimez lire, constata-t-elle, tout en essayant d'apaiser ses nerfs qui commençaient à se déchaîner.

Elle n'avait encore jamais été seule ainsi en compagnie d'un homme, encore moins dans sa chambre. Elle s'efforça de refouler son anxiété. Après tout, Gideon serait bientôt son mari, et sa famille savait qu'elle était ici... mais pas qu'elle était seule avec lui.

— C'est un trait de famille, dit-il dans un murmure grave, séducteur.

Lui lâchant la main, il alla refermer la porte. Le loquet intérieur tomba. Le cœur de Louisa se serra.

— J'aime lire aussi.

— Je possède quelques livres que nous devrions lire ensemble.

Il venait vers elle, tel un lion approchant sa proie. En quelques secondes, il la coinça contre un mur.

Le cœur de Louisa battait à tout rompre.

— Gideon... que faites-vous ?

Les yeux gris s'assombrirent pendant que les commissures de ses lèvres se relevaient dans un sourire carnassier. Il posa un doigt sur sa joue, le laissa descendre le long de son menton, puis vers le sillon entre ses seins.

— Vous n'en avez pas la moindre idée, n'est-ce pas ?

Haletante, Louisa répondit :

— Vous voulez m'embrasser ?

— Je veux vous faire l'amour, gronda-t-il.

— Les domestiques...

Qu'elle puisse encore parler était un vrai miracle.

— ... ne reviendront pas avant deux heures.

Elle était certaine que son frère n'approuverait jamais une telle situation, et elle était sur le point de le dire quand il ravit sa bouche. Alors, plus rien d'autre n'eut d'importance. La langue de Gideon glissa entre ses dents pour venir caresser la sienne. Malgré la stupeur, le plaisir et l'extase qui la submergeaient, elle essaya de lui rendre la pareille. Nouant les bras autour de son cou, elle se hissa sur la pointe des pieds.

Le haut de ses seins déborda de son corsage.

— Gideon ?

— Je veux vous voir, Louisa.

Il déposa un baiser sur sa gorge, léchant son pouls, avant de descendre une fois encore vers sa poitrine.

— S'il vous plaît, murmura-t-il.

Elle était en feu, les mamelons durs et dressés. Il couvrit ses seins de ses paumes, venant les agacer doucement avec ses pouces. Oui, c'était de cela qu'elle avait besoin. Ils allaient se marier, alors quelle importance si elle...

— Oui.

Gideon n'avait pas besoin d'en entendre davantage. Il avait connu bien des femmes, mais aucune ne lui avait inspiré une passion aussi affolante. Elle pressa ses seins contre ses mains, le désirant à l'évidence autant qu'il la désirait. Très vite, il repoussa son corsage en arrière, libérant ses bras, et il put enfin dénouer son corset. Dieu merci, selon la mode du moment, il était court. Puis ce fut le tour de sa chemise, qu'il fit glisser à terre. Alors ses seins apparurent, et il en resta figé. Comment quelques bouts de tissu pouvaient-ils dissimuler de telles merveilles ? Les prenant en coupe, il les souleva doucement. Les mamelons roses étaient des bourgeons durcis qui semblaient l'implorer de les goûter. Louisa poussa un gémissement quand il en lécha un avant de l'aspirer dans sa bouche.

Il sentit ses doigts quitter sa nuque pour venir vers sa cravate. Quelques secondes plus tard, celle-ci pendait, dénouée. Il descendit sa robe et son jupon sous ses hanches, prit le temps de savourer les rondeurs de ses fesses, et elle se rapprocha, se pressant contre son membre dressé.

Bientôt, elle fut entièrement nue.

Au lit. Tout de suite.

Se débarrassant de ses chaussures avec ses pieds, il commença à la pousser en arrière.

— Gideon, ôtez cette veste.

Elle semblait si frustrée qu'il faillit éclater de rire.

— Bien sûr.

Il enleva le vêtement si gênant, tandis qu'elle se mettait en devoir de déboutonner son gilet.

Puis ce fut le tour de sa chemise. Lorsque celle-ci eut disparu, elle poussa une petite exclamation. Pendant une fraction de seconde, il craignit qu'elle ne se dérobe.

Ses yeux si bleus, si merveilleux, ne quittaient pas son torse.

— Vous êtes superbe, dit-elle avant de poser une main sur son cœur. Puis-je ?

Oui, oui. Il n'avait aucune idée de ce qu'elle comptait faire, mais peu lui importait tant qu'elle le touchait.

— Faites ce que vous voulez. Je suis tout à vous.

Sa langue jaillit pour venir lécher la pointe d'un de ses seins, puis l'autre.

— Ils durcissent comme les miens.

Il émit un grognement.

— Mon cœur ?

— Oui ?

— Au lit.

Sans attendre, il la souleva dans ses bras et la déposa délicatement au centre du matelas de plumes.

— Dieu, que vous êtes exquise.

Elle sourit.

— Pas plus que vous. Mais je crois que j'aimerais voir le reste… maintenant.

Gideon avait prévu de garder son pantalon le plus longtemps possible, mais autant savoir tout de suite si son sexe l'effraierait. La scrutant d'un air amusé et attentif, il défit le premier bouton, puis le deuxième, voyant ses yeux s'écarquiller, son souffle s'accélérer. Il n'aurait jamais imaginé qu'une innocente puisse être aussi fascinée… et aussi peu effarouchée que l'était maintenant Louisa Vivers.

Après avoir enlevé le dernier bouton, il retira son pantalon et revint sur le lit.

— Eh bien ?

— Magnifique.

Louisa posa un doigt sur son torse et le fit descendre jusqu'à ce qu'il frôle son membre érigé.

Le feu en elle, qui s'était un peu calmé pendant qu'il se déshabillait, reprit de plus belle. Puis il l'embrassa, la caressa, l'incitant à se frotter contre lui. L'incendie se concentra alors entre les cuisses de Louisa. Soudain, elle eut le choc de sentir les doigts de Gideon là, caressant cette zone qui lui faisait si mal… non, non, pas mal, c'était une sensation pour laquelle elle n'avait pas de mot. Elle se raidit ; ses orteils se crispèrent.

— Laissez-vous aller, mon cœur.

Il se lécha un doigt pour venir frôler le bourgeon au cœur de sa féminité, et des vagues de plaisir se mirent à déferler en elle. Puis il inséra son doigt en elle, et ce fut… terrible. Au bout de quelques secondes, alors qu'elle se tordait comme une possédée, il le retira pour venir frôler son sexe avec le bout de son membre.

— Je vous veux, dit-elle en se cambrant.

— Et vous m'aurez, mon cœur, mais il faut commencer doucement.

Il serrait les dents, comme s'il souffrait.

Il la pénétra avec une infinie lenteur, attendant à chaque millimètre gagné que son corps l'accepte. Juste au moment où elle allait lui dire d'aller plus vite, il s'enfonça d'un coup.

La douleur fut brutale. Louisa se mordit les lèvres.

— Comment te sens-tu ? demanda-t-il avec inquiétude.

C'était la première fois qu'il la tutoyait. Comme s'il avait besoin de se rapprocher d'elle encore davantage.

— Ça brûle un peu.

Il effleura ses lèvres d'un doux baiser.

— Je ne voulais pas te faire mal.

— Je ne pense pas que tu avais le choix, dit-elle en souriant et en savourant la sensation de son membre si chaud en elle. C'est presque passé, maintenant.

Il se retira et plongea de nouveau en elle. Oh... Seigneur... oui. Voilà ce qu'elle – son corps – voulait. La tension se dissipa à mesure qu'ils trouvaient leur rythme. Elle noua les jambes autour de sa taille et, bientôt, elle explosa.

— Oh, Gideon !

— Louisa, mon cœur. Seigneur !

Il frémit violemment en prononçant son nom avant de s'écrouler.

Pendant quelques instants, ils restèrent ainsi l'un contre l'autre, le cœur battant. Puis il roula sur le côté, l'attirant avec lui, couvrant ses épaules et son cou de baisers.

— Je ne veux pas attendre pour t'épouser.

Elle ne le voulait pas non plus, surtout après une expérience aussi merveilleuse.

Il humait sa chevelure. Louisa ne s'était jamais sentie aussi proche de quiconque. C'était une sensation incroyable, merveilleuse... mais il manquait encore quelque chose. Il ne lui avait toujours pas dit qu'il l'aimait, et elle rechignait à prononcer ces mots avant lui.

Selon Grace, ils devaient se faire confiance. Son incapacité à avouer ses sentiments à Gideon signifiait-elle qu'elle n'avait pas confiance en l'homme qui serait bientôt son mari ? L'homme qui détiendrait sur elle un pouvoir plus grand encore que son frère n'en avait jamais eu ?

— Tu te sens bien ? demanda-t-il.

— Mieux que bien, mentit-elle.

Sous les mains de Gideon, le corps de Louisa s'était raidi. Il devina qu'elle n'était pas tout à fait sincère avec lui. Et il était le seul responsable. Il avait précipité les choses. Elle était innocente, et il avait été incapable d'attendre le mariage. Oui, il la désirait follement, mais peut-être avait-il cherché aussi à s'assurer qu'elle ne ferait pas machine arrière. Si seulement il avait eu la certitude qu'elle l'aimait autant qu'il l'aimait ! Mais que se passerait-il s'il lui avouait ses sentiments et que, pour une raison quelconque, elle ne puisse lui dire les mêmes mots ? Et si elle confondait le désir avec l'amour ? Après tout, elle n'avait aucune expérience en la matière.

Seigneur ! Je suis le pire des crétins ! Je dois le lui dire. Nous allons nous marier, et elle mérite de connaître mes sentiments pour elle.

— Louisa, je t'...

Un fracas retentit au rez-de-chaussée.

— Je vous dis que Sa Grâce n'est pas ici, hurla le jeune valet.

— Par tous les... Que se passe-t-il ici ?

Gideon bondit hors du lit.

— Donnez-lui cette carte et dites-lui bien qu'il n'a pas intérêt à prendre King Sullivan pour un pigeon.

La porte claqua.

— Je dois savoir qui est cette personne.

Louisa quitta le lit.

— D'accord, mais aide-moi d'abord à me rhabiller.

Elle s'empara de sa chemise, mais il la lui enleva des mains, savourant la vision de ses courbes tentatrices, de sa chevelure qui tombait en mèches ondulées autour de ses seins et jusqu'à son ventre. Soudain, il eut la gorge sèche.

— Laisse-moi juste te regarder.

Deux taches roses apparurent sur la peau laiteuse de ses joues. Puis il vit son regard descendre vers son bas-ventre, et elle rougit violemment.

— Gideon, je… Il faut que je mette quelque chose.

Plongeant les doigts dans ses épaisses mèches brunes, il baissa les lèvres vers les siennes.

— Oui. Mais… pas… tout… de… suite, répondit-il en ponctuant chaque mot d'un baiser. Seigneur, Louisa, je t'aime.

Elle eut alors un sourire qui ne ressembla à aucun autre, et ses yeux brillèrent comme si le soleil, la lune et les étoiles s'y étaient donné rendez-vous.

— Je t'aime, moi aussi.

— Gideon ? appela soudain une voix dans le couloir.

Il poussa un grognement. Il était impossible que la lettre qu'il avait envoyée ait déjà atteint Rothwell Abbey.

— Mère ?

— Oui, mon cher. Je ne pouvais plus te laisser seul face à cette situation. Es-tu présentable ?

Dans ses bras, Louisa gémit.

— Donnez-moi quelques minutes, et je vous retrouve dans le petit salon.

— Où sont passés tous les domestiques, mon cher ? demanda sa mère d'une voix inquiète. A-t-il fallu que tu te sépares d'eux ?

— Non. Je leur ai simplement donné une demi-journée de congé.

— Ah… très bien. À tout de suite, alors.

Dieu soit loué.

Louisa s'extirpa de son étreinte et lui arracha sa chemise des mains.

— Il faut que je parte.

— Non. Tu devras bien la rencontrer un jour.

— Tu es fou ? Je ne pourrai jamais me recoiffer correctement, et elle devinera ce que nous étions en train de faire !

Heureusement qu'elle ne se voyait pas dans un miroir. Sa chevelure n'était pas la seule à trahir l'activité à laquelle ils venaient de se livrer. Il l'aida à remettre sa chemise, en profitant pour la caresser à peu près partout.

— Impossible de te faire filer par le jardin, les fenêtres du petit salon donnent dessus. Quant à tes cheveux, un chignon fera l'affaire. Il faut juste retrouver tes épingles, ajouta-t-il en regardant par terre dans l'espoir de les localiser. Ensuite, nous descendrons voir ma mère.

Louisa posa les mains sur ses hanches, ses seins généreux venant étirer de façon fort intéressante le mince tissu de sa chemise.

— Et qu'allons-nous au juste lui dire pour expliquer que nous étions tous les deux dans ta chambre avec la porte verrouillée ? demanda-t-elle, les sourcils froncés. Tu lui as même avoué que tu n'étais pas habillé.

— Ce n'est pas ce que j'ai dit. Mais il se peut qu'elle en ait eu l'impression, convint-il devant la mine de plus en plus belliqueuse de sa fiancée. En revanche, je me rappelle très bien lui avoir dit que je la retrouverais en bas.

Louisa poussa un nouveau gémissement.

Il la prit dans ses bras.

— Mon cœur, elle ne se fera pas une mauvaise opinion de toi. Je suis né moins de neuf mois après le mariage de mes parents.

— Tu étais un bébé prématuré ?

Il s'esclaffa.

— Si l'on veut.

— Oh… je vois.

Il l'aida à enfiler son corset avant de le lacer. Il leur fallut plusieurs minutes pour se rhabiller, puis elle se tourna vers lui et déclara :

— Je suppose que nous pouvons y aller.

Gideon sourit.

— Tu ne te présentes pas devant un peloton d'exécution, tu sais, dit-il en l'embrassant de nouveau. Tout ira bien. Je suis sûr que vous vous entendrez à merveille. Et si cela peut t'aider, dans peu de temps, ton titre sera supérieur au sien.

Seul un homme pouvait trouver cela important.

Cependant, quand ils entrèrent dans le salon, la duchesse ne s'y trouvait pas, mais plusieurs plats couverts de cloches en argent avaient été disposés sur une table.

— Qu'est-ce que c'est ?

— Notre déjeuner. J'ai demandé qu'on nous laisse un repas.

Une lueur lubrique brilla dans ses yeux quand il ajouta :

— Je me disais que nous pourrions avoir faim.

— Et tu avais raison.

Elle était affamée.

On frappa à la porte, et le seul valet présent dans la maison fit son apparition.

— Votre Grâce, Madame vous fait dire qu'elle est assez fatiguée et qu'elle vous verra une fois qu'elle se sera reposée de son voyage.

— Merci, Jacobs.

Il découvrit les plats en adressant un sourire à Louisa.

— Tu l'as échappé belle.

Louisa avait plutôt l'impression qu'ayant découvert sa présence dans la maison, la duchesse avait décidé d'épargner un bel embarras à tout le monde. Une attention qui en méritait bien une en retour.

— Crois-tu que ta mère aimerait dîner avec ma famille ce soir ?

— J'en suis persuadé… à condition que je sois invité moi aussi.

Il remplit une assiette avec du poulet froid, de la salade, du pain et un fruit, et la plaça devant elle.

— Bien sûr que tu es invité, dit-elle, exaspérée.

Il eut un sourire de gamin, et elle comprit qu'il la taquinait. Aucun de ses prétendants n'avait jamais plaisanté avec elle. Décidément, beaucoup de choses changeaient pour elle ces temps-ci… en bien.

21

Vêtue de sa robe de jour la plus flatteuse, Rosie approchait à pied de Rothwell House. Elle aurait préféré venir en voiture, comme à son habitude, mais son ancien phaéton avait été vendu, et le nouveau, à grandes roues, n'était pas encore terminé. C'était du moins ce que lui avait dit le fabricant.

Elle allait traverser la rue quand une grande voiture de voyage s'immobilisa devant la maison. Le valet installé aux côtés du cocher sauta à terre, courut jusqu'à la porte et manœuvra le heurtoir en cuivre. Peu après, on abaissa le marchepied de la cabine, et une dame élégante vêtue de gris en émergea.

Bon sang ! C'est sûrement la duchesse. Que fait-elle ici ?

Plus question de voir le duc chez lui. Elle allait devoir trouver un autre moyen de rencontrer Rothwell pour le convaincre de devenir son nouveau protecteur. Mais comment ? Tout en contemplant la maison, elle réfléchit. Bah, un jeune homme comme lui devait bien aller quelque part pour se distraire, et justement, son amie Aimée recevait cet après-midi. Tous les jeunes gens de la ville adoraient venir chez Aimée. Elle n'aurait aucun mal à y trouver quelqu'un qui saurait où traînait Rothwell. Et si le fils ressemblait un tant soit peu au père, il ne serait pas difficile à séduire.

Quelques heures plus tard, donc, Rosie était accueillie par une Aimée qui portait ce qui ressemblait à plusieurs couches de soie transparente cousues de façon à évoquer une robe antique.

— Cela fait si longtemps ! déclara Aimée avec un accent prononcé – même si elle avait quitté la France depuis de nombreuses années, elle veillait à conserver son accent qui, elle le savait, ajoutait à son charme, du moins aux yeux des Anglais. J'ai été désolée d'apprendre que ton duc nous avait quittés. Je t'ai envoyé un mot. Tu l'as reçu ?

— Oui, dit Rosie en tendant ses gants à un jeune et séduisant valet. Merci.

— Tu es à la recherche d'un nouveau protecteur, n'est-ce pas ?

Aimée l'escorta dans une vaste pièce à l'arrière de la maison. Le salon était déjà rempli de gentlemen de tous âges et de courtisanes, ainsi que d'artistes, d'écrivains et de poètes. Rosie afficha un petit sourire provocateur.

— En effet. J'ai quelqu'un en tête.

Elles rejoignirent un petit groupe de messieurs qui lorgnaient Aimée sans vergogne, chacun se demandant sans doute quand il serait autorisé à défaire les boucles en or qui retenaient sa robe.

— Est-il ici ? demanda Aimée.

Si seulement Rothwell avait eu la bonne idée de venir !

— Non.

— Et qui est ce gentleman ? Ai-je la chance de le connaître ?

— Le nouveau duc de Rothwell, annonça Rosie avec assurance.

Après tout, jusqu'à présent, aucun homme ne lui avait résisté.

— Ah ah, le fils pour remplacer le père ? Est-il en ville ? Pourquoi ne l'ai-je pas encore rencontré ?

demanda Aimée à la cantonade comme si quelqu'un pouvait lui répondre.

Un des gentlemen présents faillit bien recracher son vin dans son verre.

— Rothwell, dites-vous ?

— *Mais oui**, répondit Aimée en braquant ses yeux dorés sur le gentleman rondouillard à qui il était difficile de donner un âge. Le connaissez-vous ? Pourquoi ne fréquente-t-il pas mon salon ?

— Parce qu'il vient tout juste de se fiancer, répondit un homme séduisant aux traits anguleux en examinant Rosie. Et je peux vous dire que s'il joue un mauvais tour à sa fiancée, le frère de celle-ci lui fera la peau.

Sa fiancée ? Pour Rosie, le coup était rude. Elle avait tout misé sur Rothwell. Non pas à cause de l'homme lui-même, mais à cause de ce qu'il représentait. Le respect qu'elle aurait gagné en devenant sa maîtresse… et la fortune. Surtout la fortune.

— Si j'étais vous, je le laisserais tranquille. Même avant de partir pour les Colonies, les compagnies galantes n'étaient pas son genre, reprit le gentleman au verre de vin. En outre, il paraît que c'est un mariage d'amour.

— S'agit-il d'une dame jeune ? s'enquit Aimée en nouant son bras à celui du séduisant gentleman.

— C'est sa première saison, fit celui-ci en lui caressant le postérieur d'un air absent. Pas trop mon genre, comme vous le savez.

— *Oui, mon ami**, répondit-elle avec un sourire entendu. Je connais fort bien vos goûts, et ce n'est pas une innocente qui pourrait les satisfaire.

Elle se tourna vers Rosie.

— Ma chère Rosamund, j'ai bien peur qu'il ne te faille renoncer à Rothwell. Les jeunes dames deviennent effroyablement *vulgaires** quand leur bien-aimé s'autorise quelques passades. N'est-ce pas, Kenilworth ?

— Absolument vulgaires, confirma le marquis. Et surtout fort indiscrètes.

Aimée secoua la tête.

— *Vraiment, ma chère**. Mieux vaut que tu choisisses un autre gentleman.

Rosie parcourut la pièce du regard. Elle était de loin la plus âgée des femmes présentes. Était-elle trop vieille ? Peut-être serait-elle mieux inspirée de vendre ce qu'elle avait pour aller s'installer dans une région au climat clément. Après tout, elle avait les bijoux et la maison. Cela dit, détourner Rothwell de sa nouvelle fiancée serait un exploit qui ne ferait qu'ajouter à sa renommée.

— Nous verrons. Je ne suis pas pressée.

Du moins voulait-elle le laisser croire.

Après une visite chez son avocat pour lui dire de laisser en suspens toutes les affaires concernant Mme Petrie tant que le mariage n'aurait pas eu lieu, puis une consultation avec son nouvel homme d'affaires, Gideon put enfin se consacrer à sa mère.

Il venait de prendre une gorgée de l'excellent thé d'Assam qu'elle aimait boire quand elle déclara :

— J'apprends que tu es fiancé. J'espère que c'était bien cette personne qui se trouvait dans ta chambre ce matin.

Il eut tout juste le temps de tirer son mouchoir de sa poche pour éviter de recracher son thé sur lui, la table et peut-être sa mère.

— Mère, dit-il de sa voix la plus sévère, est-ce la raison de votre présence à Londres ?

Elle ouvrit de grands yeux et eut un sourire assez moqueur.

— Bien sûr que non, mon cher. Comment aurais-je pu faire le trajet du Bedfordshire à Londres en une matinée ?

— Alors, quand avez-vous appris nos fiançailles ?

— Cette habitude que tu sembles développer de répondre à une question par une question est très déconcertante.

Elle reposa sa tasse et reprit :

— Il se peut que j'aie entendu des rumeurs évoquant ton intérêt pour une jeune dame. En fait, j'étais justement en train de me préparer à partir quand notre voisine, Mme Potter, m'a dit avoir reçu une lettre de sa cousine, lady Danfourth, qui lui annonçait que tu t'étais fiancé lors d'un bal.

Par tous les saints, ces femmes devaient utiliser des pigeons voyageurs !

— Je vous ai écrit, mais la lettre n'a pas eu le temps d'arriver avant votre départ.

— Eh bien ?

— Eh bien quoi ?

— Vraiment, Rothwell ! Répondez à la question.

Ce recours au vouvoiement indiquait que son exaspération était à son comble.

— Voilà ce que vous obtenez à me demander qui était dans ma chambre, répliqua-t-il avec insolence. Cela ne vous regarde en rien. Je me suis officiellement fiancé hier à lady Louisa Vivers.

— Et ?

— Et vous la rencontrerez ce soir, dit-il en souriant. Nous dînons avec sa famille.

— Voilà qui est bel et bon, fit sa mère en levant les yeux au plafond, signe que son énervement n'avait pas disparu, loin de là. Mais ce que je veux savoir, c'est si vous l'aimez.

— Oui, je l'aime. Au point que cela risque de me coûter mon amitié avec Bentley.

— Ah, tant mieux, dit-elle en battant des mains. Pas pour Bentley, bien sûr, le pauvre… mais je craignais que tu n'aies décidé de te marier pour l'argent.

Elle reprit sa tasse pour siroter son thé.

— Maintenant, il faut tout me raconter.

Gideon lui obéit volontiers.

— Vous savez que Bentley m'a écrit pour me demander mon aide, sans me révéler précisément à quel sujet ?

— Bah, il faut bien que quelqu'un aide ce pauvre garçon. Il a une cervelle de moineau, comme sa mère. Il n'existe pas meilleures personnes que ces deux-là, mais ils manquent vraiment de suite dans les idées.

— Louisa dit qu'il hésite.

— Je trouve que cela le décrit fort bien, approuva sa mère.

— Quand Bentley m'a enfin annoncé qu'il voulait que je l'aide à courtiser Louisa, j'étais déjà moi-même tombé amoureux d'elle. Même si j'estimais qu'en raison de ma situation financière, il m'était interdit de lui faire la cour.

— Ridicule ! Nous sommes loin d'être pauvres, et aucune femme digne de ce nom ne renoncerait à l'homme qu'elle aime en raison d'une telle *situation*, comme tu dis. Et je ne parle même pas du fait que tu es duc.

Elle fronça les sourcils.

— Elle t'aime aussi, n'est-ce pas ?

— Elle m'aime et se moque bien de mon titre. Quant à Bentley, elle avait déjà décidé qu'il n'était pas fait pour elle et avait même choisi de lui présenter une autre jeune femme, persuadée qu'ils s'entendraient à merveille.

— Je commence à admirer cette jeune personne. Continue.

Ce qu'il fit. Sa mère haussa les sourcils quand il lui parla de Minchinhouse, rit lorsqu'il lui raconta de quelle manière Louisa avait annoncé leurs fiançailles et s'esclaffa franchement quand elle apprit comment la jeune femme avait traité Bentley à cette occasion.

— Bonté divine ! Je ne crois pas que quiconque ait jamais parlé de cette façon au pauvre Bentley, commenta-t-elle.

Puis une étincelle se mit à briller dans ses yeux.

— Est-il allé se consoler auprès de cette Mlle Blackacre ?

Gideon haussa les épaules.

— Je l'ignore. Pourquoi ?

— J'ai reçu un message de la mère de Bentley m'annonçant qu'elle se préparait à venir en ville. J'ai eu le sentiment que ce voyage concernait Bentley et une éventuelle promise.

— Mais comment diable les nouvelles circulent-elles aussi vite dans ce pays ?

— Mon cher fils, c'est pour cela que nous payons des messagers. Quoi qu'il en soit, quelque chose me dit que cette confrontation avec lady Louisa a dû faire beaucoup de bien à Bentley.

— Je le pense aussi. Pour la première fois de sa vie, il s'est vraiment mis en colère. Et il refuse de m'adresser la parole.

Sa mère eut un petit geste insouciant.

— Il reviendra à de meilleurs sentiments dès qu'il aura compris que Mlle Blackacre est un bien meilleur choix pour lui.

Elle jeta un coup d'œil à l'horloge.

— Oh, il est presque 17 heures. On se demande où passe le temps. Dis-moi à quoi je dois m'attendre ce soir, puis file.

— Ce ne sera pas un dîner formel, annonça-t-il en se levant.

Il attendit d'être à la porte pour délivrer le coup de grâce :

— Il y aura huit enfants, et nous sommes attendus dans une heure.

— Je te demande pardon ? cria sa mère. Rothwell, revenez ici tout de suite.

— Je vais faire préparer votre voiture, mère.

— Canaille !

Gideon fonça en riant dans le couloir et sortit de la maison au moment où l'on avançait son cabriolet.

Louisa était sienne, et sa chance commençait enfin à tourner. Il ne s'était pas senti aussi léger depuis des mois.

22

Gideon eut beau lui assurer que la duchesse douairière n'était pas du tout hautaine et possédait un merveilleux sens de l'humour, ce fut avec une grande nervosité que Louisa supervisa les préparatifs du dîner.

Gideon n'ayant donné qu'une heure à sa mère pour s'habiller, une initiative qui conduisit Grace, Charlotte et Louisa à le critiquer vertement, le repas fut retardé. Quelle dame pouvait se préparer à dîner en moins d'une heure ? Surtout si elle venait d'arriver en ville.

Les jumelles et les autres filles étaient très excitées à l'idée de rencontrer un personnage de si haut rang, contrairement à Walter et à Philip, qui paraissaient s'en moquer. Ils étaient plus intéressés par le fait de pouvoir discuter entre hommes, Matt ayant annoncé que ceux-ci resteraient un moment dans la salle à manger une fois que ces dames se retireraient au salon.

— Louisa, va t'habiller, dit Grace. Le personnel est tout à fait capable de s'occuper du reste.

Après avoir vérifié une dernière fois l'arrangement floral sur la table, elle acquiesça.

— Je sais. Je suis juste un peu nerveuse.

Grace l'étreignit.

— Je comprends. Mais il n'y a aucune raison de t'inquiéter. Tout ira bien.

Quand elle arriva dans sa chambre à coucher, Lucy avait suspendu sa nouvelle robe bleu ciel sur la porte de son armoire, et un baquet était prêt devant la cheminée.

— Faisons d'abord votre toilette, mademoiselle. Vous ne me laissez pas beaucoup de temps pour m'occuper de votre coiffure.

Louisa regretta soudain de ne pas être montée plus tôt au lieu de refaire dix fois le plan de table. Elle tenait à faire bonne impression à la mère de Gideon, d'autant que la duchesse devait nourrir quelques doutes quant à l'identité de la personne qui se trouvait dans la chambre à coucher de son fils ce matin, songea-t-elle en rougissant.

Une fois plongée dans l'eau chaude, elle se découvrit des courbatures inconnues dans des muscles dont elle ignorait l'existence. Si Lucy n'avait pas été dans la pièce, elle se serait touchée là où Gideon l'avait fait. Elle avait l'impression de sentir ses mains légèrement calleuses sur ses seins… et ailleurs. Elle gémit.

— Mademoiselle, vous disiez ?

— Rien. Rien du tout. L'eau est délicieuse.

— Nous n'avons pas beaucoup de temps…, déclara une Lucy visiblement inquiète.

— Je me dépêche, fit Louisa en se savonnant très vite, tout en essayant de ne pas se dire que Gideon l'avait touchée là aussi, et puis là, et là… Voilà, je suis prête à être rincée.

Une demi-heure plus tard, Louisa se trouvait avec Gideon dans le salon quand la mère de celui-ci fut annoncée. Jusqu'à ce soir, Louisa avait rencontré trois duchesses, mais aucune ne ressemblait à la duchesse de Rothwell.

Dès qu'elle pénétra dans la pièce, elle sourit à Louisa, son regard bleu pétillant d'humour.

— Vous devez être lady Louisa. Je le devine rien qu'à voir la façon dont Rothwell vous regarde.

— Mère, dit Gideon d'un ton de reproche.

— Ne faites pas attention à lui, déclara la duchesse en arrêtant Louisa, qui s'apprêtait à plonger dans une révérence. Il craint que je ne l'embarrasse, ce que je ferai s'il ne se tient pas bien. Surtout après m'avoir abandonnée et forcée à venir jusqu'à vous toute seule.

Il était impossible de ne pas rire à une telle remarque.

— Je suis enchantée de vous rencontrer, Votre Grâce.

— Et moi de même, ma chère. Rothwell m'a raconté votre rencontre, ainsi que cette délicieuse petite altercation avec Bentley.

Ébahie, Louisa ouvrit la bouche mais ne trouva rien à répondre. De toute manière, la duchesse avait déjà levé la main.

— Ma chère enfant, ne vous excusez jamais, quoi que vous fassiez. Bentley avait besoin qu'on l'aiguillonne un peu, et je dirais que vous y êtes parvenue.

— Je l'espère, Votre Grâce. Je sais qu'il courtise désormais Mlle Blackacre.

Elle se tourna vers Matt et Grace.

— Permettez-moi de vous présenter ma famille.

Les présentations durèrent un certain temps, la duchesse tenant à saluer les enfants un par un. Quand Mary sourit, la duchesse s'enquit :

— As-tu reçu des sous pour cette dent ?

L'air malicieux, Mary hocha la tête.

— J'ai reçu un shilling entier.

— Un shilling ! s'exclama Gideon. Moi, je ne recevais que six pence.

— C'est sans doute que même le prix des dents a augmenté, rétorqua la duchesse. Je suis très heureuse que Rothwell rejoigne une famille aussi délicieuse.

Durant le repas, la conversation fut très animée, la duchesse, à l'instar des enfants, ne voyant aucun inconvénient à s'adresser à un interlocuteur situé à l'autre bout de la table.

— À ce rythme, je ne leur apprendrai jamais les bonnes manières, déclara Grace d'un air faussement désemparé.

Ayant dit cela assez fort pour être entendue par tout le monde, elle provoqua un éclat de rire général.

— Je trouve qu'ils se débrouillent très bien. Le raffinement peut venir plus tard. Au moins, ils ne se trompent pas de couvert, répondit la duchesse avec entrain.

Jamais Louisa ne se serait attendue à une attitude aussi peu compassée de la part d'une duchesse. Elle appréciait déjà la gaieté et l'espièglerie de sa future belle-mère.

Même si elle savait qu'elle serait elle aussi bientôt duchesse, elle n'avait pas beaucoup réfléchi à ce que cela impliquait. Après tout, c'était Gideon qu'elle aimait, pas son titre. Elle le regarda. Il était le seul à n'avoir encore rien dit. S'attendait-il qu'elle fasse semblant d'être une autre quand ils seraient en public ? Elle n'était pas certaine de pouvoir y parvenir.

On lui tapa doucement sur le bras.

— Tu ne t'amuses pas ? demanda Theo à ses côtés.

— Bien sûr que si. Je réfléchissais, c'est tout.

— Oui, je comprends, dit la fillette d'un air grave. C'est toute ta vie qui va changer.

Gideon se surprit à grimacer quand toute la tablée s'esclaffa après une nouvelle remarque de sa mère. Il était heureux qu'elle se soit enfin débarrassée de la tristesse qui l'avait accablée depuis la mort de son père – et sans doute bien avant cela, d'ailleurs –, mais, pour des raisons purement égoïstes, il aurait préféré qu'elle le prévienne de sa venue ou, mieux encore, qu'elle ne vienne pas. Ce qui s'était passé ce matin dans sa chambre ne pourrait plus se reproduire, et l'idée de ne plus tenir Louisa dans ses bras le rendait fou. Quand il avait accepté un délai de deux semaines pour les noces, il avait cru pouvoir, dans l'intervalle, initier sa bien-aimée aux délices les plus charnels du mariage.

Existait-il une sorte de loi universelle qui décrétait que tout ne pouvait pas aller au mieux en même temps ?

Il se tourna vers Louisa et constata qu'elle le dévisageait, se demandant sans doute pourquoi il ne se joignait pas à l'hilarité générale. La connaissant, il savait déjà qu'il allait devoir s'expliquer. Cela lui avait pris un peu de temps, mais il en était arrivé à la conclusion que, sous cet aspect-là aussi, Louisa était très différente des femmes qu'il avait connues jusqu'ici. Elle faisait partie de ces personnes qui n'avaient de cesse de trouver une solution aux problèmes qui se présentaient à elles ou à leurs proches – que les proches en question le souhaitent ou pas.

Voilà pourquoi il avait renoncé à régler la situation avec l'ancienne maîtresse de son père avant le mariage. Il refusait de courir le risque que Louisa découvre quoi que ce soit et décide d'aller trouver cette courtisane. Non, mieux valait l'épouser, la conduire dans son domaine à la campagne, puis, sous un prétexte quelconque, revenir en ville pour en finir définitivement avec Mme Petrie. D'autant que Jacobs, le valet qui gardait la porte ce matin, lui avait dit avoir aperçu cette dame sur le trottoir opposé au moment où la duchesse était arrivée. Gideon avait ordonné à Fredericks de congédier prestement cette personne au cas où elle aurait le culot de se montrer chez lui.

Pas étonnant qu'il ne soit pas d'humeur très gaie. Mais il allait quand même devoir trouver deux bonnes raisons pour expliquer cette morosité. Une pour Louisa, une pour sa mère.

— Avez-vous des ennuis ? demanda une petite voix à ses côtés.

Il se tourna vers lady Mary Carpenter en souriant.

— Non… Pourquoi cette question ?

— Vous froncez les sourcils.

Gideon s'abîma dans le regard si bleu et si innocent de la fillette. Bon, trois raisons, alors. Il ne faisait aucun doute à ses yeux que cette fillette, à sa façon, était aussi dangereuse que sa fiancée.

— J'étais simplement en train... de me demander si je devais inviter mon frère et mes sœurs au mariage. Ils vivent à la campagne.

Fronçant son petit nez, Mary pencha la tête d'un côté puis de l'autre. Finalement, elle répondit :

— Vous devriez. Nous avons beaucoup aimé le mariage de Grace et de Matt et celui de Jane – c'est notre cousine qui habitait avec nous –, puis celui de Dotty. Et encore après, celui de la mère de Louisa. Je suis sûre que nous nous amuserons beaucoup au vôtre. Donc votre frère et vos sœurs devraient avoir le droit de s'amuser aussi.

Eh bien, voilà qui réglait cette affaire.

— J'en parlerai à ma mère. Nous allons devoir faire quitter son école à mon frère.

— S'il est à Eton, il pourra venir avec notre frère Charlie, déclara joyeusement Mary. Comme ça, ils se tiendront compagnie.

— Quel âge avez-vous, déjà ?

— Presque six ans, dit-elle avec fermeté.

Il ne s'était pas trompé. Lady Mary allait devenir une véritable terreur sous ses cheveux d'or et derrière ses yeux couleur de ciel d'été. Dieu merci, il n'aurait pas à la chaperonner lors de ses débuts dans le monde. Cela étant, le spectacle risquait d'en valoir la peine.

Grace se leva, et tout le monde autour de la table l'imita.

— Mesdames, il est temps que nous laissions ces messieurs à leur porto ou à leur cognac. Ne garde pas les garçons trop longtemps, ajouta-t-elle à l'adresse de son époux. Ils doivent se coucher de bonne heure.

Dès que la porte fut refermée, les hommes – Gideon employait ce terme dans un sens très large, dans la mesure où deux des mâles présents avaient quatorze et sept ans – se réunirent autour de Worthington, en tête de table. On apporta de la citronnade pour les garçons, tandis que Worthington se servait un cognac et que Gideon acceptait un porto. La conversation qui démarra se concentra sur la boxe et les chevaux.

— J'aimerais aller à la salle de Gentleman Jackson, dit Walter avec envie. C'est le meilleur de nos boxeurs.

— Moi aussi, ajouta Philip.

— L'année prochaine, peut-être, répondit Worthington. Donnez à Grace le temps de s'habituer aux changements. Et puis, il faudra choisir un moment où Charlie pourra nous accompagner.

— Je suppose que c'est juste.

Remarquant que Walter imitait la façon dont son beau-frère tenait son verre, Gideon se demanda si son futur fils ferait de même avec lui.

— Irez-vous à Eton à l'automne ? demanda-t-il à l'adolescent.

— Oui. Je pourrais déjà y être, mais comme c'est la première année de Charlie, j'ai dû attendre.

— Avoir un frère aîné déjà dans la place peut s'avérer très utile, croyez-moi.

Gideon aurait bien eu besoin d'un grand frère quand il était arrivé à l'école pour la première fois.

— Ça et les leçons de boxe, déclara Walter, solennel. Heureusement, Matt m'apprend.

— En effet.

Son propre père lui avait aussi appris à se battre, se rappela Gideon. Pour une raison étrange, être l'héritier d'un duché semblait attirer les jeunes gens querelleurs.

— Ce serait également une bonne chose que vous vous fassiez des amis.

— Comme Matt et vous ? demanda Philip.

— Exactement.

Worthington consulta l'horloge.

— Bien, il est temps pour Rothwell et moi de rejoindre ces dames. Quant à vous, les garçons, vos lits vous attendent.

Étonnamment, Walter et Philip se levèrent aussitôt sans discuter.

— Bonne nuit, dirent-ils à l'unisson avant de filer.

— Ils semblent être de braves garçons, commenta Gideon en suivant Worthington dans le couloir.

— C'est une chance pour moi de participer à leur éducation. L'an prochain, Philip sera le seul garçon à la maison. Avec toutes ces femmes autour de lui, ce n'est pas une perspective qui m'enchante. Il va avoir besoin de beaucoup d'attention.

— À son âge, il peut commencer l'école. Pourquoi ne pas l'envoyer dans un internat ?

Gideon y avait été dès ses neuf ans.

— Grace ne veut pas en entendre parler, et j'estime qu'il n'y a aucune urgence. Et puis, ajouta Worthington en souriant, j'ai encore beaucoup à lui apprendre. Au fait, as-tu parlé à Louisa de Mme Petrie ?

— Non, et je ne compte pas souiller ses oreilles avec l'histoire d'une prostituée.

Worthington haussa les sourcils.

— Selon moi, tu fais une erreur, mais cela te regarde. Je n'interviendrai pas, à moins d'y être forcé.

— Si jamais Louisa doit apprendre l'existence de Mme Petrie, ce sera quand cette femme aura depuis longtemps quitté l'Angleterre.

— J'espère pour toi que tu as raison, répondit Worthington sans dissimuler son scepticisme.

Gideon l'espérait, lui aussi. Il n'avait pas la moindre idée de la manière de présenter une telle situation à une innocente – une innocente qui l'était certes moins depuis ce matin.

En pénétrant dans le grand salon, il trouva Louisa assise près de la fenêtre aux côtés de Charlotte.

— Ah, je vois Grace qui me fait signe, dit celle-ci en les laissant seuls, Louisa et lui.

— Est-elle toujours aussi gentille ? demanda Gideon en s'installant auprès de sa bien-aimée.

— Elle possède la nature la plus douce que je connaisse.

Louisa se pencha vers lui, et leurs deux corps se frôlèrent.

— Qu'est-ce qui vous chagrinait pendant le dîner ?

— À vrai dire, j'espérais passer beaucoup plus de temps seul avec vous pendant les deux prochaines semaines, répondit-il, employant le même ton assez formel.

— Ah…

Elle poussa un soupir plein de regrets, avant de reprendre :

— J'aime beaucoup votre mère.

Il prit sa petite main dans la sienne.

— Moi aussi… en général. Mais j'aurais préféré qu'elle me prévienne de son arrivée.

Les joues de Louisa se colorèrent légèrement.

— Moi aussi, je l'avoue. Heureusement qu'elle n'a pas fait allusion à ce matin.

— Elle n'essaierait jamais de vous embarrasser sciemment. Ce n'est pas son genre.

— Je suis heureuse de vous l'entendre dire.

— Mon amour, n'oubliez pas : elle veut que je me marie.

Néanmoins, la présence de sa mère, si elle était éminemment souhaitable pour leur mariage, compliquait quelque peu ses projets amoureux avec Louisa.

23

Après ce matin, Louisa aussi avait espéré passer plus de temps seule avec Gideon. Mais entre l'arrivée de sa mère et la foule qui résidait ici, cela allait être assez difficile.

— Gideon ? Aimeriez-vous faire une promenade dans le jardin ?

— La tonnelle ? dit-il avec un sourire éloquent.

— Oui, si vous ne trouvez pas cela trop effronté de ma part.

Il porta sa main à ses lèvres. Les frissons commencèrent au moment où son souffle frôla ses doigts, et le feu se déchaîna quand il les embrassa.

— J'en serais ravi, et je ne vous trouve pas effrontée du tout. Vous serez bientôt ma femme. Il est bon que vous preniez l'habitude de me dire ce que vous désirez.

Son ton était chargé de sous-entendus que, la veille encore, elle n'aurait pas compris.

Ils s'éclipsèrent sur la terrasse, puis empruntèrent une allée qui serpentait jusqu'à la tonnelle. Ils arrivèrent enfin parmi les rosiers.

— Gideon.

— Mon amour.

Il lui caressa la joue, puis ses lèvres vinrent ravir les siennes.

Elle s'ouvrit pour lui, cherchant sa langue, l'embrassant comme il l'embrassait. Seigneur, était-ce seulement ce matin qu'ils avaient été nus ensemble ?

— J'ai envie de toi.

— Moi aussi, j'ai envie de toi. Ces deux prochaines semaines vont être abominables.

Il pressa son membre dur contre elle, et le corps de Louisa réagit aussitôt. Elle se frotta contre lui.

— Il doit bien y avoir un moyen.

Libérant un de ses seins de son corsage, il lécha son mamelon déjà érigé.

— J'aime les bruits que tu fais quand je te donne du plaisir. Un véritable concert pour moi seul.

Une symphonie où se mêlaient gémissements et cris qu'il était parvenu à assourdir avec ses baisers. Elle aussi aimait ses grognements et la façon possessive qu'il avait de la serrer dans ses bras.

— Comment pouvons-nous faire ? demanda-t-elle d'une voix rauque, les joues en feu. Je veux dire, tu as de l'expérience…

Seigneur, il était en train de faire d'elle une délurée !

Il émit un petit rire.

— Eh bien… le problème sera de ne pas trop froisser ta tenue.

Elle enroula une jambe autour de la sienne, lui caressant le mollet.

— Quoi que tu aies en tête, il vaudrait mieux s'y mettre tout de suite. Quelqu'un risque de venir.

— Très juste. Évitons d'être absents trop longtemps.

Surtout avec son frère et le reste de la famille si proches.

Il glissa une main sous l'ourlet de sa robe. Elle sentit d'abord le léger courant d'air sur sa peau, puis les doigts de Gideon entre ses cuisses. Un plaisir insensé déferla en elle quand ils se mirent à jouer avec son intimité.

— Oui. Oh oui.

Elle déboutonna la ceinture de ses chausses, et son membre dur jaillit. Elle le toucha. Si seulement, comme Gideon, elle avait enlevé ses gants !

— Dieu que c'est bon, marmonna-t-il en la soulevant de terre. Noue tes jambes autour de moi et laisse-moi m'occuper du reste.

Il l'embrassa de nouveau. Elle aurait voulu rester ainsi contre lui jusqu'à la fin des temps.

— Louisa ?

Charlotte !

Juste de l'autre côté de la tonnelle.

— Nom de nom ! murmura Gideon d'une voix méconnaissable.

Zut, zut et zut !

— C'est moi. Je viens vous prévenir.

— Nous n'en demandions pas tant, grommela-t-il, et Louisa était assez d'accord avec lui.

Elle sentit de nouveau le sol sous ses pieds.

— Nous sommes là, dit-elle à haute voix.

— C'est bien ce que je me disais, fit son amie, visiblement hilare. Vous feriez mieux de rentrer avant que Matt pique une crise. Pour le moment, Grace et la duchesse parviennent encore à faire diversion.

Louisa rajusta son corsage ; Gideon la recoiffa de son mieux.

— Nous rentrons avec toi.

Avant qu'ils quittent leur abri de fortune, il l'embrassa une dernière fois avec passion.

— J'aimerais que nous ayons plus de temps.

Elle le serra très fort un instant.

— Bientôt.

— Dois-je jurer que Rothwell et toi étiez innocemment assis sur un banc, à vous tenir par la main ? demanda Charlotte.

Prenant Gideon par le bras, Louisa émergea de leur si précaire cachette.

— Et tu penses que Matt te croira ?

La pleine lune illuminait le jardin. Charlotte haussa les sourcils quand elle les découvrit.

— Aucune chance. Tu ressembles beaucoup à Grace après chaque visite de Matt.

— Et c'est ce que tu comptes lui dire ? demanda Louisa.

Charlotte fronça les sourcils, comme si elle envisageait sérieusement cette possibilité.

— Je ne crois pas que cela te sauverait, dit-elle en entreprenant d'arranger le corsage et les cheveux de Louisa. Voilà. C'est un peu mieux. Tu devrais t'occuper de la cravate et de la coiffure de Rothwell.

Seigneur, le nœud de cravate de son fiancé était tout aplati, exactement comme celui de son frère quand il quittait le bureau de son épouse. Et on aurait dit qu'il avait pris un malin plaisir à se dépeigner.

— En effet, tu… vous ne pouvez rentrer ainsi.

Elle fit de son mieux pour lui redonner une apparence présentable.

— Voilà.

Lorsqu'ils revinrent dans le salon, la mère de Gideon leva un regard entendu vers eux. Fort heureusement, Matt, qui était assis aux côtés de Grace, parut ne rien remarquer – ou peut-être avait-il décidé de ne rien remarquer.

— Rothwell, mon cher, déclara la duchesse en se levant, je crois qu'il est temps pour nous de partir. Nous avons beaucoup à faire au cours des deux prochaines semaines.

Leur voiture arriva beaucoup trop vite. Louisa s'attarda auprès de Gideon devant la porte.

— Serez-vous chez vous quand je viendrai demain ?

— Toute la nuit, j'attendrai de vous revoir, dit-il, son haleine tiède lui caressant l'oreille. Nous trouverons un moyen, mon amour.

Il avait raison. Ces deux semaines allaient durer une éternité.

Plus tard ce soir-là, tout en se blottissant auprès de Matt dans leur lit, Grace leva les yeux vers lui.

— Je suis très fière de toi : tu n'as rien dit à Louisa et à Rothwell quand ils sont revenus du jardin.

— Moi aussi, je suis fier de moi, murmura-t-il dans sa chevelure. Il est évident qu'ils sont très amoureux, et je ne suis pas hypocrite. Je serais plus inquiet si ces deux-là n'essayaient pas de se voir en douce.

Elle se hissa sur un coude pour le dévisager avec sévérité.

— Une telle ouverture d'esprit est scandaleuse, monsieur.

— Mon cœur, les Vivers ont toujours été assez fougueux, au point d'être parfois choquants.

Il l'embrassa avec passion.

— Tu devrais le savoir, maintenant, ajouta-t-il en commençant à la caresser. Et les Carpenter ne me paraissent pas si prudes, à vrai dire.

Si elle en croyait l'exemple de ses grands-parents, de ses parents et d'elle-même, se dit Grace, ils étaient tout aussi lubriques. Néanmoins, elle devait ramener cette conversation sur le sujet qu'elle désirait aborder.

— Comment va réagir Patience, selon toi ?

— Mal. C'est une très bonne chose qu'elle ne soit pas là. Elle ne comprendrait pas.

— Elle a été jeune elle aussi, et maintenant elle est amoureuse de Richard, protesta Grace. Elle pourrait…

— Pas avec sa fille, coupa Matt en la faisant rouler sous lui. J'espère que Rothwell a assez d'expérience pour ne pas se faire surprendre avec Louisa.

— Mattheus Worthington ! Comment pouvez-vous être aussi scandaleux ? dit Grace en éclatant de rire.

— Je lui en toucherai un mot. Après tout, je sais ce que c'est que de devoir attendre.

— Tu n'as jamais eu à attendre, dit-elle d'une voix rauque.

— Je ne pouvais pas attendre... puisque je t'avais trouvée.

— Moi non plus, dit-elle en soupirant pendant qu'il jouait avec ses seins. Patience risque d'être assez perturbée de ne pas avoir été présente au moment où Louisa a trouvé l'amour.

— Une chose est sûre : elle sait déjà tout ce qu'il y a à savoir sur le père de Rothwell, dit Matt d'un ton assez sombre. Elle est toujours au courant des derniers *on-dit**.

— Eh bien, voilà qui ne va pas aider.

Grace se souvenait des réticences de sa belle-mère devant la rapidité de leur mariage, à Matt et à elle. Il y avait fort à parier qu'elle en aurait aussi vis-à-vis de cette union avec Rothwell, un duc, certes, mais dont le père avait eu une conduite déplorable.

Ayant renvoyé son cabriolet, Gideon se retrouva assis dans sa voiture de ville face à sa mère. De sa place, il apercevait Louisa qui les suivait des yeux depuis l'entrée de Stanwood House. Une vision qui l'enchanta tant qu'elle dura, mais qui disparut au premier carrefour.

— Rothwell, vous devez songer à la réputation de Louisa, dit sa mère.

Il la regarda, mais la lanterne de la cabine ne suffisait pas à éclairer son visage. C'était toujours mauvais signe quand elle le vouvoyait ainsi.

— Que voulez-vous dire ?

— Vous avez peut-être berné lord et lady Worthington – ce dont je doute, d'ailleurs –, mais pas moi. Je sais ce que vous faisiez dans le jardin, tous les deux.

— Nous embrasser ? tenta-t-il.

Ce n'était pas un mensonge – certes, sans Charlotte, ils auraient fait beaucoup plus.

— Pff ! fit-elle, exaspérée. As-tu oublié que je sais qui était dans ta chambre ce matin ?

Il grimaça.

— Si jamais on te surprend ne serait-ce qu'à l'embrasser au cours d'une soirée, cela portera un coup à sa réputation.

— Je suis son fiancé, rétorqua-t-il de son ton le plus hautain. Je défie quiconque de dire du mal de Louisa.

Elle pointa un doigt sur lui.

— Comme beaucoup de tes congénères, tu es un jeune mâle qui n'a qu'une chose en tête.

Elle poursuivit, sans lui laisser le temps de répondre :

— Je suggère qu'après sa rencontre avec la gouvernante, tu lui montres les comptes. Elle doit se familiariser avec la gestion de la maison au plus vite. Vous pourrez utiliser mon ancien bureau, je n'en ai plus l'utilité.

Les comptes de la maison ? Ils auraient largement le temps de s'occuper de cela après le mariage. Pourquoi diable sa mère voulait-elle... Ah, mais il y avait un très grand canapé dans ce bureau.

— Et nous n'y serons pas dérangés, conclut-il.

Il était assez étrange de voir sa mère l'aider dans son entreprise amoureuse.

— Exactement. Moi-même, je ne serai pas là. Je compte être très occupée à revoir quelques anciennes amies et connaissances. As-tu remarqué comme ces enfants sont vraiment délicieux et très bien élevés ? Il me tarde d'être grand-mère.

Gideon cligna des paupières. Il avait dû rater un épisode.

— Les enfants ?

— Oui, mon cher. Tu es très étourdi, parfois. Les frères et sœurs de Louisa et de lady Worthington. Ils sont tous très bien élevés.

— C'est exact, répondit-il lentement. Mais vous avez aussi parlé d'être grand-mère.

— Évidemment. À mon âge, une femme ne vit que pour cela. À quoi bon avoir des enfants si, à leur tour, ils ne vous donnent pas des petits-enfants ? Je suis impatiente de connaître le premier.

Il en resta sans voix un instant.

— Vous avez encore mes sœurs et mon frère à la maison.

— Mais cela ne va pas durer. L'année prochaine, Lucinda fera ses débuts dans le monde, et Anthony partira à l'université. Il est vrai que Matilda a encore un ou deux ans devant elle, mais je suis sûre qu'elle sera ravie de devenir tante. Toutes les filles le sont, tu sais.

Sacrebleu ! Étaient-ils tous déjà si âgés ? Gideon voyait encore son frère et ses sœurs comme les enfants qu'ils étaient avant son départ au Canada.

Sa mère enchaîna comme si cette conversation était parfaitement normale :

— Si Louisa pouvait mettre le bébé au monde à temps pour participer à la saison au printemps prochain, ce serait l'idéal. Tu partages la garde de Lucinda avec moi. Il est important que tu la chaperonnes.

Gideon était estomaqué.

— Mère, pour le moment, je ne sais même pas si j'aurai les moyens d'offrir une saison à Lucinda l'an prochain.

Elle balaya cette objection d'un geste distrait.

— Il est inutile que tu t'inquiètes à ce sujet, mon cher. J'ai pris mes dispositions. Notre régisseur n'est pas le seul à veiller sur les intérêts de la famille. De plus, Lucinda a déjà dû reporter sa saison d'une année à cause des errements de ton père. Elle aurait été un peu jeune, certes, mais elle rêvait de venir à Londres ce printemps.

Gideon réprima un grognement. Sa mère paraissait très déterminée. Comment Louisa allait-elle réagir en apprenant que sa belle-mère cherchait à coordonner son éventuelle grossesse avec ses projets pour sa famille ? Quoi qu'il en soit, nul ne pouvait décider de ce genre de chose. L'enfant arriverait quand il arriverait.

Mais sa mère n'était pas du genre à faire mystère de ses ambitions, et il commençait à se dire que la cohabitation de ces deux femmes au caractère bien trempé risquait de s'avérer épique. Il serait bien inspiré d'écrire à leur régisseur pour lui demander que le domaine des Roses soit prêt au plus tôt. Il ne tenait pas à être pris entre deux feux aussi ardents.

24

Le lendemain matin, Louisa venait tout juste de nouer le ruban de son chapeau quand un valet frappa à la porte.

— Milady, le duc de Rothwell vous attend.

— Merci, Hall.

Dès qu'il la vit en haut des marches, Gideon sourit.

— Bonjour, mon amour.

Le cœur de Louisa s'emballa, et des papillons se mirent à voler dans son ventre.

— Bonjour à vous. J'espérais que vous vous joindriez à nous pour le petit déjeuner.

Quand elle arriva au pied de l'escalier, il prit sa main pour la porter à ses lèvres.

— J'aurais bien voulu, mais ma mère avait besoin de moi.

— Alors, peut-être au dîner ce soir avant le bal.

Ce n'était pas l'idéal. Ils ne seraient pas seuls, mais au moins ils seraient ensemble.

— Rien ne me ferait plus plaisir.

Plaçant sa main sous son coude, il l'escorta dehors, où les attendait son cabriolet.

Quelques instants plus tard, ils tournèrent du mauvais côté sur Carlos Place.

— Je croyais que nous allions rencontrer ta gouvernante ? s'étonna Louisa.

— Il est bien trop tôt, je trouve, pour que tu endosses déjà tes devoirs de maîtresse de maison. Je t'enlève pour un pique-nique à Richmond.

— Merveilleux ! fit-elle, ravie. Matt a souvent promis de nous y emmener, mais l'occasion ne s'est jamais présentée.

— Dans ce cas, je suis heureux d'être le premier, fit-il avec un sourire satisfait. Richmond est superbe à cette époque de l'année. Tu vas adorer.

Elle allait surtout adorer être seule avec lui.

— J'en suis certaine.

Une demi-heure plus tard, ils atteignaient l'immense parc. À peine la grille d'entrée franchie, Louisa découvrit un paysage bucolique et légèrement vallonné. Les prés d'un vert printanier étaient parsemés de bosquets qui finissaient par se rassembler au loin pour former une forêt.

— Il est difficile de croire qu'un endroit pareil se trouve aux portes de Londres.

— Veux-tu voir la Tamise ? Elle est très différente ici.

Matt avait toujours refusé de les conduire sur les quais du fleuve, qui étaient des endroits très mal famés.

— Absolument.

— Alors, allons-y.

Il sauta à terre puis vint la soulever de son siège, la laissant glisser tout contre son corps jusqu'à ce que ses pieds touchent le sol. Elle frissonna, et il sourit.

— Êtes-vous prête, madame ?

La canaille ! Il savait exactement quel effet il avait sur elle. Elle espérait juste que c'était réciproque.

— Mais bien sûr, répondit-elle en souriant à son tour.

Elle aussi pouvait jouer à ce petit jeu. Elle n'était pas la plus expérimentée des deux, mais elle apprenait vite. Elle déplaça ses mains, les faisant glisser sur son torse et son ventre, et eut la satisfaction de le sentir se raidir sous ses doigts.

— Je vous suis, Votre Grâce.

Il effleura ses lèvres des siennes.

— Coquine.

Une fois qu'il eut dételé les chevaux pour les attacher à un arbre, ils empruntèrent un sentier qui descendait jusqu'au fleuve.

— Regarde, dit-elle en lui montrant une étrange embarcation à fond plat sur laquelle un homme manœuvrait une longue perche. Que fait-il ?

— Le fleuve est peu profond ici. Des rames seraient plus gênantes qu'autre chose, d'où l'usage de cette perche. Il la plante dans le lit du fleuve et pousse pour avancer.

— Je n'avais encore jamais vu cela. Nous avons un lac à Worthington Hall, mais on peut y ramer. Et y nager.

— Vois ces navires là-bas, dit-il en lui montrant plusieurs grands voiliers qui voguaient au centre du très large fleuve. Ils partent pour les Indes orientales ou en reviennent.

— J'ai entendu dire qu'il fallait la moitié d'une année pour y parvenir.

Elle se demanda si elle aurait jamais l'occasion de voyager par-delà les mers. Peut-être pas jusqu'aux Indes, mais elle aimerait au moins découvrir la France ou l'Italie.

— Oui, et à condition qu'ils ne rencontrent aucun incident. Un jour, des bateaux à vapeur réduiront ce temps par deux.

— Des bateaux à vapeur ? s'étonna-t-elle. Je n'ai jamais entendu parler de navires propulsés par une machine à vapeur.

— Il existe déjà des moteurs à charbon. On en utilise en Irlande et en Amérique. Je connais un homme qui est à la recherche d'investisseurs pour la construction d'un bâtiment capable de traverser les océans. Il pense qu'il sera prêt d'ici quelques années.

Il semblait très excité par cette idée.

— As-tu investi dans cette entreprise toi-même ?

— Oui. Mais pas plus que je ne puis me permettre de perdre.

Son regard se tourna vers le fleuve, et son expression se fit mélancolique.

— J'aimerais bien que cela donne des résultats.

— Je suis persuadée que ce sera un succès.

Louisa avait failli oublier les problèmes financiers de Gideon. Durant le peu de temps qu'elle avait passé à Rothwell House, elle avait remarqué certains détails, comme l'usure des rideaux. Quand Grace avait acheté des tissus neufs pour Worthington House, elle leur avait expliqué, à Charlotte et à elle, que ceux-ci pouvaient s'user très vite.

Sur le moment, Louisa avait été un peu ébahie de voir sa nouvelle belle-sœur transformer si vite leur maison, mais sa mère lui avait expliqué que c'était ainsi que les choses se passaient. Lorsqu'un aristocrate se mariait, son épouse devenait la maîtresse du domicile conjugal. Louisa espérait que la mère de Gideon se montrerait aussi compréhensive.

— Un jour, reprit Gideon, si cela te tente, nous voyagerons sur le Continent.

— J'en serais ravie. J'ai lu tellement de choses sur tous ces pays.

Tout était en train de changer. Comme si, jusqu'à présent, sa vie avait été un bourgeon, dont les pétales s'ouvraient à présent sur un monde nouveau.

— Moi aussi. Mon père parlait beaucoup de son *Grand Tour**[1].

Il baissa la tête vers elle, et ses lèvres effleurèrent les siennes au moment où un jeune garçon passait en

1. Traditionnellement, long voyage en Europe effectué par les jeunes gens de la haute société pour parfaire leur éducation. (*N.d.T.*)

courant à leur hauteur, poussant une balle avec un bâton.

Une femme assez âgée, qui lui rappela sa vieille nourrice, essayait de le rattraper.

— Maître William ! Faites demi-tour tout de suite !

L'enfant se contenta de rire tout en continuant à courir.

— Attends-moi, dit Gideon à Louisa. Ce garnement a besoin d'une petite leçon, je crois.

— Je m'occupe de la nourrice.

Elle rejoignit la vieille femme, tandis que Gideon rattrapait le garçon.

— Halte là, jeune homme.

L'enfant s'immobilisa, se retourna, le vit puis, nerveux, chercha sa nourrice du regard.

— Qui êtes-vous ?

— Quelqu'un qui ne vous veut aucun mal. Je vous ramène à votre nourrice, ajouta Gideon en le prenant par la main. Vous aurez beaucoup de chance si elle ne rapporte pas cet incident à votre père.

Ils étaient revenus à la hauteur des deux femmes.

Le garçon, qui avait d'abord paru mortifié, haussa les épaules.

— Il n'est jamais à la maison, de toute façon.

Une profonde tristesse apparut sur les traits de Louisa, qu'elle masqua aussitôt.

— Maître William, dit la femme d'un ton sévère. Vous savez très bien que le capitaine est en mer et qu'il reviendra bientôt.

Elle se tourna vers Louisa et Gideon.

— Ce n'est pas facile pour le petit, mais c'est le dernier voyage du capitaine Harrow. Il a décidé de privilégier sa famille. Et c'est une bonne chose, si vous voulez mon avis. Ce n'est pas comme si, au départ, il avait été obligé de naviguer, mais il a tellement supplié son père que Sa Seigneurie l'a finalement laissé n'en faire qu'à sa tête.

— Vous étiez aussi la nourrice du père de William ? demanda Louisa.

La femme acquiesça et contempla le garçon avec tendresse.

— J'ai bien peur que celui-ci ne soit mon dernier, reprit-elle en baissant la voix. Dès que le capitaine sera rentré, ma nièce me remplacera et je prendrai ma retraite. Je suis trop vieille pour galoper derrière de jeunes chenapans. Merci pour votre aide, monsieur, madame. Il faut que je le ramène à la maison.

Tandis qu'ils s'éloignaient, le garçon marchant à une allure désormais beaucoup plus raisonnable, Gideon se tourna vers Louisa. Il avait été surpris de sa réaction aux propos de la nourrice.

— Louisa, tu ne parles jamais de tes parents.

— Ah ! fit-elle, visiblement étonnée, avant de détourner les yeux. Il n'y a pas grand-chose à dire. Mon père est mort voici plusieurs années, peu après la naissance de Theo. Ma mère vient de se remarier et… eh bien, elle est très heureuse. Tu la rencontreras avant le mariage.

Louisa avait donc à peu près dix ans à la mort de son père ; elle avait eu le temps de bien le connaître. Pourtant, son ton indiquait qu'elle n'avait aucune envie de parler de lui. Il préféra ne pas insister.

— Je suis impatient de faire sa connaissance, dit-il poliment.

Ils continuèrent leur marche dans un silence agréable, effectuant une longue boucle pour revenir sur leurs pas. À leur arrivée, un peu plus tôt, il n'y avait pas grand monde, mais le parc s'était rempli peu à peu. À présent, de nombreux promeneurs déambulaient sous le soleil éclatant.

— Il doit être près de midi, remarqua-t-il.

— C'est ce que me dit mon estomac.

Et là-dessus, sans l'attendre, elle se mit en route vers leur voiture.

— Que ton estomac me pardonne, mais cela ne me donne pas l'heure exacte.

Louisa se retourna, impatiente.

— Eh bien, il te suffit de consulter ta montre.

— Je me flatte de savoir l'heure sans avoir besoin d'une montre. C'est quelque chose que j'ai appris au Canada.

— Un talent certes utile mais, pour le moment, mon ventre crie famine.

Il ne broncha pas.

— J'aimerais être sûr que je ne me trompe pas.

Plissant les paupières, elle lâcha un petit soupir agacé.

— Dans ce cas, regarde ta montre.

— Et si je me trompe ?

— Alors, tu te trompes, dit-elle en haussant les épaules. J'ai faim.

Comme il ne bougeait toujours pas, elle ferma les yeux, et sa bouche se mit à remuer. Était-elle en train de compter ? Gideon se retint d'éclater de rire.

— Je n'aime pas me tromper, dit-il d'un ton extrêmement grave.

Elle décrocha une élégante broche épinglée sur son corsage et l'ouvrit.

— J'ai la joie de t'informer qu'il est midi passé de cinq minutes. Tu ne te trompais donc pas. Pouvons-nous manger, maintenant ?

Malgré les nombreux passants autour d'eux, il la prit dans ses bras.

— Je me demandais combien de temps il faudrait avant que tu prennes les choses en main.

Elle comprit enfin son petit jeu et, de façon fort peu étonnante, ne parut pas du tout gênée. Elle le regarda droit dans les yeux en souriant.

— Quand j'ai faim, rien ne m'arrête.

Il coinça sa main sous son bras.

— Si tu veux bien prendre la couverture, je m'occuperai des paniers. Mon chef nous a donné de quoi nourrir un régiment.

Ils récupérèrent tout cela dans la voiture avant de s'installer sous un arbre. Il fut impressionné par la rapidité et l'efficacité avec lesquelles Louisa prépara leur pique-nique. C'était ainsi, il en était persuadé, qu'elle abordait toute chose. En un rien de temps, elle dressa deux assiettes avec du poulet froid, du pain beurré, des œufs mimosa, du fromage et des fruits. Il servit le vin blanc frais.

— Tout ceci est excellent. Mes compliments à ton chef.

— Comme le tien, il est français et très fier de ses créations.

— Nous accompagnera-t-il dans ton domaine ou bien restera-t-il à Londres ?

C'était une très bonne question. Autrefois, leur vieille cuisinière voyageait avec eux, mais quand son père s'était installé à Londres de façon permanente, elle avait décidé de rester auprès de sa mère.

— Je ne sais pas. Je n'y ai pas encore réfléchi… Et si tu prenais cette décision, mon amour ? demanda-t-il, espiègle.

De nouveau, elle lui lança ce regard un peu exaspéré.

— Très bien. Mais je consulterai ta mère d'abord.

Il s'allongea, les coudes plantés dans le sol.

— Je savais que tu ferais une merveilleuse duchesse.

— Est-ce la raison pour laquelle tu m'as embrassée ?

— Cela, et le fait que je mourais d'envie de goûter tes lèvres.

Gideon savoura la délicate rougeur qui colora ses joues. Il l'aurait bien reprise dans ses bras, mais il y avait vraiment trop de monde ici.

— Aimerais-tu aller au théâtre ?

— Beaucoup.

— Et que voudrais-tu voir ? Une comédie ou une tragédie ?

— Choisis. Je n'ai encore jamais vu la moindre pièce, qu'elle soit comique ou tragique.

— Très bien. Je vais voir ce qui se joue, et nous déciderons ce soir au dîner.

Fort heureusement, il avait déjà signalé aux différents théâtres où il possédait des loges que Mme Petrie ne devait plus y être admise. Il aurait été fâcheux que Louisa et elle se croisent. Décidément, le mieux était qu'ils partent pour la campagne dès qu'ils seraient mariés. Après cela, il reviendrait seul en ville pour en finir une bonne fois pour toutes avec cette femme.

— Il va falloir que nous trouvions d'autres gens pour nous accompagner.

Comme il ne répondait pas, elle insista :

— Gideon, tu m'écoutes ?

— Oui. Je me demandais simplement pourquoi il fallait trouver d'autres gens.

En effet, il paraissait perplexe.

— Je suis à peu près certaine que, même si nous sommes fiancés, il serait très mal vu que nous allions au théâtre tous les deux.

— Ah... oui, tu as raison. Qui voudrais-tu que nous invitions ?

— Matt et Grace, Charlotte – elle va adorer ! – et ta mère. Qu'en penses-tu ?

— Excellente idée. Un bataillon entier de chaperons.

Louisa éclata de rire.

— Et quel bataillon ! Mais bientôt, nous n'en aurons plus besoin.

— Je me disais que nous pourrions nous installer à Rothwell Abbey immédiatement après le mariage, reprit Gideon. Je veux te montrer ta nouvelle demeure. Si tu es d'accord, bien sûr.

— Je croyais que tu voulais prendre ton siège à la Chambre des lords, dit-elle, surprise.

— Oui, mais c'est l'affaire d'un jour ou deux. Il suffira que je refasse un saut en ville.

Louisa appréciait la vie mondaine assez trépidante de Londres, mais elle adorait la campagne et était impatiente de découvrir Rothwell Abbey… et tout ce dont le domaine avait besoin. Elle comptait bien commencer au plus tôt à effectuer les changements nécessaires, y compris en utilisant ses propres deniers… surtout si Gideon s'absentait. Parfois, il était plus facile d'obtenir le pardon qu'une permission.

— Je serais ravie de découvrir Rothwell Abbey et de rencontrer ton personnel et les habitants du domaine.

Il parut soulagé. Pensait-il qu'elle n'aimait pas la campagne ? Si c'était le cas, elle aurait amplement le temps de le détromper.

— J'aime Londres, mais je suis toujours heureux de rentrer chez moi.

— Je ressens la même chose, dit-elle.

Et elle était aussi prête à démarrer sa nouvelle vie. Bien sûr, Charlotte et les enfants lui manqueraient, mais quelque chose lui disait que son amie n'allait pas tarder à se marier elle aussi.

— Ta mère rentrera-t-elle avec nous ?

Il sembla consterné.

— Je n'ai pas songé à le lui demander.

— Si tu veux, je pourrai aborder le sujet quand je lui parlerai du cuisinier.

— Parfait.

Il fut bientôt l'heure de ranger leur pique-nique. Ils prirent lentement le chemin du retour, encore une fois sans beaucoup parler, chacun savourant simplement la compagnie de l'autre. Soudain, une rafale de vent faillit arracher le chapeau de Louisa. Elle le maintint d'une main solide. Un coup d'œil vers le ciel la rassura : il n'allait pas pleuvoir. En tout cas, pas avant un moment.

— Sommes-nous encore loin ?

— Voilà les faubourgs, lui dit-il en montrant une ligne de bâtiments qui se dressaient devant eux. Où veux-tu aller ? Dans ton ancienne ou ta future maison ?

— La future. Il me reste tout juste le temps de rencontrer ta gouvernante. Oh, j'espère qu'elle ne m'a pas attendue toute la matinée.

— Mme Boyle sait que je t'ai emmenée pique-niquer.

Cette visite à Rothwell House – Louisa avait encore du mal à se dire que c'était « chez elle », désormais – lui donnerait aussi l'occasion de discuter avec la duchesse. À l'évidence, il s'était passé quelque chose entre les parents de Gideon et, sans se montrer indiscrète, elle voulait essayer d'en apprendre davantage. Après tout, elle allait faire partie de cette famille, et il était assez normal qu'elle sache ce qu'il s'y passait. D'autant que son fiancé se montrait d'une discrétion frustrante quant à ses problèmes financiers et la façon dont il comptait les résoudre.

25

Gideon était bien décidé à éviter que Louisa ne mette son joli nez dans certaines de ses affaires. Pour cela, il comptait la tenir très occupée : entre le sort du chef, l'examen des livres de comptes qui n'avaient pas été tenus depuis au moins deux ans et les préparatifs du mariage, elle avait de quoi faire. Et il veillerait à être présent quand elle parlerait avec sa mère.

Au moment où il posait le pied sur la première marche du perron, son majordome ouvrit la porte.

— Sa Grâce est-elle là, Fredericks ?

— Oui, Votre Grâce. Elle attend votre retour dans le grand salon.

Il s'inclina devant Louisa.

— Bienvenue, milady. Nous sommes heureux de vous accueillir ici.

— Merci, Fredericks.

— Ma mère reçoit-elle ? s'enquit Gideon.

C'était la seule raison, selon lui, pour laquelle sa mère ne se trouvait pas dans son boudoir ou dans un des petits salons.

— Quelques dames sont venues, Votre Grâce, mais elles viennent de repartir.

— Nous allons la rejoindre.

Son majordome eut un air bizarre, comme s'il s'était passé quelque chose, mais qu'il hésitât à en parler en présence de Louisa.

— Viens, mon amour.

Gideon escorta Louisa jusqu'au grand salon, salua sa mère avant de s'excuser, disant qu'il devait voir Fredericks, tout en priant le Ciel pour que la duchesse n'évoque pas la naissance du premier de ses petits-enfants en son absence.

Il retourna dans le hall où, en effet, Fredericks l'attendait.

— J'ai cru comprendre que vous souhaitiez me dire autre chose.

— Votre Grâce, un individu assez patibulaire a laissé ceci pour vous.

Il tendit à Gideon une feuille de papier pliée.

Le message, court et sans fioritures, lui ordonnait d'apporter cinquante mille guinées au Golden Palace ce soir, sinon d'autres moyens de pression seraient exercés contre lui. C'était signé « King Sullivan ».

King Sullivan ? L'homme avait à l'évidence une haute opinion de lui-même.

Gideon présuma que le Golden Palace était un des tripots fréquentés par son père.

— Il mentionne un premier avertissement, dit-il au majordome.

— Oui, Votre Grâce. Le valet qui était de service hier quand vous avez donné congé au personnel a reçu un message verbal de la même teneur. Cependant, avec l'arrivée de la duchesse, il a oublié de m'en faire part sur-le-champ. Il ne m'en a parlé qu'aujourd'hui.

Gideon repartit dans le couloir, broyant le morceau de papier dans sa main. Qu'il soit damné s'il allait obéir à un tenancier de tripot. Cinquante mille guinées ! Où diable son père avait-il la tête ?

Il se rendit tout droit dans le bureau de son secrétaire.

— Regardez ceci, dit-il en jetant ce qui n'était plus qu'une boule de papier chiffonné sur la table de travail.

Allerton déplia la feuille et la lissa avant de lire le message.

— Eh bien ? fit Gideon avec impatience.

Son secrétaire enleva ses lunettes.

— Naturellement, cette dette n'a aucune valeur sur le plan juridique. Je pense cependant qu'il serait délicat de laisser traîner cette situation. Les gens de cette sorte peuvent s'avérer dangereux.

Gideon ne pouvait croire que cet individu oserait s'attaquer à un duc. Toutefois, la lettre ne laissait aucun doute à ce sujet. Et il devait aussi penser à la sécurité de Louisa et de sa mère.

— Que suggérez-vous ?

— Avec votre permission, je vais tout de suite envoyer ceci à M. Templeton. Je suis sûr qu'il sait comment traiter avec ce genre de personnage.

Quand il retourna au salon, il trouva sa mère et Louisa qui riaient de bon cœur, ce qui le mit aussitôt de bien meilleure humeur.

— Puis-je savoir ce qu'il y a de drôle ?

— Votre mère a rendu visite à la mère de Bentley ce matin, dit Louisa en s'essuyant les yeux, mais il vaut mieux que ce soit elle qui raconte.

Gideon s'installa auprès de Louisa, qui lui servit une tasse de thé.

— Plus je pensais à ce pauvre Bentley, commença sa mère, plus il me paraissait clair que j'étais la seule à pouvoir réparer ce qui avait été brisé entre vous deux. Certes, une union entre Louisa et lui aurait été désastreuse, mais il s'était imaginé être amoureux d'elle. Je suis donc allée voir ta tante Camilla ce matin.

— Votre mère est un véritable génie, intervint Louisa.

Une lueur pétilla dans les yeux de la duchesse, et Gideon eut le sentiment que cela faisait très longtemps qu'elle ne s'était pas autant amusée.

— Camilla est venue à Londres à la requête de Bentley, car il a décidé de courtiser Mlle Blackacre et de le faire dans les règles – même si, si vous voulez mon avis, je ne vois fichtrement pas en quoi on aurait besoin de sa mère pour courtiser qui que ce soit. Bref... Camilla était assez remontée contre toi, mon cher Rothwell, t'accusant d'avoir subtilisé sous le nez de son fils ce qu'elle considérait comme un bien meilleur parti pour lui que Mlle Blackacre. Et ce, d'autant plus que Bentley t'avait demandé de l'aider à séduire Louisa.

Elle but une gorgée de thé avant de poursuivre :

— Dans leur famille, tu le sais, ils ont tendance à vivre tous ensemble, ce qui, selon moi, crée plus de problèmes que cela n'en résout. Même si j'aimais ta grand-mère, il m'aurait été impossible de résider sous le même toit qu'elle... Mais revenons à nos moutons : j'ai laissé entendre que Louisa envisageait déjà quelques changements dans la maison et que cela m'enchantait, car ainsi je n'avais plus à assumer toutes ces responsabilités que cette jeune dame s'apprêtait à endosser avec un entrain et une énergie remarquables.

Gideon n'eut aucun mal à imaginer la réaction de sa tante, qui n'aimait rien tant que tout contrôler chez elle. Il sourit.

— Je l'ai ensuite félicitée sur le nouveau choix de son fils : une jeune dame qui, non contente d'être la petite-fille de deux ducs, est aussi pourvue d'une dot généreuse et a la réputation de posséder un caractère des plus aimables. Tout cela pour dire que quand je me suis levée pour prendre congé, ta tante s'est quasiment jetée à mon cou en me suppliant de te remercier d'avoir sauvé Bentley de la terrible lady Louisa.

Une lady Louisa qui, il le constata, affichait un air ravi.

— Mieux encore, intervint sa fiancée, elle va maintenant tout faire pour montrer à Bentley à quel point il l'a échappé belle et pour mettre Mlle Blackacre en avant. Ils dîneront avec vous demain soir, et ta mère compte bien annoncer en passant que j'envisage de réorganiser la galerie de portraits de vos ancêtres.

Gideon ne put s'empêcher d'éclater de rire à son tour.

— Elle va être horrifiée. Je suis impatient de voir cela.

Louisa consulta l'horloge sur la cheminée.

— Mme Boyle devrait être prête à me voir maintenant.

— Certainement, dit la duchesse. Si cela ne vous dérange pas, je vais vous laisser avec elle. Après tout, cette maison sera bientôt la vôtre. J'ai déjà dit à ma femme de chambre à quel point j'étais heureuse que vous deveniez ma belle-fille, ce qui signifie que tout le personnel doit être au courant maintenant.

— Viendrez-vous avec nous à Rothwell Abbey après le mariage ? s'enquit Gideon.

— Non, mon cher. J'étais sincère tout à l'heure. Il ne peut y avoir deux maîtresses sous un même toit. Le personnel ne doit jamais s'imaginer que les ordres de Louisa peuvent être désavoués. Après la mort de ton père, j'ai fait remettre à neuf la maison de la douairière. Fort heureusement, il n'y avait pas grand-chose à faire.

On frappa à la porte, et la gouvernante entra.

— Vos Grâces, dit-elle en faisant la révérence. Milady, êtes-vous prête ?

Louisa sourit et opina.

— Oui, madame Boyle.

La gouvernante était une femme mince qui avait dépassé la cinquantaine. Elle sortit un carnet de notes de sa poche dès que Louisa et elle furent dans le hall.

— Je me disais que nous pourrions commencer par la salle d'étude et descendre à partir de là.

Se souvenant des recommandations de Grace, Louisa répondit :

— Je souhaite aussi visiter les quartiers des domestiques.

— Bien sûr, milady.

Il fut bientôt évident que, en dehors du ménage, qui était impeccable, rien n'avait été fait dans la maison depuis un bon moment.

— Je suis surprise que la duchesse n'ait pas fait remplacer la plupart des tentures et des rideaux.

— Elle vivait à la campagne, milady, répondit la gouvernante en évitant son regard.

Voilà qui était étrange. La duchesse lui avait pourtant dit qu'elle adorait Londres.

— Quand Sa Grâce est-elle venue en ville pour la dernière fois ?

— Cela doit remonter à trois ans maintenant.

Si longtemps avant la mort de son mari ? De plus en plus bizarre.

Elles arrivaient à la salle d'étude, et la gouvernante sourit.

— Je venais d'être nommée gouvernante quand Sa Grâce est née. Un si beau bébé...

Durant les trois heures que Louisa passa en compagnie de Mme Boyle, celle-ci ne cessa de lui parler de la famille et de Gideon quand il était enfant. Néanmoins, dès qu'elle risquait une question sur feu le duc, la gouvernante changeait habilement de sujet.

Lorsqu'elles eurent terminé, Louisa se rendit dans le petit salon, où la duchesse et Gideon attendaient.

Il se leva pour l'accueillir.

— J'espère que cela s'est bien passé.

— Absolument. Mme Boyle a été parfaite...

Elle hésita une seconde, puis décida de prendre le taureau par les cornes.

— Saviez-vous que la plupart des rideaux doivent être remplacés ?

Gideon se tourna vers sa mère.

— Vous devez croire que j'ai négligé mes devoirs de maîtresse de maison, fit la duchesse avec un geste vague. Mais les saisons sont devenues si prenantes, ces derniers temps, et après cela, on retourne à la campagne en ayant oublié tout ce qui doit être fait.

Pourquoi tentait-elle de faire croire qu'elle était venue à Londres quand, selon sa gouvernante, elle n'y avait plus remis les pieds depuis trois ans ?

— Oui, bien sûr, je comprends, dit lentement Louisa.

Voilà qui allait exiger des investigations plus poussées. Elle consulta l'horloge.

— Gideon, je dois rentrer à la maison.

— Bien sûr, je vais demander qu'on amène la voiture.

Dès qu'il fut sorti, Louisa se tourna face à sa future belle-mère.

— Y a-t-il quelque chose que vous évitez de me dire ?

La duchesse pinça les lèvres avant de pousser un profond soupir.

— Cela n'a rien à voir avec vous, ma chère, ou avec Rothwell. Néanmoins, il s'agit d'un sujet très douloureux que je ne souhaite pas aborder.

Eh bien, voilà qui remettait Louisa à sa place.

— Je comprends. Pardonnez-moi.

— Il n'y a rien à pardonner. Vous ne pouviez pas savoir, dit la duchesse en souriant. Je crois comprendre que votre mère sera bientôt en ville. Je suis impatiente de la revoir.

— Elle est devenue lady Wolverton. Son mari et elle arriveront du Kent. Je ne sais pas quand exactement. Bientôt, j'espère.

Eh bien, elle aussi pouvait jouer au petit jeu de la conversation mondaine, se dit Louisa, mais cela ne l'empêcherait pas de découvrir pourquoi personne dans cette maison n'aimait parler du père de Gideon.

Dès le lendemain, sur la suggestion de Gideon, elle se mit à travailler sur les comptes de la maison, qui, eux aussi, avaient été négligés.

En passant en revue les piles de reçus et de factures, elle eut une pensée reconnaissante envers Grace qui lui avait montré comment remettre de l'ordre dans la gestion de Worthington House. La mère de Louisa avait laissé les comptes dans un état pire encore que ceux de Rothwell House, car elle ne parvenait jamais à équilibrer dépenses et recettes et n'osait l'avouer à Matt.

Elle entreprit de classer les factures par date avant de les séparer en diverses catégories bien précises. Il allait lui falloir plus de quelques jours pour en voir le bout, mais ce début d'ordre lui procura un véritable sentiment de satisfaction. Un modèle commença à apparaître. Les montants consacrés à la nourriture et autres fournitures de la maison ne cessaient de décroître tandis que ceux concernant vins et alcools s'élevaient de façon spectaculaire. On aurait presque pu croire qu'ici, seuls les domestiques mangeaient.

Coincée entre deux factures de cognac, elle trouva celle d'une paire de boucles d'oreilles en diamants. Mais la date remontait à trois mois à peine, et non à un an comme les autres.

C'était assez incompréhensible. Si Gideon avait des problèmes d'argent, pourquoi avait-il dépensé une petite fortune pour ce bijou ? M. Allerton pourrait peut-être la renseigner. Quand elle lui avait été présentée, il avait tenu à lui offrir son aide.

Elle alla le trouver dans son bureau.

— Je viens de trouver une facture de Rundell & Bridge.

— Rundell & Bridge ? répéta-t-il en pâlissant. Je vous en prie, donnez-la-moi. Je ne comprends pas comment elle s'est retrouvée avec les factures concernant la tenue de la maison. Elle a dû m'échapper.

Louisa lui tendit la feuille de papier.

— À qui ces boucles d'oreilles étaient-elles destinées ?

Il déglutit nerveusement.

— Je ne suis pas libre de le dire, milady. Je vous serais infiniment reconnaissant de ne plus mentionner cette affaire.

Encore un sujet qu'on préférait ne pas aborder.

À l'évidence, cette maison abritait un secret. Mais lequel ? Voilà qui était très agaçant. Louisa n'aimait pas du tout être tenue dans l'ignorance. En fait, elle ne le supportait pas.

26

À peine de retour après avoir raccompagné Louisa chez elle, Gideon fut convoqué par sa mère dans le salon.

— Rothwell, tu dois être honnête avec Louisa, lui dit-elle tout en arpentant la pièce avec agitation. Elle sera extrêmement agacée quand elle découvrira que tu n'as pas été tout à fait franc avec elle. Toute femme le serait. Après tout, ce n'est pas comme si c'était toi qui avais eu un comportement scandaleux.

— Ce n'est pas un sujet dont je souhaite discuter avec une dame bien éduquée.

Depuis qu'il lui avait parlé des menaces du sieur Sullivan, sa mère insistait pour qu'il raconte à Louisa toutes les frasques de son père.

Elle s'immobilisa face à lui.

— Sottises ! Elle l'apprendra de toute façon, et alors, tu devras bien t'expliquer.

— Mère, dit-il en lui prenant gentiment les mains. Essayez de me comprendre, s'il vous plaît. Si je pensais pouvoir le lui dire sans qu'elle s'immisce dans cette affaire, je le ferais. Mon inquiétude réside justement dans le fait qu'elle voudra m'aider. Elle est assez intrépide et n'hésitera pas à aller trouver cet homme elle-même.

Ou, dans le cas de Mme Petrie, cette femme.

— Ce que je comprends, rétorqua sa mère, c'est que tu la traites comme une jeune fille stupide, alors qu'elle est tout sauf cela. C'est une femme adulte qui sera bientôt duchesse. Elle a le droit de savoir.

Gideon avait déjà eu cette conversation avec Worthington. Il n'avait pas besoin d'entendre les mêmes reproches de la part de sa mère. Les muscles de ses mâchoires commencèrent à se contracter. Un tic qui le prenait quand la mauvaise humeur le gagnait.

— C'est *mon* problème et je le réglerai à *ma* manière, un point c'est tout.

— Laisse-moi te dire quelque chose, gronda sa mère. Ta vie et la gestion du duché seront bien plus commodes si tu arrêtes d'essayer de tout faire seul. Maintenant, puisque tu refuses d'être raisonnable, je te prie de m'excuser.

Gideon la suivit des yeux tandis qu'elle quittait la pièce. Il ne l'avait jamais vue dans un tel état. Il était certain d'avoir raison, mais un doute infime commença à s'insinuer tout au fond de son cerveau.

Allerton frappa à la porte laissée ouverte.

— Votre Grâce, j'ai eu des nouvelles de M. Templeton à propos de l'affaire Sullivan.

— Je vous écoute.

— Comme la dette n'a aucune validité devant une cour de justice, M. Templeton est d'avis que la menace est réelle. Il vous suggère respectueusement d'embaucher quelques hommes supplémentaires pour assurer votre protection.

Des gardes du corps ? Et puis quoi encore ? De toute manière, Sullivan serait bien idiot de s'en prendre à lui alors qu'il avait mis ses menaces par écrit.

— Hors de question.

— Comme vous voulez, Votre Grâce, dit son secrétaire, l'air troublé. Il y a un autre problème.

En travaillant sur les comptes de la maison tout à l'heure, lady Louisa est tombée sur une facture pour des boucles d'oreilles. Elle a dû m'échapper quand j'ai fait le premier tri.

— Par tous les diables ! De quand date cette facture ?

— Elle remonte à trois mois. C'est à l'évidence un des objets acquis par cette femme en se servant de l'autorisation frauduleuse.

Gideon ferma les yeux.

— Envoyez-la à M. Templeton pour qu'il l'ajoute aux autres babioles sur sa liste, dit-il, conscient qu'il ne pouvait rien faire de plus pour le moment.

— Tout de suite, Votre Grâce.

Trois heures plus tard, il se trouvait dans le grand salon quand Bentley et sa mère furent annoncés. Pendant que sa mère disparaissait dans une étreinte qui avait lieu sous un spectaculaire plumage, il gagna la desserte. Son cousin voudrait sans doute boire un verre.

Lorsqu'il se retourna, espérant que sa mère avait survécu à l'attaque des plumes, Bentley se tenait devant lui.

— Rothwell..., commença son cousin avant de s'éclaircir la voix. Je tiens à te présenter mes excuses. J'ai eu tort de vous accuser, lady Louisa et toi. Personne ne peut, je le comprends maintenant, commander à son cœur.

Gideon fut sidéré. Il connaissait Bentley depuis leur plus tendre enfance, et jamais son cousin n'avait été aussi... clair dans ses propos.

— Inutile de t'excuser. Lady Louisa et moi-même avons tout essayé pour ne pas te blesser mais, comme tu viens si bien de le dire, personne ne commande à son cœur. Nous avons été aussi surpris que tu as pu l'être.

— Je m'en rends compte à présent. Mlle Blackacre m'a fait remarquer que lady Louisa et toi ne pouviez pratiquement pas arracher votre regard l'un de l'autre. J'aurais dû le voir, moi aussi, mais Oria... Mlle Blackacre dit que généralement, les hommes ne remarquent pas ce genre de chose et que je ne dois pas me le reprocher.

Louisa avait raison. Mlle Blackacre semblait décidément parfaite pour Bentley. Et les choses devaient vite progresser entre eux, si son cousin se permettait d'utiliser son prénom.

— Je crois savoir que Mlle Blackacre est une jeune femme douée d'une perspicacité et d'un esprit de compréhension extraordinaires.

Le sourire de Bentley aurait pu illuminer tout un quartier de Londres.

— En effet. J'espère lui demander sa main... une nouvelle fois.

Il grimaça.

— Elle tenait à ce que j'attende deux semaines supplémentaires. C'est la raison pour laquelle j'ai proposé à ma mère de venir à Londres.

— Que veux-tu qu'elle fasse ?

— Qu'elle m'aide à divertir Mlle Blackacre et sa grand-mère. Sans hôtesse, j'en serais bien incapable tout seul. Comment pourrais-je les inviter à dîner ? Et puis, il y a le théâtre et Vauxhall. Sais-tu que Mlle Blackacre n'a jamais assisté à un feu d'artifice ?

— Je l'ignorais, répondit Gideon en se demandant si Louisa en avait déjà vu.

Ce serait peut-être mieux que des fleurs.

Louisa s'était habillée tôt et, en attendant que Charlotte la rejoigne dans leur boudoir avant le dîner, s'occupait à dresser une liste de tout ce qui l'embarrassait chez Gideon. Si elle devait avoir en lui une confiance totale, il fallait que la réciproque soit vraie. Or ce n'était à l'évidence pas le cas.

— Tu as l'air bien sombre, déclara Charlotte en se laissant gracieusement tomber sur le siège voisin du sien. J'en déduis que c'est Rothwell.

— Il me cache quelque chose, et je tente de deviner ce que cela pourrait être. Voici une liste des choses qui ne tiennent pas debout.

Elle la lui tendit.

— Voyons cela..., dit Charlotte en commençant à lire.

Soudain, elle ouvrit de grands yeux.

— Tu as trouvé une facture pour des boucles d'oreilles ?

— Oui. Le plus bizarre, c'est qu'elle date de trois mois.

— Mettons cela de côté pour le moment, déclara Charlotte, et examinons ce que nous savons déjà. Pour commencer, c'est le vieux duc qui a provoqué tous ces problèmes alors que Rothwell se trouvait au Canada.

— Et il refuse mon aide pour réparer les dégâts.

Ce qui rongeait Louisa chaque fois qu'elle y pensait.

— Bah, c'est sans doute juste sa fierté masculine qui parle, remarqua Charlotte.

— Et si c'était autre chose ? fit Louisa, qui ne pouvait oublier les boucles d'oreilles. Rothwell n'était même pas à Londres il y a trois mois. Il venait tout juste de rentrer des Colonies.

Charlotte prit un air pensif.

— Et sa mère se trouvait à la campagne. Donc, la question est : qui a acheté ce bijou ?

— Si seulement je le savais ! Je suis convaincue que la réponse à cette question est la clé de tout.

— Je suis d'accord, convint Charlotte. Mais les joailliers répugnent à donner l'identité de leurs clients. Je doute que tu obtiennes la moindre information de ce côté-là.

— Oui, tu as raison. Je n'ai donc plus qu'à prendre mon mal en patience.

— Et il n'y a rien que tu détestes plus au monde. Mais ton mariage est dans moins de deux semaines maintenant, et tu dois vraiment commencer à t'en occuper.

— C'est vrai, admit Louisa. Merci de ton aide.

— Je ne sais pas si je t'ai beaucoup aidée…

Charlotte se leva.

— Descendons au salon, tout le monde doit déjà y être.

— As-tu reçu des nouvelles de Harrington ?

— Il a envoyé une lettre à Matt lui demandant d'attendre son retour en ville avant de partir à la campagne.

Cette initiative ne semblait pas ravir Charlotte, ce que Louisa comprenait fort bien.

— Et ?

Son amie haussa les épaules.

— Je ne sais pas. Je n'ai encore rencontré personne qui m'intéresse vraiment. Contrairement à Dotty et à toi, je ne crois pas que je trouverai mon mari cette saison. Mais, comme Grace ne cesse de me le répéter, il n'y a pas d'urgence.

— Mieux vaut trouver le bon mari plutôt *qu'un* mari.

— Exactement. Et je n'ai pas l'impression que Harrington soit le bon.

Elles ouvrirent la porte au moment même où un valet allait frapper.

— Mesdames, Mlle Blackacre désire vous voir.

Louisa regarda Charlotte en souriant. Dès qu'elle avait su que Gideon dînerait avec son cousin ce soir, elle avait demandé à Grace d'inviter Oriana et sa grand-mère à Stanwood House. La jeune femme s'avança.

— Je suis contente de te voir, fit Louisa en l'étreignant. Il paraît que Bentley a fait venir sa mère à Londres pour pouvoir te courtiser dans les règles.

Oriana leva les yeux au ciel, mais un sourire étira ses lèvres.

— Oui, et non sans avoir... hésité.

— Oh, tu dois tout nous raconter, dit Charlotte en entraînant leur amie dans le boudoir. Comme personne ne me courtise, je n'ai plus qu'à vivre par procuration à travers Louisa et toi.

— Si personne ne vient vers toi, c'est parce que tu ne témoignes pas le moindre intérêt à quiconque, rétorqua Louisa.

— Ou alors que tous ces messieurs s'imaginent que Harrington les a précédés, dit Charlotte en entraînant Oriana sur le canapé à ses côtés. Maintenant, raconte-moi tout depuis le début. Nous autres, les dames solitaires, avons besoin d'entendre de belles histoires.

— Je n'ai pas été du tout surprise de voir arriver la mère de Bentley, dit Oriana. Il m'avait prévenue. Mais j'ai été quelque peu étonnée par l'accueil très froid qu'elle m'a réservé. Même si, je dois le dire, ajouta-t-elle avec un sourire complice, cette attitude a rendu Bentley encore plus déterminé à tout faire pour qu'elle m'accepte. Cela a dû marcher, car quand grand-maman et moi leur avons rendu visite aujourd'hui, la duchesse s'est montrée d'une gentillesse exquise à mon égard. Ce qui est une chance, car grand-maman s'apprêtait à lui faire de vives remontrances.

D'après ce que Louisa savait de la redoutable duchesse de Stillwell, elle ne doutait pas que celle-ci en aurait fait voir de toutes les couleurs à la mère de Bentley.

— À vrai dire, c'est la mère de Rothwell que tu dois remercier pour cette rapide volte-face, déclara-t-elle. Elle a rendu visite à la mère de Bentley pour lui parler de moi dans des termes aussi glorieux que terrifiants, ce qui a convaincu cette dernière que je n'étais vraiment pas faite pour son fils. Elle a également dressé de toi un portrait élogieux, vantant ton caractère, tes capacités et ta dot.

Oriana poussa un soupir.

— Je suis heureuse d'apprendre qu'il ne s'agissait pas d'un caprice de sa part. Je ne l'ai rencontrée que trois fois, mais elle semble un peu tête en l'air. Il est bon d'avoir une telle alliée.

— J'ai le sentiment, dit Louisa, que la mère de Rothwell est plus que décidée à convaincre sa belle-sœur que tu es le choix idéal pour son fils. D'ailleurs, ils dînent tous ensemble ce soir.

Oriana ouvrit de grands yeux.

— Oh, comme j'aimerais pouvoir entendre ce qu'ils se disent ! Tu ne saurais pas, par hasard, s'il y a un passage secret à Rothwell House ?

— Malheureusement, non. Mais j'aurai à coup sûr des informations de première main demain matin quand je verrai Rothwell.

— Oriana, intervint Charlotte, est-ce que tu aimes Bentley ?

Oriana resta quelques secondes silencieuse avant de répondre :

— J'en viens à l'aimer, oui, comme je pense qu'il commence lui aussi à m'aimer. Avant d'accepter de l'épouser, je dois être certaine de nos sentiments, mais il est toujours attentif, et je ne crois pas qu'il changera avec le temps, poursuivit-elle avec un doux sourire. C'est le plus gentil des gentlemen que je connaisse.

Elle releva les yeux vers Louisa.

— L'amitié de Rothwell lui manque énormément. J'espère qu'ils se réconcilieront.

— Moi aussi, répondit Louisa. Ils étaient très proches.

Le Golden Palace, Covent Garden, Londres

— Bon Dieu ! Mais y m'prend pour un pigeon !

Patrick « King » Sullivan broya dans son poing la lettre que Michael Hammond, son comptable, conseiller juridique, associé et ami d'enfance, lui avait donnée.

— Y r'fuse de payer les dettes de son vieux parce que, soi-disant, il était fou. Y m'a jamais paru cinglé, à moi. Pour qui est-ce qu'y s'prend ?

— Pour un duc, sans doute, répondit Michael avec raideur. Et je t'avais dit qu'il refuserait de payer. Son père avait vraiment perdu la tête.

— Et ça se prétend gentleman !

Une chose pareille n'était encore jamais arrivée à Patrick. Oh, certains clients avaient bien essayé de faire oublier leurs dettes, mais aucun ne lui avait dit de but en blanc qu'il ne paierait pas.

— Duc ou pas, personne n'arnaque King Sullivan.

La porte du bureau s'ouvrit, et leur troisième associé surgit.

— Qu'est-ce qu'il se passe ici ? demanda Robert. Je t'entends brailler depuis le rez-de-chaussée.

— Rien. Tu devrais pas être en train de surveiller la salle de jeu, toi ?

— Si, justement, dit Robert en ressortant.

— Il me semble me souvenir t'avoir conseillé de ne pas envoyer cette lettre. Maintenant, s'il arrive quoi que ce soit à Rothwell, les autorités sauront exactement où chercher.

La voix calme de Hammond acheva d'irriter Patrick. Michael était le seul parmi eux qui avait été à l'école. Il avait même fait des études. Par moments, il parlait comme un gandin.

— J'aurai mon fric, grommela Patrick.

— Et comment te proposes-tu de l'obtenir ?

— J'vais lui envoyer Sean et Liam. Une fois qu'ils en auront fini avec lui, duc ou pas, il paiera.

Michael haussa un sourcil roux.

— Tu vas les envoyer dans Mayfair ?

— J'suis pas idiot. On va l'coincer quand il viendra par ici.

— Alors, tu risques d'attendre longtemps. J'ai fait quelques recherches, et l'homme ne met jamais les pieds dans ce quartier. Il ne joue pas. Il ne court pas le jupon.

— Le quoi ?

— Les prostituées. Il ne va pas au bordel.

Patrick ignorait comment son ami en savait autant sur le duc, mais ses informations étaient toujours solides.

— Y doit bien avoir un vice. Une maîtresse ?

— Non. Et il vient de se fiancer.

— On n'a qu'à enlever la p'tite. Il paiera pour la récupérer.

Et s'il ne payait pas, se dit Patrick, il pourrait la vendre à quelqu'un d'autre.

Michael plissa les paupières.

— Je te connais. Je sais ce que tu as en tête. Ne songe même pas à t'en prendre à elle. Son frère est le type qui a fait tomber Mlle Betsy et cette bande qui utilisait des gosses. Tu te retrouverais face à deux pairs du royaume.

Il souffla en gonflant les joues.

— On n'est plus en Irlande ou à St. Giles, Patrick. Oublie cette histoire. On risque de tout perdre.

Patrick poussa un grognement. C'était à St. Giles, le quartier le plus mal famé de Londres, que les trois amis avaient entamé leur ascension en débarquant d'Irlande. Ils en avaient vu de belles. Cette Mlle Betsy et ces pauvres types pour qui elle travaillait étaient des crétins. Ils s'imaginaient pouvoir s'en sortir en enlevant des femmes d'officiers et de soldats pour les mettre au tapin pendant que leurs hommes servaient à l'étranger.

Le problème, s'il ne récupérait pas ce qui lui était dû, c'était que cela se saurait. Et alors, il aurait encore plus de problèmes. Lui non plus n'était pas très chaud pour envoyer ses gars dans Mayfair. Sean et Liam se feraient vite repérer... sauf s'ils se déguisaient.

Et Michael n'avait pas besoin de le savoir.

27

Gideon arriva à 7 heures pour sa promenade à cheval avec Louisa et, pour la première fois, on le fit attendre. Le majordome lui proposa de patienter au salon, mais il déclina. Il tenait à voir Louisa apparaître en haut de l'escalier.

Et la récompense fut à la hauteur de ses espoirs. À la seconde où, surgissant au sommet des marches, elle le vit, un large sourire illumina son visage.

— Pardonnez-moi de vous avoir fait attendre, dit-elle après l'avoir rejoint. Nous venons de recevoir un mot de ma mère. Elle est au Pulteney et se joindra à nous pour le petit déjeuner. J'ai songé à reporter notre promenade, mais si nous partons tout de suite, nous avons encore le temps pour un joli galop.

Gideon eut la vision d'une nuée de dames entourant Louisa où qu'elle aille. En l'aidant à monter en selle, il se demanda s'il ne pourrait pas en profiter pour s'enfuir avec elle.

— Aurai-je quand même quelques moments avec vous avant le mariage ?

Elle posa la paume de la main sur sa joue.

— Bien sûr. Maman va se faire une montagne des noces et voudra sans doute m'emmener dans toutes les boutiques de Bond Street, mais je lui expliquerai que je dois m'occuper des livres de comptes et que d'autres tâches tout aussi essentielles m'attendent.

Elle lui sourit.

— De toute façon, il est probable que dès que son mari sera arrivé, elle ne songera plus à moi.

— Elle ne s'interposera donc pas trop entre nous ? J'en suis ravi.

— En effet, dit gaiement Louisa. N'oubliez pas qu'elle est jeune mariée, elle aussi. Elle sera très occupée. En attendant, profitons du temps que nous avons.

Une fois dans le parc, ils lâchèrent la bride à leurs montures. L'air était frais et vivifiant. Un vrai bonheur, qui ne dura pas assez longtemps, malheureusement. Mais chaque instant qu'il passait avec Louisa lui paraissait toujours trop court. Il la voulait avec lui. Dans sa maison. Dans son lit. À ses côtés, jour et nuit. Néanmoins, l'arrivée de sa mère était peut-être une bonne chose. Louisa allait être trop occupée pour tenter de découvrir ce qu'il ne voulait pas qu'elle apprenne.

Il fut invité au petit déjeuner avec le reste de la famille. Dès qu'ils pénétrèrent dans la salle à manger, Louisa rejoignit une femme de petite taille aux cheveux blonds et aux yeux bleus qu'il n'avait encore jamais vue.

— Bonjour, maman, dit Louisa. Quand es-tu arrivée ?

Lady Wolverton étreignit sa fille.

— À l'instant. Tu sais déjà que j'ai passé la nuit au Pulteney. Avec tout ce qu'il se passe, je ne voulais pas m'imposer à Grace. Mes malles seront envoyées ce matin, et Richard suivra plus tard dans la journée.

— Je suis heureuse de te voir, dit Louisa. Maman, j'aimerais te présenter le duc de Rothwell. Rothwell, ma mère, lady Wolverton.

— Madame, je suis ravi de faire enfin la connaissance de la mère de Louisa.

Il s'inclina, s'attendant qu'elle lui offre sa main, ce qu'elle ne fit pas. À vrai dire, elle ne paraissait pas très heureuse de le voir.

— Votre Grâce, dit-elle avec une révérence polie. Enchantée.

Sa voix était assez fraîche pour refroidir du champagne.

Sa fiancée l'installa à table, à l'extrémité opposée de celle qu'occupait sa mère. Il tint la chaise de Louisa, puis celle de Theo. Au moins, il était flanqué de deux dames qui l'appréciaient.

Qu'avait-il donc fait pour s'attirer le courroux de lady Wolverton ? Il ne l'avait encore jamais rencontrée.

Par malchance, il était installé juste en face d'elle... et de son regard pénétrant. Et elle n'avait rien d'une matrone qui se pâme de voir sa fille épouser un duc. Elle semblait au contraire le jauger, et cela sans la moindre indulgence.

Si elle ne lui adressa pas la moindre question, elle ne cessa de l'observer, de le scruter. Il ne s'était jamais senti aussi mal à l'aise de toute sa vie. Même les féroces Indiens d'Amérique ne lui avaient pas paru aussi menaçants que la vicomtesse.

Essayant de se détendre, il se raccrocha à l'idée que, désormais, plus personne ne pouvait le priver de son amour. Et il se mit à raconter à Louisa et à Theo une anecdote à propos de sa vie au Canada, les faisant rire toutes les deux.

— Oh, si seulement on pouvait faire des courses de traîneaux ici aussi ! dit Theo.

— Un jour, peut-être, déclara Walter, qui était assis à sa gauche. J'ai lu que la Tamise avait gelé il y a quelques années.

Finalement, à mesure que les plats étaient apportés, lady Wolverton mit peu à peu un terme à son examen. Une des jumelles assise à ses côtés parvint même à l'entraîner dans une discussion.

— J'ai l'impression que votre mère ne m'aime pas, chuchota Gideon à Louisa.

— Elle regrette sans doute de ne pas avoir été là quand je vous ai rencontré, répondit-elle en étalant de la confiture d'abricots sur une tartine. Elle a dû être très surprise d'apprendre nos fiançailles. Elle a failli renoncer à se marier à cause de nous, mais nous avons réussi à la convaincre d'écouter son cœur.

— Je comprends.

C'était faux. Il ne comprenait absolument rien. Parfois, les femmes étaient pour lui un mystère insondable. Mais cela lui avait paru la bonne réponse à donner.

Theo tira sur sa manche.

— Tout ira bien une fois qu'elle vous connaîtra mieux. Je lui dirai que vous m'avez lu des histoires quand j'étais malade.

— Theo a raison. Je ne vois vraiment pas pourquoi elle ne vous aimerait pas.

Là-dessus, l'air réjoui, Louisa croqua avec appétit dans sa tartine.

À vrai dire, elle était aussi surprise que Gideon par l'accueil que lui avait réservé sa mère. Elle en était même consternée. La vicomtesse, pour qui les bonnes manières passaient avant tout, s'était montrée tout juste polie avec l'homme qui allait devenir son gendre. Sans parler du fait que Gideon était duc. La plupart des parents auraient donné n'importe quoi pour voir leur fille faire un si beau mariage.

Louisa réprima un soupir. Nul doute qu'elle en saurait davantage quand elle verrait sa mère après le petit déjeuner. Si elle n'abordait pas le sujet, elle le ferait.

Environ une heure plus tard, Louisa accompagna Rothwell dans le hall d'entrée qui, par chance, était désert. Il porta ses doigts à ses lèvres et, de nouveau, la chaleur qu'elle commençait à bien connaître remonta le long de son bras.

— J'enverrai la voiture vous chercher si vous pensez pouvoir venir à Rothwell House un peu plus tard.

À son tour, elle lui saisit la main pour déposer un baiser dans sa paume.

— Je crains qu'il ne me soit pas possible de venir aujourd'hui. Maman voudra passer du temps avec moi, et Charlotte m'a rappelé que je devais m'occuper des préparatifs du mariage.

— Je suppose que j'aurais dû m'y attendre. Mon amour, chaque moment où vous n'êtes pas avec moi est un moment perdu, ajouta-t-il en plongeant son regard dans le sien. Cette semaine va être une torture.

Elle respira son odeur, brûlant de se fondre contre lui, de sentir ses mains fortes sur son corps tandis qu'il la transportait vers des extases dont elle n'avait même jamais rêvé.

— Vous me manquez aussi. Être avec vous me manque.

Il jeta rapidement un regard autour de lui, puis l'attira dans ses bras.

— Embrasse-moi.

Les mains nouées autour de son cou comme si elle s'accrochait à la vie, Louisa sentit ses lèvres venir caresser les siennes. Penchant la tête sur le côté, elle s'ouvrit pour lui, accueillant sa langue tandis qu'il effleurait ses seins. Elle n'aurait su dire combien de temps ils restèrent ainsi, mais une vie entière n'aurait pas suffi.

Derrière eux, la porte d'une entrée de service claqua. Ils se séparèrent.

— Je suppose que je devrais être reconnaissant qu'on nous accorde ces rares moments, murmura Gideon, le menton posé sur sa chevelure.

Il était persuadé que Matt ou Grace avaient fait en sorte qu'ils soient seuls dans le hall.

— Si seulement je pouvais venir avec toi..., soupira Louisa.

Il la dévisagea un moment avant de sourire avec gourmandise.

— Madame, si je devais vous emmener maintenant, je ne vous ramènerais plus.

— Même pas pour le mariage ? se moqua-t-elle.

— Le service serait célébré à Rothwell House pas plus tard que demain matin. Quoique… J'aurais sans doute beaucoup de mal à vous laisser quitter le lit.

— J'ignorais que vous étiez une créature aussi dépravée, Votre Grâce.

Si elle n'avait pas entendu des pas lourds dans le couloir, elle l'aurait de nouveau embrassé.

— Seulement avec vous, madame.

Après s'être soigneusement éclairci la voix, Royston pénétra dans le hall.

— Madame, vous êtes attendue dans votre chambre.

Il ouvrit la porte d'entrée en ajoutant :

— Votre Grâce, lady Worthington m'a chargé de vous dire que vous étiez invité à dîner demain soir.

Eh bien, se dit Louisa, voilà qui avait été mené de façon fort efficace.

— Je vous verrai donc demain soir au plus tard.

— Peut-être pourrons-nous chevaucher ensemble demain matin, dit-il dans un murmure rauque.

— Je ferai de mon mieux pour m'échapper.

— Je ne suis pas du tout ravie par ces fiançailles.

Patience Wolverton arpentait le bureau de sa belle-fille. Worthington avait intérêt à se montrer très vite. Il avait beaucoup d'explications à lui donner.

Comme s'il se doutait qu'elle voulait lui parler, Matt pénétra dans la pièce.

— Qu'y a-t-il ? demanda-t-il d'un ton fort peu conciliant. J'aurais pensé que vous seriez heureuse que Louisa épouse l'homme qu'elle aime et qui l'aime. Pourtant, vous l'avez accueilli comme si c'était un coureur de jupons de la pire espèce.

Patience se figea sur place. Toutes ses craintes que sa fille endure ce qu'elle avait dû supporter lors de son premier mariage déferlèrent en elle.

— Comment puis-je être sûre qu'il va bien la traiter ? demanda-t-elle. Son père a passé les dernières années de sa vie à se donner en spectacle. Wolverton a entendu dire que le duché n'est pas au mieux. Et si Rothwell épousait Louisa uniquement pour sa dot ? Comment pourrions-nous même le savoir ? Il est facile pour un homme de se montrer sous son meilleur jour pendant quelques semaines. Je suis d'avis que le mariage soit reporté, au moins jusqu'à cet été. Cela donnera le temps à Louisa de découvrir ses défauts.

Ce qui était exactement ce qu'elle aurait dû faire avant d'épouser feu lord Worthington. Elle était un peu plus jeune que Louisa, à l'époque, et il s'était montré absolument charmant quand il lui avait fait la cour. Mais dès qu'ils avaient été mariés, il l'avait conduite à Worthington Hall, avait veillé à la mettre enceinte, puis avait décampé pour passer son temps à Londres, à Bath ou dans l'un de ses domaines de chasse. Matt avait plus été un père pour ses sœurs que cet homme ne l'avait jamais été.

— Il suffit de voir la façon dont il la regarde pour savoir qu'il l'aime, dit Matt. Je sais aussi qu'il ne l'épouse pas pour son argent, car il a insisté pour que sa fortune personnelle soit entièrement placée dans un fonds dont elle aura l'usage exclusif. Il veut même interdire à Louisa de dépenser quelque somme que ce soit pour son domaine. Ce qui, à mon avis, a autant de chances de se produire qu'une tempête de neige au mois d'août.

C'était encore pire que Patience ne l'avait imaginé ! Louisa allait vivre dans la misère.

— Comment feront-ils si le duc se retrouve ruiné ? Il ne sera même pas autorisé à prendre son siège à la Chambre des lords.

— Patience, dit gentiment Matt, Rothwell n'est pas ruiné. Il ne dispose pas de beaucoup de liquidités en ce moment, mais il est en train de prendre des mesures pour redresser la situation. Je prédis qu'il s'en sortira beaucoup plus tôt que même lui ne le croit.

Patience s'apprêtait à faire une nouvelle objection, mais il leva la main.

— Je sais bien que c'est à cause de votre mariage avec mon père que vous le jugez si durement. Mais vous, plus que tout autre, ne devriez pas accuser le fils des torts du père.

Il avait raison, reconnut Patience à contrecœur.

— Pourquoi n'a-t-elle pas choisi quelqu'un de plus convenable ? protesta-t-elle pourtant, irritée que personne ne soit d'accord avec elle.

— Qui, par exemple ?

— Lord Bentley. Il est amoureux d'elle. Son père veillera à ce qu'ils aient de quoi vivre, et…

Grace s'étrangla, tandis que Matt éclatait de rire.

— Et nous aurions pu fixer un anneau dans les narines de ce pauvre Bentley, comme on le fait avec les taureaux, pour que Louisa le mène à sa guise.

Curieusement, l'image de lord Bentley avec un gros anneau dans les narines ne semblait pas si incongrue. Et, de façon fâcheuse, elle donna à Patience envie de rire.

— Vous exagérez. Je suis sûre que ma fille aurait été une excellente épouse pour lui.

— Je ne pense pas que Bentley soit de taille à survivre à aucune de vos filles, répliqua Matt, sarcastique.

Patience hésita quelques secondes, mais elle avait déjà compris qu'il ne lui restait plus qu'à sauver la face.

— Très bien. Je suis disposée à ce que l'on me persuade qu'il est le gentleman qu'il faut à Louisa.

— Vous aurez l'occasion de le constater demain soir, intervint Grace. Je les ai invités à dîner, sa mère et lui.

Elle se leva.

— Je dois vous laisser. J'ai beaucoup de choses à régler avant que nous allions chercher une robe de mariage pour Louisa.

Dès que son épouse fut sortie, Matt reprit d'un ton plus sérieux :

— Patience, tout cela a-t-il un rapport avec le fait que vous n'étiez pas là ?

— Je ne sais pas, convint-elle. C'est possible.

Malgré tout l'amour qu'elle portait à son mari, Richard, elle regrettait de ne pas avoir été présente pour la première saison de sa fille aînée.

— Donnez une chance à Rothwell. Je pense qu'ils seront très bien ensemble. Elle lui résistera pied à pied, ce dont, à mon avis, il a besoin, et ce qui donnera à Louisa amplement de quoi s'occuper. Et vous savez aussi bien que moi à quel point elle ne supporte pas l'oisiveté.

— Elle est trop jeune.

Patience avait envie de gémir.

Matt s'esclaffa.

— Puis-je vous rappeler que c'est vous qui avez insisté pour qu'elle fasse ses débuts dès cette année ? J'aurais avec joie attendu quelques décennies supplémentaires.

Il fronça les sourcils.

— En fait, je crois que vos mots exacts ont été : « Elle se connaît bien mieux que moi à son âge. »

— Quand j'avais son âge, elle avait déjà un an, rétorqua Patience.

Matt retrouva un air grave.

— Vous avez toujours voulu sauver les apparences, mais je sais que votre mariage avec mon père n'a pas été heureux.

— C'est vrai. Il ne l'a pas été.

Durant toutes les années qu'avait duré ce mariage et même après la mort de son époux, elle n'avait cessé de se répéter qu'elle était heureuse, mais elle pouvait à présent admettre qu'elle s'était menti à elle-même. Ravalant les larmes qui montaient, elle se redressa.

— Néanmoins, reprit-elle, il m'a donné quatre filles magnifiques et un merveilleux beau-fils. Voilà qui me rend heureuse.

— Et Rothwell ajoutera à votre bonheur.

— Je l'espère.

Oui, elle pouvait – elle devait – lui donner une chance de faire ses preuves. Et elle ferait bien de l'annoncer à Louisa. Sa fille devait être furieuse de sa conduite au petit déjeuner.

— Vous ne sauriez pas où est Louisa, par hasard ?

— En train de vous chercher, j'imagine, répliqua Matt, amusé.

28

Louisa et sa propre mère étant indisponibles pour la soirée, Gideon avait prévu de dîner avec un ami. Il se dirigeait donc vers la maison que Marcus Evesham et sa femme occupaient quand ils étaient en ville.

À cette heure, les rues étaient essentiellement occupées par des domestiques qui couraient ici et là pour transmettre des messages de leurs maîtres et par quelques marchands qui finissaient leur journée, tandis que le beau monde se préparait aux soirées et autres bals qui lui étaient réservés. Un jeune garçon s'était posté à la grille du parc, sans doute dans l'espoir de soutirer un pourboire en l'ouvrant aux promeneurs encore nombreux à cette heure. Les lampadaires à gaz avaient été allumés, Mayfair étant l'un des rares quartiers de Londres à en bénéficier.

Tout semblait parfaitement normal, si ce n'était l'étrange picotement sur sa nuque. Un signal d'avertissement qu'il n'avait plus ressenti depuis qu'il avait quitté les vastes étendues sauvages du Canada. Faisant mine de chercher quelque chose dans son gilet, il regarda autour de lui. Rien de suspect, a priori. Personne ne paraissait s'intéresser à lui. Il allait repartir quand il prit conscience que le gamin l'observait. Son instinct ne l'avait pas trompé : on le faisait surveiller.

Il reprit son chemin en direction de Dunwood House. Alors qu'il s'en approchait, un valet posté à l'extérieur frappa à la porte d'entrée. Marcus sortit aussitôt et descendit les marches du perron.

— Avant d'aller au Brook's, nous devons passer chez St. Eth, annonça-t-il à Gideon.

— Il vient avec nous ?

— Non. Sa femme et lui sont partis ce matin pour le Yorkshire, où l'une des sœurs de Phoebe est sur le point d'accoucher. Cependant, un vote important doit avoir lieu bientôt, et il donne sa procuration à mon père. Je dois aller la chercher.

Quelques minutes plus tard, alors qu'ils allaient rejoindre Piccadilly en empruntant une ruelle, Gideon éprouva encore plus intensément cette sensation qu'on le surveillait. Tendant l'oreille avec attention, comme le lui avait appris un trappeur canadien, il sentit que deux hommes au moins les avaient suivis dans le passage.

— Es-tu armé ? demanda-t-il à Marcus à mi-voix.

Celui-ci eut un large sourire.

— Toujours. Une habitude que j'ai prise aux Indes et à laquelle je n'ai jamais renoncé. Les deux derrière nous ?

Gideon ne se donna même pas la peine de lui demander comment il le savait.

— Oui. Un jeune garçon me surveillait tout à l'heure.

— J'imagine que tu es armé, toi aussi.

C'était une affirmation plus qu'une question.

— Ma canne cache une épée.

Un cadeau de son père quand il avait quitté Oxford.

— Excellent. Dans ce cas, je propose que nous nous présentions. J'ai toujours pensé qu'il valait mieux prendre l'initiative.

— Maintenant ?

Ils se retournèrent d'un même mouvement pour faire face aux voyous.

Les deux hommes étaient habillés comme des commerçants, sans doute pour ne pas attirer l'attention, mais leurs visages couverts de cicatrices les trahissaient. Il s'agissait là d'individus possédant une solide expérience du combat, soit dans l'armée, soit dans les rues de St. Giles. L'un d'eux était bâti comme un tonneau, le menton saillant de façon belliqueuse, comme s'il cherchait la bagarre en permanence. L'autre était plus grand et aurait pu être séduisant sans la vilaine balafre qui lui barrait le front, le nez et une joue.

Qui diable étaient ces hommes ? Eh bien, il n'y avait qu'un moyen de le savoir. Gideon haussa les sourcils.

— Vous désirez quelque chose ?

— T'donner une bonne leçon, l'duc, répliqua le plus petit.

— J'ai sûrement encore beaucoup de leçons à recevoir. Je doute cependant que vous puissiez m'apprendre quoi que ce soit.

— Assez parlé, dit le grand. On est là pour que tu paies le King.

King Sullivan ! Gideon n'aurait jamais cru que le bonhomme tenterait de le menacer physiquement. Il sentit Marcus à ses côtés se préparer à bondir.

— Je ne lui dois rien, et je vous suggère de rapporter ce message à M. Sullivan.

— Ton vieux, ta dette.

Le plus petit passa à l'attaque, mais Marcus fut plus rapide, lui lacérant le flanc.

Gideon dégaina son épée au moment où l'autre lui balançait son poing au visage. La lame décrivit un arc de cercle à la vitesse de l'éclair, tranchant le tissu de sa veste. Le hurlement du voyou emplit la nuit.

— Qu'ils ne s'échappent pas, dit Gideon à Marcus.

Celui-ci tordit le bras de son assaillant dans le dos.

— En voilà un qui n'ira nulle part.

Gideon repoussa l'autre contre le mur d'un bâtiment en pressant la pointe de son épée sur sa gorge.

Des bruits de pas précipités résonnèrent sur la chaussée. Un homme de la garde de Londres, alerté par les cris.

— Que se passe-t-il ici ?

— Je suis le duc de Rothwell, annonça Gideon. Ces deux individus nous ont attaqués, lord Evesham et moi. Je pense qu'ils sont à la solde d'un certain Sullivan.

Le garde s'inclina.

— Votre Grâce. Si vous m'accordez quelques minutes, je vais faire venir une voiture pour les conduire devant le magistrat.

— Nous ne sommes pas pressés, dit Marcus, qui grimaça en contemplant sa veste maculée de sang. Nous donnerions un curieux spectacle si nous allions dîner ainsi, dit-il à Gideon. Je suggère que nous nous changions.

Gideon, pour sa part, n'était pas d'humeur à plaisanter. Il était même au comble de la fureur. Que se serait-il passé si ces canailles l'avaient attaqué alors qu'il se trouvait en compagnie de Louisa ?

— Je veux que Sullivan soit arrêté.

Le garde le dévisagea.

— Pour cela, il vaudrait mieux que vous parliez à Bow Street, Votre Grâce.

Il faisait allusion aux Coureurs de Bow Street, une patrouille volante qui représentait ce qui s'approchait le plus de forces de l'ordre.

Marcus secoua la tête.

— Le fait que des îles perdues des Indes occidentales possèdent une force de police bien établie et que ce ne soit pas le cas de Londres ne cesse de me stupéfier.

L'homme que surveillait Marcus commençait à glisser le long du mur.

— Il est en train de perdre tout son sang. Je dois lui faire un garrot.

— Me touchez pas, gronda le voyou. Ça sert à rien de me sauver pour Jack Ketch.

— Jack Ketch ? répéta Gideon.

— Le bourreau, expliqua Marcus.

— Sean a raison, dit l'autre individu. Et si c'est pas Jack Ketch, Sullivan lui fera la peau. Pareil pour moi.

— Bon sang ! jura Marcus. Je ne pensais pas l'avoir blessé si profondément, mais il se ruait sur moi.

Gideon regarda autour de lui.

— Où est le garçon ?

Le rire de Sean fut très faible. Celui d'un agonisant.

— Parti faire son rapport. Vous avez plus aucune chance de coincer le King maintenant.

— Maudit soit-il ! Mais où diable est cette voiture ?

— La voici, Votre Grâce, dit le garde en montrant le véhicule qui s'engageait dans la ruelle. Nous allons emmener ces vauriens au magistrat.

— Je doute qu'ils arrivent vivants, remarqua Gideon.

— Bah, alors ça nous épargnera un procès.

Aidé de ses collègues, le garde ligota les deux hommes et les fit monter dans ce qui n'était guère plus qu'une cellule sur roues.

Peu après, Gideon héla un fiacre.

— Je vais à Bow Street.

— Je t'accompagne. Avec un peu de chance, nous pourrons les convaincre d'arrêter ce Sullivan dès ce soir. J'ignorais que tu connaissais autant de criminels, ajouta Marcus avec une grimace.

Gideon lui lança un regard noir.

— Je n'en connais aucun. C'était mon père.

— As-tu complètement perdu la tête ?

Michael serra les poings, pris d'une furieuse envie d'étrangler Patrick.

Quelques instants plus tôt, Jack, le garçon dont ils se servaient pour faire quelques courses, s'était rué dans le bureau de Patrick. Le gamin avait eu besoin d'un bon moment pour reprendre son souffle et émettre des phrases intelligibles. Liam et Sean avaient été arrêtés et étaient sans doute mourants. C'était déjà une très mauvaise nouvelle en soi, mais, pire encore, selon le gamin, ils avaient mentionné Patrick quand ils avaient parlé au duc de Rothwell et à un autre lord, ainsi qu'à un représentant de la garde. Les crétins !

Une fois Jack renvoyé aux cuisines, Michael s'en était pris à Patrick.

— Je t'avais dit de le laisser tranquille, mais tu n'as pas pu, hein ?

— Comment j'aurais pu deviner que ces snobs savaient se battre ? J'vais l'planter, ce duc, exactement comme il a planté Sean et Liam.

Michael en resta bouche bée. Cette tête de lard ne comprendrait-elle donc jamais ?

— Et que feras-tu si les Coureurs se lancent à tes trousses ?

— Je les paierai.

— Tu ne piges toujours pas, hein ? C'est à un *duc* que tu t'es attaqué. Quel que soit le pot-de-vin que tu lui proposes, le chef des Coureurs sera trop heureux de lui rendre service et de te faire pendre.

Michael se passa la main sur le visage. Quand ils avaient démarré leur affaire, Patrick avait été choisi pour incarner le visage public en raison de sa stature intimidante et de ses airs de fanfaron. Jovial et d'abord facile, Robert s'occupait des clients quand lui, Michael, gérait leur petite entreprise fort prospère. Et voilà que Patrick avait tout gâché. On allait à coup sûr fermer le Palace, et ce serait un miracle si on ne les envoyait pas tous croupir derrière les barreaux jusqu'à la fin de leurs jours.

Aux dernières nouvelles, Londres se trouvait toujours en Angleterre et, fidèle en cela à la haine ancestrale entre Irlandais et Anglais, Michael n'avait aucune confiance en ces derniers. Soudain lui revint le souvenir d'une belle journée ensoleillée à Dublin qui s'était transformée en cauchemar. La dernière image qu'il avait de sa mère explosa devant lui. Sa si jolie maman battue à mort par des soldats anglais à la recherche de rebelles. Même son père, pourtant pair d'Irlande et membre de la Chambre des lords, n'avait pu l'empêcher. Elle avait hurlé à Michael de se cacher, et c'était ce qu'il avait fait. Plus tard, son père l'avait retrouvé blotti dans l'armoire d'un voisin et n'avait rien trouvé de mieux que de l'envoyer dans une école en… Angleterre. Pas Eton ou Rugby, bien sûr – il n'était pas né avec la bonne cuillère dans la bouche –, mais un établissement d'excellente réputation. Plus tard, il avait été accepté à l'université d'Édimbourg.

Patrick et Robert, eux aussi, avaient fini par se retrouver en Angleterre, mais, contrairement à lui, ils avaient fait leurs classes dans la rue. À son arrivée à Londres, refusant de suivre l'exemple de son père qui, à ses yeux, faisait le jeu des Anglais, Michael avait retrouvé ses deux amis d'enfance et, à eux trois, ils s'étaient construit une vie assez confortable.

Une vie désormais très menacée par la conduite imbécile de Patrick.

Pour éviter de céder à la tentation de le tuer de ses propres mains, il quitta la pièce et retourna dans son bureau. Il se servit un verre de bon whisky irlandais, pris dans sa réserve personnelle, et l'avala d'un trait avant de s'en verser un second.

Il venait de s'asseoir quand Robert surgit, l'air mi-égaré, mi-furieux.

— C'est vrai ?

— Quoi ?

— Ce crétin a bien tenté d'assassiner un duc ?

— Il l'a fait attaquer.

— Bon sang !

Robert se laissa tomber sur une chaise avant de lever un regard lugubre vers Michael.

— Il faut que je pense à Rebecca et aux garçons.

Michael, lui, songeait à son père. Si l'on découvrait qu'il était son fils, ce qui, franchement, n'était pas difficile, le scandale qui éclaterait serait de nature à affecter les relations déjà exécrables entre l'Angleterre et l'Irlande.

— Le problème, c'est Patrick. Il faut qu'il disparaisse. Quant à nous, nous devrons convaincre les autorités qu'il a agi sans notre permission ni notre approbation.

— Et comment comptes-tu te débarrasser de lui ?

C'était bien là le problème. Ni Robert ni lui n'étaient des meurtriers.

— Je ne sais pas. Laisse-moi réfléchir. On pourrait peut-être le mettre sur un bateau en le menaçant de le dénoncer nous-mêmes à Bow Street…

Il n'avait pas fini sa phrase que la porte du bureau s'écrasait contre le mur, défoncée par un Patrick au regard de chien enragé. Il brandissait un immense fusil pour cocher.

— Si j'tombe, on tombe tous les trois.

La dernière fois que Michael lui avait vu cet air-là, c'était huit ans plus tôt, quand la mère de son ami avait été assassinée à son tour. Il se leva lentement, en ouvrant discrètement le tiroir de son bureau.

Profitant du fait que Robert, les bras ballants et ne présentant aucune menace, se dressait face à Patrick, il s'empara du pistolet à crosse en os.

— Alors, c'est ça, ton idée, Patrick ? fit Robert. Nous tuer tous les deux, comme tu as essayé de le faire avec ce duc ?

— J'avais le droit de récupérer mon pognon, fit Patrick d'un air buté en braquant son arme sur lui.

— Non, tu n'en avais pas le droit et tu le savais, répliqua Robert en montrant Michael. On t'avait dit de ne pas lui envoyer tes gros bras. On n'est plus à St. Giles. Chercher des noises aux aristos n'apporte que des ennuis. Tu le sais aussi bien que nous. Tu n'avais pas le droit de nous mettre tous en danger.

Un lourd silence tomba dans la pièce. Il fut brisé par le déclic du chien que Patrick armait.

Le ventre de Michael se noua. *Bon Dieu ! Il est devenu fou !*

— Robert ! À terre !

Son ami plongea au sol à l'instant où Michael tirait. Il visait la main de Patrick mais, au dernier moment, celui-ci bougea, et la balle le toucha au ventre.

Patrick resta bouche bée, l'air choqué. Du sang commençait déjà à imbiber sa veste et son pantalon. Pendant quelques secondes, il parut pouvoir rester debout, puis il s'effondra à terre.

— Tu m'as tiré dessus, s'étrangla-t-il.

— Tu ne m'as pas laissé le choix, dit Michael en lâchant son arme sur le bureau.

Il essaya de durcir son cœur contre son ami d'enfance, mais une boule atroce lui obstruait la gorge. Toutes ces années ensemble pour en arriver là ?

Des bruits de bottes martelant l'escalier de bois le sortirent de sa stupeur. Personne n'aurait dû être là, le club n'était pas encore ouvert. Soudain, deux hommes qu'il n'avait jamais vus surgirent dans le bureau, armes au poing, suivis de deux gentlemen aux habits tachés de sang.

— Sullivan ? demanda un des gentlemen en contemplant Patrick à terre.

— Oui, dit Michael d'une voix brisée. Il allait tuer mon associé. J'ai tiré le premier.

Le gentleman qui avait parlé s'approcha de son bureau, y prit le verre de whisky et le lui glissa dans la main.

— Je suis Rothwell.

— Michael Hammond, dit-il avant de serrer la main que Rothwell lui tendait. Cela n'aurait jamais dû arriver. Nous lui avions dit de vous laisser tranquille.

Gideon observa l'homme qui s'en était pris à lui. Il venait de perdre conscience.

— Est-il le propriétaire de cet endroit ?

— Nous sommes trois associés, expliqua Hammond en désignant l'autre homme, qui venait de se relever. Chaque décision doit être prise en commun. M. Sullivan a agi de sa propre initiative dans cette affaire, après que nous lui avons ordonné de vous laisser tranquille.

Il y avait quelque chose chez Hammond qui incitait Gideon à le croire.

— Votre Grâce, dit un des deux Coureurs de Bow Street. Nous devrions présenter ces deux-là au magistrat.

— Ce ne sera pas nécessaire. Je crois M. Hammond quand il dit qu'il n'a rien à voir dans cette agression contre moi.

Comme les Coureurs ne paraissaient guère convaincus, il insista :

— Regardez les preuves. Sullivan était sur le point d'abattre un de ses propres associés.

Il se tourna vers Hammond.

— Reste à déterminer ce que nous allons faire de lui... au cas où il survivrait, ce qui ne semble pas acquis.

Un bref silence régna avant que Hammond réponde :

— Je sais que cela va paraître bizarre, mais j'aimerais vous demander une faveur. Laissez-moi m'en charger. Il a été mon ami pendant très longtemps. J'aimerais juste comprendre ce qu'il lui a pris. Il a toujours été un peu tête brûlée, mais jamais au point de perdre le contrôle de lui-même.

Remarquant les larmes dans les yeux de l'autre homme, celui qui avait failli se faire abattre par Sullivan, Gideon hocha la tête.

— Je comprends.

S'il avait remboursé les dettes de son père, ce carnage n'aurait sans doute pas eu lieu. Mais s'il s'était acquitté d'une somme pareille, des centaines de personnes sur ses domaines en auraient souffert. Cette idée, cependant, ne suffit pas à dissiper ses remords.

Il adressa un regard impérieux aux deux Coureurs.

— Cela ne doit pas sortir de cette pièce. Les ragots n'aideraient personne.

Bien que toujours réticents, les deux Coureurs acquiescèrent.

— Merci, dit M. Hammond à mi-voix.

— De rien. C'est le moins que je puisse faire.

« Pour toutes les personnes concernées », songea Gideon.

Il quitta le bureau et descendit l'escalier. Quand il sortit par la porte de service, qu'ils avaient empruntée pour entrer dans l'immeuble, il sentit une main se poser sur son épaule.

— Tu n'as rien à te reprocher, dit Marcus.

— Comment…

— C'est écrit sur ton visage. Tu n'avais aucun moyen de deviner les intentions de ce Sullivan. Même ses amis et associés ont été pris de court… et il était prêt à les tuer.

Gideon secoua la tête.

Mais, au moins, maintenant cet homme ne représentait plus une menace pour sa famille.

— Il est encore tôt, reprit Marcus. Allons nous changer, puis nous irons dîner.

Pour une fois, Gideon avait perdu toute notion de l'heure. Il consulta sa montre et fut sidéré de constater qu'il était à peine 20 heures.

— Voilà une excellente idée, mais comment vas-tu te changer sans que ta femme le sache ? Tu ne peux pas te montrer devant elle avec des vêtements couverts de sang.

Marcus sourit.

— Elle est à la campagne. Je dois la rejoindre demain. Sinon, la connaissant, elle aurait sans doute regretté de ne pas avoir été avec nous. Sauf que, dans son état de grossesse avancée, elle aurait sans doute été un peu moins rapide.

Gideon se souvint de ce que lui avait dit Louisa.

— Est-il vrai qu'elle a donné aux sœurs et belles-sœurs de Worthington des leçons pour apprendre à se défendre ?

— Oui, mais juste aux trois plus âgées et à sa femme.

— Impressionnant. Cependant, je doute qu'elles aient un jour besoin de faire appel à ces talents assez particuliers.

En dépit de ce que semblait penser son ami, Gideon ne voyait dans cette initiative qu'une sorte de lubie. Des dames anglaises de la bonne société faisant le coup de poing ? Allons donc ! Louisa n'aurait jamais besoin de se défendre. Il veillerait à assurer aussi bien sa sécurité que son train de vie.

29

Le lendemain matin, après s'être habillée, Louisa s'assit à la fenêtre dans le boudoir qu'elle partageait avec Charlotte. Si heureuse qu'elle soit de se marier avec Gideon, elle s'inquiétait pour son amie, qui allait sûrement se sentir bien seule.

Chloé flanqua un coup de patte sur sa jupe, et elle se pencha pour prendre le chaton dans ses bras.

— Bientôt, nous irons dans notre nouvelle maison, et je sais que ta sœur te manquera autant que les miennes me manqueront. Mais nous aurons une nouvelle famille. Qu'est-ce que tu en penses ?

L'animal émit un ronronnement qui semblait approbateur.

Louisa songea à sa conversation avec sa mère. De bien meilleure composition qu'auparavant, cette dernière avait accepté de donner une chance à Gideon. Le mariage aurait donc bien lieu dans une semaine.

Jetant un coup d'œil vers l'horloge, elle se leva. Gideon n'allait pas tarder à arriver, et elle détestait être en retard.

Elle avait finalement pris la décision de l'interroger à propos des boucles d'oreilles. Après tout, cette facture lui avait peut-être été envoyée par erreur. À en juger par l'état des livres de comptes, il était évident qu'ils n'avaient pas été tenus. Apparemment, depuis que la mère de Gideon s'était retirée à la campagne, personne ne s'en était donné la peine. Pas étonnant que les finances du duché soient dans un état aussi déplorable. De nombreux achats avaient peut-être été imputés par erreur à l'ancien duc sans que personne s'en rende compte… même si elle ne voyait pas trop comment cela avait pu se produire.

Elle arriva dans le hall au moment même où un valet ouvrait la porte à Gideon.

— Bonjour, dit-elle.

— Bonjour à vous.

Il lui prit les mains, comme il le faisait chaque fois, et elle regretta d'avoir déjà mis ses gants.

— Voilà un chapeau bien curieux, dit-il d'un air assez perplexe. Mais est-ce bien un chapeau ?

— C'est un bonnet.

Même si cela ne décrivait pas vraiment l'espèce de disque de velours décoré d'une plume qui lui tombait le long de la joue.

— Il vous plaît ? s'enquit-elle.

— Beaucoup. Je n'ai encore jamais rien vu de semblable.

Elle secoua la tête en souriant.

— Allons-y. J'ai énormément de choses à faire aujourd'hui.

Elle prit son bras, et ils sortirent. Leurs chevaux attendaient, tenus par deux garçons d'écurie.

La prenant par la taille, Gideon la souleva pour la hisser sur sa monture. Comme par hasard, ses pouces vinrent frôler ses seins. Aussitôt, une brûlure naquit en elle. Seigneur, comme son contact lui manquait !

— J'ai une idée, murmura-t-il.

Sans même s'en rendre compte, Louisa se lécha les lèvres.

— Oui ?

— Allons chez moi.

— Votre mère…

— Elle ne se réveillera pas avant plusieurs heures. Nous passerons par-derrière.

Sa voix était rauque, ensorceleuse, irrésistible.

— Mon bureau donne sur le jardin. Personne ne nous verra.

Avant qu'elle ait pu répondre, la main de Gideon se glissa sous ses jupes, lui caressant le mollet.

— Louisa, j'ai envie de vous.

— Moi aussi, murmura-t-elle.

Et s'ils étaient découverts… eh bien, ils seraient mariés d'ici une semaine.

Le trajet jusqu'aux écuries de Rothwell House lui parut très court.

Après avoir sauté de selle, il l'aida à descendre et confia les rênes de leurs deux montures à un vieil homme.

— Barnes, qu'on leur fasse faire de l'exercice. Nous les récupérerons dans une heure.

— Oui, Votre Grâce.

Au lieu de l'entraîner sur-le-champ vers la maison, Gideon déclara :

— Mon amour, voici mon maître d'écurie, Barnes. Il est avec la famille depuis toujours. Barnes, je vous présente ma fiancée, lady Louisa Vivers.

Le domestique s'inclina avant de sourire.

— Ravi de vous rencontrer enfin, milady. Permettez-moi de vous souhaiter tout le bonheur du monde.

— Merci, Barnes. Enchantée de faire votre connaissance.

Toujours souriant, le vieux bonhomme lui fit carrément un clin d'œil pendant que Gideon ouvrait la petite barrière qui donnait dans le jardin. Louisa sentit ses joues s'empourprer.

— C'était une bonne idée de penser à donner de l'exercice aux chevaux, dit-elle à Gideon. Mon propre maître d'écurie verra qu'ils se sont dépensés.

— Il m'arrive parfois d'avoir de bonnes idées.

Ils traversèrent le jardin en direction d'un côté de la maison.

— J'ai laissé la porte déverrouillée avant de partir. En allant chez vous, je priais le Ciel pour que vous acceptiez de venir.

Comment aurait-elle pu ne pas aimer cet homme ? Il était tout ce dont elle avait rêvé. Intelligent, prévoyant, séduisant, fort, passionné…

— Encore une bonne idée. Excellente, même, commenta-t-elle d'une voix un peu rauque.

Dès qu'ils furent dans son bureau, il la prit dans ses bras.

— Et maintenant, dit-il en fixant son couvre-chef d'un air critique, comment puis-je enlever cette chose sans l'abîmer ni vous décoiffer ?

Louisa retira une très longue aiguille, d'aspect assez redoutable, de son chignon, libérant le bonnet. Pour cela, elle dut lever les deux bras, et ses seins étirèrent le tissu de son corsage. Aussitôt, il sentit son sexe durcir. Plus tôt il la débarrasserait de ses vêtements, mieux ce serait. Ils n'avaient qu'une heure devant eux.

Lui prenant le disque de velours, il le posa avec précaution sur son bureau, avant de s'attaquer aux brandebourgs tissés de fils dorés qui fermaient sa veste. De son côté, Louisa dénoua son foulard de soie, beaucoup plus rapide à retirer qu'une cravate. Il se débarrassa de sa propre veste avant de repousser la sienne sur ses épaules, et bientôt, un tas de vêtements entoura leurs chevilles.

Prenant son visage en coupe entre ses mains, il s'empara de ses lèvres dans un baiser impérieux. Leurs langues se nouèrent.

— Gideon…, murmura-t-elle d'une voix haletante. Les fenêtres.

En quelques secondes, il tira les rideaux, les plongeant dans l'obscurité.

— J'allume les chandelles.

Encore du temps qui leur était arraché. Il put enfin l'embrasser de nouveau, tout en l'attirant vers la banquette. Il ne restait plus qu'à lui enlever sa chemise, ses sous-vêtements et ses bas.

Non, elle peut garder les bas.

Enfin, ses seins splendides furent libérés. Il frôla leurs pointes roses et érigées, heureux de la sentir frémir au moindre contact de ses doigts. Avant qu'il ait pu goûter ses mamelons, Louisa lécha les siens, lui coupant le souffle.

— Ça te plaît ?

Elle souriait.

— Plus que tu ne l'imagines, mon amour, gronda-t-il.

— Je peux imaginer des tas de choses, tu sais.

Ses mains voyagèrent sur son torse, puis vers son ventre et son sexe.

— Montre-moi comment te toucher ici.

Comme elle venait de le faire avec lui, il fit descendre ses doigts le long de son corps, savourant la douceur de sa peau. Ses longues mèches sombres s'étalaient sur les coussins brodés qu'il avait placés sous sa tête. Les paupières de Louisa papillonnèrent, et il retint son souffle en voyant le désir qui brillait dans ses yeux lapis. Il frôla sa taille, la rondeur de ses hanches, avant de s'immiscer entre ses cuisses pour atteindre enfin le petit bourgeon niché entre ses boucles brunes.

Il fut ravi de constater qu'elle était aussi prête que lui.

Elle frémit, se pressant contre ses doigts.

— Montre-moi... Je veux que tu sentes ce que je sens.

Mais ce n'était pas le moment de lui montrer l'infinité des variétés possibles. Bientôt, ils auraient toute une vie pour cela.

— Dis-moi ce dont tu as envie, mon cœur, dit-il en se redressant sur un coude, soulagé que la banquette soit assez large pour eux deux.

— Je veux que ce soit comme la dernière fois, répondit-elle avec une étrange gravité.

— Je te promets de faire de mon mieux, dit-il en léchant un de ses mamelons, ce qui lui arracha un autre frémissement.

Il continua de torturer ses seins avec sa bouche un moment, avant de glisser le long de son ventre pour se caler entre ses cuisses et la savourer. Les gémissements et les soupirs de Louisa emplirent la pièce tandis qu'il maintenait les replis de son sexe écartés pour mieux la caresser avec sa langue. Il ne fallut que quelques secondes pour qu'elle soit ébranlée par de violents spasmes qui culminèrent quand elle cria son nom. Alors seulement, il remonta le long de son corps pour contempler son visage au comble de l'extase. Dès qu'il se plaça entre ses jambes, elle noua ses jambes autour de ses hanches, l'attirant en elle. Il aurait pu passer le reste de sa vie ainsi, enveloppé par elle, s'émerveillant de son contact. Le reste de sa vie à l'aimer.

Louisa se cambra quand Gideon plongea en elle. Cette fois, il n'y eut aucune douleur, rien que le plaisir inouï qu'ils partageaient, s'offraient l'un à l'autre. De nouveau, elle atteignit la jouissance, basculant dans ce paradis des sens bien plus vite qu'elle ne l'aurait cru possible. Deux fois en quelques instants ! Au même moment, elle sentit la chaleur de sa semence qui se répandait en elle, et il s'écroula à ses côtés, la serrant contre lui tout en embrassant sa chevelure comme si elle était ce qu'il avait de plus précieux au monde.

Jamais elle ne s'était sentie aussi proche de qui que ce soit. Si seulement ils avaient pu rester ainsi à jamais !

— Tu es bien silencieuse, chuchota Gideon au bout d'un moment.

— J'aime être avec toi comme cela... C'est... incroyable.

Il l'embrassa tendrement, frôlant à peine sa bouche. Il rit quand elle aspira sa lèvre, en voulant plus, déjà prête à recommencer.

— Ma chérie, nous devons nous rhabiller. Ta mère nous fera traquer par tous les Coureurs de Bow Street si elle ne te voit pas au petit déjeuner.

— Il y a des chances, admit-elle, pensive, avant de demander : Est-ce ainsi entre tous les couples qui vont se marier ?

Il parut réfléchir avant de secouer la tête.

— J'en doute.

Elle se tortilla pour le dévisager, intriguée.

— Beaucoup trop de gens se marient sans amour. Ou alors l'un des deux est amoureux, mais pas l'autre.

Louisa songea à ses parents. Ils n'avaient sans doute pas connu la joie qu'elle était en train de découvrir. Elle préféra ne pas s'attarder sur cette idée. De plus, il y avait encore un petit détail à régler.

— Mon amour ?

— Mmm ?

— M. Allerton t'a-t-il dit que j'avais trouvé une facture pour des boucles d'oreilles en diamants ? Une facture qui remonte à environ trois mois ?

Elle crut sentir Gideon se raidir.

— Il a dû y faire allusion. Ni lui ni moi n'étions à Londres à ce moment-là.

Elle hocha la tête, comprenant qu'elle avait vu juste.

— Elle t'a sans doute été envoyée par erreur.

Il fronça les sourcils.

— Oui, c'est possible.

— Dès que j'en aurai le temps, je passerai en revue toutes les factures afin de trouver les achats correspondants. Après tout, il y a peut-être eu d'autres erreurs.

— C'est une bonne idée, dit-il en la prenant dans ses bras et en l'embrassant. Je vais dire à Allerton de s'en occuper.

Elle se blottit contre son épaule.

— Il était assez troublé quand j'ai trouvé cette facture. Je suis certaine qu'il voudra s'assurer qu'il n'y en a pas d'autres.

— Je le crois aussi.

Elle se nicha encore un peu plus contre lui pour profiter des derniers instants qu'il leur restait. Le silence les enveloppa jusqu'à ce que l'heure sonne à l'horloge.

— Nous devons nous rhabiller.

Sans répondre, Gideon l'aida à se lever et à enfiler ses vêtements. Oui, décidément, ils avaient trop peu de temps ensemble. Mais une semaine, ce n'était quand même pas si long, et ensuite, ils pourraient faire l'amour chaque fois qu'ils en auraient envie.

— Tu viens prendre le petit déjeuner avec nous ?

Il secoua la tête.

— Je ne peux pas. Et il serait sans doute judicieux que tu prennes un bain dès ton retour.

Elle se figea et renifla. Oui, l'odeur de leur amour était plus forte qu'elle ne l'aurait cru.

— Heureusement, j'en prends toujours un après avoir fait du cheval de bon matin.

Elle n'éveillerait donc aucun soupçon. Mais qu'il était pénible de devoir se cacher ! L'amour qu'elle partageait avec Gideon ne méritait pas d'être dissimulé.

Elle boutonna son dernier brandebourg et se laissa couler dans ses bras une dernière fois.

— Je t'aime de tout mon cœur, dit-elle.

— Je t'aime de tout cœur, mon corps et mon âme. Rien ne nous séparera jamais.

30

Vingt minutes plus tard, Gideon disait adieu à Louisa devant Stanwood House, pressant un baiser dans sa paume avant de lui refermer les doigts sur ce gage d'affection.

— Nous nous verrons ce soir.

— Oui. Au dîner avant le théâtre. Et, crois-moi, je ne vais pas cacher ma joie d'aller voir ma première pièce ! déclara-t-elle avec un immense sourire.

Elle était la seule dame de sa connaissance qui n'affectait pas un masque d'*ennui** quand elle était en société.

— Veux-tu savoir de quelle pièce il s'agit ?

— Bien sûr.

— *Roméo et Juliette.* On dit que le comédien principal vaut à lui seul le détour.

— S'agit-il de M. Kean ?

Gideon acquiesça, heureux de la voir si excitée.

— Lady Evesham dit qu'il est le meilleur acteur de notre époque.

— Alors, vivement ce soir.

Elle grimpa les marches, se retourna sur le pas de la porte et lui souffla un baiser.

Une folle exaltation emplit Gideon. Si seulement il n'avait eu aucun secret pour elle ! Quand elle avait parlé des boucles d'oreilles, il avait bien cru que son cœur s'arrêtait. Elle était si sincère. Comment réagirait-elle si elle découvrait qu'il lui dissimulait certaines choses ?

Une heure plus tard, de retour chez lui, il avait fort à faire avec une assiette sur laquelle étaient empilés du bœuf, du jambon et du hareng fumé, quelques œufs et un certain nombre de toasts quand sa mère entra dans la salle du petit déjeuner.

— Bonté divine, Gideon, tu vas vraiment engloutir tout cela ?

Il baissa les yeux vers son assiette. Il avait plus faim que d'habitude ce matin – sans doute à cause de cette heure passée avec Louisa.

— Ton père faisait exactement la même tête parfois, reprit sa mère, comme si elle ne voyait rien là de très étrange.

— Je préfère que nous évitions de parler de lui.

Prenant un siège à ses côtés, elle fit signe qu'on apporte du thé.

— Mon cher, ton père et moi avons été mariés pendant plus de trente ans, et durant la majeure partie de ces trente années, nous n'avons cessé d'être très amoureux l'un de l'autre.

Elle s'interrompit un instant, cligna plusieurs fois des paupières.

— Je suis furieuse que sa folie nous ait privés de nos derniers moments ensemble. J'aurais aussi préféré qu'il ne fréquente pas une personne avec l'aide de qui il nous a laissés dans une situation financière aussi déplorable, ajouta-t-elle tandis qu'une larme solitaire glissait sur sa joue encore lisse. Et je regrette profondément que tu sois obligé de réparer les dégâts. Cela dit, je l'aimerai toujours. Je ne te permettrai pas de faire comme s'il n'avait pas existé simplement parce qu'il avait perdu la raison pendant ses ultimes moments en ce bas monde. Je suis certaine qu'il se serait bien passé d'être atteint de démence.

Fredericks arriva avec la nouvelle théière et elle s'interrompit pour se servir, ajoutant sucre et lait dans sa tasse.

— Je prie pour que tu n'en sois jamais atteint, reprit-elle. J'ai fait quelques recherches, et cette maladie afflige apparemment la famille Rothwell du côté de ta grand-mère. Si je te confie ceci, c'est parce que tu ne sembles rien avoir hérité d'elle.

— Merci.

Jusqu'à présent, Gideon n'avait pas beaucoup réfléchi à cette maladie. Aucun de ses grands-parents n'en avait souffert. Il serait néanmoins sage de mettre Louisa à l'abri de tout besoin avant le début d'éventuels symptômes. Heureusement, il avait encore de nombreuses années devant lui.

Après avoir bu quelques gorgées de thé, sa mère se leva, sans même finir sa tasse.

— Tu n'as pas encore offert à Louisa une bague des Rothwell, ce qui se comprend dans la mesure où tu ne les avais pas avec toi. Je les ai apportées.

Elle jeta un nouveau coup d'œil à l'assiette de son fils.

— Quand tu auras repris des forces, viens me retrouver.

Arrivée à la porte, elle se retourna et ajouta :

— Tu n'imagines pas à quel point devenir grand-mère me comblerait de bonheur.

Il faillit s'étrangler avec son toast. Dieu merci, seul Fredericks était là pour l'entendre. Cela n'en restait pas moins extrêmement gênant. Gideon commençait à avoir l'étrange impression de ne jamais avoir vraiment connu ses parents. Mais les enfants n'étaient peut-être pas censés savoir certaines choses avant d'être eux-mêmes en âge d'être parents.

— Oh, mon pauvre, reprit sa mère qui le scrutait d'un air un peu moqueur, voilà que je t'ai vexé. Bon, n'oublie pas de passer me voir.

Sur quoi, elle sortit en souriant.

Gideon décida de prendre son temps, demandant même une nouvelle théière. Après s'être amusée à ses dépens, sa mère pouvait bien attendre quelques minutes. Quant à la bague, c'était une excellente idée. Il l'offrirait ce soir à Louisa avant d'aller au théâtre.

Quand il la rejoignit dans ses appartements, sa mère avait déjà préparé les bagues. Il y en avait cinq, présentées sur un velours couleur crème. Elles étaient de tous les styles : du plus ancien, une lourde chevalière en or avec une émeraude de la taille d'un œuf de caille, au plus moderne, un anneau serti de nombreuses petites pierres dessinant un élégant motif.

Mais celle qui retint aussitôt son attention était un anneau d'or finement gravé sur lequel était enchâssée une pierre presque opaque dont la couleur rappelait celle des yeux de Louisa.

— Quelle est cette pierre ?

— Un saphir étoilé. Si tu regardes bien, tu distingueras des lignes qui évoquent une étoile. Cette bague a été rapportée des Indes par le cinquième duc, qui l'a offerte à sa fiancée.

— Ont-ils eu un mariage heureux ?

— Très. C'était une union arrangée, mais ils se connaissaient depuis de nombreuses années et s'aimaient profondément.

— Alors, c'est celle-ci que je donnerai à Louisa.

Sa mère sourit.

— Excellent choix. Elle sera parfaite sur elle.

Gideon était bien d'accord. Maintenant, s'il pouvait s'esquiver avant que sa mère évoque ses futurs petits-enfants, sa journée n'en serait que meilleure.

Non qu'il ne voulût pas d'enfants. Il était impatient au contraire de tenir dans ses bras un bébé qui ressemblerait à Louisa. Il n'avait simplement pas envie d'en discuter avec sa mère.

Louisa grimpa l'escalier avec une sensation de légèreté inouïe, comme si ses pieds, au lieu de toucher les marches, caressaient des nuages. C'était vraiment extraordinaire d'être amoureuse... et aimée en retour.

Quand elle arriva dans sa chambre, Lucy était en train de préparer sa robe pour la journée.

— Je dois prendre un bain.

Sa femme de chambre s'immobilisa et renifla, plissant son petit nez couvert de taches de rousseur.

— La baignoire sera bientôt prête, milady.

Elle ne sentait quand même pas si mauvais ! Puis elle remercia le Ciel : Lucy ne l'ayant jamais pratiqué, elle ne pouvait reconnaître l'odeur de l'acte charnel.

— Bien. Je ne voudrais pas être en retard pour le petit déjeuner.

Son frère, sa belle-sœur ou les enfants ne lui en tiendraient pas rigueur, mais sa mère, c'était une autre histoire.

Elle eut à peine de temps de se déshabiller, avec l'aide de Lucy, que le baquet était prêt devant la cheminée.

Comme elle se glissait avec délice dans l'eau chaude, il lui vint à l'esprit que depuis que Gideon et elle avaient annoncé leur intention de se marier, Matt paraissait moins se soucier du temps qu'elle passait avec lui... et Grace ne faisait aucun commentaire non plus.

De fait, elle se voyait accorder beaucoup plus de liberté qu'auparavant. Elle se demanda ce que penserait sa mère de sa nouvelle indépendance et conclut qu'elle n'en serait pas enchantée.

— Madame ? demanda Lucy en lui tendant un linge et du savon.

— Oui ?

— La demeure du duc est-elle aussi grande que Stanwood House ?

Dans un premier temps, cette question l'étonna. Mais, bien sûr, Lucy l'accompagnerait après son mariage.

— Elle est un peu plus grande. En revanche, je ne sais pas grand-chose de Rothwell Abbey.

— Ce sera un grand changement pour moi que d'être au service d'une duchesse, dit Lucy en lui frottant le dos. Je devrais sans doute demander conseil à la femme de chambre de votre mère, ainsi qu'à celle de lady Worthington.

— C'est une excellente idée.

Cela faisait un an maintenant que Lucy était auprès de Louisa, et ce séjour à Londres était leur premier voyage ensemble. Que la toute jeune servante se sente en manque de repères était tout à fait normal.

Une demi-heure plus tard, Louisa pénétrait dans la salle du petit déjeuner au moment où éclatait dans l'escalier le chahut provoqué par les enfants. Matt et Grace bavardaient à un bout de la table. Charlotte avait pris place à l'autre extrémité, sans doute pour leur laisser un peu d'intimité.

Tapotant le siège à ses côtés, celle-ci sourit.

— Bonne promenade ?

— Très, dit Louisa en essayant de stopper la rougeur qui rampait le long de son cou.

Seigneur, elle devait apprendre à contrôler ce genre de réaction.

— Mais elle n'a pas duré assez longtemps.

Dieu du Ciel ! Tout ce qu'elle disait prenait un double sens.

Elle se servit une tasse de thé, but aussitôt et fit la grimace.

Charlotte rit doucement et chuchota :

— Tu as oublié le lait et le sucre.

Malheureusement, le visage de Louisa s'enflamma au moment précis où sa mère et Richard pénétraient dans la pièce.

— Tousse, lui ordonna Charlotte à mi-voix avant de lui donner quelques tapes dans le dos. Voilà, voilà...

Les enfants surgirent à leur tour et occupèrent les places restantes. Commença alors le ballet des valets servant tout ce beau monde.

— Merci, marmonna Louisa.

— Il n'y a vraiment pas de quoi, dit Charlotte avant de soupirer. Un jour, je saurai ce qui te fait rougir ainsi.

— Je te le dirais bien, mais cela défie toute explication.

Charlotte écarquilla les yeux.

— C'est si extraordinaire ?

— Oh oui, dit Louisa en essayant de s'empêcher de rougir à nouveau. Tu viens faire des courses avec nous ce matin ?

— Oui, mais je dois te prévenir que ta mère insiste pour que nous rendions quelques visites après cela.

— Une corvée à laquelle nous avons échappé grâce à la rougeole des enfants.

— Eh bien, fit Charlotte avec un nouveau soupir, notre répit est terminé. Non que cela me dérange outre mesure, mais il y a toujours quelqu'un pour répandre les pires ragots.

Elle esquissa un petit sourire malicieux.

— Quand tu seras duchesse de Rothwell, j'espère bien que tu ne toléreras pas les mauvaises langues.

Louisa ne répondit pas tout de suite, réfléchissant à cette dernière remarque. En tant que duchesse, elle jouirait d'un pouvoir important, ce qui lui permettrait notamment d'impulser des projets afin de venir en aide aux nécessiteux. Mais était-elle prête à assumer ce nouveau rôle ? Un frisson nerveux la parcourut.

— C'est une grande responsabilité.

— Que tu as été très bien préparée à endosser, assura Charlotte. On nous a inculqué les bonnes manières et on nous a appris à tenir notre rang. Tu sais gérer une maison et des domaines, tu possèdes une solide éducation et tu as des opinions bien arrêtées. Plus important encore, tu sais distinguer le bien et le mal. Tu feras une excellente duchesse, j'en suis certaine.

Charlotte n'avait pas tort, mais…

Son amie la dévisagea.

— Pourquoi ces doutes ?

— Ma femme de chambre vient de me dire qu'elle voulait prendre conseil auprès de celles de maman et de Grace. Elle ne sait pas vraiment à quoi s'attendre. Je suis un peu comme elle.

— Eh bien, elle ne tardera pas à découvrir qu'elle en sait déjà beaucoup, ne serait-ce que parce qu'elle a observé Bolton, la femme de chambre de Grace. Cette saison nous a déjà beaucoup appris, à elle comme à nous.

C'était la pure vérité.

— Merci. Ah, comme tu vas me manquer !

Charlotte lui tapota la main.

— Tu me manqueras aussi. Mais, où que nous vivions, nous serons toujours là l'une pour l'autre.

La main de Rosie Petrie, serrée sur la lettre de sa couturière, tremblait de rage. La femme l'informait que si elle voulait les robes qu'elle avait commandées, elle devrait les régler elle-même, car le duc de Rothwell refusait d'honorer les factures qu'on lui adressait.

— Mais quel odieux goujat ! Comment ose-t-il, après tout ce que j'ai fait pour rendre son père heureux pendant ses derniers jours ?

Cela ne lui suffisait pas de lui avoir retiré ses chevaux et ses voitures. Voilà que ce démon la dépouillait de ses vêtements.

— Et les nouvelles du prêteur ne sont pas meilleures.

Sa bonne lui tendait le sac de bijoux qu'elle était censée avoir mis en gage. Il semblait vide.

Rosie plissa les paupières.

— A-t-il essayé de t'escroquer sur le prix ?

À la différence d'un ou deux autres de ses collègues, M. Sutton n'avait jamais tenté de tricher avec elle auparavant.

— Non. Mais on lui a dit que les bijoux avaient été volés et qu'il devait les garder.

— Volés ! hurla-t-elle. C'étaient... des cadeaux de Sa Grâce !

Du moins, la plupart l'étaient. Certes, quelques-uns avaient été acquis grâce à la *carte blanche** qu'elle avait fabriquée, mais les autres lui avaient bien été offerts par le duc. Qu'allait-elle faire maintenant ?

Au pire, il lui restait encore cette vieille parure à laquelle le duc semblait beaucoup tenir mais qu'il lui avait pourtant donnée. Elle pouvait la faire démonter afin qu'on ne la reconnaisse pas et vendre les pierres une par une.

Elle prit soudain conscience que sa bonne était pâle comme un linge.

— Ce n'est pas ta faute, dit-elle avec gentillesse. Comment aurais-tu pu savoir qu'il nous jouerait un tour pareil ? Repose-toi un peu, et ensuite essaie de voir si tu peux me trouver un autre prêteur sur gages.

— Merci, m'dame, dit la fille avant de filer hors de la chambre.

Rosie resserra son peignoir en soie autour d'elle. Quoi qu'il arrive, elle n'irait pas en prison pour dettes. Ce qui signifiait qu'il lui faudrait rendre certaines des robes qu'elle avait achetées ces dernières semaines. Mais, d'une façon ou d'une autre, elle ferait payer le nouveau duc de Rothwell pour oser la voler ainsi.

Prenant une longue inspiration, Rosie essaya de se calmer en songeant à sa soirée au théâtre. Elle avait déjà vu la pièce, mais Kean était si fabuleux qu'elle tenait à le revoir.

C'est alors qu'une idée lui vint. Elle n'était sans doute pas la seule à qui Rothwell refusait de payer ses dettes. Pourquoi ne pas s'associer à quelqu'un qui avait lui aussi envie de s'offrir une petite vengeance contre le duc ?

31

Gideon avait fait porter un billet à Louisa pour lui demander quelques minutes en tête à tête dans le petit salon de Stanwood House avant qu'ils se joignent au reste de la famille. Il fut donc déçu de ne pas l'y trouver en train de l'attendre.

— Je serais heureux de servir à Votre Grâce un verre de vin ou de sherry pendant qu'on informe lady Louisa de votre arrivée, déclara le majordome.

— Un sherry, s'il vous plaît.

Peu après, la porte s'ouvrit, et Louisa apparut. Dès qu'elle le vit, un sourire étira ses lèvres aussi roses que les minuscules fleurs brodées sur la basquine qui s'ouvrait sur sa jupe. Ses petites manches bouffantes étaient faites de plusieurs couches, selon une mode qu'il n'avait encore jamais vue. Il ne voulait même pas savoir combien tout cela avait coûté. Accablé, il se demanda s'il aurait les moyens de lui offrir le genre de tenues auxquelles elle était habituée.

— Gideon, dit-elle en glissant littéralement vers lui tout en lançant ses longs gants sur une table. Qu'y a-t-il ?

Il déposa un léger baiser sur ses lèvres.

— Je voudrais te...

Ses yeux d'un bleu si profond étaient rivés sur lui et, pendant un moment, il fut incapable de parler.

Qu'avait-il fait pour mériter une femme si belle, si intelligente ?

— Je voudrais que tu portes une bague de fiançailles, dit-il enfin, en sortant le petit sac en satin de la poche de son gilet. C'est une tradition dans ma famille.

Les yeux de Louisa parurent s'embuer.

— Oh, mon amour, je serai ravie… non, fière de porter ta bague.

Retournant le sac, il fit tomber le bijou dans la paume de sa main.

— J'ai choisi celle-ci, car la pierre est du même bleu que tes yeux.

Il la glissa à son annulaire. La bague était un peu trop grande.

— Je la porterai à l'index, dit-elle en souriant avant de lui caresser la joue.

Comment avait-il pu oublier de vérifier la taille ?

— Porte-la ce soir. Demain, nous irons la faire mettre à ta taille chez un joaillier.

— Elle est magnifique. Je n'avais encore jamais vu de pierre comme celle-ci.

— C'est un saphir étoilé. On l'appelle ainsi en raison de ces lignes à sa surface.

Louisa étudia la pierre un moment avant de déclarer :

— Sais-tu qu'un saphir bleu signifie amour, dévouement et fidélité ?

Il la prit dans ses bras.

— Non, mais j'en suis heureux. C'est bien tout ce que je désire partager avec toi.

— Moi aussi. L'amour et la confiance.

Des larmes contenues faisaient scintiller ses yeux.

— Louisa, mon amour. Vas-tu pleurer ?

Cette éventualité l'effrayait plus qu'il ne l'aurait cru possible.

— Ne t'inquiète pas, répondit-elle en riant. Ce sont des larmes de joie. Vraiment.

— Je suis heureux que la bague te plaise. Je ne l'avais encore jamais vue avant aujourd'hui. Elle a plus de trois cents ans.

Par Jupiter, on aurait dit un écolier timide.

— Mon amour, je l'adore. Tu n'aurais pu en choisir de plus belle.

Il allait l'embrasser quand la porte s'ouvrit. Ils s'écartèrent l'un de l'autre, mais à peine, comme si une force irrésistible les empêchait de se séparer. Elle glissa la main dans le creux de son coude.

La mère de Louisa entra, accompagnée d'un homme que Gideon devina être lord Wolverton.

— Mère, Richard, dit Louisa en l'entraînant à leur rencontre. Rothwell, vous avez déjà rencontré ma mère. Voici son mari, mon beau-père, lord Wolverton. Richard, mon fiancé, Rothwell. C'est encore un peu étrange d'avoir un nouveau père, ajouta-t-elle en souriant.

Gideon tendit la main à lord Wolverton.

— Ravi de rencontrer un autre nouveau venu dans la famille.

Wolverton émit un rire gentiment moqueur.

— Il semble que vous ayez passé tous les tests avec brio. Theo, Mary et Philip ne cessent de chanter vos louanges.

— J'ai été heureux de pouvoir distraire un peu Theo. Vous êtes du Kent, n'est-ce pas ?

Wolverton se dirigea vers la desserte, incitant du regard Gideon à le suivre. Remarquant que Louisa désirait s'entretenir avec sa mère, il le suivit.

— Depuis combien de temps êtes-vous mariés ?

— Même pas un mois.

Wolverton lui montra la bouteille de sherry.

Gideon désigna son verre oublié un peu plus loin sur la table.

— C'est déjà fait, merci.

Wolverton se servit avant de déclarer :

— J'ai peur de vous avoir rendu un mauvais service.

Comment était-ce possible ? se demanda Gideon. Il n'avait encore jamais rencontré cet homme.

— Je ne comprends pas.

— Je sais à quel point mon épouse aime ses enfants, et quand j'ai appris que vous courtisiez Louisa, j'ai essayé de glaner quelques informations à votre sujet auprès de mes collègues.

Wolverton s'interrompit le temps de boire une longue rasade.

— Certains ne sont pas jeunes. En fait, on pourrait même les considérer comme assez vieux. Ce que je ne leur dirai jamais en face, bien sûr. Quelques-uns ont connu votre père.

Gideon commençait à comprendre.

— Pendant ses dernières années, j'imagine, dit-il.

— À vrai dire, non, répondit Wolverton en se massant la joue. Ils s'étaient rencontrés au cours de leur jeunesse et ne l'ont revu qu'il y a un an environ.

Ce qui signifiait que ces hommes avaient connu son père du temps de sa jeunesse assez folle pour le retrouver au cours de sa très folle vieillesse, quand il avait essayé de revivre cette période de sa vie.

— Mon père les a-t-il reconnus ?

Wolverton parut surpris.

— Oui. Il semblait ravi de retrouver de vieux amis.

— Évidemment.

Gideon serra les lèvres, comme pour empêcher son secret de s'échapper. Que faire, maintenant ? Mettre un terme à cette conversation ou avouer la vérité à son futur beau-père ? De toute manière, il y avait de fortes chances qu'il l'apprenne par ailleurs... ou qu'il soit déjà au courant.

— Au cours des dernières années de sa vie, mon père a été atteint de démence. Peu de gens le savent, et j'aimerais que cela continue ainsi.

— En avez-vous parlé à Louisa ?

— Pas encore. J'ai quelques affaires à régler avant d'en discuter avec elle. Worthington le sait.

Wolverton se frotta de nouveau la joue.

— J'estime que vous devriez en parler à Louisa, mais si son frère et tuteur estime qu'il vaut mieux vous laisser régler cela à votre manière, qui suis-je pour le contredire ?

— Merci.

Gideon avait conscience qu'il devait parler à Louisa, mais il ne voulait pas le faire avant qu'ils soient à Rothwell Abbey. Et aussi – s'il était vraiment honnête – une fois qu'ils seraient mariés et qu'il serait certain qu'elle ne le quitterait pas.

— Tu es ravissante, ma chère, dit Patience à Louisa en l'entraînant à l'écart des deux hommes.

Bonté divine, sa mère s'imaginait-elle qu'il allait se passer quoi que ce soit entre Gideon et elle alors qu'elle et son mari étaient présents dans la pièce ? Ou bien s'inquiétait-elle parce qu'ils étaient restés seuls un moment ?

— Merci, dit-elle avant de montrer sa main. Rothwell voulait me donner ceci avant que tout le monde arrive. C'est un saphir étoilé.

— J'en avais entendu parler, mais je n'en avais encore jamais vu. Il semble très ancien, commenta Patience, l'air impressionné.

— Oui. Plus de trois cents ans, je crois.

Comme Charlotte, qui venait d'entrer dans le salon, les rejoignait, Louisa lui montra le bijou à elle aussi.

— Superbe. Il a dû penser à tes yeux en la choisissant.

Louisa éclata de rire.

— C'est exactement ce qu'il a dit.

La mère de Gideon arriva, et on ne tarda pas à annoncer que le dîner était prêt. Les enfants ayant déjà mangé, Grace avait décidé que le repas serait servi dans la petite salle à manger – où la table pouvait quand même accueillir seize convives.

Louisa fut ravie de constater que Rothwell avait été placé à la droite de Grace, qui avait Richard à sa gauche. Patience et la duchesse encadraient Matt, puis venaient Charlotte et Louisa, qui se retrouvait donc aux côtés de Gideon. La table était assez étroite pour permettre les conversations en face-à-face.

Le dîner commença par une soupe que le chef avait baptisée « essence de céleri ».

— Je n'avais encore jamais rien goûté de semblable, déclara Gideon avec délice.

— Voilà pourquoi j'aimerais que votre cuisinier français œuvre aussi bien à Londres qu'à la campagne. Il me paraît très doué, lui aussi.

— Excellente idée.

Vint ensuite une sole sautée dans du beurre fondu, saupoudrée d'éclats d'amandes et accompagnée d'une salade composée, puis des tranches de gigot avec des haricots verts fins et des cailles farcies. Quand le dessert arriva, Louisa se dit que Gideon devait être maintenant persuadé de la nécessité d'avoir leur chef en permanence avec eux.

Elle se tapota les lèvres avec sa serviette.

— Cela vous a plu ?

— C'était succulent, dit-il en souriant. Comme la dernière fois que j'ai dîné avec vous, même si le menu ne m'avait pas paru aussi sophistiqué.

— Quand les enfants sont avec nous, Grace insiste pour que les repas soient plus simples.

— Je comprends maintenant pourquoi vous tenez à ce que nous gardions mon chef.

Il se tut un instant, le temps de choisir un pot de fromage blanc aux fruits.

— En avez-vous parlé avec ma mère ? Que vous a-t-elle dit ?

— Seulement que votre cuisinière à Rothwell était avec vous depuis des années et qu'elle la suivrait dans la maison de la douairière. Pouvons-nous dire alors que c'est une affaire réglée ?

Durant sa visite de Rothwell House, Louisa avait déjà parlé avec Antoine, le chef de Gideon, qui lui avait assuré qu'il serait heureux de rester auprès d'eux où qu'ils aillent.

Gideon savoura son fromage avant de répondre.

— Oui, mon amour. En ce qui me concerne, si je pouvais manger ne serait-ce que comme les enfants de cette maison, je serais un homme heureux.

Ravie, elle choisit une tartelette au citron.

— Merci. Je suis ravie que nous soyons d'accord.

Soudain, il posa la main sur sa cuisse, et des flammes bondirent entre ses jambes.

— Ce n'est pas la seule chose sur laquelle nous sommes d'accord.

Pas la seule, en effet. En fait, ils n'avaient qu'un désaccord : qu'elle dépense son argent pour renflouer le domaine. Mais cela aussi finirait par changer, elle en était persuadée.

Une heure et demie plus tard, Gideon conduisait leur petit groupe au Théâtre Royal ou, comme on l'appelait le plus souvent, à Drury Lane, du nom de la rue où il se trouvait.

Dès qu'ils pénétrèrent dans le hall d'entrée, le propriétaire des lieux vint à leur rencontre.

— Votre Grâce, il y a eu un léger contretemps dans la préparation de votre loge. Quand je suis allé l'inspecter, elle ne m'a pas paru convenir. J'espère que vous me comprendrez. Afin de nous faire pardonner, j'ai ajouté une autre bouteille de champagne.

— Je suis certain que tout sera parfait, assura Gideon. Merci.

Peu après, ils gravissaient le grand escalier pour se rendre dans le salon luxueux appartenant aux ducs de Rothwell, salon qui donnait sur la loge elle-même.

Une bouteille de champagne tout juste ouverte les attendait dans un seau à glace. Il y avait aussi de la citronnade et du vin, avec les verres appropriés.

— Champagne, mon amour ? demanda-t-il à Louisa.

— Oui, s'il vous plaît. Comment allons-nous nous asseoir ?

La loge, vaste, permettait à six d'entre eux d'être installés au premier rang. Mais ils étaient sept, ce qui signifiait que l'un d'eux devrait se sacrifier.

— Je m'assiérai derrière ma femme, annonça Worthington.

— Merci, lui dit Gideon, reconnaissant.

Il pourrait ainsi rester auprès de Louisa.

Pendant qu'il discutait avec son ami et futur beau-frère, Louisa et lady Charlotte admiraient le théâtre. Tous les balcons des loges étaient ornés de dorures. D'immenses lustres pendaient du plafond, et des centaines de chandelles illuminaient la salle.

— Je n'ai jamais rien vu d'aussi opulent, dit Charlotte.

— C'est parce que tu ne connais pas encore certains endroits... qu'il vaut d'ailleurs bien mieux que tu ne visites jamais, répliqua Worthington.

Charlotte ouvrit de grands yeux.

— L'opéra est encore plus luxueux, remarqua lady Wolverton pour détourner l'attention de cette remarque qu'elle estimait déplacée.

— En effet, dit lady Worthington en tendant une coupe de champagne à son mari. J'y ai une loge. Si vous le désirez, nous pourrions y aller la semaine prochaine, avant le mariage.

Louisa pressa le bras de Gideon.

— Rothwell… Pourquoi ces gens nous dévisagent-ils ?

Il contempla le parterre, où de jeunes gentlemen se retrouvaient mêlés à un public d'un rang inférieur au leur.

— Ces jeunes gens aiment à parier, l'enjeu étant de savoir lequel d'entre eux parviendra à capter l'attention d'une dame.

— Non, je parle de cette loge en face de la nôtre.

Il suivit son regard vers la loge en question, qui était occupée par un homme et deux femmes. L'une d'elles portait une paire de boucles d'oreilles en diamants qu'il distinguait même à cette distance. Avant qu'il ait pu détourner les yeux, elle lui adressa un salut sans équivoque. *Mais quelle audace !*

— Je ne connais pas ces personnes ni ne souhaite les rencontrer.

Néanmoins, il avait une assez bonne idée de l'identité de la femme aux boucles d'oreilles. Était-ce là la raison du retard pour leur loge ? Avait-elle tenté de l'occuper ?

— Le gentleman est Kenilworth, déclara Worthington. Je croyais qu'il comptait s'abstenir de venir en ville cette saison.

— Qui ? demanda Louisa.

— Le marquis de Kenilworth. Un vieil ami d'école. Ne vous souciez pas des femmes qui l'accompagnent. Aucune d'entre elles ne devrait vous être présentée.

Là-dessus, lady Worthington fit en sorte de détourner l'attention de Charlotte et de Louisa pendant que son mari prenait Gideon à l'écart.

— La femme aux boucles d'oreilles est cette Mme Petrie, annonça Matt à mi-voix d'un ton sévère. L'autre est, à ce que je sais, la courtisane la plus en vogue cette année et la maîtresse actuelle de Kenilworth. À moins qu'il ne soit ivre, il n'osera pas les amener ici.

— Je vais placer un de mes valets devant la loge, dit Gideon, au cas où le marquis tenterait une idiotie quelconque.

Il y avait néanmoins un avantage – et un seul – à cette pénible situation : Gideon savait désormais à quoi ressemblait la catin.

Louisa était de nouveau à ses côtés.

— Pourquoi cette femme nous a-t-elle fait signe ?

— Je ne suis pas sûr d'avoir envie de le savoir.

— Si ses interventions à la Chambre des lords sont toujours judicieuses, commenta Worthington, Kenilworth a de très mauvaises fréquentations. Mieux vaut éviter de s'interroger sur les motivations de cette créature.

Se mordillant la lèvre, Louisa acquiesça.

— Je comprends. Elle fait partie de ces femmes que les dames évitent.

— Précisément, ma chère, dit la mère de Gideon en lui prenant le bras. Venez goûter les biscuits. Je crois avoir détecté un arôme de lavande.

Gideon fut très surpris par cette remarque. Sa mère connaissait-elle l'ancienne maîtresse de son père ? Si oui, comment ?

— Eh bien, je trouve qu'il est grossier de la part de ce marquis de nous dévisager ainsi, déclara Charlotte, le nez froncé comme si elle reniflait une mauvaise odeur.

— Ne sois pas aussi dure envers Kenilworth, dit Worthington. Il est le seul garçon de sa fratrie. Ses sœurs sont plus âgées que lui, et toutes sont aujourd'hui mariées et mères. Elles viennent rarement à Londres. Sa mère n'a jamais tenté de le contrôler, et son père est mort depuis des lustres. Disons qu'il n'a guère de raisons de respecter les usages de la bonne société.

Il eut un sourire sarcastique.

— Du moins, pas avant qu'il cherche une épouse, ce qui, selon lui, n'arrivera pas avant de nombreuses années.

— Peu importe, déclara Charlotte d'un ton hautain. Un gentleman qui se respecte devrait faire preuve de bonnes manières en toutes circonstances.

— Je suis bien d'accord avec toi, dit Grace en l'accompagnant à son siège. Et nous allons lui montrer l'exemple en consacrant maintenant toute notre attention à la représentation.

Gideon, qui regardait Worthington, réprima une réaction de surprise : pendant que Charlotte jetait un nouveau regard méprisant en direction de l'autre loge, son frère levait en douce son verre en réponse à Kenilworth. Les fâcheuses fréquentations du marquis ne constituaient visiblement pas pour lui une raison de couper les ponts avec un ami et un allié politique.

Prenant place aux côtés de Louisa, Gideon enroula ses doigts autour de sa main.

— Voilà une soirée qui s'avère fort intéressante, et la pièce n'a même pas encore commencé.

— En effet, dit-elle en regardant son amie. Charlotte semble avoir pris ce monsieur en grippe.

— C'est une bonne chose, car si l'on en croit votre frère, elle ne fait pas partie des femmes que Kenilworth a envie de fréquenter.

Elle soupira.

— Je suppose que vous avez raison. C'est juste que je ne l'ai encore jamais vue ainsi. En général, c'est l'âme la plus généreuse qui soit.

La pièce commença alors, l'empêchant de répondre. Dès l'instant où les comédiens apparurent sur scène, Louisa parut fascinée et ne les quitta plus des yeux.

Gideon repensa aux boucles d'oreilles. S'agissait-il de celles mentionnées dans la facture qu'avait découverte Louisa ? Il allait devoir relire la description des bijoux et en parler à son avocat. Même s'il mourait d'envie d'aller trouver lui-même cette femme, une telle initiative n'aurait pas été très sage. Il était sur le point de se marier, et il était possible que son premier enfant ait déjà été conçu. Voilà qui importait beaucoup plus que de régler ses comptes avec une catin.

32

— Monsieur, auriez-vous la bonté de m'accompagner à la loge de Rothwell durant l'entracte ?

Rosie usait de sa voix la plus suave, celle qui lui permettait toujours d'obtenir ce qu'elle désirait. Elle avait appris à la dure à ne jamais formuler d'exigences. Ces messieurs de la haute n'aimaient pas qu'on leur dicte leur conduite.

— Vous voulez que je fasse quoi ?

L'expression de lord Kenilworth n'était que dédain. Bien sûr, il refusait d'*insulter* un membre de sa caste. Pas à moins d'avoir une excellente raison de le faire.

Aimée émit un rire cristallin, brisant la tension qui venait de s'installer.

— Et que feras-tu ? Te présenter comme la maîtresse de son père ? À moins que je n'aie mal vu, la duchesse est présente elle aussi.

Elle tapota le bras de Rosie avec son éventail.

— Je comprends que tu sois agacée de ne plus pouvoir te servir de la loge, mais il fallait t'y attendre. Tu ne vas pas faire une scène pour cela, et mon pauvre Kenilworth ne va pas consentir un tel sacrifice.

Elle se tourna vers ce dernier en ajoutant :

— N'est-ce pas, *mon ami** ? Ce ne serait pas du tout *comme il faut**.

— Absolument. Aucun gentleman ne présenterait une courtisane à une dame, encore moins en présence de Worthington. Si je tentais un tel affront, il me couperait la tête. Et je ne le lui reprocherais pas.

Avant même que Rosie ait pu ouvrir la bouche pour argumenter, Aimée intervint en la regardant d'un air éloquent :

— Tu es trop *maladroite**, ma chère.

Elle eut une jolie moue boudeuse, puis un large sourire étira ses lèvres, comme si elle avait trouvé la solution à tous les maux de l'univers.

— Si tu tiens à avoir une loge, cherche un autre protecteur. Tu es encore *très belle**. Ce ne sera pas un problème.

Au contraire, c'était bien là le problème. Rosie n'avait aucune envie d'une loge dont elle jouirait à temps partiel ou selon le bon vouloir de son amant. Elle rêvait depuis toujours d'avoir sa propre loge dans un des plus grands théâtres de Londres, et ce, en permanence. Mais, plus que cela encore, elle voulait faire payer Rothwell pour la priver de ce qui lui appartenait. Tout cela lui avait été donné par son père. Il n'avait aucun droit de le lui reprendre, de le lui voler. Si elle n'agissait pas très vite, elle n'aurait plus le choix : soit elle devrait effectivement trouver un autre protecteur, soit il lui faudrait vendre sa maison pour aller s'installer dans un petit village à la campagne. Certaines femmes étaient faites pour ce genre de vie paisible, mais Rosie aimait l'excitation que seule Londres pouvait offrir, ses parcs, ses théâtres, ses boutiques… et toutes ces possibilités de rencontres.

Elle observa de nouveau la loge de Rothwell. Il rivait sur elle un regard noir, comme s'il voulait lui tordre le cou. La jeune dame à ses côtés était tellement fascinée par la pièce qu'elle semblait inconsciente de la tension qui émanait de lui. Soudain, elle tourna les yeux et fixa Rosie à travers la salle pendant une ou deux secondes, avant de reporter son attention sur le spectacle. Peut-être pas si inconsciente que cela, finalement.

Une idée traversa soudain l'esprit de Rosie. Que se passerait-il si elle parvenait à convaincre cette jeune dame qu'elle avait une aventure avec Rothwell ?

Cette lady Louisa était une héritière, elle le savait. C'était sans doute là la raison pour laquelle le nouveau duc tenait tant à leur union. Quelle meilleure vengeance que de lui faire perdre sa fiancée et la fortune qu'elle apportait ?

Louisa glissa un coup d'œil vers Gideon et le surprit en train de fixer la loge de Kenilworth avec colère. Si seulement elle avait su pour quelle raison ! Il avait dit qu'il ne connaissait aucune de ces deux femmes, ni d'ailleurs Kenilworth, et elle le croyait. Puis Matt avait chuchoté quelque chose à l'oreille de Gideon, qui avait paru très contrarié. Peut-être réprouvait-il toute forme de prostitution ? Ce en quoi elle l'approuvait de tout son cœur.

Peu importait à quel point une femme paraissait apprécier ce sort – et elle devait admettre que la jeune personne assise auprès du marquis semblait beaucoup s'amuser –, aucun être humain n'aurait dû être forcé de vendre son corps pour survivre.

Sans doute était-ce cela qui avait tant troublé Charlotte. C'était compréhensible, maintenant qu'elles connaissaient l'histoire de ces malheureuses qui avaient été enlevées et séquestrées chez cette Mlle Betsy, puis droguées et forcées de se prostituer. Voir à présent un gentleman – pire encore, un pair du royaume ! – en compagnie de deux créatures pareilles devait rendre Charlotte tout aussi furieuse que Louisa. Mais, d'ici peu, Louisa serait en mesure de faire changer certaines choses et d'apporter un réel secours à celles qui lanceraient des appels à l'aide. Pour commencer, elle entendait bien discuter avec Dotty Merton, qui avait créé une œuvre de charité pour les femmes en difficulté.

Elle reporta son attention sur la pièce. Elle avait lu Shakespeare, bien sûr, et pour quelques représentations de Noël avait même joué dans certaines de ses pièces, mais jamais encore dans *Roméo et Juliette*. Beaucoup de gens y voyaient une histoire d'amour, mais une histoire d'amour se devait d'avoir une fin heureuse. Et, quoi qu'on en pense, faire mourir les deux amants n'avait rien d'heureux ! Quelqu'un aurait pu les aider à s'enfuir. Après tout, ils s'étaient mariés. À un moment ou à un autre, leurs familles auraient dû finir par accepter la situation.

Un petit éclair de lumière attira son regard. Dans la loge de Kenilworth, la plus âgée des deux dames secouait la tête, les diamants de ses boucles d'oreilles étincelant dans la lueur d'une chandelle. Pourrait-elle, durant l'entracte, essayer de voir ces boucles d'un peu plus près ? Elles ressemblaient quand même beaucoup à celles décrites sur la facture qu'elle avait trouvée.

L'acte s'acheva, le rideau tomba, et soudain, ce fut comme si tout le monde retrouvait la voix en même temps. Tout le théâtre se mit à bruisser.

— Je ne vais même pas vous demander si vous appréciez la représentation, lui dit Gideon. Vous n'avez pas quitté la scène des yeux.

— En effet, pas une seule fois, répondit-elle. Lady Evesham avait raison. Kean est remarquable.

— Absolument.

Gideon resta auprès d'elle durant l'entracte, et comme Worthington l'avait prédit, Kenilworth évita de venir leur rendre visite avec ses deux compagnes. Mais de nombreux membres de la bonne société passèrent les saluer, y compris un Bentley rayonnant qui escortait Mlle Blackacre.

— Rothwell, dit son cousin, je crois que tu as déjà rencontré Mlle Blackacre ?

Gideon s'inclina.

— J'ai eu ce plaisir, en effet. J'espère que la pièce vous plaît, mademoiselle.

Avant de répondre, elle fit une jolie révérence.

— Beaucoup, Votre Grâce.

— Kean est magnifique, déclara Louisa.

— Oui. Et je ne saurais dire à quel point je suis contente d'être ici. Lord Bentley a été bien inspiré de m'inviter, ajouta Mlle Blackacre en prenant le bras de son cavalier.

Celui-ci parut perplexe. Un ange passa, mais le silence ne dura guère plus d'une ou deux secondes avant que Louisa fasse une révérence.

— Monsieur, je suis ravie de vous voir si heureux.

— C'est vrai, je le suis, répondit Bentley.

Il sourit à Mlle Blackacre, comme si elle était la seule personne présente dans la loge, avant de se tourner de nouveau vers Louisa.

— Je devrais vous remercier.

Louisa sourit à son tour, et Gideon eut le sentiment que tout était pardonné.

À leur tour, tante Camilla et la duchesse de Stillwell vinrent les saluer.

— Je dirais que cette saison se déroule de manière fort satisfaisante, dit la grand-mère de Mlle Blackacre en s'adressant à sa tante. Qu'en pensez-vous, duchesse ?

— Vous avez tout à fait raison, duchesse, répondit tante Camilla.

Sur ce, elles allèrent retrouver la mère de Gideon.

— Je suis si heureuse que tout se passe bien entre Mlle Blackacre et Bentley, murmura Louisa peu après. Et il nous a pardonné.

Gideon se serra un peu plus contre elle.

— Oui. J'en suis ravi.

Bientôt retentit le signal de la reprise, et leurs visiteurs regagnèrent leurs loges respectives.

— Louisa, mon amour ?

Elle leva ses beaux yeux brillants vers lui.

— Oui ?

— Est-ce mon imagination, ou bien Mlle Blackacre exerce-t-elle… comment dire… une certaine influence sur Bentley ?

— Disons qu'elle l'exerce, mais de façon très subtile.

— Alors, c'est parfait.

C'était une bonne chose que Bentley ait enfin trouvé quelqu'un qui veuille bien le prendre en main.

Louisa lui sourit.

— Vous avez entendu la duchesse ? C'est une saison très satisfaisante.

— J'en conviens volontiers, dit-il avant de frôler son oreille de ses lèvres. D'autant plus quand nous sommes seuls, vous et moi.

— Nous pourrions peut-être encore… chevaucher demain matin.

— Je ne puis imaginer plus belle façon de commencer la journée. Et je vous montrerai une autre manière de… chevaucher.

Elle déploya son éventail pour se cacher le visage, ne laissant apparaître que des yeux étincelants.

— J'adore apprendre de nouvelles choses.

Mais elle dut remettre cet apprentissage. Le lendemain matin, alors qu'elle était sur le point de quitter Stanwood House avec Gideon pour leur « promenade », sa mère les arrêta.

— Louisa, tu te maries dans moins d'une semaine. Il y a beaucoup trop à faire pour que tu continues ces promenades matinales, dit-elle avec une exaspération qui n'avait rien à envier à celle de sa fille. Rothwell, si vous souhaitez rester pour le petit déjeuner, vous êtes le bienvenu. Sinon, vous verrez Louisa ce soir. Pour le moment, elle doit se préparer pour la journée.

Il se raidit, mais s'inclina.

— Je serais ravi de me joindre au petit déjeuner de la famille.

Quand ils se revirent peu après, Louisa s'était changée.

— Je ne m'attendais pas à cela.

— Moi non plus, fit-elle en lui donnant quelques toasts.

Mais, finalement, la semaine passa très vite. Louisa eut peu de temps à consacrer à Gideon, hormis les moments qu'ils partageaient en société. La nuit, elle rêvait de lui et, plusieurs fois, elle se réveilla au matin en étreignant son oreiller comme si c'était lui. Ce qu'il comptait lui apprendre allait encore devoir attendre. Ils réussirent bien à s'esquiver sous la tonnelle à quelques reprises, mais seulement pour se faire rappeler au salon après un tout petit baiser volé.

— Je crois que je vais mourir, marmonna-t-il un jour.

— Puis-je rappeler à Votre Grâce qu'elle n'est pas la seule à souffrir ? répliqua Louisa.

— Pardonne-moi, mon amour. Je sais que ce n'est pas facile pour toi non plus. Tu me manques, c'est tout.

— Toi aussi, tu me manques.

Une chose était certaine : on ne lui laissait plus le choix. Elle était traînée de boutique en boutique – modiste, chausseur, gantier, etc. –, au point qu'on aurait pu croire que sa famille tentait de l'habiller pour les cinq années à venir. Quant au reste de ses journées, elle le passait à rendre ou à recevoir des visites mondaines.

Le soir, Gideon l'escortait partout, s'assurant lors des bals de danser toutes les valses avec elle. Quand ils participaient aux mêmes soirées, elle faisait en sorte que Bentley et Oriana partagent leur souper.

L'après-midi précédant le jour du mariage, cette dernière se joignit à Louisa et à Charlotte pour une de leurs visites.

— Merci de m'avoir invitée, dit-elle en grimpant dans leur voiture.

— Comment les choses évoluent-elles avec Bentley ? s'enquit Louisa.

— Très bien. Mieux que cela, même, soupira Oriana. Bentley et moi sommes amoureux. Il m'a fait sa demande hier soir. Le mariage aura lieu dans six semaines sur la propriété de ses parents. Selon sa mère, ils se sont tous mariés là-bas depuis au moins l'Antiquité.

Louisa et Charlotte échangèrent un regard ravi avant de féliciter leur amie.

— J'espère que vous pourrez venir toutes les deux, dit Oriana en rougissant légèrement. J'aimerais que vous soyez mes demoiselles d'honneur. Sans vous, je n'aurais jamais rencontré Bentley.

— La tradition veut que les demoiselles d'honneur soient célibataires, lui rappela Louisa. Il faudra sans doute te contenter de Charlotte.

— Je vous veux toutes les deux, mariées ou pas. Enfin, si cela ne vous dérange pas.

— Absolument pas, déclara Charlotte en adressant un regard à Louisa.

— Ce sera un honneur, dit celle-ci. Merci, Oriana.

Fort heureusement, Rothwell Abbey ne se trouvait pas très loin du domaine des Covington.

— Voilà qui fera taire les derniers ragots, annonça Oriana alors qu'elles arrivaient chez lady Jersey. Tout le monde saura que nos familles sont toujours aussi proches.

Louisa écarquilla les yeux.

— Des ragots ? Je croyais qu'il n'y en avait plus depuis longtemps. Je ne vois même pas ce qui pourrait les avoir provoqués.

— Bentley, dit Charlotte. Il était outré par ton comportement envers lui, et il s'en est ouvert à quelques personnes. Tu imagines la suite…

— C'était au point que plus personne n'aurait osé provoquer ton courroux, dit Oriana. Malheureusement, il y a encore quelques mauvaises langues qui se déchaînent dans notre dos.

— Dans ce cas, à nous de leur en faire passer l'envie, déclara Louisa.

Toute à sa relation avec Gideon, elle n'avait guère prêté attention aux rumeurs qui circulaient en ville. Finalement, elle était bien contente de quitter Londres juste après le mariage.

33

Le matin du mariage arriva enfin. Louisa se demanda comment elle avait réussi à fermer l'œil ne serait-ce qu'une seconde, mais le fait est qu'elle se réveilla reposée et alerte.

— Milady, dit Lucy derrière le paravent disposé devant la cheminée. Votre bain sera prêt dans une minute, et je vais faire monter votre petit déjeuner. Lady Worthington pensait que vous n'auriez sans doute pas très faim ce matin, mais j'ai quand même pris la liberté de faire monter du jambon en plus de vos œufs et toasts habituels.

Louisa se redressa sur les coudes.

— Merci, Lucy. J'ai faim, à vrai dire.

— Si vous voulez que je fasse ajouter du hareng, je m'en occupe.

— Merci, mais non.

On frappa à la porte, et Lucy alla ouvrir.

— Versez ces quatre seaux dans le baquet et laissez le cinquième près du feu.

— Oui, mademoiselle Cottonwood.

Une fois la porte fermée, Louisa quitta son lit et rejoignit Lucy derrière le paravent.

— Mademoiselle Cottonwood ?

— Bolton, la femme de chambre de lady Worthington, a dit que je devais être traitée avec davantage de respect, expliqua Lucy en lui enlevant sa chemise de nuit. Depuis une semaine, elle oblige tout le monde à m'appeler « mademoiselle Cottonwood ».

Tout en se glissant dans l'eau chaude, Louisa remarqua :

— Nos vies vont beaucoup changer.

— Oui, milady, je le crois aussi.

Non seulement Louisa finit son petit déjeuner, mais elle demanda finalement ces harengs que Lucy lui avait proposés.

— Je me demande pourquoi Grace pensait que je n'aurais pas faim.

— La nervosité. C'est ce qu'a dit Bolton.

Était-ce une bonne ou une mauvaise chose qu'elle ne se sente pas du tout anxieuse ? À vrai dire, elle était juste impatiente d'être mariée, et elle espérait qu'il en allait de même pour Gideon.

Lucy lui enfila une robe bleu de Saxe, qu'elle recouvrit d'un tissu pour la protéger, puis elle entreprit de la coiffer. Bientôt, les cheveux de Louisa furent rassemblés au sommet de son crâne. Quand elle se regarda dans le miroir, elle eut la surprise de constater que le chignon était d'une effroyable complexité : une masse de tresses et de mèches qui s'entrelaçaient de la plus belle des manières, tandis que quelques anglaises venaient lui encadrer le visage.

— Lucy – ou, devrais-je dire, Cottonwood –, permets-moi de te féliciter. Je n'ai jamais été aussi bien coiffée.

Les joues de la jeune femme se colorèrent.

— Merci, milady. Bon, je dois prévenir les autres dames que vous êtes presque prête.

Et, en un rien de temps, la chambre de Louisa se remplit d'une foule exclusivement féminine. Les plus jeunes des filles s'accrochaient au même bouquet de fleurs jaunes attachées par un ruban bleu.

— Nous voulions t'en donner un chacune, dit Mary, mais Grace a refusé.

— Un seul suffit amplement. Merci beaucoup, dit Louisa en embrassant Mary et Theo. Il faudra que vous veniez me voir souvent.

Les jumelles et Madeline lui offrirent trois mouchoirs sur lesquels était brodé le blason des Rothwell.

— Ils sont très joliment faits. Vous avez dû vous donner beaucoup de mal.

— Oh oui. Grace était persuadée qu'ils te plairaient, dit Alice pendant que les deux autres hochaient vigoureusement la tête.

— Et c'est le cas.

Augusta lui tendit une paire de pantoufles en velours, elles aussi brodées, mais avec des motifs représentant des fleurs luxuriantes et des vignes.

— Je me suis dit qu'il risquait de faire froid à Rothwell Abbey.

Les larmes commençaient à gonfler les yeux de Louisa. Augusta serait la prochaine à faire ses débuts dans le monde.

— Tu as sans doute raison. Il faudra que tu viennes vérifier.

Charlotte renifla.

— Arrête, tu vas toutes nous faire pleurer. Tiens, je te prête ma broche papillon pour la cérémonie.

— Merci. Ce sera bientôt ton tour, tu sais.

— Nous verrons. Je ne suis pas pressée.

Grace et Patience échangèrent un regard, puis cette dernière s'avança.

— Je pense à ce moment depuis que tu es née. On aurait pu croire que je m'étais faite à l'idée.

Se plaçant derrière Louisa, elle agrafa un collier de perles et de saphirs à son cou.

— Je m'étais pourtant promis de ne pas pleurer, ajouta-t-elle en essuyant une larme sur sa joue.

Louisa prit sa mère dans ses bras et la serra contre elle.

— Tant que ce sont des larmes de bonheur, maman.

— Oui, ma chérie, ce sont des larmes de bonheur. Je crois maintenant que Rothwell sera parfait pour toi.

— Et enfin..., dit Grace en tendant à Louisa une paire de boucles d'oreilles.

La partie supérieure était sertie de saphirs et de diamants auxquels était suspendue une perle solitaire.

— Voilà, tu es prête, reprit Grace en l'étreignant. Nous pouvons partir. Matt est déjà en route avec les garçons, et Rothwell nous attend à l'église.

Elle fouilla dans sa poche.

— Ah, avant que j'oublie, il tenait à ce que je te donne ceci.

Grace ouvrit la petite bourse en satin et en sortit un bracelet de perles et de saphirs parfaitement assorti au collier et aux boucles d'oreilles de Louisa. Celle-ci fut soulagée de s'être laissé convaincre par le vendeur de Rundell & Bridge d'acheter pour Gideon une épingle à cravate avec les mêmes pierres.

Elle contempla une dernière fois la chambre dans laquelle elle ne dormirait plus. La plupart de ses affaires se trouvaient déjà dans des malles à Rothwell House, prêtes à être envoyées à la campagne.

— Eh bien, allons-y.

Tout juste libéré par Hobson et prêt à rejoindre sa voiture, Gideon décida de passer voir Allerton avant de partir. Dès qu'il entra dans son bureau, son secrétaire se leva.

— C'est le grand jour, Votre Grâce.

— En effet, et je suis le plus heureux des hommes. Êtes-vous prêt à partir pour Rothwell Abbey dès demain ?

— Oui.

Se rembrunissant, Allerton ajouta :

— Votre Grâce, une lettre est arrivée pour vous ce matin. Vous devriez la lire.

Gideon ouvrit le pli qu'Allerton lui tendait.

À l'attention du duc de Rothwell
Governor Square
Mayfair

Je dois vous informer que mon ancien associé, M. Sullivan, n'est pas mort de ses blessures. Il est venu au club, où mon ami et moi lui avons payé la somme correspondant à son tiers des parts. Malheureusement, cela n'a pas paru l'apaiser. Je crains fort qu'il ne tente encore de s'en prendre à vous.

Votre serviteur,

M. Hammond

Enfer et damnation ! Et il fallait qu'il reçoive cela le jour même de son mariage !

Avant toute chose, il devait assurer la sécurité de Louisa et de sa mère. Ensuite, il serait temps de s'occuper de cette canaille.

Il allait se passer la main dans les cheveux quand il se souvint du soin extrême avec lequel Hobson les avait coiffés.

— Je peux prévenir Bow Street si vous le désirez, Votre Grâce.

— Prévenez plutôt Templeton. Nous quitterons Londres dès aujourd'hui.

Il tira sur le cordon de la sonnette. Son majordome ne tarda pas à apparaître.

— Votre Grâce, la voiture vous attend.

— Nous partirons finalement pour Rothwell Abbey dès cet après-midi. Veuillez prendre toutes les dispositions nécessaires, s'il vous plaît. Dites à Hobson que j'aimerais qu'il me trouve un hôtel approprié pour ma nuit de noces quelque part sur la route. Que tous les membres du personnel concernés se tiennent prêts.

— Bien, Votre Grâce.

Gideon jeta la lettre sur le bureau d'Allerton.

— Vous savez quoi faire.

— Oui, Votre Grâce. Je vous retrouverai à Rothwell Abbey.

Rien ne le ferait arriver en retard à son mariage avec lady Louisa Vivers. Il espérait juste que ce Sullivan ne rôdait pas déjà autour de la maison.

Il se dirigeait vers le hall d'entrée et la porte principale quand il changea brusquement de direction et courut aux écuries.

— Barnes !

— Mais la voiture vous attend devant, Votre Grâce, dit l'homme, surpris.

— Je sais. Je veux que vous envoyiez quelques valets sur la place à la recherche d'individus suspects qui s'intéresseraient de trop près à la maison.

— Et s'ils trouvent ces bonshommes ?

Gideon réfléchit très vite.

— Qu'ils se contentent de les surveiller jusqu'à ce que tous les domestiques qui nous accompagnent à Rothwell Abbey soient partis. Qu'ils quittent la maison le plus discrètement possible, en passant par les écuries. Envoyez notre voiture de voyage à Stanwood House. Je me charge de prévenir la duchesse douairière.

Il allait devoir annoncer à sa mère qu'il était peut-être dangereux de rester à Londres.

— Bien, Votre Grâce.

Gideon ne perdit pas une seconde. Traversant de nouveau la maison, il rejoignit la voiture qui l'attendait. Malgré cette fâcheuse nouvelle, il serait bientôt le plus heureux des hommes.

Une demi-heure plus tard, il se tournait pour la quinzième – ou peut-être la centième – fois vers la porte par laquelle, selon Worthington, Louisa devait apparaître.

— Elle est en retard. Cela ne lui arrive jamais.

— Elle n'est pas en retard. Il n'est pas encore 10 heures, répliqua Worthington. Elle est sans doute occupée par je ne sais quel rituel féminin à la maison.

Un rayon de soleil les avertit de l'ouverture de la porte de l'église. Grace apparut, suivie de lady Wolverton, de Charlotte et, enfin, de Louisa. En un instant, tout l'air présent dans le corps de Gideon s'échappa, et il dut se retenir à un prie-Dieu.

— Tu as l'impression d'avoir reçu un coup de poing de Gentleman Jackson dans le ventre ? demanda Rutherford, son ami et témoin.

— Exactement.

Dieu qu'elle était belle !

— Alors, c'est que tu es digne d'être son mari. J'en étais convaincu, d'ailleurs. Anna ne se trompe jamais sur ce genre de chose.

Louisa portait une robe bleu sombre qui étincelait à chacun de ses gestes.

Devant l'autel, le jeune pasteur, qui avait montré quelques signes de nervosité, semblait maintenant avoir recouvré tout son calme.

Worthington rejoignit Louisa, prit son bras et la mena à Gideon.

— Je pense que nous sommes prêts.

Le pasteur ouvrit son livre de prières, mais il était évident qu'il n'en avait nul besoin.

— Nous sommes réunis aujourd'hui devant Dieu…

Louisa leva ses beaux yeux bleus vers Gideon et, encore une fois, il s'y perdit. Rutherford dut lui flanquer un coup de coude quand vint le moment de prononcer ses vœux. La voix troublée par l'émotion, il promit d'aimer et de chérir sa femme. Si c'était bien tout ce qu'il avait à faire, leur mariage serait très long et très heureux.

Quand Louisa parla à son tour, ce fut d'une voix ferme et sonore, comme pour proclamer ses vœux à la terre entière. Seigneur, qu'il l'aimait ! Qu'il aimait sa force et sa beauté !

Enfin, le pasteur les déclara mari et femme. Désormais, elle était à lui. À jamais.

— Nous sommes mariés, dit-il, comme pris de vertige.

Louisa sourit jusqu'à ce que ses joues lui fassent un peu mal.

— Je sais, dit-elle.

Elle était la femme de Gideon. Absolument, irrévocablement.

— Votre Grâce ?

Il fallut un moment à Gideon pour comprendre que le pasteur s'adressait à Louisa.

— C'était un office merveilleux.

— Merci, Votre Grâce, mais vous devez maintenant signer le registre.

— Bien sûr, dit-elle en tirant Gideon par le bras alors qu'il s'apprêtait déjà à sortir. Il faut signer le registre, lui rappela-t-elle.

Rutherford éclata de rire.

— Oui, moi aussi, j'ai failli oublier.

Quelques minutes plus tard, Louisa et son mari – que le son de ce mot était doux ! – se trouvaient dans le landau de Grace, en route vers Stanwood House.

Gideon déposa un tendre baiser sur ses lèvres.

— Ma femme...

Il semblait aussi fier et heureux qu'elle.

— Cela te dérangerait-il si nous partions pour Rothwell Abbey juste après le déjeuner ? enchaîna-t-il.

— Pas du tout, mais pourquoi une telle hâte ?

— Je me languis de revoir mon domaine. Je suis resté en ville bien plus longtemps que prévu, et je suis impatient de te faire découvrir ta nouvelle maison.

— Alors, allons-y. Je suis impatiente moi aussi, et je sais que Grace ne se formalisera pas si nous partons tôt. Et puis, plus vite nous serons seuls…

Malgré elle, elle se sentit rougir.

— J'ai demandé à mon valet de nous trouver une bonne auberge sur la route. Nous ne devrions rouler qu'une ou deux heures aujourd'hui. L'essentiel du trajet peut attendre demain.

— Ta mère viendra-t-elle, elle aussi ?

— Je ne lui ai pas encore demandé, mais je crois, oui.

La voiture s'immobilisa devant la maison des Carpenter, et Royston descendit aussitôt les marches pour les accueillir.

— Vos Grâces, dit-il avant de s'incliner respectueusement. Tout est prêt.

Louisa et Gideon avaient moins d'une heure avant que les invités commencent à arriver. Dieu merci, leurs deux mères et Grace s'étaient chargées de l'essentiel des préparatifs.

Et ces trois dames ne tardèrent pas à arriver. Gideon prit sa mère à l'écart quelques instants, et Louisa vit la duchesse acquiescer. Tout était donc réglé. Dès le lendemain, elle découvrirait sa nouvelle maison.

Maintenant, il lui restait simplement à prévenir sa mère et Grace.

— Grace, maman, dit-elle alors que Matt débouchait une bouteille de champagne. Rothwell et moi avons décidé de partir pour Rothwell Abbey dès aujourd'hui. Cela vous dérange-t-il ?

— Pas du tout, répondit Grace. Il est normal que tu sois impatiente de commencer ta nouvelle vie.

Mais sa mère se mordait la lèvre.

— Es-tu bien sûre de toi, Louisa ?

— Absolument. Je ne souhaite pas rester à Londres, surtout quand il y a tant de choses à faire sur le domaine.

Sans compter cet autre infime détail – et formidable espoir ! Pour la première fois de sa vie, ses règles avaient du retard. Elle attendait peut-être déjà leur enfant.

— Si c'est ce que tu veux...

Sa mère ne semblait pas enchantée, et Louisa se demanda si cette réaction n'était pas due à son premier mariage.

— Oui, c'est ce que je veux.

Gideon lui mit une coupe de champagne entre les mains pendant que Matt et Richard en faisaient autant avec leurs épouses.

— À nous, Votre Grâce, dit-il en faisant tinter sa coupe contre la sienne. Et à une longue vie de bonheur.

Elle sourit encore.

— À nous, Votre Grâce. Puissions-nous être toujours aussi heureux que nous le sommes maintenant.

34

Entre la mère de Gideon, celle de Louisa et Grace Worthington, le Tout-Londres avait été invité et avait accepté l'invitation. La salle de bal était bondée, et les convives débordaient sur la terrasse.

C'était gratifiant, mais Gideon aurait préféré être déjà en route vers le nord. Pas seulement à cause de Sullivan, mais parce qu'il voulait vraiment conduire Louisa chez lui. Chez eux. Heureusement, son souhait fut assez vite exaucé.

Avec la bénédiction de Grace, de Matt et de Charlotte, ils quittèrent la réception presque à la sauvette. Trois heures plus tard, ils arrivaient au Swan. Avec ses quatre étages, l'auberge, un bâtiment en pierres grises, était impressionnante. Connaissant les exigences de son valet, Gideon ne doutait pas que l'intérieur soit tout aussi imposant que cette façade. La voiture que Worthington leur avait prêtée – bien plus luxueuse que celle de Gideon et beaucoup mieux suspendue – passa sous une arche voûtée avant de s'immobiliser dans la cour.

On ouvrit la portière, et le marchepied fut déplié. Gideon sauta à terre avant d'offrir sa main à Louisa.

Un homme petit et sec les attendait à l'entrée de l'auberge.

— Vos Grâces, bienvenue au Swan. Nous avons préparé notre meilleure chambre pour vous.

Louisa inclina la tête.

— Merci, dit-elle avec assurance. Je suis sûre que ce sera parfait.

Se penchant vers Gideon, elle ajouta en lui chuchotant à l'oreille :

— Je n'ai séjourné dans une auberge qu'une fois, quand nous sommes venus en ville pour la saison.

Il ne put retenir un sourire.

— Je ferai de mon mieux pour que cette deuxième fois soit inoubliable.

— J'en suis persuadée, mon cher mari.

L'aubergiste, qui avait négligé de leur donner son nom, les conduisit à leurs appartements et se mit en devoir de réciter le menu du soir.

— Nous avons de l'agneau sous toutes ses formes, de la salade…

Gideon consulta Louisa du regard. Comme elle haussait les épaules, il déclara :

— Mon valet viendra prendre notre commande. Nous dînerons ici.

— Bien sûr, Votre Grâce, j'attendrai donc M. Hobson. Il n'y a aucune urgence. Si je puis me permettre, je vous présente toutes mes félicitations pour votre mariage.

Si la chambre à coucher n'était pas immense, le lit l'était. Quatre personnes auraient pu facilement y dormir. Des vases contenant des fleurs avaient été disposés sur à peu près toutes les surfaces disponibles, et une porte donnait sur un salon pourvu d'une table, de chaises et d'un canapé.

Dès que l'aubergiste les quitta, Louisa ne put s'empêcher d'éclater de rire.

— J'ai peut-être peu fréquenté ce genre d'établissement, mais je ne m'attendais pas à en trouver un aussi accueillant.

— J'ai le sentiment que cet aubergiste a reçu des instructions très strictes de la part de mon valet et de ta femme de chambre.

Il la prit dans ses bras.

— Embrasse-moi.

— Avec joie, souffla-t-elle en levant son visage vers lui.

— Oh, Votre Grâce…

C'était Hobson, qui venait d'apparaître à la porte restée ouverte. Il était suivi de près par une jeune femme que Gideon supposa être la femme de chambre de Louisa.

— Pardonnez cette interruption. Mlle Cottonwood et moi venons tout juste d'être informés de votre arrivée. Si vous voulez bien nous accorder un moment, nous avons encore quelques… petites choses à préparer.

Louisa cacha son rire dans la cravate de Gideon pendant que leurs deux domestiques s'activaient à toute allure dans la suite.

— Les draps sont les nôtres, Votre Grâce, dit sa femme de chambre avant de partir.

Gideon contempla la pièce autour d'eux.

— Eh bien, il est vrai qu'ils avaient *quelques* petites choses à préparer. Je suis impressionné.

Et c'était peu dire. Du champagne, des fruits et des fromages qui ne provenaient sûrement pas de l'auberge, ainsi que du poulet et de petites pâtisseries comme on en faisait en France, étaient à leur disposition sur la table, au centre de laquelle trônait un vase de roses rouges.

— Je suggère que vous ouvriez la bouteille, mon cher mari.

— Je suis ravi et surpris qu'ils aient pris une telle initiative.

— Il se pourrait qu'on la leur ait suggérée, dit Louisa en se dirigeant vers la table.

Elle était de nouveau affamée.

— Toi ? fit-il en la suivant, une étrange lueur dans les yeux. Et d'où t'est venue une telle inspiration ?

Louisa lui adressa ce qu'elle espérait être un regard lascif.

— Disons que j'ai peut-être reçu quelques conseils. De la part de Grace et de Dotty, notamment.

Il déboucha le champagne pendant qu'elle leur préparait deux assiettes. Ils se donnèrent à manger l'un à l'autre, s'embrassant entre chaque bouchée et enlevant lentement, très lentement, une couche de vêtement après l'autre, jusqu'à ce qu'ils se retrouvent à boire du champagne complètement nus.

— Et maintenant, mon cher mari, que comptez-vous faire ?

— Je vais te faire l'amour aussi longtemps et aussi lentement qu'il est humainement possible, déclara-t-il d'une voix rauque.

Elle déglutit avec peine.

— Voilà un programme qui s'annonce délicieux.

— Je suis ravi que tu le prennes ainsi.

Il la porta vers le vaste lit. Les draps sentaient la lavande, et il sourit. Elle avait pensé à tout, et il comptait bien la remercier de son mieux.

— Ah, mon amour.

— Je t'aime, dit-elle avant de lui offrir sa bouche.

— Je t'aime aussi.

Il l'embrassa avec la lenteur promise, mettant dans son baiser tous les sentiments qu'il avait pour elle, vénérant son corps comme il en avait fait le vœu. Plus tard, quand elle explosa de plaisir, les jambes nouées autour de lui, il avala ses cris dans un baiser. Bientôt, ils seraient dans leur propre chambre à Rothwell Abbey et n'auraient plus à se soucier qu'on les entende. Pour l'instant, il devait la protéger.

Bien plus tard, un rayon de soleil le réveilla. Elle était chaude, et il la tenait serrée contre lui. Soit les rideaux n'avaient pas été fermés la veille, soit quelqu'un était venu les ouvrir de très bon matin. Pendant quelques minutes, il se contenta de savourer la vision qu'elle lui offrait et cette sensation si nouvelle et merveilleuse de se réveiller aux côtés de sa femme. Encore une fois, il remercia le destin d'avoir mis Louisa sur sa route.

Son sexe était lui aussi bien réveillé, exigeant qu'il lui refasse l'amour.

— Louisa ?

— Mmm ?

Ses paupières papillonnèrent, mais elles restèrent fermées.

Dormait-elle encore ?

— Essayons autre chose.

Ses fesses si rondes se tortillèrent contre son ventre quand il la pénétra.

Seigneur… Dire que, désormais, il pourrait connaître cela tous les matins ! Très vite, elle fut prise de spasmes et cria son nom dans son extase. La gardant tout contre lui, il déposa une nuée de baisers dans sa chevelure.

— J'espère que cela t'a plu autant qu'à moi.

Louisa ouvrit les yeux et sourit.

— Assez pour que nous en fassions une tradition matinale.

Plus tard ce jour-là, Gideon ordonna qu'on arrête la voiture.

— De cette crête, on peut voir la maison.

Il la conduisit au sommet d'un talus, sur une vaste pierre plate qui formait une sorte de promontoire naturel. À travers une trouée dans les arbres, Louisa aperçut la demeure. Elle était immense, plus grande encore que Worthington Hall. L'essentiel avait été reconstruit, mais on devinait ici ou là de très anciens murs.

— Gideon, elle est magnifique.

— J'espérais qu'elle te plairait, dit-il en glissant un bras autour de sa taille. Tu y trouveras nombre des installations modernes auxquelles tu es habituée. À présent, le travail se concentre sur les parties les plus anciennes de la bâtisse. Un des charpentiers a trouvé des vers dans certaines poutres. Depuis mon retour, j'ai demandé à ce qu'on me signale la moindre trace de détérioration.

Louisa songea à ce qu'elle avait appris à propos du personnel de Rothwell. Mme Boyle était restée à Londres. Quant à Mme Grant, la gouvernante de Rothwell Abbey, elle ferait sa connaissance aujourd'hui même.

— Ta mère m'a dit que le personnel de maison comptait quarante domestiques, dont vingt-cinq sont des bonnes. Je veillerai avec ta gouvernante à ce que toutes les chambres soient nettoyées et aérées au moins une fois par semaine, ce qui nous permettra de préserver le bon état général de la demeure.

— Excellente idée.

Il l'embrassa.

— Et maintenant, si nous allions chez nous ?

Il leur fallut encore quarante minutes avant d'arriver devant l'ancienne abbaye transformée en manoir. Les domestiques les attendaient, alignés devant l'escalier, les femmes d'un côté, les hommes de l'autre, par ordre hiérarchique. À la seconde où Louisa descendit de voiture, les présentations commencèrent.

— Ma chère, dit Gideon, puis-je vous présenter le majordome de Rothwell Abbey, Fredericks Junior ? C'est le fils aîné de...

— Fredericks, notre majordome à Londres.

En souriant, Louisa salua Fredericks Junior, qui s'inclina profondément.

— C'est bien cela, Votre Grâce.

— Et voici Mme Grant, notre gouvernante ici.

— Votre Grâce, dit la femme avant de faire une révérence impeccable. Bienvenue chez vous.

— Merci, madame Grant. Je suis ravie d'être ici. Si cela vous est possible, j'aimerais visiter la maison dès demain matin.

— Certainement, Votre Grâce.

Louisa fut contente de constater que de nombreux domestiques de Londres se trouvaient ici et, parmi eux, leur chef. L'ancienne cuisinière s'était déjà installée dans la maison de la douairière, où sa belle-mère avait décidé de vivre dès à présent.

Tandis que Gideon et elle gravissaient l'un des deux grands escaliers dans le hall, il murmura :

— J'avais espéré que nous aurions quelques jours pour nous seuls avant de nous mettre au travail.

— Accordons-nous alors sur un travail à mi-temps. Nous garderons le reste de la journée pour nous deux.

— Je vais devoir m'y faire, je suppose.

Il poussa un long soupir qui la fit éclater de rire.

— Tu es incorrigible.

— J'essaie. Ah, nous y sommes. J'avais presque oublié à quel point les distances étaient longues ici.

Ils avaient atteint l'extrémité d'un couloir, effectivement fort long, où se situaient les appartements des maîtres. Devant elle, un valet ouvrit une porte.

— Voici nos appartements, dit Gideon.

Ils se retrouvèrent dans une version plus petite du grand hall du rez-de-chaussée, comme s'ils avaient pénétré dans une maison logée à l'intérieur d'une autre. Les murs étaient tendus de soie couleur crème décorée de motifs représentant des vignes et des oiseaux. Tout était d'une propreté scrupuleuse. Après avoir renvoyé le valet, Gideon lui fit faire le tour de leurs appartements : chambre à coucher, dressings et boudoirs. Ils pourraient vivre ici pendant des semaines sans jamais avoir besoin de s'aventurer ailleurs dans le reste de la demeure.

— Et voilà la *pièce de résistance**, dit-il en ouvrant une autre porte. Du moins, pour moi et les domestiques qui, avant cela, devaient monter l'eau jusqu'ici.

C'était une salle de bains ultramoderne, qui disposait à l'évidence de l'eau courante. Les dalles du sol semblaient aussi douces que de la soie, et au centre d'un mur trônait un poêle en céramique, une pièce magnifique aux motifs ouvragés avec un soin extrême. Louisa n'en avait encore jamais vu de semblable.

— Mon amour, c'est remarquable. Aucune des salles de bains de Stanwood House n'est aussi grande.

— Mon père l'a fait ajouter il y a quelques années.

— Cela a dû lui coûter cher. Si je ne me trompe, ce poêle vient de Hollande.

— Oui. Nous pouvions nous le permettre à l'époque.

Il eut une grimace désabusée.

Le cœur de Louisa se serra un peu, et elle se fit de nouveau la promesse de l'aider de son mieux.

— En tout cas, tu as raison, cela libère les domestiques pour d'autres tâches. As-tu été forcé d'en renvoyer beaucoup ?

— Non, je ne pouvais m'y résoudre. Rothwell Abbey est le cœur de la région et du duché. Si nous commençons à licencier du personnel, cela portera un coup très dur à l'économie locale.

Louisa hocha la tête.

— Bien sûr. Quand rencontrerai-je ton frère et tes sœurs ?

— D'ici quelques jours. Maman voulait que nous ayons un peu de temps pour nous deux d'abord. Ils résideront chez elle en attendant.

Pendant les trois semaines qui suivirent, ils observèrent le même emploi du temps : le matin, ils s'occupaient du domaine, et l'après-midi, ils faisaient mieux connaissance l'un avec l'autre. Gideon ne fut pas surpris de constater que Louisa excellait dans tout ce qu'elle entreprenait, qu'il s'agisse de gérer une maison de cette taille, de nager ou bien de tirer à l'arc. Elle n'avait pas la patience nécessaire pour la pêche, ce qui lui convenait parfaitement. Lui aussi avait besoin de briller au moins dans une discipline.

Cette routine, aussi studieuse que délicieuse, dura jusqu'à ce qu'un mardi, en revenant d'une visite à quelques-uns de ses métayers en compagnie de Louisa, il trouve une lettre de lord St. Eth. La missive, brève, allait droit au but. De retour à Londres, St. Eth était prêt à l'introduire à la Chambre des lords avant de devoir s'absenter de nouveau en raison de l'accouchement d'une autre de ses nièces. Il y avait aussi un deuxième message, de la part de son avocat. Mme Petrie avait été prévenue qu'elle devait quitter la maison de Brick Street. De plus, la parure avait bien été récupérée dans son coffre personnel à la banque et se trouvait désormais entre les mains de Templeton. Personne n'avait vu Sullivan.

— Louisa, mon cœur ?

Elle leva les yeux de son propre courrier.

— Oui ?

— Je dois retourner à Londres. Veux-tu venir avec moi ? Je n'en ai que pour une semaine environ, ajouta-t-il en priant pour qu'elle dise non.

Une fine ride apparut entre les sourcils de son épouse.

— En temps normal, j'aurais adoré t'accompagner, mais j'ai commencé certaines choses ici. Cela te dérange-t-il beaucoup si je reste ?

— Non, bien sûr que non, répondit-il en essayant de dissimuler son soulagement. Le mieux serait que je parte au plus tôt.

Le rejoignant, Louisa noua les bras autour de son cou en souriant.

— Pour pouvoir plus vite me revenir.

— Oh oui…

Bon sang, il n'était même pas parti qu'elle lui manquait déjà.

— Cela dit, reprit-il, il n'est pas encore midi. Peut-être pourrions-nous nous accorder une petite heure avant mon départ…

— Que voilà encore une excellente idée, mon amour.

Louisa contempla le petit salon autour d'elle. Gideon était parti depuis deux semaines maintenant, mais il rentrait enfin tout à l'heure. Elle était désormais persuadée d'être enceinte et regrettait de ne pas avoir demandé à sa mère ce qui l'attendait. Peut-être qu'avec un peu de chance, comme Grace qui avait été épargnée, elle ne souffrirait pas de nausées au réveil.

Elle avait profité de l'absence de Gideon pour rénover plusieurs des pièces principales ainsi que son propre boudoir, et cela en n'utilisant que son « argent de poche », une somme beaucoup trop généreuse, de toute façon. Fort heureusement, le magasin de tissus de Bedford recommandé par sa belle-mère s'était révélé aussi fourni que ceux qu'elle aurait pu trouver à Londres.

Elle avait aussi pris sur elle de moderniser les cuisines – avec ses propres fonds, cette fois, ce que Gideon n'allait pas apprécier du tout. Mais son mari ne remarquerait probablement pas ces travaux-là. Elle tenait de source sûre qu'il n'avait pas mis les pieds dans les cuisines depuis des années. Elle espérait cependant qu'il se rendrait compte des changements dans ce salon et peut-être aussi dans son boudoir, d'autant plus qu'elle y avait ajouté une sorte de canapé-banquette très large.

Posant une main sur son ventre encore plat, elle murmura une prière. Si elle était effectivement enceinte, elle tiendrait leur enfant dans ses bras avant le printemps.

L'horloge tinta, et elle tira le cordon de la sonnette. Si Gideon disait vrai dans son message, il arriverait d'un moment à l'autre.

— Votre Grâce ?

— Je pense que Sa Grâce ne devrait plus tarder. S'il vous plaît, prévenez le chef.

Le menu qu'elle avait concocté avec le cuisinier consistait essentiellement en un assortiment de viandes froides, de fromages et de fruits, mais en y ajoutant la soupe blanche qui plaisait tant à Gideon.

Elle se laissa tomber dans un de ses nouveaux fauteuils français à dos en osier, posa les pieds sur le tabouret assorti et reprit son livre. À présent, il n'y avait plus qu'à attendre.

Un coup retentit à la porte, et Fredericks Junior entra.

— Votre Grâce, le courrier est arrivé.

— Merci, Fredericks. Je m'en occupe tout de suite.

Il posa son plateau d'argent sur la petite table en marbre à ses côtés, puis se retira.

Louisa espérait simplement qu'il n'y avait aucune lettre de Gideon. Il avait déjà repoussé son retour d'une semaine, et elle était impatiente de le revoir. En fait, s'il ne rentrait pas aujourd'hui, elle était bien décidée à faire un saut à Londres.

Consultant les enveloppes, elle les tria en deux piles : l'une pour les factures, l'autre pour les lettres personnelles. Resta une dernière missive dont elle ne reconnut pas l'écriture, et dont l'expéditeur résidait sur Brick Street, une rue où elle était certaine de ne connaître personne. Elle brisa le sceau – rose ! – et se mit à lire.

Ma chère duchesse,

Louisa n'accordait pas une grande importance à son titre, mais, considérant que cette personne ne la connaissait pas, cette entrée en matière lui parut franchement familière.

Je vous écris cette lettre de femme à femme.

Une sensation de froid la saisit.

Quand je l'ai vu pour la dernière fois, le duc était en excellente santé. Vous devez vous demander comment je le sais. La réponse est simple. Je suis sa maîtresse.

Pendant un moment, Louisa eut l'impression qu'on venait de la frapper au ventre, lui coupant la respiration. Des larmes lui brûlèrent les yeux, et elle essaya de les refouler en clignant frénétiquement des paupières. Malgré une folle envie de mettre le feu à cette lettre, elle se remit à lire.

J'avais cru qu'il renoncerait à moi après son mariage, mais, selon lui, ce n'est pas nécessaire. Cependant, plus je réfléchis à la chose, plus je me sens coupable envers vous, une jeune dame probablement amoureuse de son duc. J'ai donc décidé que ce serait moi qui renoncerais à lui en échange de la petite somme de mille guinées.

Les yeux de Louisa s'asséchèrent aussi vite qu'ils s'étaient embués. La sensation de froid disparut. Mille guinées ? Cette femme était folle !

Avec une offre aussi généreuse, je ne devrais pas tarder à avoir de vos nouvelles.

Mme R. Petrie

Louisa prit une longue inspiration, expira et recommença. Elle devait avoir confiance en Gideon. Il l'aimait. Il le lui avait dit. Et il lui avait montré à quel point il tenait à elle. À son retour, elle l'interrogerait à propos de cette Mme Petrie. Il devait y avoir une explication raisonnable. C'était certain.

35

Il était presque 14 heures. Gideon était impatient de retrouver son foyer. Il se faisait l'effet d'un chevalier du Moyen Âge revenant du combat. Certes, pas de ceux qui se livrent sur un champ de bataille, mais un combat quand même. Il avait récupéré ses biens ainsi qu'une bonne partie de son argent, et il retrouverait bientôt les bras de sa gente dame, là où était sa place.

La vieille voiture de voyage s'arrêta devant les marches du perron. Fredericks Junior avait fait ouvrir les massives doubles portes en chêne avant même que Gideon saute à terre.

— Votre Grâce, dit son majordome en s'inclinant. Nous sommes heureux de vous revoir. Sa Grâce vous propose de vous rafraîchir avant de la retrouver dans le petit salon.

— Merci.

Il avait très envie d'aller voir Louisa tout de suite, mais après deux journées de voyage, un bain était en effet une bonne idée.

— Hobson est-il arrivé ?

— Oui, Votre Grâce. Je crois qu'il vous attend dans vos appartements.

Bien. Cela signifiait que son bain devait être déjà prêt.

C'était le cas. En se plongeant dans la baignoire, il réfléchit à la façon dont il allait faire l'amour à sa femme. Son imagination se révéla aussi impressionnante que son excitation.

Moins d'une demi-heure plus tard, il ouvrit la porte du petit salon et se figea, abasourdi. Comment était-elle parvenue à faire tout cela en deux semaines à peine ? Auparavant, la pièce était décorée dans des tons verts et bruns. À présent, les jaunes et les blancs dominaient, illuminant l'espace, faisant du salon un lieu confortable et accueillant. Mais, par tous les saints, d'où était venu l'argent ? L'avait-elle défié en utilisant ses propres fonds ? Et où diable était-elle ?

Parcourant la pièce du regard, il la trouva enfin à l'autre extrémité, debout devant une porte-fenêtre, contemplant les jardins. Elle portait une robe d'un jaune éclatant qui se fondait dans ce nouveau décor, ce qui expliquait pourquoi il ne l'avait pas vue dès son entrée.

— Louisa, mon amour.

Elle se retourna lentement, comme à regret.

— Gideon.

Sa voix était sourde, et il y manquait la chaleur habituelle. Craignait-elle sa réaction devant ces changements ? Eh bien, il n'avait aucune envie de se disputer avec elle. Pas tout de suite, en tout cas. Il se dirigea vers elle.

— Restez où vous êtes.

Le vouvoiement très officiel et son ton ne laissaient pas le moindre doute : c'était un ordre.

Il s'immobilisa. Mais que se passait-il ici ? Peut-être attendait-elle un commentaire sur le nouveau décor ?

— J'aime ce que vous avez fait de cette pièce.

Elle inclina la tête.

— Merci. Il y a quelque chose dont nous devons discuter.

Enfer et damnation ! Il venait à peine de rentrer. Désirait-elle vraiment discuter de la façon dont elle dépensait son argent ?

— Comme vous voulez…

Eh bien, si elle y tenait tant, autant avoir cette conversation tout de suite.

— Vous êtes allée à l'encontre de mes ordres en utilisant vos propres fonds pour la maison sans ma permission.

Elle haussa un sourcil hautain, et il sentit que sa colère grimpait elle aussi. Très vite.

— Je ne me rappelle pas vous avoir entendu exprimer un ordre, mais une préférence. Avec laquelle je vous ai dit ne pas être d'accord. Si vous tenez à le savoir, je n'ai utilisé ici que la somme que vous m'allouez. Mais ce n'est pas de cela que je souhaite vous parler.

Bon sang… elle venait de l'envoyer paître.

— Si vous croyez pouvoir…

— Qui est Mme Petrie ?

Bon Dieu !

Après tout ce qu'il avait fait pour s'assurer que Louisa n'entende jamais ce nom !

— Comment avez-vous… Non, je ne tiens pas à le savoir. En aucun cas vous ne devez vous soucier de cette femme.

— En aucun cas ? fit-elle d'une voix dangereusement calme. Je crois comprendre que c'est une…

Elle hésita, comme si elle cherchait le bon mot.

— … courtisane.

— Je ne parlerai pas d'elle avec vous. Encore une fois, cette affaire ne vous concerne pas.

Il aurait voulu ne jamais entendre les lèvres de sa femme prononcer le nom de cette catin.

Gideon en avait terminé avec Mme Petrie, et il s'était montré fort généreux. Il lui avait laissé le choix : la pendaison, la prison ou l'exil sur le Continent.

Naturellement, elle avait préféré cette dernière option. D'ici peu, elle serait sur un navire en partance pour la Belgique.

Les lèvres de Louisa se pincèrent.

— Dans ce cas, je n'ai plus rien à vous dire.

Elle esquissa une révérence volontairement grotesque.

— Bonne journée, Votre Grâce.

Faisant volte-face, elle sortit sur la terrasse, claquant violemment la porte vitrée derrière elle au risque de la briser.

« Que le diable l'emporte ! » se dit Gideon. Il était fatigué et affamé. Il ne voulait qu'une chose : la prendre dans ses bras et l'embrasser, mais qu'il soit damné s'il lui courait après à travers tout le domaine. Tôt ou tard, elle finirait bien par se calmer. Alors, il serait temps de déployer tous ses talents de séducteur pour lui faire oublier cette colère. En attendant, il allait manger.

Sortant dans le couloir, il hurla pour appeler son majordome.

— Quand pourra-t-on me servir à déjeuner ?

— Le repas vous attend déjà dans la salle du petit déjeuner, Votre Grâce.

— Parfait, grommela-t-il, excédé.

Passer sa mauvaise humeur sur les domestiques n'était pas une très bonne idée, mais, pour le moment, il s'en moquait. Il devait manger, se calmer… et attendre le retour de sa femme.

Les pires craintes de Louisa avaient été confirmées. Si cette Petrie n'avait pas compté pour Gideon, il n'aurait pas réagi de la sorte. Une fois encore, elle essaya de ravaler ses larmes malgré la boule douloureuse qui lui serrait la gorge. Elle allait prendre ses dispositions pour quitter Rothwell Abbey au plus tôt. Il était hors de question qu'elle partage son mari avec une autre.

Ni Grace ni Matt ne s'attendraient qu'elle accepte ce genre de compromis.

Traversant la roseraie, elle rentra dans la maison en passant par le salon de musique, situé à l'écart des autres pièces. Quelques instants plus tard, assise à son bureau, elle sortit une feuille de papier. Serrant les dents, elle commença à écrire.

Chère Grace,

Je viens de découvrir que Rothwell n'est pas l'homme que je croyais. Il entretient une maîtresse. J'ai donc décidé de le quitter. S'il te plaît, dis-moi que tu ne vois aucune objection à ce que je revienne à Stanwood House.

Ta sœur dévouée,

Louisa

Il était hors de question qu'elle signe de son nouveau nom – duchesse de Rothwell ou Louisa Rothwell.

Après avoir scellé la lettre, elle appela Lucy.

— Va poster ceci en ville sur-le-champ. Si possible, par courrier urgent.

— Oui, Votre Grâce.

— À ton retour, commence à préparer mes bagages. Nous quittons Rothwell Abbey. Je dormirai dans mon boudoir jusqu'à notre départ.

Lucy – Cottonwood – fronça les sourcils mais ne fit aucun commentaire.

— J'y fais votre lit tout de suite, et je m'occupe de tous les autres préparatifs afin que nous partions sans délai.

Après le départ de la jeune femme, Louisa sortit une clé du tiroir de son bureau. Si l'honneur n'empêchait pas Gideon de pénétrer dans son boudoir, une porte verrouillée le ferait. Ce n'était pas en quelques semaines qu'on pouvait tout savoir sur son mari. Louisa n'aurait jamais pensé que Gideon avait une maîtresse, et pourtant...

Plus tard ce soir-là, alors qu'elle était allongée sur son canapé-banquette, essayant de trouver le sommeil, le loquet de la porte du boudoir s'agita furieusement.

— Louisa, j'exige que tu ouvres cette porte.

— J'ai envie d'être seule.

— Il n'y a aucune raison pour que tu sois aussi bouleversée. Je n'ai fait que ce que tout homme dans ma situation aurait fait.

— Allez-vous-en, Rothwell. Je ne souhaite pas vous parler.

— Il faudra bien que tu sortes de cette pièce à un moment ou à un autre.

Elle refusa de répondre et, peu après, l'entendit s'éloigner de la porte. Sa gorge se serra de nouveau.

Je ne pleurerai pas. Je ne pleurerai pas. Je ne pleurerai pas.

Pourtant, les larmes ruisselaient déjà sur ses joues.

Deux très longues nuits et journées plus tard, sa femme de chambre lui apporta une lettre portant un sceau familier.

Ma très chère Louisa,

Je suis désespérée d'apprendre que tu souhaites quitter Rothwell. Néanmoins, dans ces circonstances, j'estime que tu as raison. Je présume que tu préférerais éviter d'être soumise à toutes les questions qui pourraient surgir si tu revenais à Stanwood House. Voilà pourquoi je te propose d'aller t'installer à Stanwood Hall aussi longtemps que tu le désireras.

Je prie pour que Rothwell retrouve la raison, mais beaucoup d'hommes en sont incapables. Je t'envoie notre voiture de voyage. Elle devrait arriver dans deux jours au plus.

Avec tout mon amour.

Ta sœur,

Grace

Une larme tomba sur la feuille de papier, brouillant quelques mots. Louisa s'essuya le visage puis se moucha. Elle avait bien espéré une telle réaction de la part de sa belle-sœur, mais on ne savait jamais. Beaucoup d'autres parents lui auraient ordonné de rester avec son mari.

Elle sonna sa femme de chambre.

— Nous partirons dès que la voiture des Worthington sera là.

— Oui, Votre Grâce. Que dois-je dire à tout le monde ?

— Que je pars en visite chez moi. Cela ne devrait surprendre personne.

Même si les domestiques se gardaient bien de montrer qu'ils étaient au courant, ils savaient tous à présent que les relations entre le duc et la duchesse étaient au plus mal.

— Non, Votre Grâce. Et pour le bébé ?

Posant la main sur son ventre, Louisa soupira.

— Je m'occuperai de cela quand le moment viendra.

Elle se leva d'un air décidé. Il était temps d'annoncer à son mari qu'elle le quittait.

Assis à son bureau, le visage entre les mains, Gideon se demandait comment il avait pu à ce point perdre le contrôle de sa vie et de son mariage. Il devait trouver un moyen de regagner l'amour de Louisa. Mais lui pardonnerait-elle un jour sa trahison ?

Worthington avait eu raison quand il lui avait conseillé de ne pas lui cacher la vérité. Il aurait dû tout avouer à Louisa à la seconde où elle avait prononcé le nom maudit de Mme Petrie. Il aurait dû lui parler de son père, de sa maîtresse, de ses dettes de jeu. Mais il était tellement convaincu d'avoir raison : après tout, il ne cherchait qu'à la protéger de ces affaires sordides.

Sur le moment, quand elle avait annoncé que leur conversation était terminée, il n'avait pas compris qu'elle voulait dire *toute* conversation à compter de cet instant.

Depuis deux jours, il ne l'avait quasiment pas vue. Même dans une maison de cette taille, cela exigeait des efforts considérables.

Un coup léger retentit à la porte, et elle apparut. Il se leva aussitôt et l'observa, mais ses traits étaient indéchiffrables. Il remarqua néanmoins que sa main droite ne cessait de lisser sa jupe.

— Louisa, dit-il. S'il te plaît, assieds-toi.

— Ce ne sera pas nécessaire, Votre Grâce.

Elle lui en voulait encore.

— Que puis-je faire pour toi ?

— Je suis venue vous dire que je pars dans deux jours.

Partir ? Jamais. Elle était sa femme.

Soudain, une douleur effroyable naquit dans sa poitrine et, pendant un instant, il crut qu'il allait s'effondrer sur place. Malgré cela, il la fixa d'un air impassible et, durant un bref moment, il vit la colère et la souffrance qui l'habitaient sous son masque figé. C'était lui la cause de cette angoisse, de cette peine, mais il ne pouvait pas la laisser partir.

— Je ne le permettrai pas.

Elle esquissa un sourire ironique.

— Et comment vous proposez-vous de m'en empêcher ? En m'enfermant dans notre chambre ?

— C'est une idée.

Au moment même où ces mots franchirent ses lèvres, il sut qu'il commettait une erreur.

Elle redressa le menton d'un air de défi, plus princesse que duchesse.

— Ce n'est peut-être pas à la mode, mais je refuse de partager mon mari avec une autre femme. Si vous vouliez une épouse qui ne se soucie pas de ce genre de détail, vous auriez dû chercher quelqu'un d'autre.

Elle se retourna vers la porte, avant de lui jeter un regard par-dessus l'épaule.

— Si vous espérez me retenir, je vous conseille de poser des barreaux aux fenêtres, Votre Grâce.

Croyait-elle sincèrement qu'il avait une maîtresse ? Comment diable une idée aussi saugrenue lui était-elle venue ?

Son premier réflexe, quand la porte claqua avec force, fut de lui courir après. Il ne doutait pas qu'elle mettrait sa menace à exécution, et la vision de Louisa, son amour, escaladant une fenêtre et brisant son joli cou lui était insupportable.

Mais que diable allait-il faire maintenant ? Il avait deux jours pour trouver un moyen de la convaincre qu'elle se trompait, qu'il n'avait pas de maîtresse et n'en aurait jamais. Louisa était la seule femme qu'il désirait et désirerait toujours.

36

— Votre Grâce ?

Louisa s'immobilisa alors qu'elle traversait le grand hall. Tous ses bagages étaient faits et étaient en train d'être chargés dans la voiture. Même sa chatte était installée dans sa cage de voyage.

— Oui, Fredericks ?

Le majordome lui tendit une feuille de papier pliée et scellée.

— Sa Grâce m'a demandé de vous remettre ceci.

Elle prit le mot avec hésitation, comme s'il allait lui brûler les doigts. Gideon et elle ne s'étaient plus adressé la parole depuis qu'elle lui avait annoncé son départ. Elle en avait déduit qu'il avait décidé de respecter sa décision.

— Merci.

S'éloignant de quelques pas, elle ouvrit la lettre.

Retrouvez-moi dans la roseraie, près du portail.

G.R.

Une chose était sûre : quoi qu'il veuille lui dire, là-bas, ils ne courraient aucun risque d'être entendus. Elle envisagea d'aller chercher un chapeau ou de se le faire apporter, avant de considérer qu'il valait mieux en finir au plus tôt avec monsieur son mari.

Revenant sur ses pas, elle longea le couloir interminable qui traversait la maison pour ressortir par-derrière dans le premier jardin. Quelques minutes plus tard, elle arrivait au portail… où il n'y avait aucun signe de Gideon.

Mais à quoi diable joue-t-il ?

Soudain, Potter, le jardinier en chef, apparut.

— Vot' Grâce. J'dois vous donner ça.

Comme le majordome, il lui tendit une lettre scellée.

— Merci.

J'ai été retardé. Venez au pavillon d'été, s'il vous plaît.
G.R.

Sa gorge se serra douloureusement. Pourquoi voulait-il la retrouver là où ils avaient passé des heures à faire l'amour, un endroit chargé de merveilleux souvenirs ? Croyait-il qu'il lui serait plus facile de lui faire ses adieux là-bas ?

D'un pas rapide, elle s'engagea sur le sentier qui menait au petit cottage. Quinze minutes plus tard, elle arriva au pont en pierres qui menait à la maison d'été. Gideon apparut sur le seuil de la porte ouverte.

— Je suis là, dit-elle.

Sa propre voix lui parut éraillée.

— Je vois.

Il ne bougea pas pendant un moment, puis il combla la distance qui les séparait en quelques longues foulées.

— Louisa…

Il leva les mains, hésita, puis se décida à la toucher, nouant ses doigts chauds et forts autour de ses bras.

— T'ai-je perdue à jamais ?

Elle avait autant envie de se libérer de ses mains que de se blottir contre lui. Elle ne bougea pas, fouillant ses yeux gris.

— Comment peut-on perdre quelque chose qu'on a rejeté ?

Elle vit sa pomme d'Adam bouger tandis qu'il avalait difficilement sa salive.

— J'ai eu tort. Je t'ai fait du mal alors que je ne voulais que te protéger et t'aimer.

Il détourna les yeux.

— Tout cela à cause de ma maudite fierté.

Des larmes gonflèrent les yeux de Louisa, tandis que sa colère à l'idée de tout ce qu'ils avaient perdu déferlait en elle.

— Tu entretiens une maîtresse, déclara-t-elle d'une voix sourde, butée. Je ne vois là aucun rapport avec ta fierté.

— Elle n'a jamais été ma maîtresse. C'était celle de mon père.

Si elle n'avait pas reçu la lettre de cette femme, elle aurait pu le croire.

— Je voulais régler cette affaire par moi-même, enchaîna-t-il très vite. Je refusais que tu saches ce que mon père avait fait. Je me suis convaincu que tu ne devais jamais être mêlée à cela.

Il secoua la tête.

— Viens, s'il te plaît, il faut que je te montre quelque chose.

Elle le laissa la conduire dans le cottage. Des rideaux de dentelle frissonnaient dans la brise. Sur une vieille table en chêne, reposant sur du tissu noir, se trouvait une parure visiblement très ancienne qui devait valoir une fortune.

— Elle est dans ma famille depuis deux cent cinquante ans. La reine Elizabeth l'avait donnée au deuxième duc de Rothwell lors du mariage de celui-ci avec une de ses favorites. Et mon père l'a offerte à Mme Petrie. Il n'en avait pas le droit, poursuivit-il d'une voix plus dure, et il était de mon devoir de la récupérer. Cela et bien d'autres choses encore. Elle nous a tant volé, à moi, à nous ! C'est à cause d'elle que le duché était dans un si piètre état.

Louisa comprenait que Gideon ait cherché à récupérer ce bijou d'une valeur inestimable, tout comme elle comprenait ce qu'il disait de son père, mais cela n'avait aucun rapport avec le vrai problème. Elle se força à respirer lentement, essayant de se calmer. Il n'avait peut-être pas couché avec cette femme, mais il ne lui avait pas fait confiance. Pas assez, en tout cas, pour lui dire la vérité, pour lui permettre de l'aider. C'était autant une trahison que s'il avait vraiment eu une aventure avec cette courtisane. Refusant de le regarder, elle redressa le menton pour refouler les larmes qui menaçaient d'inonder son visage.

— S'il te plaît, dis quelque chose.

Une fois qu'elle eut retrouvé un peu de maîtrise d'elle-même, elle le regarda droit dans les yeux.

— Tu n'as peut-être pas trahi tes vœux, mais il n'en demeure pas moins que tu ne m'as pas fait confiance, et qu'est-ce qu'un mariage sans confiance ?

Les bras de Gideon s'enroulèrent autour de sa taille, comme s'il craignait qu'elle ne s'enfuie. Il ne se trompait pas. Elle avait très envie de le faire.

— Mon amour, dit-il en raffermissant son étreinte. Ce n'était pas que je ne te faisais pas confiance.

Elle essaya de se dégager, mais il la retint, avant d'émettre un rire désabusé.

— J'avais pris des mesures pour récupérer mes biens et redresser la situation avant même de savoir que nous allions nous marier. Il ne m'est jamais venu à l'idée que tu découvrirais ce que j'étais en train de faire, et quand tu l'as appris, j'ai mal réagi. J'ai eu tort de ne pas tout te dire dès le début, et j'ai été un imbécile d'affirmer que tu n'avais aucune raison de t'inquiéter.

Louisa ne réagit pas. Pas du tout. Et cela l'inquiéta. Se préparait-elle à fuir ? Il était prêt à la retenir par la force, s'il le fallait.

Mais elle reprit enfin la parole.

— Quel était ton plan, au juste ? Et comment, au nom du Ciel, as-tu pu croire que je n'apprendrais jamais l'existence de cette femme ?

— Laisse-moi commencer par le commencement.

Il ferma les yeux, conscient qu'il n'aurait pas d'autre chance de la convaincre.

— D'après ma mère, mon père était atteint de démence. Les premiers signes étaient assez peu inquiétants : il oubliait des choses que quelqu'un finissait par retrouver pour lui. Puis il s'est mis à oublier les gens de son entourage, hormis ceux qu'il avait connus dans son enfance, jusqu'à ce que, finalement, il ne reconnaisse même plus ma mère ! Il a quitté Rothwell Abbey pour s'installer dans la maison de Londres. De façon assez étrange, cela se comprend. Il avait passé l'essentiel de sa jeunesse là-bas.

— Et c'est alors qu'il a rencontré Mme Petrie.

Ce n'était pas une question, mais il répondit quand même :

— Oui. Et non seulement cela, mais il a apparemment perdu toute notion d'argent. Il dépensait sans compter. Il s'est remis à jouer et à accumuler les dettes, comme quand il était jeune. Malheureusement, la parure se trouvait à Londres, car elle avait besoin d'être nettoyée par un joaillier.

Il vit dans les yeux de Louisa qu'elle comprenait. Alors, il lui dit tout : les mesures qu'il avait prises pour faire cesser toute nouvelle dépense et récupérer ce qui avait été acheté avec cette fausse *carte blanche**, sa première visite à la maison de Mme Petrie, sa conviction qu'elle cachait de l'argent et des bijoux dans son coffre à la banque, les démarches de son avocat et, finalement, la façon dont il était parvenu à récupérer la parure. Quand il eut terminé, Louisa lui parla de la lettre qu'elle avait reçue, et il fut pris d'une violente envie de meurtre.

— Tu aurais dû tout me dire, conclut-elle d'un ton étrangement neutre, comme si tout cela arrivait à quelqu'un d'autre.

— C'est vrai. J'aurais dû tout t'avouer avant le mariage, ou au moins avant de retourner à Londres il y a quinze jours.

Il était fatigué, si fatigué... et il avait encore peur de sa réaction, il était terrifié à l'idée qu'elle le quitte.

— Je ne m'attendais pas qu'elle t'écrive et, à mon retour, quand tu m'as accusé, j'ai été incapable de m'expliquer. J'ai honte de ne pas l'avoir fait.

— Tu peux, murmura-t-elle sèchement.

— J'en suis conscient. Et j'en souffre.

Elle le dévisagea d'un air sévère.

— Donc, tu lui as repris beaucoup d'argent, ses chevaux, ses voitures et la maison dans laquelle elle vivait. En gros, tout ce qui compte à ses yeux. Où est-elle maintenant ?

— Je n'en sais rien et je m'en moque. Elle a fait assez de mal à ma famille.

À l'instant où il finissait cette phrase, une détonation éclata, et l'une des vitres d'une fenêtre vola en éclats. Des échardes de verre aspergèrent la pièce. Il plaqua Louisa au sol.

Au lieu de hurler ou de gémir, comme la plupart des femmes de sa connaissance l'auraient fait, elle fronça les sourcils.

— J'ai l'impression que nous venons de la retrouver. Pour l'amour du Ciel, Gideon, personne ne t'a jamais dit que rien n'est plus dangereux qu'une bête blessée ?

Elle semblait si écœurée qu'il faillit éclater de rire.

— Je crois l'avoir déjà entendu dire.

Depuis qu'il la connaissait, il n'avait eu qu'une obsession : la protéger. Et voilà qu'il l'avait attirée dans un piège. Il regarda autour de lui. Comment diable allaient-ils s'en sortir ?

— Reste ici.

— Pas question.

Elle se débrouilla pour le faire rouler à terre et se retrouver sur lui.

— J'offre une cible bien plus petite et j'ai un pistolet. Et toi ?

Il en resta bouche bée.

— Tu as un pistolet sur toi ?

— Bien sûr. Je te rappelle que j'étais sur le point de prendre la route.

Et lui qui n'avait même pas sa canne-épée.

— Très bien, madame, je vous écoute.

— Il était temps, marmonna Louisa.

Elle examina la pièce autour d'eux, la fenêtre brisée. Quand elle s'écarta de lui, il fut tenté de la retenir, mais il sentit que ce serait une erreur.

— Comptais-tu manger pendant que nous étions ici ? demanda-t-elle.

Elle avait faim ? Dans un moment pareil ?

— Bien sûr. Les domestiques…

Bon sang ! Quel idiot il faisait !

— Ils ont dû entendre le coup de feu.

Elle acquiesça.

— L'aide ne devrait donc pas tarder.

Relevant ses jupes, elle gagna la fenêtre à quatre pattes.

— Qui est là ? cria-t-elle. Et que me voulez-vous ?

— Ce n'est pas après vous que j'en ai, duchesse, répondit Mme Petrie. Je veux la parure. Elle m'a été offerte, donc elle m'appartient.

Louisa se mordilla les lèvres, ce qui donna à Gideon une formidable envie de les goûter.

— Très bien. Si elle est à vous, venez la chercher.

— Comme si j'avais confiance en vous !

— Je ne vous ai donné aucune raison de ne pas me faire confiance, répliqua Louisa, aussi hautaine qu'honnête.

— Ce n'est pas faux. Sachez que j'ai un ami avec moi.

— Celui qui vient de me tirer dessus ?

— Il ne voulait pas vous blesser.

Qui pouvait aider cette femme ? Oh, Seigneur, Sullivan ! Et Gideon n'avait pas encore eu le temps de parler de lui à Louisa.

— Par chance, il n'y est pas parvenu, mais cela me déplaît fortement d'être prise pour cible, répondit calmement Louisa.

— Je comprends ça, Votre Grâce.

Un moment passa au cours duquel personne ne dit rien. Louisa leva les yeux au ciel et fit signe à Gideon d'approcher. Malgré la situation dans laquelle ils se trouvaient, il eut envie de rire. Si jamais une femme méritait la parure que la reine Elizabeth, une souveraine qui avait conduit ses armées sur le champ de bataille, avait offerte à sa famille, c'était bien sa duchesse.

Finalement, Mme Petrie demanda :

— Le duc est-il armé ?

Il regarda la pièce autour de lui, à la recherche d'un objet quelconque pouvant servir d'arme, et haussa les épaules.

— Non, il ne l'est pas.

— Maintenant que j'y pense, pourquoi est-ce vous qui me répondez et pas lui ?

— Selon moi, Sa Grâce en a déjà assez fait comme cela.

— Je me sentirais bien plus en sécurité si mon ami m'accompagnait, dit la femme.

— Mais je vous en prie. Plus on est de fous, plus on rit. Cependant, il devra laisser son arme dehors.

— Oui, Votre Grâce.

Gideon se leva et prit position contre le mur, juste à côté de la porte. Il jeta un coup d'œil à Louisa, qui hocha la tête avant de sortir de sous ses jupes une petite dague très élégante et très tranchante qu'elle lui tendit.

Il était vraiment temps qu'il cesse de sous-estimer son épouse.

— Personne ne s'attendrait qu'une dame de la haute société porte sur elle un tel arsenal, chuchota-t-il en souriant.

Pour la première fois depuis très longtemps, Louisa sourit.

— Matt dit toujours qu'il vaut mieux prévenir que guérir. Néanmoins, je préférerais que les secours arrivent. Je n'ai encore jamais tiré sur personne et je ne tiens pas à commencer aujourd'hui.

Ouvrant la porte, elle se montra, apparemment inoffensive.

Elle gardait son pistolet caché dans ses jupes.

— J'espère que son ami ne se doutera pas que tu es caché là.

Il était vraiment temps qu'il lui parle de Sullivan. Surtout si c'était bien lui qui accompagnait Mme Petrie.

— Je m'occuperai de lui, assura-t-il avant d'ajouter devant son regard dubitatif : Disons qu'au Canada, j'ai été initié à certaines méthodes de combat que l'on considérerait ici comme peu dignes d'un gentleman. Et puis, j'ai ta dague.

Elle leva de nouveau les yeux au ciel.

— S'il y a encore quelque chose que je devrais savoir, le moment est bien choisi pour me le dire.

— Sullivan…

Des bruits de pas obligèrent Gideon à s'arrêter.

— Laissez votre arme sur le pont, dit Louisa.

— Voilà qui est fait, Vot' Grâce, répondit l'homme.

Gideon n'avait aucune confiance en Sullivan. La canaille avait peut-être laissé son fusil ou son pistolet sur le pont, mais il pouvait très bien avoir plus d'une arme sur lui. Il n'aurait qu'une chance de le neutraliser.

Peu après, Mme Petrie pénétra dans le cottage, suivie de près par Sullivan. Elle fit une révérence devant Louisa, ce qui donna à Gideon l'ouverture qu'il attendait pour flanquer son poing dans la mâchoire du voyou. Il s'apprêtait à le frapper au ventre quand l'autre s'effondra comme une masse. Tiens donc, le gaillard avait le menton fragile.

— Que...

Mme Petrie se tut en voyant le petit pistolet que Louisa braquait sur elle.

— Écartez-vous de votre ami, je vous prie, et veuillez prendre un siège, dit Louisa de son ton le plus affable.

Les deux femmes s'assirent face à face. Louisa souriait.

— Maintenant, nous allons discuter des raisons pour lesquelles vous croyez que cette parure vous appartient.

Mme Petrie parut offensée.

— Le vieux duc me l'a donnée. Voilà la raison.

— Il y a cependant une légère difficulté. Il n'avait pas le droit de vous l'offrir.

Mme Petrie la dévisagea, en proie à une perplexité évidente.

— Mais c'était le duc, et le bijou lui appartenait. Si le duc actuel ne me le rend pas, je porterai plainte.

Louisa chercha comment lui expliquer.

— Lui non plus ne peut en disposer à sa guise. Vous voyez, cette parure appartient au duché, et non aux ducs personnellement. Ils en ont l'usage, mais ils n'ont pas le droit de la vendre, de la donner ou de la mettre en gage. En termes juridiques, cela s'appelle une substitution héréditaire.

Mme Petrie n'était pas une femme stupide, et Louisa vit que son esprit tournait à plein régime.

— Dans ce cas, je mérite quelque chose de valeur égale.

Du coin de l'œil, Louisa vit Gideon serrer les mâchoires.

— Malheureusement, feu le duc a ruiné le duché. Il n'était plus lui-même au cours des dernières années de sa vie. Au point qu'il ne reconnaissait même pas sa femme avant de vous rencontrer.

Les épaules de Mme Petrie s'affaissèrent.

— Alors, il n'y a rien que je puisse faire.

— Madame Petrie, dit gentiment Louisa, mon époux a refusé de payer les dettes de jeu de son père. Il n'avait pas le choix s'il voulait continuer à assurer la subsistance de tous les gens qui dépendent du duché.

Mme Petrie secoua lentement la tête.

— Tout ça pour rien. Deux années perdues.

Pendant un instant, Louisa eut de la peine pour elle, puis elle se souvint des fausses *cartes blanches** dont elle s'était servie chez Rundell & Bridge, chez la modiste et dans quelques autres boutiques. Elle ne répondit pas.

— Si vous me laissez partir, je ne vous importunerai plus.

Gideon quitta le mur auquel il était adossé.

— Je ne puis vous permettre de vous en sortir aussi tranquillement. Vous étiez déjà censée avoir quitté nos beaux rivages.

— J'avoue que je suis d'accord avec mon mari.

La menace passée, la colère de Louisa revenait.

— Habituellement, j'éprouve une réelle compassion à l'égard des femmes qui sont forcées de vendre leur corps pour survivre. Cependant, vous allez bien au-delà de ce que se permet généralement une courtisane. Vous avez fabriqué des documents dans le seul but de voler non seulement un vieil homme, mais toute sa famille.

Elle braqua son index sur la prostituée.

— Vous avez voulu me faire croire que vous étiez la maîtresse de mon mari. Vous vous moquiez de gâcher les vies de tant de gens. Si cela m'était permis, je vous passerais moi-même la corde au cou.

Face à une Mme Petrie livide, elle poursuivit :

— Cependant, vous n'avez encore tué personne. Je veux donc bien que votre condamnation se limite à un exil permanent. Gideon ?

Louisa tendit la main, et il fut aussitôt à ses côtés.

— Fais appeler le magistrat. Je ne veux plus jamais poser les yeux sur ces personnes.

— Comme tu veux, mon amour.

— Louisa ?

C'était la voix de son frère dehors.

— Dans la maison, Matt. Nous allons tous bien.

Il entra, suivi de Grace, et contempla la scène étrange qui s'offrait à ses yeux.

— Nous sommes venus dans l'espoir de vous aider à régler cette situation. J'ai cependant l'impression que vous y êtes parfaitement parvenus sans nous.

Louisa afficha un large sourire.

— En effet. Tu savais depuis le début que Rothwell n'avait pas de maîtresse, mais tu as quand même envoyé la voiture.

Son frère haussa les épaules.

— Je n'avais aucune envie d'évoquer cela dans une lettre. De plus, tu avais besoin de savoir que tu pouvais compter sur nous, et Rothwell devait comprendre que tu ne serais jamais seule.

Gideon était en train de prendre Louisa dans ses bras quand il s'écria :

— Worthington ! Derrière toi !

Matt fit aussitôt volte-face tout en lançant son poing. Une fois encore, touché au menton, Sullivan se retrouva à terre, inconscient.

— J'imagine que c'est Sullivan. Y a-t-il une raison pour laquelle vous ne l'avez pas ligoté ?

— Je n'ai rien trouvé ici qui puisse servir de corde, répliqua Gideon. À moins de découper les draps…

Mme Petrie tenta de se lever.

— Vous, ne bougez pas, ordonna Louisa.

La femme se laissa retomber sur sa chaise.

— Gideon, je suis très contente que tu n'aies pas sacrifié les draps, mais pourrais-tu te servir de ta cravate pour immobiliser cette femme ? Je ne voudrais pas qu'elle nous échappe avant l'arrivée du magistrat.

— Mais certainement, mon amour, fit-il avec un sourire en coin.

37

Une fois Mme Petrie attachée, Louisa dévisagea son frère et Gideon avant de demander :

— Qui est Sullivan ?

— Je n'ai pas eu le temps de t'en parler avant qu'il nous tire dessus, dit Gideon en grimaçant. Mon père fréquentait aussi des salles de jeu, pour ne pas dire des tripots, où il a perdu des sommes considérables.

— J'en déduis que ce Sullivan est l'une des personnes à qui il devait de l'argent ?

— Oui. Je le croyais mort…

Naturellement, cette déclaration exigeait qu'il raconte les événements qui lui avaient fait supposer une telle chose. Quand il eut terminé, Louisa déclara :

— Je ne suis pas une personne assoiffée de sang, mais en l'occurrence je crois sincèrement que Sullivan devrait être pendu. Il a bien failli te tuer. Même s'il était condamné à une lourde peine de prison, j'aurais toujours peur qu'il ne soit libéré un jour et ne finisse ce qu'il a commencé.

— Cela va aussi à l'encontre de mes principes, mon amour, mais tu as raison.

— Eh bien, je suis ravi de constater que vous semblez enfin d'accord sur tout, déclara Worthington.

— Dieu merci, ajouta Grace en prenant le bras de son mari. Je crois, Louisa, que nous allons déranger votre gouvernante pour qu'elle nous prépare une chambre. Nous nous occuperons aussi de faire venir ce magistrat.

Elle jeta un œil par la fenêtre.

— Ah, les secours sont arrivés. Dès que ces personnes auront été emmenées, Rothwell et toi pourrez continuer à faire la paix. Nous nous verrons au dîner. Pas avant.

Trois des plus solides valets de la maison, accompagnés de Fredericks Junior, se chargèrent de Sullivan et de Mme Petrie.

— Où allez-vous les mettre en attendant l'arrivée du magistrat ? s'enquit Louisa, curieuse.

La majordome s'inclina.

— Nous avons d'excellentes cellules qui n'ont pas servi depuis des décennies, Votre Grâce. Ces malfaiteurs y seront très bien.

Quelque temps plus tard, Gideon et Louisa se retrouvèrent enfin seuls, autour d'un déjeuner substantiel servi sur la table couverte d'une nappe d'un blanc immaculé.

— Pardonne-moi, s'il te plaît, dit-il, prêt à se mettre à genoux s'il le fallait.

— Seulement si tu promets de ne plus rien me cacher. Jamais.

— Je le jure.

Pensant le problème résolu, il s'approcha d'elle avec un air gourmand.

— Une dernière chose, dit-elle en levant la main pour l'arrêter. Je me servirai de mes fonds comme je le jugerai bon.

Il aurait dû se douter qu'elle aborderait aussi ce point.

— De toute manière, j'ai bien l'impression que je n'arriverai pas à te faire changer d'avis.

— Je te le confirme. Je reçois une allocation tous les trimestres…

Elle fronça les sourcils.

— Cependant, il faudra peut-être que tu me fasses un prêt, maintenant que tu as récupéré tes fonds. J'ai tout dépensé pour des rénovations dans les cuisines. Antoine menaçait de repartir à Londres si certaines choses n'étaient pas faites sur-le-champ.

Éclatant de rire, il la prit dans ses bras.

— Il n'y a que toi pour dépenser de l'argent pour des poêles et des fourneaux, et non pour des vêtements ou des bijoux. Je t'aime.

— Je t'aime, moi aussi.

Il la força lentement à reculer vers un très confortable canapé, tout en lui enlevant ses vêtements un par un. Quand les mollets de Louisa heurtèrent le meuble, elle ne portait plus que sa chemise, et il n'avait plus que ses chausses.

— Louisa, mon cœur, voilà bien trop longtemps que je ne t'ai pas fait l'amour.

— Je suis d'accord.

Le mince tissu qui la recouvrait encore flotta jusqu'au sol, bientôt rejoint par la culotte de Gideon. Ils s'écroulèrent sur le canapé.

— Tu m'as manqué. Ceci m'a manqué.

Il déversait une pluie de baisers sur sa gorge.

— À moi aussi. Tu n'imagines pas à quel point tu me manquais même quand je croyais que tu m'avais trahie.

Sans hésiter, elle saisit son sexe déjà dressé.

— Je te veux tout de suite.

Plusieurs heures plus tard, elle se nicha contre lui.

— Nous allons devoir rentrer, sinon nous n'aurons pas le temps de nous changer avant le dîner.

Un bruit étrange, un peu comme si quelqu'un avait la nausée, s'éleva alors derrière la porte.

— Chloé ! fit Louisa en bondissant sur ses pieds. Mais comment est-elle arrivée là ?

Elle ouvrit la porte pour laisser entrer le chaton.

— Bonté divine ! Avec tout ce qu'il s'est passé, elle a dû s'échapper.

Redressé sur un coude, Gideon regarda sa femme aux prises avec la boule de poils gris.

— Je me demande comment elle va accueillir un nouveau compagnon de jeu dans... disons... trois mois. Ton frère nous a promis un des chiots de Daisy.

— Je suis sûre qu'elle sera très gentille avec lui. Les chartreux adorent les autres animaux.

Elle lui lança un regard en coin.

— Moi, je me demande comment tu accueilleras ton enfant dans... disons... huit mois.

Il bondit sur ses pieds.

— Quoi ? Tu attends un bébé ?

— Eh bien, fit-elle avec un timide sourire, c'est la conclusion à laquelle je suis arrivée.

Les soulevant, la chatte et elle, dans ses bras, il l'embrassa.

— Je vais adorer ça. Mais n'en parle pas à ma mère.

— Pourquoi pas ?

— Eh bien, j'ai encore un aveu à te faire...

Note de l'auteure

Si j'adore l'époque de la Régence, c'est que la combinaison de ses règles avec les mœurs plus libres de l'ère géorgienne donnait lieu à des situations fort intéressantes.

Jouer était devenu extrêmement populaire pendant l'ère géorgienne, et cela a continué pendant la Régence, à une grande différence près : on décourageait les dames de se livrer à cette activité. Cela n'empêchait nullement certaines, les plus âgées, de le faire. Bien sûr, ces messieurs n'étaient pas en reste. Les sommes d'argent perdues, le nombre de familles ruinées à cause du jeu sont proprement sidérants. Des membres de l'aristocratie se retrouvaient dans l'incapacité de régler leurs dettes envers des commerçants, mais que le Ciel les préserve de ne pouvoir rembourser leurs dettes de jeu qui, à l'époque, n'avaient d'ailleurs aucune valeur devant la justice. Pourquoi, vous demandez-vous ? Ils en faisaient une question d'honneur, étant bien entendu qu'aucun homme d'honneur n'aurait joué avec un mineur (quelqu'un qui n'avait pas encore atteint vingt et un ans) ou bien un adulte mentalement déficient, par exemple atteint de démence. La communauté médicale de l'époque semblait y reconnaître un état dû au grand âge. Je n'ai trouvé qu'une référence la qualifiant de maladie. Ce que nous connaissons aujourd'hui comme la maladie d'Alzheimer n'avait pas encore reçu ce nom. Tout problème mental touchant une personne âgée était donc qualifié de démence.

Pour finir, quelques faits intéressants sur les mœurs de l'époque. Les choses changeront à l'ère victorienne, mais pendant la Régence, une fois qu'un couple était fiancé, l'homme et la femme étaient autorisés à se voir seuls. Ils pouvaient donc s'isoler ensemble dans une voiture fermée, la dame pouvait rendre visite au monsieur, etc. Vous voyez le topo. Il y avait ainsi de nombreuses occasions pour les fiancés de se retrouver seuls, et c'était là la raison pour laquelle un gentleman ne pouvait rompre ses fiançailles. Il aurait ruiné la réputation de la dame, car cela aurait signifié que sa rétractation était due au fait qu'elle n'était plus vierge. Si Gideon et Louisa ont ainsi consommé leur union avant d'être mariés, ils n'ont pas été les seuls. Plus de la moitié des premiers-nés voyaient le jour bien avant neuf mois après le mariage. Il n'existait aucun registre officiel des naissances ; seule l'aristocratie, et peut-être quelques très riches bourgeois, prenait soin de les consigner. Mais les premières naissances avant terme étaient si nombreuses qu'un dicton circulait : « Si le premier arrive souvent tôt, les autres bébés sont toujours à l'heure. »

AVENTURES & PASSIONS

17 août

Betina Krahn

La famille Bumgarten - La fille au doux secret

Inédit

Mme Bumgarten, riche Bostonienne en voyage à Londres, s'entête à vouloir trouver des époux titrés pour ses deux dernières filles. Bien que Frances, la cadette, estime tous les gentlemen qu'on lui présente comme étant d'insupportables raseurs, elle est prête à tout pour permettre à sa sœur Claire de filer le parfait amour avec un musicien anglais. Reynard Boulton, qui connaît les secrets de l'aristocratie, pourrait-il l'aider à déjouer les intentions de sa mère ? Frances avait rencontré ce gentilhomme sans fortune une nuit alors qu'il raccompagnait son oncle ivre mort. Si Reynard se montre un allié précieux et très séduisant, l'un et l'autre ignorent que l'on manœuvre dans l'ombre pour ruiner leur projet et leur réputation…

✦

Renee Ann Miller

Les fripouilles - Une jolie inconnue

Inédit

Caroline Lawrence cache bien son jeu. Sous le joug d'un père aussi autoritaire que distant, elle paraît une jeune fille docile. Or, elle écrit anonymement pour un journal de Londres des articles enflammés sur les droits des femmes. Un jour, profitant de l'absence de son père, elle se rend à une réunion de suffragettes. Prise dans une bousculade, elle est frappée à la tête et se réveille à Trent Hall, demeure du marquis de Huntington. Ce dernier lui propose de l'accueillir le temps qu'elle se remette. Effrayée à l'idée que son père apprenne son escapade, Caroline prend la fuite au milieu de la nuit, ne laissant au séduisant marquis qu'un faux nom et le souvenir brûlant d'un baiser…

Kate Pembrooke

Les ladies de Mayfair - Une saison de rêve

Inédit

Lord William Atherton, comte de Norwood, est l'un des plus beaux partis de Londres. Riche, titré, il ambitionne une carrière politique et vise la présidence de la chambre des Lords. Lorsqu'il découvre dans le *Times* l'annonce de ses fiançailles avec une inconnue, Mlle Charlotte Hurst, son sang ne fait qu'un tour. Décidé à mettre fin à cette plaisanterie, William fait irruption chez sa pseudo-fiancée pour lui demander des explications. Or, la jeune femme ne comprend rien à son histoire et conteste ses accusations. Mais, touchée par le réel désarroi du comte, Charlotte accepte l'étonnant marché qu'il lui met en main, en y posant une condition…

✦

Caroline Linden

L'héritage Carlyle - Le prétendant écossais

Inédit

Le capitaine Andrew St. James apprend qu'il est l'héritier présomptif d'un cousin éloigné, le duc de Carlyle. Il quitte son Écosse natale pour se rendre chez la duchesse qui l'a invité pour lui proposer de prendre en charge le domaine de Stormont, près d'Édimbourg. Lors d'un bal, le jeune soldat croise le regard ardent d'Ilsa Ramsay, une jeune veuve qui, après un mariage difficile, entend bien jouir de sa liberté. La rencontre est explosive. Or, Andrew souhaite se marier avec une Anglaise respectable, et la fougueuse jeune femme ne lui paraît pas tout à fait digne de sa nouvelle charge. Cependant, alors qu'Ilsa est mêlée à un dangereux scandale, le capitaine, faisant fi de ses devoirs familiaux et de ses obligations ducales, n'écoutera que son cœur.

Laura Lee Guhrke

Les trésors de Daphnée

Dès qu'elle en a l'occasion, Daphné s'adonne en secret à un plaisir indécent : contempler le duc de Tremore, torse nu, sur son chantier de fouilles. Passionné d'archéologie, il a découvert sur ses terres les vestiges d'une villa romaine. Depuis, ce qui n'était pour lui qu'un simple hobby s'est transformé en véritable frénésie. Comment aurait-il pu remarquer la discrète Daphné ? D'ailleurs, elle n'est rien d'autre que l'une de ses nombreuses employées...

Regency

17 août

Mary Balogh
Miss Catastrophe
Inédit

Le duc de Mitford, Paul Villiers, a vingt-huit ans. Il quitte Londres pour se rendre chez sa future épouse, Joséphine Middleton, qu'il n'a jamais rencontrée. Un soir, dans une auberge de campagne, il vient au secours d'une femme et la sauve d'un infâme outrage. La victime lui apprend qu'elle fuit un mariage arrangé par son grand-père avec un horrible libertin sans scrupules. Paul lui propose de la ramener auprès de sa famille, mais l'insouciante Joséphine ne l'entend pas de cette oreille et entraîne son sauveur dans une rocambolesque aventure au dénouement inattendu…

✦

Virginia Heath
Fiancés d'un jour, fiancés toujours
Inédit

Le comte de Fareham, Hugh Standish, vient de trouver le moyen de déjouer les projets de mariage organisés par sa mère : il va s'inventer une fiancée. Mais, une jeune fille bien sous tous rapports ne se trouve pas sous le sabot d'un cheval. Minerva Merriwell, qui subvient aux besoins de toute sa famille depuis que son père a abandonné le foyer, accepterait-elle de devenir sa fiancée de quelques jours ? Pour Minerva, une offre aussi inespérée ne se refuse pas. Cependant, alors que la jeune femme arrive au domaine du comte avec ses sœurs, rien ne se passe comme prévu. Entre quiproquos et malentendus, la comédie des fausses fiançailles de Minerva et de Hugh se change bientôt en ce que ni l'un ni l'autre n'osent encore appeler une vraie histoire d'amour…

13529

Composition
FACOMPO

Achevé d'imprimer en Italie
par GRAFICA VENETA
le 6 août 2022

Dépôt légal : juillet 2022
EAN 9782290360750
OTP L21EPSN002390N001

ÉDITIONS J'AI LU
82, rue Saint-Lazare, 75009 Paris

Diffusion France et étranger : Flammarion